Jürgen Heimbach
Waldeck

metro wurde begründet
von Thomas Wörtche

Zu diesem Buch

Silvia will ausbrechen aus der biederen Welt ihres Vaters, in der sie nichts erwartet als die immer gleichen miefigen Tapeten. Als sie in seinen Unterlagen eine erschütternde Entdeckung macht, muss sie endgültig verschwinden. Es zieht sie auf das Waldeck-Festival, wo eine junge Generation mit Gitarren und Folksongs aufbegehrt: gegen den Starrsinn der Alten und die verbohrten Strukturen der Nachkriegszeit. Währenddessen wittert der in Ungnade gefallene Journalist Ferdinand Broich endlich eine neue Story: Eine Frau will einen ehemaligen SS-Arzt auf der Straße erkannt haben. Doch als Broich die Zeugin wenige Tage später aufsuchen will, ist die bereits tot. Eine gefährliche Suche nach der Wahrheit beginnt, in einem Deutschland, dessen dunkle Vergangenheit noch bedrohlich nahe ist.

»Der gut recherchierte Roman schildert in einem ruhigen, gleichwohl seinen Sog entfaltenden Erzählton den Aufbruch einer jungen Generation aus der spießigen Welt der Nachkriegszeit, in der die dunkle Vergangenheit immer noch nachwirkt und alte Nazis weiter ihr Unwesen treiben. Statt ›Tatort‹ mal diesen Krimi!« *GoodTimes*

Der Autor

Jürgen Heimbach, geboren 1961 in Koblenz, studierte nach einer kaufmännischen Ausbildung Germanistik und Philosophie, betrieb in Mainz ein Off-Theater und gründete die Künstlergruppe V-I-E-R, mit der er Ausstellungen organisiert. Heute arbeitet Heimbach als Redakteur für 3sat. Sein Werk umfasst Romane, Jugendbücher und kriminalistische Kurzgeschichten. Sein Roman *Die Rote Hand* wurde 2020 mit dem Glauser-Preis für den besten deutschsprachigen Kriminalroman ausgezeichnet. Heimbach lebt mit seiner Familie in Mainz.

Im Unionsverlag sind außerdem lieferbar: *Die Rote Hand* und *Vorboten.*

Mehr über den Autor und sein Werk auf *www.unionsverlag.com*

Jürgen Heimbach

Waldeck

Kriminalroman

Unionsverlag

Im Internet
Aktuelle Informationen, Dokumente und Materialien
zu Jürgen Heimbach und diesem Buch
www.unionsverlag.com

Unionsverlag Taschenbuch 1043

Neptunstrasse 20, CH-8032 Zürich
Telefon +41 44 283 20 00
mail@unionsverlag.ch

Die erste Ausgabe dieses Werks im Unionsverlag erschien 2024
Reihengestaltung: Heinz Unternährer
Umschlagfoto: www.newsserver.at (Photocase)
Umschlaggestaltung: Peter Löffelholz
Lektorat: Susanne Gretter
Satz: Fotosatz Amann, Memmingen
Druck und Bindung: CPI – Clausen & Bosse, Leck
www.unionsverlag.com/produktsicherheit
ISBN 978-3-293-71043-6

Der Unionsverlag wird vom Bundesamt für Kultur mit einem
Verlagsförderungs-Strukturbeitrag für die Jahre 2021–2025 unterstützt.

Auch als E-Book erhältlich

Für Tizian und Giovanna

Von Herzen Dank an Tom Schroeder
Für die wenigen, jedoch intensiven Momente

Tot sind unsre Lieder,
unsre alten Lieder.
Lehrer haben sie zerbissen,
Kurzbehoste sie verklampft,
braune Horden totgeschrien,
Stiefel in den Dreck gestampft

FRANZ JOSEF DEGENHARDT
»Die alten Lieder«

»Etonnez nous!«

DIETHART KERBS
in seiner Rede zur Eröffnung des ersten Waldeck-Festivals,
Pfingsten 1964

Burg Waldeck, 16. Mai 1964

Die Nachmittagssonne stand schon tief über dem Gelände oberhalb der Burgruine Waldeck und betonte die Schönheit des Ortes. Das Grün der großen Wiese, die bewaldeten Berge ringsum, talabwärts die Reste der Burg, von der nur ein paar Mauern und der Turm zwischen den Baumwipfeln herausragten.

Die jungen Menschen, die auf der Wiese saßen und in kleinen Gruppen diskutierten, musizierten, rauchten oder vor einer der Bühnen den Sängerinnen und Sängern lauschten, genossen nach den kühleren Vortagen die wärmende Kraft der Strahlen. Für viele von ihnen fühlten sich diese Tage wie ein Aufbruch an, raus aus dem Leben der Eltern in ihr eigenes, ein besseres, das sie selbst bestimmen und gestalten wollten.

Edgar Winter hatte für diese Gammler, ihre Ideen und Sehnsüchte, ihre Diskussionen und ihre Musik nur Verachtung übrig. Aber er hatte seine Gefühle gut im Griff, dachte an das, was ihn hierhergeführt hatte, wen er suchte, vor allem, was er in seinen Besitz bringen musste. Die Blicke, die ihn in seinem fremd wirkenden Anzug und der Krawatte begleiteten und ihn wie ein Relikt aus einer anderen Zeit wirken ließen, ignorierte er.

Die Musik konnte er nicht ignorieren. Zeilen wie

Gestern Abend, plötzlich im Gewühl
Kam abhanden mir mein Nationalgefühl

die so und ähnlich überall gesungen wurden, fraßen sich gegen seinen Willen in ihm fest.

Gestern hatte er erfahren, dass sein altes Leben nicht mehr existierte. Er hatte schon mehrmals neu beginnen müssen, aber es hatte immer Konstanten gegeben. Seinen Beruf als Polizist, die Kollegen, auf die er sich verlassen konnte, vor allem seine Frau. Aber jetzt war nichts mehr davon übrig. Fünfhundert Kilometer von diesem Ort im Hunsrück, von dieser Wiese und der Burgruine entfernt war es erloschen.

Sein Suchen hatte ihn vor eine kleine, etwas abseits gelegene Bühne im Hang geführt, wo er einige Momente zuhörte, sich dann zurückzog. Er setzte sich auf einen Holzstumpf, vor sich die immer wieder applaudierenden, manche Stellen mitsingenden Zuhörer, von ihnen verdeckt die Sängerin.

Ihre Stimme zog ihn gegen seinen Willen an.

Dabei achtete er gar nicht so genau auf den Text, nur Fetzen davon drangen in sein Bewusstsein. Black and White, Namen amerikanischer Orte, Birmingham, Alabama, oder Briefträger und Eisenbahnzug.

Es war die Klarheit, die Unbedingtheit in der Stimme der Sängerin, die ihn lockten, die ihm für diesen Moment so etwas wie Trost spendeten und vergessen ließen, was in den letzten Tagen geschehen war.

Er hatte seine Augen geschlossen, um sich der Stimme zu überlassen.

Es war ihm, als singe sie nur für ihn.

Und er starb ganz allein
Und er bleibt nicht allein!

Als das Publikum zu applaudieren begann, öffnete er die Augen. Und da stand sie, nicht weit von ihm. Sie erschrak.

Nicht vor ihm, ihn hatte sie nicht angeschaut. Ihr Blick richtete sich auf ein Paar, das etwas abseits saß und sich hemmungslos küsste. Aufgeregt sprach sie mit einer jungen Frau neben sich, kurz nur, was Winter dennoch nicht entging. Dann sah er, wie sie sich abrupt umdrehte und davonrannte, die Stufen hinauf zur Wiese.

Winter erhob sich. Er hatte sie gefunden.

8. Mai 1964

Durch die große Eingangshalle des Frankfurter Hauptbahnhofs drängten sich die Menschen dem Feierabend entgegen. Eine kühle Feuchtigkeit vom Regen der vergangenen Tage lag in der Luft und beschleunigte ihre Schritte. Wie konturlose Schemen nahm Ferdinand Broich sie durch die beschlagene Glastür der Telefonzelle wahr.

»Wie? Er ist nicht im Büro? Er hat mir ausrichten lassen, dass ich ihn heute Nachmittag anrufen soll!«

Er kniff die Lippen zusammen und verfluchte alle Zeitungsredakteure dieser Welt. Er kam sich wie ein Bittsteller vor.

»Wann ist er denn zu erreichen?«

Er wurde lauter. »Das können Sie nicht sagen? Sie müssen doch wissen, wann Ihr Chef zu sprechen ist … Wir haben vereinbart … Ich habe die Geschichte …« Er drückte den Hörer noch fester an sein Ohr. »Hallo? … Hallo?«

Er lauschte noch einen Moment in den Hörer, dann knallte er ihn wütend auf die Gabel.

Frustriert verließ Ferdinand die Telefonzelle. Seit fünf Jahren schlug er sich als Journalist durch. Freischaffend. Mehr schlecht als recht. Doch nun war es nur noch schlecht, nachdem man ihn, dessen war er sich inzwischen sicher, aufs Kreuz gelegt hatte. Zu Beginn seiner journalistischen Arbeit hatte er über die Machenschaften einer französischen Geheimorganisation namens »Die Rote Hand« geschrieben, die Unterstützer der algerischen Befreiungsbewegung einschüchterte, bedrohte und nötigenfalls auch ermordete. Nachdem dieser Krieg 1962 zu Ende war, begann er über ehemalige Nazigrößen zu recherchieren, die heute unbehelligt in Deutschland lebten. Politiker, Wirtschaftskapitäne, wie man die Herren nannte, Ärzte, Juristen, Hochschullehrer. Freunde hatte er sich damit nicht gemacht. Unlängst hatte er einen Regierungsrat beschuldigt, als Marinerichter noch in den letzten Kriegstagen Todesurteile verhängt zu haben. Zu Unrecht, wie sich herausstellte. Seine Reputation war dahin, und in den Redaktionen ging man auf Distanz zu ihm. Die Unterlagen, die ihm zugespielt worden waren, waren gefälscht und er überzeugt, Opfer einer Intrige geworden zu sein, um ihn und seine Arbeit zu diskreditieren.

In Frankfurt hatte er daraufhin nicht einmal mehr eine Akkreditierung für den Prozess gegen Wachmannschaften des Konzentrationslagers Auschwitz bekommen. Wie ein Gnadenbrot erschien ihm der Auftrag des Chefredakteurs einer Frankfurter Tageszeitung, ein Porträt über Kurt Oeser zu schreiben, einen jungen Pfarrer, der in der Ostermarschbewegung engagiert war. Weil er so gut wie pleite war, hatte Ferdinand den Auftrag angenommen, bis heute jedoch noch keine Zeile zu Papier gebracht. Hinzu kam, dass er vor zwei Wochen die Kündigung für seine Wohnung erhalten hatte. In vier Wochen musste er ausziehen. Ohne Nachweis eines regelmäßigen Einkommens würde er keine neue Bleibe finden und auf der Straße stehen.

Doch jetzt gab es Hoffnung auf einen Neuanfang. Eine Frau aus München, Überlebende des Holocaust, wie sie sagte, hatte ihn angerufen und ihm mitgeteilt, dass sie einen Zahnarzt aus Lublin-Majdanek erkannt habe, der in der Stadt lebe und unter neuem Namen praktiziere. Sie wolle, dass Ferdinand dem nachgehe, darüber schreibe und es öffentlich mache.

Zweimal hatte er mit der Frau telefoniert, sie bestand darauf, dass er zu ihr nach München kam. Ferdinand hatte aus der Sache mit dem Regierungsrat gelernt und sich an einen Historiker und Anwalt gewandt, dessen Namen ihm im Zusammenhang mit den Gerichtsverhandlungen um die Wiedergutmachung von Opfern der Nationalsozialisten aufgefallen war.

Der Mann hatte ein Lokal in Sachsenhausen als Treffpunkt vorgeschlagen.

Jetzt saß er in seinem Wagen, einem Renault Dauphine, den er einem Kollegen abgekauft hatte, als es ihm finanziell noch besser ging. Er kauerte hinter dem Lenkrad und starrte auf den Eingang des Lokals auf der anderen Straßenseite. Vor fünf Jahren war er schon einmal hier gewesen. Mit dem ehemaligen Fremdenlegionär Arnolt Streich hatte er überlegt, wie sie ein kleines Mädchen vor den Nachstellungen der »Roten Hand« schützen konnten, weil sie Zeugin eines Anschlags geworden war. Das Mädchen konnten sie retten, aber Streich war anschließend tot, erschossen, und auch er hatte einen Schuss ins Bein abbekommen. Es kam Ferdinand wie gestern vor, die Erinnerung an diesen Menschen war noch völlig klar, an den schweigsamen Mann, der in mehreren Kriegen gekämpft, der Menschen getötet hatte. Seitdem hatte Ferdinand Albträume, die stets damit endeten, dass ihm jemand ins Gesicht schoss.

Als er das Lokal endlich betrat, empfing ihn lautes Gerede, dichter Zigarettenqualm und dröhnende Musik. »Rote Lippen soll man küssen« dröhnte es aus der Musikbox, die schräg gegenüber dem Eingang stand und von einer Gruppe junger Männer und Frauen umlagert wurde. So laut und voll war es hier vor fünf Jahren nicht gewesen. Er fragte sich, ob er am richtigen Treffpunkt war. Der lange Tresen links von der Musikbox war dicht besetzt. Am hinteren Ende saß ein korpulenter Mann, der eine große, fast quadratische Hornbrille trug, das dichte Haar war zurückgekämmt. Er nickte Ferdinand zu.

»Dr. Martin Rudnik?« Er schätzte den Mann auf etwa sechzig Jahre. »Ferdinand Broich«, stellte er sich vor. »Entschuldigung, der Verkehr.«

Dr. Rudnik griff nach dem Glas, das vor ihm auf dem Tresen stand, und gab Ferdinand mit dem Kopf ein Zeichen, ihm zu folgen. Wie ein Wellenbrecher schob der Mann seinen massigen Körper durch die zwischen den Tischen stehenden Menschen hindurch. Ferdinand folgte knapp hinter ihm. Ein Paar bewegte sich rhythmisch auf engstem Raum zu *Tanze mit mir in den Morgen.*

Neben der Tür zu den Toiletten fanden sie einen freien Tisch.

Dr. Rudnik bemerkte Ferdinands Blick. »Würde Sie hier in dem Lokal jemand vermuten?«, fragte er und nahm Platz.

Der Wirt, ein kantiger Kerl mit Ringerohren, stand am Nebentisch und sah jetzt zu ihnen herüber. »Wie immer Stöffsche, Herr Doktor?«

»Gerne!« Dr. Rudnik blickte Ferdinand, der sich ihm gegenüber niedergelassen hatte, fragend an.

»Für mich ein Pils«, sagte er an den Wirt gewandt. »Das können Sie trinken?« Ferdinand verzog angewidert das Gesicht.

»Habe ich mit der Muttermilch aufgesogen«, erwiderte Dr. Rudnik.

»Werde ich mich nie dran gewöhnen. Ich hab's versucht, als ich nach Frankfurt kam, aber nein, es geht einfach nicht«, entgegnete Ferdinand, wartete, bis der Wirt mit dem Bier und dem Apfelwein zurückkam, und prostete seinem Gegenüber mit einer kaum merklichen Geste zu.

»Es läuft bei Ihnen nicht gut?« Obwohl Dr. Rudnik es wie

eine Frage hatte klingen lassen, war es eine Feststellung. Er blickte dabei kurz auf Ferdinands blaues Jackett.

»Ja, habe schon bessere Zeiten gehabt.« Er strich sich übers Revers.

»Die Sache mit dem Regierungsrat?«

Ferdinand nickte. »Ex-Marinerichter. Ja. Spricht sich wohl rum.«

»Natürlich«, erwiderte der Anwalt knapp. Er nahm sein Glas, leerte es in einem Zug, gab dem Wirt ein Zeichen. »Ich habe Ihre Artikel mit großem Interesse gelesen. Warum sind Sie nicht schon früher zu mir gekommen? Dann wäre das mit dem Regierungsrat nicht passiert.«

Ferdinand nahm nun auch einen Schluck. »Eine Falle, da bin ich mir inzwischen sicher.«

Dr. Rudnik verzog seinen Mund. »Eine effiziente Art, Sie zum Schweigen zu bringen. Fürwahr.« Er lachte.

Ferdinand wusste nicht, was er von dem Mann halten sollte.

Der Wirt kam mit dem nächsten Glas Apfelwein, stellte einen Aschenbecher auf den Tisch, was Dr. Rudnik zum Anlass nahm, ein silbernes Zigarettenetui aus seiner Jacketttasche zu nehmen. Er hielt es Ferdinand entgegen. Der lehnte ab.

»Am Telefon haben Sie von einer Majdanek-Überlebenden gesprochen, die Sie kontaktiert hat«, kam Dr. Rudnik nun direkt auf den Grund ihres Treffens zu sprechen.

»Ja«, bestätigte Ferdinand. »Vor ein paar Tagen. Die Frau stellte sich als Ruth Lachmann vor. Sie war in Auschwitz und Majdanek und in anderen Konzentrationslagern. Wohnt in München und hat einen gewissen Gernot Tromnau wiedererkannt. Haben Sie den Namen schon mal gehört?«, fragte er.

Dr. Rudnik ging nicht auf die Frage ein, stattdessen zündete er sich eine Zigarette an und inhalierte tief. »Mich würde zunächst interessieren, wie der Kontakt zustande kam.«

»Frau Lachmann hat meinen Namen aus der Presse.«

»Ich meine«, konkretisierte Dr. Rudnik seine Frage, »warum Sie.« Er hob kurz die Augenbrauen. »Ohne despektierlich sein zu wollen. Sie hätte sich auch an die Staatsanwaltschaft oder die Polizei wenden können.«

»Sie fürchtet, dass von deren Seite kein Interesse vorhanden ist, dem nachzugehen. Sie glaubt, wenn die Presse darüber berichtet, wird sich automatisch die Staatsanwaltschaft einschalten.«

»Ihr Misstrauen ist verständlich!«, kommentierte Dr. Rudnik und leerte sein Glas erneut in einem Zug.

Ferdinand wunderte sich, wie schnell der Mann trank. »Dieser Tromnau lebt ganz unbehelligt in München und führt dort seit fast zwanzig Jahren eine Praxis.«

»Und Sie?« Dr. Rudnik hob sein Glas über den Kopf, gab dem Wirt damit das Zeichen für ein weiteres. »Ja, Sie, Herr Broich. Was erhoffen Sie sich?«

Ferdinand spürte den durchdringenden Blick hinter seiner Brille. »Frau Lachmann Gerechtigkeit zukommen zu lassen und …«

»Und?«

»Ich will wieder arbeiten, Artikel schreiben, neue Aufträge.« Er ließ sich einen Moment Zeit. »Ich muss sehen, wo ich bleibe …«

»Finden Sie nicht, dass das ein zynischer Gedanke ist …«

Der Journalist schaute verständnislos auf sein Gegenüber.

»Frau Lachmann ist KZ-Überlebende …«

Ferdinand nickte. Beide schwiegen sie einen Moment, griffen nach ihren Gläsern, tranken.

»Ich kann mir im Moment keinen Idealismus leisten«, erklärte Ferdinand. »Ich bin mit meiner Miete im Rückstand, und in vier Wochen muss ich aus meiner Wohnung raus. Ich will arbeiten. Da mögen Sie es zynisch nennen, aber für mich ist es auch eine Frage des …«, er brach ab.

»Des Überlebens?«, ergänzte Dr. Rudnik. Ferdinand zeigte sich überrascht, denn er hatte mit einem Vorwurf gerechnet. »Sie sind ehrlich, Broich. Eine gesunde Portion Egoismus schadet nie. Wenn der nicht zum Schaden der anderen ist. Nun erzählen Sie, was Sie wissen. Ich hoffe, dass ich Ihnen helfen kann.«

»Frau Lachmann hat diesen Gernot Tromnau in München auf der Straße erkannt. Er hat, sagt sie, als Zahnarzt im Lager gearbeitet, hat dort an der Rampe Selektionen vorgenommen und soll auch zwei abgestürzte britische Piloten erschossen haben, vor den Augen der Gefangenen.«

»Gernot Tromnau. Unter diesem Namen lebt der Mann in München?«

Ferdinand schüttelte den Kopf und trank einen Schluck. »Nein, er nennt …«

Ein korpulenter Mann drängte sich an ihnen vorbei zur Toilette und blickte sie neugierig an. Ferdinand wartete, bis der Mann hinter der Tür verschwunden war, und vergewisserte sich, dass sie fest zugezogen war. »Schuld war, nur der Bossa Nova«, schallte es jetzt quer durch den Raum bis zu ihnen hinüber. Einige der Gäste sangen mit. Es wurde laut, und Ferdinand und Dr. Rudnik rückten dichter zusammen, um sich besser zu verstehen.

»Er nennt sich jetzt«, Ferdinand sah sich noch einmal um, »er nennt sich jetzt Ulrich Fischer und hat eine Praxis in der Stadt. Frau Lachmann hat mir die Adresse genannt. Auch seine Privatadresse. Sie hat ihn bis vor sein Haus verfolgt.«

»Die Frau ist ganz sicher, dass es sich um ein und dieselbe Person handelt?«

»Ja. Sie ist sich ganz sicher. Diese Augen und diesen Blick werde sie nie vergessen.«

Einen Moment schwiegen die beiden Männer.

»Ich brauche Informationen. Über Ruth Lachmann und

über Tromnau«, sagte Ferdinand, nachdem der Wirt Dr. Rudnik einen weiteren Apfelwein gebracht hatte. Jemand hatte die Musik noch lauter gedreht, sodass sie nun noch enger zusammenrücken mussten.

»Ich schaue, was ich herausbekommen kann.«

»Kommen Sie an die alten Akten heran?«

Dr. Rudnik trank noch einen Schluck, bevor er antwortete. »Abwarten. Das kann dauern. Wenn sie noch vorhanden sind. Sie wissen ja sicher, dass die SS und andere NS-Organisationen bei Kriegsende versucht haben, so viele Akten wie möglich zu vernichten. Was ihnen aber zum Glück nicht ganz gelungen ist.«

»Ich weiß auch«, sprach Ferdinand weiter, »dass viele nach dem Krieg neue Identitäten angenommen haben. Aber Tromnau brauchte neben einem Ausweis auch eine Approbation auf seinen neuen Namen.«

Dr. Rudnik lachte kurz auf, war sofort wieder ernst, leerte aber, bevor er antwortete, sein Glas, um gleich ein weiteres zu bestellen. Ferdinand erkannte keinerlei Anzeichen von Trunkenheit bei dem Mann, der jetzt seine Weste aufknöpfte und die Krawatte lockerte.

»Mit einem neuen Ausweis war alles Weitere eine Kleinigkeit. Außerdem waren alle doch schlimmstenfalls Mitläufer. Nicht wenige sehen sich als die eigentlichen Opfer.«

Ferdinand nickte. »Ja, es ist dennoch immer wieder ernüchternd. Aber vielleicht ändert der Prozess etwas.«

Dr. Rudnik zog wieder die Augenbrauen hoch. »Ein Wunder, dass er überhaupt stattfindet.« Er schüttelte den Kopf und trank das nächste Glas aus, kaum dass der Wirt es ihm auf den Tisch gestellt hatte. Dann blickte er zu Ferdinand hinüber, dessen Glas nun auch leer war. Der machte eine ablehnende Geste, doch Dr. Rudnik beschied anders. »Klar, bringen Sie dem Mann noch so einen Schierlingsbecher. Der will es ja nicht anders.« Er lachte kurz, fuhr mit ernstem Gesicht fort. »Was haben Sie jetzt vor?«

»Ich werde morgen nach München fahren.«

»Frau Lachmann treffen?«

»Ja. Und ich werde mir diesen Tromnau alias Fischer anschauen.«

»Broich«, sagte der Anwalt, machte eine Pause, bevor er weitersprach. »Ich will Sie warnen. Diese Menschen haben viel zu verlieren. Sie haben gezeigt, dass ihnen Menschenleben nichts bedeuten. Auch als Ärzte nicht.«

Ferdinand nickte. »Ich werde aufpassen!«

»Hoffentlich reicht das!« Dr. Rudnik nippte dieses Mal nur kurz an seinem Glas. »Hat die Frau außer Ihnen noch jemandem von Tromnau erzählt?«

Ferdinand schüttelte den Kopf. »Nein, nur mir. Das hat sie betont.«

Einige der Gäste sangen den Refrain von *Ich kauf mir lieber einen Tirolerhut* laut mit.

»Was wissen Sie über die Rolle von Zahnärzten in den Lagern?«, hakte Rudnik nach.

»Ich habe die letzten Tage recherchiert«, erklärte Ferdinand. »Was ich bislang weiß, ist, dass jedes KZ eine zahnärztliche Station hatte, die dem Standortarzt unterstellt war. Wobei die Zahnärzte recht selbstständig agieren konnten. Es gab in jedem Lager einen Zahnarzt der SS, in den großen sogar mehrere.«

»Sie behandelten nur das Lagerpersonal?«

»Das kann ich Ihnen nicht sagen«, antwortete Ferdinand, während der Anwalt die letzte Zigarette aus der Schachtel klopfte. Er hob den Kopf und orderte beim Wirt neben dem nächsten Apfelwein eine neue Schachtel.

»Aber ich weiß«, sprach er dann weiter, »dass die Zahnärzte für die Entfernung und das Sammeln von Zahngold zuständig waren.«

Dr. Rudnik inhalierte tief, dachte einen Moment nach. »Ich denke, dass der Mann sich am meisten vor einer Anklage wegen der Erschießung der britischen Piloten fürchten würde.« Er zog wieder an seiner Zigarette. »Zu Recht übrigens. Die Briten kennen da nichts. Deshalb, wie ich Ihnen schon sagte, Herr Broich, der Mann hat viel zu verlieren: seinen Beruf, seine Reputation, seine Freiheit. Möglicherweise sogar sein Leben. Er hat jetzt zwanzig Jahre unbehelligt gelebt, ich nehme an, in Wohlstand, und das soll auch noch die nächsten zwanzig Jahre so sein. Ich sage es ihnen noch einmal: Passen Sie auf sich auf, wenn Sie nach München fahren!«

Der Anwalt drückte die Zigarette aus. Connie Francis sang *Barcarole in der Nacht,* ein Paar tanzte sich durch die Leute zur Toilette, wo es sich mit einem Kuss trennte.

»Der Krieg und die Ermordung der Juden sind noch keine zwanzig Jahre her.« Dr. Rudnik blickte den beiden hinterher. »Was ich noch wissen möchte, Herr Broich …?«

Ferdinand sah Dr. Rudnik aufmerksam an.

»Warum interessieren Sie diese Geschichten? Ich nehme an …«, er betrachtete Ferdinand kurz, »dass Sie nicht eingezogen worden sind. Wie alt sind Sie …?«

Der Journalist ließ sich einen Moment Zeit mit der Antwort, bevor er »fünfunddreißig« antwortete.

Der Wirt, der am Nachbartisch stand, sah kurz zu ihnen herüber. Der Anwalt gab ihm ein Zeichen, noch ein Bier und einen weiteren Apfelwein zu bringen. Ferdinand wollte schon wieder Einspruch erheben, aber der Wirt war schon auf dem Weg zum Tresen.

»Schon gut, Herr Broich. Die Rechnung geht auf mich. Also, warum interessieren Sie diese Geschichten? Ich habe mich vor unserem Treffen über Sie informiert, um zu wissen, mit wem ich es zu tun habe. Was ich gelesen habe, hat Hand und Fuß. Aber was ist Ihr Antrieb? Dass sie jetzt ausgerechnet über die alten Nazis schreiben wollen.«

Ferdinand dachte einen Moment nach, Dr. Rudnik sah ihn weiterhin direkt an.

»Mein Vater war Offizier bei der Wehrmacht. Hat mir ständig von den soldatischen Tugenden erzählt. Vor allem von der sauberen Wehrmacht. Bis ich nach seinem Tod Bilder in seinem Nachlass entdeckt habe, die eine andere Geschichte erzählen. Dass er an Erschießungen beteiligt war. Bilder, auf denen er sich neben getöteten Zivilisten hat ablichten lassen. Und es ist vor allem …«, er schluckte, griff nach seinem Glas, bemerkte, dass es leer war.

Dr. Rudnik unterbrach ihn nicht.

»Dieser Blick. Wie er in die Kamera schaut. Stolz. Überheblich. Ich weiß es nicht. War es Mordlust, die sich darin zeigte? Keine Ahnung. Vielleicht ging es auch nur um das Gefühl von Macht. Macht zu haben über Leben und Tod.«

Der Wirt brachte die Getränke. Ferdinand griff gleich nach seinem Glas, nahm einen großen Schluck.

»Was hat Ihr Vater nach dem Krieg gemacht?«

»Gelitten hat er.«

Dr. Rudnik lachte böse. »Ja, das können sie gut. Leiden!«

»Er hat meine Mutter und mich tyrannisiert. Es wurde von Jahr zu Jahr schlimmer.«

»Sie haben sich gelöst?«

Ferdinand überlegte kurz. »So gut es ging. Ich brauchte vor ein paar Jahren tatsächlich noch einmal seine Hilfe. Wenn er gewusst hätte, wem er da hilft, würde er sich heute noch im Grab umdrehen. Meine kleine Rache.«

»Er hat Ihnen nichts hinterlassen?« Dr. Rudnik sah sein Gegenüber aufmerksam an. »Ich frage wegen Ihrer finanziellen Situation.«

»Schwierig«, antwortete Ferdinand erst nach einer kurzen

Pause, sprach aber nicht weiter. Dr. Rudnik hakte nicht nach.

»Und Ihre Mutter?«

»Sie hat das nicht mehr ausgehalten.«

Dr. Rudnik nickte, als Zeichen, dass er verstand.

Sie sprachen noch eine halbe Stunde miteinander, dann bezahlte der Anwalt die Rechnung. Ferdinand protestierte, aber Dr. Rudnik wies ihn zurecht. »Sie brauchen Ihr Geld jetzt anderweitig. Wenn ich Ihnen nochmals den Ratschlag geben darf: Passen Sie auf sich auf!«

Der Wirt kam mit der Rechnung, und Rudnik hinterließ ihm ein großzügiges Trinkgeld.

»Männer wie dieser Tromnau können gefährlich werden. Und Männer wie diesen Tromnau gibt es viele.« Er kramte in seiner Tasche, schob dann eine Visitenkarte über den Tisch. »Rufen Sie mich an, wenn Sie Fragen haben.«

Ferdinand nickte, steckte die Karte in seine Jacketttasche und stand auf. Erstaunt nahm er wahr, dass Dr. Rudnik sitzen blieb.

»Broich, direkte Frage, ehrliche Antwort: Brauchen Sie Geld für Ihre Fahrt nach München?«

Er antwortete nicht sofort, setzte sich wieder.

»Keine falsche Scham. Sie geben es mir zurück, wenn Sie wieder flüssig sind. Keine Eile damit.«

Ohne Ferdinands Reaktion abzuwarten, nahm er ein paar Scheine aus seinem Portemonnaie und schob sie verdeckt von seiner Handfläche zu ihm herüber.

Während Freddie Quinn *Junge, komm bald wieder* sang, quetschten sie sich zwischen den Wirtshausgästen hindurch zum Ausgang, wo sie sich voneinander verabschiedeten.

Auf dem Weg zu seiner Wohnung überlegte Ferdinand, warum er Dr. Rudnik nicht erzählt hatte, dass sein Vater das, was von seinem Vermögen, das er nach dem Krieg mit Immobilien gemacht hatte, übrig geblieben war, Organisationen wie dem »Verband deutscher Soldaten« und dem »Stahlhelm – Kampfbund für Europa« vermacht hatte. Vielleicht war es die Scham darüber, dass er auf das Geld gehofft hatte. Wo er doch seinen Vater und das, was er getan hatte, so sehr verachtete.

Er fand einen Parkplatz nicht weit von seiner Wohnung entfernt, doch er verspürte nur wenig Lust, schon nach Hause zu gehen.

Um die Ecke war ein Lokal. Kühle Jazzmusik umfing ihn, als er eintrat.

*

Die Übelkeit war schon die ganze Fahrt über da, nur mit Mühe hielt Mine sie unter Kontrolle. Seit zwei Wochen war das Teil ihres täglichen Lebens. Bisher hatte niemand etwas mitbekommen, hatte niemand sie gesehen, wenn sie sich übergeben musste. Im Stall, hinter dem Haus, auf dem Feld. »Blass bist du«, hatte ihr Bruder Albrecht festgestellt, als sie vor zwei Tagen zusammen auf dem Hänger standen und die Säcke mit der Saat abluden. Sie hatte ihn nicht angeschaut, »Hab was Falsches gegessen« vor sich hin gemurmelt. Damit war es gut. Dann war sie vom Hänger gesprungen, hinter einen Busch gerannt, hatte sich übergeben. »Na, Kleinmädchenblase«, hatte Albrecht gelästert, als sie wieder auf dem Hänger stand, und gelacht.

Jetzt saß Mine neben ihrem Onkel Gerd in dessen Hanomag und starrte durch die Frontscheibe nach draußen. Ihr Onkel durfte auf keinen Fall etwas von ihrer Übelkeit mitbekommen. Seit sie aus ihrem kleinen Hunsrückdorf bei Emmelshausen aufgebrochen waren, rauchte er unentwegt.

In Kastellaun wollten sie neue Rohre kaufen, weil die alten im letzten Winter so gelitten hatten, dass sie sicher bald bersten würden. Mines ältere Brüder waren an diesem Tag nicht abkömmlich, der eine auf dem Hof, der andere in der Firma, für die er arbeitete. Mine konnte anpacken. Weil sie es von klein auf musste.

»Pass nur auf, dass das Mädchen sich nichts verrenkt!«, hatte ihr Vater seinen Bruder gewarnt. »In einer Woche beim Turnfest muss sie gesund sein.«

Mine war die beste Turnerin im Verein, und alle erwarteten von ihr, dass sie beim Kreisturnfest den Sieg für ihr Dorf holte. Wie in den beiden letzten Jahren. Außer ihr wusste niemand, dass sie in diesem Jahr nicht teilnehmen konnte, und schon seit einiger Zeit überlegte sie fieberhaft, wie sie das anstellen könnte.

»Keine Sorge!«, hatte Onkel Gerd gebrummelt. Alle im Dorf wussten, dass ihm der Turnverein ziemlich egal war.

Niemand machte ihm deshalb Vorwürfe. »Das mit Hans und Karl, das hat er nie verwunden«, hatte ihr Vater Georg einmal gesagt. Hans und Karl waren Onkel Gerds gefallene Söhne. In den letzten Kriegstagen waren sie noch eingezogen worden und bei einem Tieffliegerangriff ums Leben gekommen. Jeden Sonntag nach der Messe ging er auf den Friedhof. Die ersten Jahre war er mit seiner Frau gekommen, seitdem die krank war und ihr das Gehen immer schwerer fiel, kam er meistens allein. Niemand regte sich über die vielen Zigarettenstummel auf, die er am Grab zurückließ. Der Friedhofsgärtner, ein alter Witwer und Kriegsversehrter, der sich seine karge Rente aufbesserte, kehrte sie am Montagmorgen regelmäßig zusammen und entsorgte sie in der Mülltonne am Eingang des Friedhofs.

Je näher der Sonntag und damit der Friedhofsbesuch rückten, desto einsilbiger wurde Gerd und rauchte noch mehr.

Der Hof, auf dem die Rohre gelagert waren, lag am anderen Ende der kleinen Stadt.

Mine hatte sich auf den Ausflug mit ihrem Onkel gefreut.

»Sie ist aus der Art geschlagen«, tuschelten die Leute und hielten sich dabei nicht einmal die Hand vor den Mund. Mine las viel, und sie wäre gerne auf die Handelsschule gegangen, aber das hatte ihr der Vater nicht erlaubt und dabei Unterstützung von der Mutter erhalten. Was sollte ein Mädchen auf der Handelsschule? Es gab ja schon einen Mann, der sie heiraten wollte. Zumindest wollten das die anderen. Rüdiger Behrendt. Er arbeitete in der Rheinböller Hütte, in der Eisengusswaren, Grabkreuze, Brunnentröge, Öfen, Herde, Haushaltswaren und einiges andere hergestellt wurden. Der größte Arbeitgeber in der weiteren Umgebung, und Rüdiger arbeitete in der Buchhaltung. Ein krisenfester Arbeitsplatz, bei dem er sich die Hände nicht schmutzig machte, manchmal sogar dienstlich nach Koblenz, Mainz oder Köln fahren musste und ordentlich verdiente. Kennengelernt hatten sie sich bei einem Turnwettbewerb vor fast einem Jahr, sie waren ein paar Mal miteinander ausgegangen, er war bei ihrer Familie zu Besuch gewesen, sehr zur Freude des Vaters, der in ihm eine gute Partie sah. Albrecht, Mines ältester Bruder, würde den Hof übernehmen, und Walter, der Zweitgeborene, arbeitete in einer Ziegelei. Mine hatte zwei Möglichkeiten. Sie konnte heiraten und eine eigene Familie gründen oder ihr Leben als bessere Magd bei ihrem Bruder auf dem Hof verbringen. Um die elfjährige Renate, das Nesthäkchen, machte sich noch niemand Gedanken.

Onkel Gerd lenkte den kleinen Transporter durch die Straßen des Städtchens. Sehnsüchtig blickte Mine durch die Seitenscheibe nach draußen. Es war warm, und sie hatte das Fenster heruntergekurbelt. Die Übelkeit machte sich gerade nicht bemerkbar.

»Du magst die Stadt, was?«, fragte Onkel Gerd, ohne die

junge Frau neben sich anzuschauen. Es waren praktisch die ersten Worte, die er heute sprach. Mine wunderte sich nicht. Es war Freitag, noch zwei Tage bis zum Besuch des Grabs seiner beiden Söhne.

Deshalb antwortete sie auch nicht, sah weiter nach draußen. Gleich würde er kommen, der kleine Laden, in dem man Lottoscheine kaufen konnte. Manfred, ein Junge, der in ihrer Klasse gewesen war, hatte erzählt, dass sein Vater dort einmal mehr als fünftausend D-Mark gewonnen habe. Auf einmal. Aber Manfred war als Aufschneider bekannt. Mine faszinierte etwas anderes an dem kleinen Geschäft. Es gab dort Bücher. Nicht viele, aber man konnte alles bestellen. Wenn sie früher mit ihren Brüdern unterwegs war, war sie immer wieder heimlich in den Laden geschlichen. Während die Brüder irgendwelchen Baustoff kauften, hatte sie sich unter einem Vorwand davongemacht und die bestellten Bücher abgeholt, sie schnell in ihrer Tasche verstaut und die Inhaberin des kleinen Ladens gebeten, niemandem etwas davon zu sagen. Wenn sie mit Onkel Gerd zu Besorgungen in Kastellaun war, machte sie es genauso. Umso erstaunter war sie, als der Onkel vor einem halben Jahr selbst in den Laden ging und sie aufforderte, im Wagen auf ihn zu warten. Das Päckchen, das er aus dem Laden trug, verstaute er eilig hinten auf der Ladenfläche. Bei der nächsten Tour mit ihm ließ sie sich nicht davon abbringen, mit hineinzugehen, was ihrem Onkel sehr unangenehm war. Während er mit Frau Morgenthal, der Besitzerin, im Hinterzimmer verschwand, schlich sie im Laden umher. Mine hatte schon den Verdacht, dass ihr Onkel etwas mit der Frau hätte, aber die kam plötzlich in den Laden zurück, reichte ihr schnell das beim letzten Besuch bestellte Buch und verschwand wieder im Hinterzimmer. So kam sie hinter Onkel Gerds Geheimnis. Und sie verriet ihm ihres. Was die Dinge einfacher machte.

Gemeinsam stiegen sie jetzt in den Hanomag und fuhren los. Gleich würde das Reisebüro kommen, ein kleiner Laden. Mine liebte die Plakate im Schaufenster. Berge, hinter denen die Sonne hervorlugte, die Nordsee mit ihren großen Wellen, die sich an einer Kaimauer brachen, die große Theaterruine in Rom. Das wollte sie alles sehen. Die vielen Orte, von denen sie in den Büchern gelesen hatte.

Eine Baugrube, die mit einem Absperrgitter gesichert war, zwang Onkel Gerd zum Langsamfahren.

Dann hatten sie den Hof der Firma mit den Baustoffen erreicht. Onkel Gerd fuhr den Hanomag rückwärts an die Rampe, auf der die Rohre gelagert waren.

Er nickte ihr zu. Sie wusste, was das bedeutete. Sie sollte schon mit dem Aufladen beginnen, während er im Büro die Rechnung beglich.

»Na, Mine«, begrüßte sie der Vorarbeiter, den alle Siggi nannten, »musst du wieder alles alleine machen?«

Er sah sie begehrlich an, und sie wusste das. Evi, ihre beste Freundin, sagte immerzu, dass sie die Schönste sei. Nicht nur im Dorf, sondern im ganzen Kreis. Nicht ganz neidlos, wie es Mine manchmal schien. Die beste Turnerin war sie sowieso. Aber das machte ihr im Moment so große Probleme. Dass sie ein Geheimnis hatte, das sie mit niemandem teilen konnte. Nicht einmal mit Evi.

»Bist bald stärker als deine Brüder, bei dem, was du schleppen musst.« Er lachte.

Sie sah zur Seite und arbeitete noch schneller. Dabei fürchtete Siggi sich vor Mines Brüdern und würde ihr deshalb nie zu nahe kommen. Einmal hatte er es versucht und nicht bemerkt, dass Albrecht im Wagen saß. Albrecht hatte Kraft wie ein Stier, alle fürchteten ihn, und es reichte, dass er kurz aus dem Wagen stieg und Siggi fest in die Augen blickte.

»Lass gut sein!« Siggi begann, die Rohre auf die Ladefläche

zu schieben. Zum ersten Mal war sie ihm richtig dankbar für seine Hilfe.

»Du musst dich schonen fürs Tanzturnier!«, erklärte er. Mine sah an seinem enttäuschten Gesichtsausdruck, dass er sich zumindest ein dankbares Lächeln von ihr erwartet hätte, doch er hatte sie nur wieder an die Veranstaltung erinnert, an der sie nicht teilnehmen konnte.

Siggi war gerade fertig, als Onkel Gerd mit einer Zigarette zwischen den Lippen aus dem Büro kam. Er stieg in die Fahrerkabine und startete den Motor. Mine nickte Siggi kurz zu und lief zur Beifahrertür. Onkel Gerd hatte schon den Gang eingelegt.

Kaum waren sie wieder auf der Landstraße, räusperte sich Onkel Gerd. Nicht so ein normales Räuspern, wenn man sich verschluckt hat oder einfach das Gefühl, dass einem etwas im Hals steckt, was da nicht hingehört. Nein, es war eines, mit dem man sich selbst Mut machen will, um etwas Unangenehmes anzusprechen. Aber er begann nicht sofort. Immerhin hatte er sich keine neue Zigarette angezündet. Ihre Übelkeit war stärker geworden, und sie fürchtete, dass der Geruch des Nikotins sie zum Erbrechen bringen würde.

Onkel Gerd räusperte sich ein weiteres Mal. Nun wusste sie, dass es etwas Ernstes war. Sie war sogar sicher, dass er schon seit ihrer Abfahrt auf den Moment wartete, es endlich loszuwerden. Mit einem Mal überkam sie die Furcht, dass er ihr Geheimnis kannte oder zumindest ahnte und sie darauf ansprechen wollte. Wenn er es wusste, dann wussten es vielleicht auch alle andern in der Familie. Und dann?

»Opa Albrecht«, begann er, nutzte aber ein Bremsmanöver vor einer Kurve zu einer Pause, als wollte er seine Worte noch einmal abwägen. Am Ende der Kurve beschleunigte er den Wagen. »Du weißt, warum er nie zu deinem Geburtstag kommt?«

Mine zuckte mit den Schultern. Tatsächlich hatte sie sich nie Gedanken darüber gemacht. Schon Gedanken, aber keine, die sie belasteten. Opa Albrecht war ein Kauz, wie manche im Dorf sagten. Aufbrausend konnte er sein, er hatte eine laute Stimme, viele fürchteten ihn. Es war eben einfach so, dass er die Mädchen und Frauen in der Familie nicht beachtete. Mit Ausnahme seiner Frau, die Oma Rita. Aber die war schon so lange tot, dass Mine sich kaum an sie erinnern konnte. Sie hatte immer gedacht, dass er nicht zu ihrem Geburtstag kam und ihr nicht gratulierte, weil er das bei Frauen grundsätzlich nicht machte. Dabei wusste sie es besser. Natürlich machte er es bei den anderen. Aber eben auf seine Weise. Grummelig, im Vorbeigehen.

Mine wusste nicht, ob er ihre Reaktion mitbekommen hatte. Noch nie hatte sie deswegen jemand angesprochen. Dass Onkel Gerd das jetzt machte, war sehr seltsam. Auch weil ihr Onkel immer Streit mit Opa Albrecht hatte. Meist ging es um Politik.

Heute war ihr Geburtstag, und am Abend würden sie alle zusammensitzen und ein wenig feiern. Wie immer ohne Opa Albrecht. Ihre Mutter würde ihr Lieblingsgericht kochen. Auch ihr Onkel Gerd würde vorbeischauen. Ob seine Frau Margarete mitkäme, hing von ihrem Gesundheitszustand ab. Dabei hatte sie kein richtiges körperliches Gebrechen. Ihr Leben war schwarz, sagte Onkel Gerd, und alle in der Familie stimmten ihm bei. Evi wäre mit von der Partie. Und Otto Schunk, ihr Trainer. Der gehörte fast zur Familie. Aber Opa Albrecht nicht.

»Du weißt, welcher Tag heute ist, Wilhelmine?«

Bei ihrem vollständigen Namen wurde sie nur gerufen, wenn etwas Ernstes anstand. Renate, ihre kleine Schwester, machte sich manchmal einen Spaß daraus, sie so zu nennen. Sie fand, dass das kein Mädchenname war.

Onkel Gerd starrte weiter geradeaus, während er sprach.

»Mein Geburtstag …«, antwortete Mine.

»Ja«, bestätigte er so gedehnt, als hätte das kleine Wort fünf As. »Aber …«, nun steckte er sich doch eine Zigarette an. »Das Datum …«

»Der achte Mai. Da habe ich immer Geburtstag.« Sie lachte gequält, weil sie nicht wusste, worauf Onkel Gerd hinauswollte.

»Und …«, er nahm einen tiefen Zug, »was war am achten Mai?«

Sie wollte schon sagen, dass sie da geboren worden war. Vor neunzehn Jahren. Heute vor neunzehn Jahren. Noch zwei Jahre, dann war sie großjährig. Dann durfte sie wählen. Hatte ihr Evi gesagt. Zu Hause wollte niemand etwas davon wissen.

»Ich habe noch nie gewählt«, hatte ihre Mutter gesagt, als sie sie darauf angesprochen und gefragt hatte, wie das geht.

Mine verkniff sich die Antwort. Onkel Gerd würde sie nicht witzig finden. Er kam ihr zuvor. »Das Kriegsende. Die Kapitulation.« Er zog so tief an der Zigarette, dass sie das Knistern beim Verbrennen des Tabaks hören konnte.

»Dass du an dem Tag geboren bist … Für Opa Albrecht ist das eine Katastrophe.«

Sie dachte einen Moment nach. »War er ein Nazi?«

Sie sagte das sehr zögerlich. Das war ein Thema, über das in ihrer Familie nicht gesprochen wurde. Nur in den Streitereien mit Onkel Gerd kam das manchmal zur Sprache. Aber da wurde sie meistens rausgeschickt. Der Krieg war weit weg, sie alle hatten was geschafft. Die Städte waren wieder aufgebaut worden, und sie mussten nur aufpassen, dass die Kommunisten ihnen nicht alles kaputt machten oder wegnahmen.

»Der Tag war für ihn eine Katastrophe«, wiederholte Onkel Gerd. »Für mich ist es das Gegenteil.« Er schwieg für ein paar Sekunden. »Du bist ein guter Mensch, Mine«, sagte er mit einem Mal, so leise, dass Mine nicht sicher war, dass sie ihn richtig verstanden hatte. »Du musst weg. Du bist zu gut für hier.« Er machte eine Pause, sprach dann mehr zu sich. »Heute wird er vielleicht kommen.«

»Warum?«, fragte Mine unsicher, aber Onkel Gerd schwieg und rauchte.

Auf halber Strecke bog er in ein Feld ein. Mine kannte das schon. Seit Onkel Gerd im letzten Herbst hier eine alte Münze gefunden hatte, war er davon überzeugt, dass in der Erde unter diesem Feld ein Schatz lag. Anfangs hatten alle gelacht, als er behauptete, dass es sich um ein Geldstück aus römischer Zeit handelte, aber er war so überzeugt von seinem Fund, dass er nach Mainz gefahren war, wo er das Geldstück von Spezialisten untersuchen ließ. Zur Überraschung aller handelte es sich tatsächlich um eine römische Münze. Es wurden Archäologen zur Fundstelle geschickt, aber die fanden nach längerer Suche keine weiteren Geldstücke und waren schließlich überzeugt, dass Onkel Gerds Fund ein Zufall gewesen war.

An den wollte er nicht glauben, und so machte er sich jedes Mal, wenn er hier vorbeikam, auf Schatzsuche. Über einen Bekannten, den er noch aus seiner Schulzeit kannte und der während des Krieges Unteroffizier bei den Pionieren gewesen war, hoffte er, an ein Minensuchgerät zu gelangen.

Zweimal schon hatten Männer aus dem Dorf sich den Spaß gemacht, bei einem Schmied in einem Nachbardorf alte Blechstücke so bearbeiten zu lassen, dass sie wie alte Münzen aussahen. Aber auch nachdem er den Betrug bemerkt und den Spott und das Gelächter der anderen über sich hatte ergehen lassen, machte er weiter und fand tatsächlich hin und wieder ein altes Geldstück. Er würde niemandem davon erzählen, sondern sich selbst informieren. Onkel Gerd war kein Leser. Für so etwas war keine Zeit. Aber für die Münzen war er bereit, einige Grundsätze über den Haufen zu werfen. Also besorgte er sich Bücher.

Natürlich hatte er bald herausgefunden, warum Mine ihn so gern nach Kastellaun begleitete. Bald bestellte er selbst Bücher, die sich mit römischen Münzen und römischer Geschichte beschäftigten. Mine war die Einzige, die von dieser seiner Leidenschaft wusste. Er wusste, dass sie das für sich behalten würde.

Während er das Feld absuchte, Quadratmeter für Quadratmeter, Furche für Furche, saß Mine auf dem Beifahrersitz und las. Ab und zu blickte sie auf und beobachtete ihren Onkel bei seinem Tun.

Eine Stunde lang lief er systematisch seine Strecke ab, rechte den Boden, bückte sich, ließ Erdkrumen durch seine Finger gleiten, ging weiter, bückte sich, hob neue Erde auf, ließ sich auch nicht von dem Lärm der Düsenjäger, die zweimal über sie hinwegflogen, stören. Wie sie sich schon lange nicht mehr davon stören ließen, weil sie so oft und manchmal auch sehr tief flogen, dass es zur Gewohnheit geworden war.

An diesem Tag war er erfolglos. Er würde wiederkommen.

»Mine, komm ins Haus und hilf mir beim Vorbereiten!« Ihre Mutter stand schon in der Tür zum Wohnhaus, als Mine und der Onkel in den Hof fuhren, und winkte sie zu sich. Doch Mine tat, als hätte sie nichts gehört, und lief zur Straße und ums Dorf herum zu dem kleinen Denkmal an dem Feldweg zum Wald, das für den Heiligen Andreas errichtet worden war.

Dort blieb sie einen Moment stehen, bekreuzigte sich und ging dann auf die hintere Seite. Sie sah sich nochmals um, dann bückte sie sich und schob ihre rechte Hand in einen schmalen Spalt unten am Sockel. Suchte rechts, dann links. Nichts. Wieder keine Nachricht.

Enttäuscht stand sie auf, rieb sich den Staub von den Händen, trat kurz und wütend auf und ging zurück zum Hof.

»Hast du mich nicht gehört?«, schimpfte ihre Mutter, als sie in die Küche trat. Ihre kleine Schwester Renate stand auf einem Holzklotz und rieb auf einer Holzplatte die Kartoffeln für den Döppekoochen.

»Aua!«, schrie sie auf.

Mutter und Mine schauten zu ihr herüber. Sie reckte ihren Zeigefinger in die Luft, die Spitze blutrot. Ein Tropfen fiel auf die geriebenen Kartoffeln.

»Wasch das ab!«, blaffte sie die Mutter an, »sonst brauch ich keine Wurst mehr da reinmachen.«

Trotzig schob Renate den Finger in den Mund und leckte ihn ab.

Die Mutter hatte sich schon wieder Mine zugewandt. »Geh die Kuh füttern!«, forderte sie ihre Tochter auf. »Und zieh dich dann ordentlich an. Du musst noch den Tisch decken.«

Mit einem Nicken verließ Mine die Küche. Was für eine ungerechte Welt. Evi hatte ihr erzählt, dass sie an ihrem Geburtstag nichts machen musste. Alle kümmerten sich um sie. Erst wenn das Essen fertig und der Tisch gedeckt war, durfte sie in die Küche kommen.

Beim Gang über den Hof kam die Übelkeit wieder. Sie blieb kurz stehen, atmete tief durch, bis der Würgereiz verflogen war. Keine Nachricht, schoss es ihr durch den Kopf, wieder keine Nachricht. Dabei hatte er doch gesagt, dass er heute wiederkäme. Wie gerne hätte sie sich an ihrem Geburtstag von ihm in den Arm nehmen lassen. Ihre Nase an seinen Hals gedrückt, um sich wieder daran zu erinnern, wie gut er roch.

Der Duft des Döppekoochens zog schon durchs ganze Haus. Das war das Schönste an ihrem Geburtstag, der große Berg der geriebenen und im Ofen gegarten Kartoffeln mit der festen

Kruste. An ihrem Geburtstag schoben alle ihr die Kruste auf den Teller. Vor zwei Jahren hatte sie so viel und so schnell gegessen, dass ihr noch lange danach schlecht gewesen war und ihr Bauch wehtat.

Schnell wusch sie sich und zog ein frisches Kleid an, dann ging sie in die Küche. Die Mutter suchte gerade das Besteck in einer Schublade zusammen, das sie ihr gleich reichte.

Eine halbe Stunde später saßen sie alle an dem großen Tisch. Ihr Vater an dem einen Kopfende, ihm gegenüber Opa Albrecht, wie immer mit griesgrämigem Gesicht. Er würdigte seine Enkelin mit keinem Blick. Dazwischen auf der einen langen Seite ihre beiden Brüder und Onkel Gerd, auf der anderen sie selbst in der Mitte. Rechts von ihr hatten Renate und ihre Mutter Hella Platz genommen, links ihre Freundin Evi, die mit einem großen, in blaues Papier eingeschlagenem Geschenk gekommen war. Ein Platz neben den Brüdern war noch frei für Otto Schunk, der den Vater hatte wissen lassen, dass er versuchen würde zu kommen.

Mine hoffte, dass er es nicht schaffte, denn sonst würden sie nur über das Kreisturnfest sprechen und ihr Vorhaltungen machen, dass sie nicht so viel essen solle. In den Jahren davor war ihr das recht gewesen, sie war der Mittelpunkt, alle hatten sie für ihre turnerischen Fähigkeiten bewundert, aber in diesem Jahr wollte sie nichts davon wissen. Ab morgen spätestens musste sie sich etwas einfallen lassen, einen guten Grund, warum sie nicht teilnahm. Krankheit vortäuschen ging nicht, dafür hatte ihre Mutter einen untrüglichen Blick.

Mine hatte keinen großen Appetit und aß nur ein kleines Stück von ihrem geliebten Döppekoochen. Was sofort allen auffiel und falsch interpretiert wurde.

»Richtig so!«, rief Albrecht aus, und der Vater stimmte zu. »Damit wir allen Nachbardörfern mal wieder zeigen, wo der Hammer hängt.« Sie lachten und stießen mit den Flaschen an.

»Ist doch nix für Mädchen!«, schimpfte der Opa in der Ecke. »Da halb nackig rumhopsen. Soll heiraten und Kinder kriegen!«

Mine verschluckte sich, und wieder verstanden das alle falsch.

Ihre Mutter strich ihr über die Schulter. »Mach dir nichts draus, den änderst du nicht mehr. Und am Ende ist er auch stolz, wenn du gewinnst. Kann es halt nicht zeigen, der alte Sturkopf.«

Um neun Uhr, Walter hatte schon den zweiten Kasten Bier aus dem kühlen Keller in die Küche geschleppt, hörten sie das Knirschen von Reifen auf dem Kies vor dem Haus. Nun kam Otto Schunk doch noch, blieb in der Tür stehen, schaute in die Runde.

»Komm, Otto, setz dich!« Ihr Vater deutete auf den Platz neben Renate.

Otto klopfte mit der einen Hand dreimal auf den Tisch, in der anderen hielt er ein in grünes Geschenkpapier eingeschlagenes Päckchen, der Farbe des Turnvereins. Er blieb stehen und blickte zu Mine hinüber. »Herzlichen Glückwunsch, meine liebe Mine.« Mit feierlicher Stimme reichte er ihr das Geschenk über den Tisch.

Sie bedankte sich artig und machte Anstalten, das Päckchen hinter sich zu legen, fing sich dafür aber erboste Blicke ein.

»Du musst es schon aufmachen!«, forderte ihre Mutter. Renate stimmte ihr zu. »Ja, aufmachen! Du musst das aufmachen!«

Langsam streifte Mine das Band ab und wickelte das Päckchen aus dem Geschenkpapier. Auf dem Karton war ein Mädchen im Sporttrikot abgebildet. »Vielen Dank!« Mine lächelte Otto kurz an.

»Ganz aufmachen!« Renate klatschte in die Hände.

Alle am Tisch sahen Mine erwartungsvoll an, nur Opa Albrecht trank aus seiner Bierflasche und rülpste.

Mine hob den Deckel an, nahm ein grünes Trikot heraus und hielt es hoch, sodass alle es sehen konnten.

»Die Frau Lehr hat das Vereinslogo schon draufgenäht.«

»Sehr schön.« »Geschmackvoll«, riefen alle am Tisch durcheinander und klatschten. »Jetzt ist Gewinnen absolute Pflicht!«, sagte der Vater.

Mine schaute auf das schmal geschnittene Trikot. Früher hätte sie problemlos hineingepasst, vor einigen Wochen sogar noch, aber jetzt ... Alle würden es sehen. Sie konnte nicht am Wettbewerb teilnehmen. Ihr wurde wieder übel.

»Aber«, hob Otto seine Stimme in einer Art, die alle verstummen ließ, »Mine, du musst jetzt wieder zum Training kommen. Zweimal hast du diese Woche gefehlt. Ich weiß, dass auf dem Hof viel Arbeit zu tun ist ...«

»Wie?«, unterbrach ihn der Vater. »Sie hat nicht gearbeitet. Du hast doch gesagt, dass du zum Training gehst.« Seine Stimme hatte einen bösen Unterton, doch Otto entschärfte die Situation. »Verziehen und vergessen«, beschwichtigte er, »aber ab morgen kommst du wieder regelmäßig zum Training.«

Die Mutter kam ihren Gastgeberpflichten nach. »Otto, ein Stück von dem Döppekoochen? Mine hat dir ja zum Glück noch was übrig gelassen.«

Alle lachten. Die Stimmung war wieder entspannt.

»Aber nur ein kleines«, bat Otto. »Wir haben im Turnverein zusammengesessen und alles für den Wettbewerb besprochen. Da gab es schon was.«

Die Mutter ließ sich nicht beirren und türmte eine große Portion auf Ottos Teller. Walter öffnete eine Bierflasche und reichte sie ihm. »Dass noch so viel übrig ist«, staunte Otto und blickte anerkennend zu Mine. »Disziplin ist das Wichtigste für Sportler. Für erfolgreiche Sportler.« Er hob seine Bierflasche und sprach einen Toast aus. »Auf Mine und ihren Sieg am Samstag. Hoch soll sie leben!«

»Hoch, hoch!«, riefen alle am Tisch, bis auf Mine und Opa. Onkel Gerd, dem das Turnier egal war, machte eher pflichtschuldig mit.

Dann sprachen alle durcheinander, vor allem über das Turnfest, und keiner nahm wahr, dass Mine immer ruhiger wurde. Ihr war aufgefallen, dass ihr Vater immer wieder auf die Uhr schaute und Opa Albrecht genervt fragende Blicke auf seinen Sohn richtete.

Es war schon zehn Uhr, als von draußen wieder das Knirschen von Reifen auf dem Kies zu vernehmen war und eine Autotür zuschlug. Dann klopfte es an der Tür. Aber der späte Gast wartete die Antwort gar nicht erst ab, sondern kam mit schnellen Schritten in die Küche.

»Guten Abend zusammen!«, rief Rüdiger Behrendt, der einen Strauß roter Rosen in der Hand hielt. Er trug einen dunkelblauen Anzug, ein weißes Hemd und eine hellblaue Krawatte. Rüdiger war groß und schlank und hatte seine blonden Haare nach hinten gekämmt.

»Rote Rosen, wie schön«, rief die Mutter aus und stand auf, um eine Vase zu holen.

»Rückt mal zusammen!«, forderte der Vater Mine und Evi auf.

»Ein schönes Paar«, witzelte Walter und erntete von Mine einen bösen Blick.

Rüdiger, die Rosen vor der Brust, blieb neben Mine stehen. Alle Blicke waren erst auf ihn, dann auf das Mädchen gerichtet. Sie überkam eine Ahnung und spürte, wie die Übelkeit wieder in ihr aufstieg.

»Steh doch mal auf, Mine!«, forderte sie der Vater auf. Jetzt wurde ihr richtig schlecht.

Schließlich erhob sie sich. »Wilhelmine Karges, ich möchte mich heute mit dir verloben!« Rüdiger reichte ihr die Blumen, griff mit der freien Hand in seine Jacketttasche und nestelte umständlich ein kleines Etui heraus. Mine wurde schwarz vor Augen, sie schaffte es gerade noch, die Hand nach den Blumen auszustrecken, dann knickten ihr die Beine weg. Darum war der Opa in diesem Jahr zu ihrem Geburtstagsessen gekommen, war ihr letzter Gedanke. Und dass alle es gewusst hatten, alle eingeweiht waren, nur sie nicht.

Am schnellsten reagierte Evi, die ihre Freundin noch auffangen konnte, bevor sie auf den Boden fiel.

9. Mai 1964

Ferdinand zog die Schlafzimmertür zu, seine Schuhe und sein Jackett hatte er in der Hand. Unsicher und noch leicht benommen tastete er sich durch den Flur. Ein Geräusch aus dem Schlafzimmer ließ ihn innehalten, ein leises Husten. Er wartete, überlegte. Wie war er hierhergekommen? Das Lokal. Jazzmusik. Dann, am Tresen, das Gespräch, ein Bier und noch ein weiteres und …

Er zog die Wohnungstür hinter sich zu und stieg die Treppe hinab. Er musste sich mit einer Hand am Geländer abstützen. Zwei Stockwerke hatte er geschafft, als oben eine Tür aufging.

»Ferdinand?« Nicht laut, noch unsicher. Ein Räuspern. Nun sicherer. »Ferdinand? Bist du noch da?«

Er schwieg, wartete an die Wand gedrückt. Als er eine Tür ins Schloss fallen hörte, setzte er seinen Weg nach unten fort, hockte sich im Parterre auf die unterste Stufe, schlüpfte in seine Schuhe und versuchte sich an den Namen der Frau zu erinnern, deren Wohnung er gerade verlassen hatte. Er schloss die Augen. Keine Chance. Vielleicht später. Gerade als er sich erhob, ging die Tür neben ihm auf.

Eine Frau in grauem Kittel blickte ihn verwundert an, schüttelte den Kopf, drückte ihre Tür schnell wieder zu.

Ferdinand zog sein Jackett an, griff in die Taschen, stellte beruhigt fest, dass seine Schlüssel noch da waren.

Zurück in seiner Wohnung machte er sich frisch und packte seine Reisetasche mit dem Nötigsten. Es war sieben Uhr, in zehn Stunden würde er in München Frau Lachmann treffen.

Die Dauphine schnurrte über die Autobahn nach Süden. Er dachte über das Gespräch mit Dr. Rudnik und dessen Warnungen nach. Er würde vorsichtig sein. Aber für ihn ging es jetzt um seine Existenz. Der Anruf der Lachmann war ein Glücksfall für ihn, die Chance, seine Reputation wiederherzustellen, Aufträge zu bekommen und Geld zu verdienen.

An einer Raststätte besorgte er sich einen Kaffee und ein belegtes Brötchen. Langsam verflog auch das Hämmern in seinem Kopf. Er versuchte zu rekonstruieren, wie er in die Wohnung dieser Frau gekommen war. Parken. Die Frage: Nach Hause oder noch einen Absacker? Entscheidung. Die Kneipe. Jazzmusik. Tresen. Die Frau … Silke. Endlich fiel ihm ihr Name wieder ein. Silke. Wie weiter? Sie hatten über die Alliteration gelacht. Siebert. Genau. Hatten herumgesponnen. Silke Siebert singt sinnlose … Sieder? Weiter waren sie nicht gekommen. Aber dafür in ihre Wohnung. Er war der jungen Frau schon einige Male auf der Straße oder beim Bäcker begegnet. Sie hatten sich gegrüßt. Mehr nicht. Sie wohnte ein paar Häuser weiter, in der nächsten Querstraße. Die Erinnerung kam langsam wieder. Sie arbeite auf dem Verkehrsamt, hatte sie gesagt und dabei gelacht. Ferdinand fürchtete, dass er rot geworden war. Unter Männern waren solche Anzüglichkeiten normal, aber bei einer Frau? Die neuen Zeiten? Als er aufbrechen wollte, hatte sie sich von dem Mann hinter der Theke ein Stück Papier und einen Stift geben lassen, darauf ihre Telefonnummer notiert und ihm den Zettel wie ein Einstecktuch in die Jackentasche gesteckt.

Da hatte er ihr angeboten, sie nach Hause zu begleiten.

In München angekommen, suchte er nach einer Telefonzelle. Er wollte einen ehemaligen Kommilitonen aus Frankfurt, den es nach München verschlagen hatte und zu dem er in den letzten Jahren einen lockeren, um genau zu sein, sehr lockeren

Kontakt gehalten hatte, bitten, bei ihm übernachten zu dürfen, um wenigstens diese Kosten zu sparen. In der Nähe des Hauptbahnhofs fand er gleich einen Parkplatz, und er nahm es als gutes Omen, dass er trotz des abendlichen Gedränges in der Bahnhofshalle auch eine freie Telefonzelle vorfand. Sein ehemaliger Kommilitone erklärte ihm, dass er erst vor wenigen Tagen zum zweiten Mal Vater geworden war und deshalb keinen Platz im Haus habe. Ferdinand wusste nicht einmal etwas von dem ersten Kind, deshalb beendete er das Gespräch nach einem Glückwunsch und geheucheltem Verständnis.

Anschließend versuchte er es nochmals bei dem Chefredakteur in Frankfurt, aber es war nur ein Mann am Apparat, dessen auffallend junge Stimme ihm in überheblichem Tonfall mitteilte, dass der Chefredakteur nicht zu sprechen war. Ungehalten hielt er Ausschau nach einem Zeitschriftenkiosk, wo er sich einen Stadtplan von München besorgte.

Ruth Lachmann wohnte im Stadtteil Lehel, Am Gries hieß die Straße, nahe der Isar. Die Häuser dort wirkten alt und abbruchreif.

Ferdinand musste durch eine schmale und dunkle Toreinfahrt in einen Hinterhof laufen. Auf dem an vielen Stellen aufgerissenen Steinboden bildeten wildwachsende Gräser kleine grüne Inseln. Auf der linken Seite schmiegte sich ein schmales einstöckiges Gebäude an die Mauer zum Nachbarhaus, auf der Rückseite befand sich ein Schuppen mit einem breiten, aus zwei Flügeln bestehenden und verwitterten Holztor. Rechts erhob sich ein drei Stockwerke hoher Bau. In diesem Haus musste nach ihrer Beschreibung Frau Lachmann wohnen.

Ferdinands Schritte hallten laut im Hof. Zwei Tauben flogen hektisch davon und setzten sich auf das Dach des Schuppens. Am Eingang zum Haus gab es keine Klingeln, aber die

Tür stand einen Spalt offen. Sowieso machte sie nicht den Eindruck, als würde sie standhalten, wenn jemand sich mit Gewalt Zutritt verschaffen wollte. Alles hier wirkte ärmlich und heruntergekommen, im Flur roch es feucht, die Farbe blätterte von den Wänden, die Stufen der Holztreppe waren ausgetreten.

Im zweiten Stock klebte ein handgeschriebenes Papierschild an der Tür, darauf in kleiner Schrift »R. Lachmann«.

Ferdinand horchte einen Moment, dann klopfte er an der Tür, doch es passierte nichts. Er klopfte nochmals, dieses Mal etwas heftiger.

»Ja, bitte?«, fragte eine Stimme.

Ferdinand trat einen Schritt von der Tür zurück. »Ja?«, fragte er.

»Wer ist da?« Die Stimme kam aus dem Stockwerk über ihm.

Ferdinand stieg bis zum Zwischenstock, wo ihn von oben ein Mann jenseits der siebzig neugierig anschaute.

»Ich bin mit Frau Lachmann verabredet.«

Der Mann stützte sich auf einen Stock und kam ihm ein paar Stufen entgegen, dabei kniff er die Augen zusammen, als sehe er nicht gut, mit der freien Hand hielt er sich am Geländer fest.

»Frau Lachmann?«, wiederholte er, und es schien, als müsse er erst nachdenken.

»Ja«, erwiderte Ferdinand.

»Die ist gestorben!« Eine dunkle Stimme, die Worte gedehnt.

»Wie bitte?« Ferdinand glaubte, sich verhört zu haben.

»Sie ist verstorben.«

Die Nachricht traf ihn völlig unerwartet. Er hatte mit vielem gerechnet. Dass sie doch nicht mit ihm sprechen wollte. Dass die Geschichte zu vage war, um sie gerichtsfest machen zu können. Dass, dass, dass … aber nicht, dass Ruth Lachmann verstorben war. Doch was hieß verstorben? Sie erkennt einen ihrer Peiniger aus dem Konzentrationslager, und wenige Tage später ist sie tot. Er konnte das nicht glauben.

Er stieg ein paar Stufen höher, stand nur noch wenige Schritte von dem alten Mann entfernt und schaute ihn erwartungsvoll an.

»Vor drei Tagen. Die alte Hammermuth hat sie gefunden.« Der Alte machte eine Pause. »Wollte ihr was zum Essen vorbeibringen. Hat doch kaum was.« Er atmete vernehmlich, als würde ihn das Sprechen anstrengen.

»Woran ist sie gestorben?«, fragte Ferdinand, der sich ermahnte, jetzt klar zu denken.

»Es ging ihr nicht so gut. War ja auch nicht mehr die Jüngste.«

Ferdinand dachte nach. »Hat sie Familie?«

Der Alte schüttelte leicht den Kopf.

»Freunde, Verwandte?«

»Sie hatte niemanden, war meist allein. Ist viel spazieren gegangen. Aber immer alleine.«

Ferdinand räusperte sich. »Könnte ich einen Blick in ihre Wohnung werfen?« Der alte Mann schaute ihn verwundert an.

»Sind Sie verwandt?«

»In gewisser Weise, ja«, war alles, was Ferdinand auf diese Frage einfiel.

»Die Wohnung ist leer. Da finden Sie nichts.«

»So schnell«, erwiderte Ferdinand. »Wenn sie doch niemanden hat.«

»Da waren zwei Männer, gleich am nächsten Tag. War ruckzuck leer die Wohnung.« Der Alte schnaufte. »War aber auch nicht viel drin.«

»Wie sahen die denn aus?«

Der Alte nahm sich Zeit, kratzte sich am Kopf. »Zwei. Im

Blaumann. Noch nicht alt.« Er lachte auf. »Für mich ist fast jeder nicht alt.«

Ferdinand dachte einen Moment nach. »Hat diese Frau Hammermuth mit den beiden Männern gesprochen?«

Der Alte ließ sich Zeit. Schüttelte den Kopf. »Die Hammermuth hat mit einem Mann gesprochen, ein anderer, so ein Feinerer, nicht so jung, der war schnell da gewesen.«

»Ein anderer Mann?«

Der Alte nickte.

»Wer war das?«

»Das weiß ich doch nicht, junger Mann!«

»Wo wohnt diese Frau Hammermuth?« Der Alte deutete in Richtung des anderen Hinterhofhauses. »Drüben.«

Ferdinand bedankte sich und stieg langsam die Stufen hinunter zur Wohnung der Lachmann. Die Tür war nicht verschlossen, und drinnen war sie tatsächlich komplett leer, was er trotz der Düsternis sofort erkannte. Aus dem Treppenhaus hörte er den Stock des Alten und bald auch dessen Stimme.

»Passen Sie bloß auf. Im letzten Zimmer ist ein Loch im Boden ... hat sie nicht mehr benutzt.«

Vorsichtig tastete sich Ferdinand weiter und drückte die Tür zu dem hinteren Raum auf. Er brauchte einige Sekunden, bis sich seine Augen an die Dunkelheit gewöhnt hatten, dann entdeckte er das Loch in der Mitte des Raums, mit einem Durchmesser von wenigstens einem Meter.

Er ging wieder zurück zur Wohnungstür, wo der Alte auf ihn wartete.

»Haben Sie es gesehen?«

Ferdinand nickte. »Was ist mit denen, die da drunter wohnen? Stört die das nicht?«

Der Alte kicherte kurz, schüttelte den Kopf. »Da wohnt keiner mehr. Schon lange. Sind bei armen Leuten hier«, erklärte er, nun mit Bitterkeit in der Stimme.

Ferdinand verabschiedete sich und stieg langsam die Treppe hinunter. Ruth Lachmann war tot. Sie war nicht mehr die Jüngste, sie hatte Schreckliches erlebt, da hatte der Alte recht. Aber zwischen ihrem letzten Telefonat und ihrem Tod lagen nur wenige Tage. Am Telefon hatte sie nicht kränklich gewirkt, hatte auch keine Andeutungen in diese Richtung gemacht. Hatte Ruth Lachmann doch noch mit jemandem außer ihm gesprochen, oder war ihr Tromnau auf die Schliche gekommen? Seine Story war weg. Aber … aber vielleicht hatte er jetzt eine neue.

Inzwischen hatte die Dämmerung eingesetzt, und im Hof war es dunkel. Die Fenster des kleinen Hauses auf der anderen Seite des Hofes, in dem die Hammermuth lebte, waren unbeleuchtet. Er sah sich um. Auf Ferdinands Klopfen reagierte niemand, und durch die trüben Fenster war nichts zu erkennen.

*

Mine wachte in ihrem Bett auf und brauchte eine Weile, um sich zu orientieren. In Bruchstücken kam die Erinnerung an den gestrigen Abend zurück. Die Feier, die Gespräche, Otto Schunk und das Training für den Turnwettbewerb, Evi und Rüdiger. Rüdiger? Hatte der tatsächlich um ihre Hand angehalten? Plötzlich hatte sie das Etui wieder vor Augen. Panisch zog sie ihren Arm unter der Bettdecke hervor und besah sich ihre Finger. Kein Ring. Sie sah zum Fenster. Sie blieb noch einen Augenblick liegen, dann schob sie sich ein Stück näher an die Wand, lehnte sich dagegen, sah sich um. Über dem Stuhl, der vor dem kleinen Holztisch stand, den sie früher für ihre Hausaufgaben benutzt hatte und an dem sie jetzt saß, wenn es draußen zu kalt oder zu nass zum Lesen war, hing das

Trikot, das der Trainer ihr geschenkt hatte. Ihr war, als ob das Vereinslogo sie anlachte. Sie schüttelte sich.

Sie konnte nicht an dem Turnwettbewerb teilnehmen!

In der Küche war niemand. Auf dem Ofen stand eine Kanne mit Kräutertee, den die Mutter jeden Morgen zubereitete.

Sie goss sich eine Tasse ein und trat ans Fenster, trank einen Schluck. Auf dem Hof sortierten ihre Mutter und Onkel Gerd die Rohre, die sie gestern in Kastellaun gekauft hatten. Sie hatte ein schlechtes Gewissen, weil sie so lange geschlafen hatte und die anderen ihre Arbeit mitmachen mussten, blieb aber noch einige Minuten stehen. Die Furcht vor dem Gespräch mit der Mutter und den Blicken des Onkels, wenn der gestrige Abend zur Sprache käme, wenn ihre winzige Hoffnung, dass sie Rüdigers Verlobungsantrag nur geträumt hatte, zunichtegemacht würde.

Mine sah, wie ihre Mutter ihr zuwinkte. Sie ging nach draußen und langsam auf die beiden zu.

Die Mutter begrüßte sie mit tadelnder Miene. »Kannst weitermachen! Muss noch mal los«, rief ihr der Onkel zu, der bis zur Brust in einer Grube stand, die er schon ausgehoben hatte. »Muss noch mal los!« hieß an einem Samstagnachmittag, das wusste Mine zu gut, dass Onkel Gerd sich jetzt völlig zurückzog, außer seiner Frau Margarete niemand um sich dulden und ertragen konnte, denn morgen würde er nach dem Kirchgang wieder das Grab seiner Söhne besuchen.

Er kletterte aus der Grube und drückte Mine die Spitzhacke in die Hand. Sie sah noch kurz zu ihrer Mutter hinüber, aber die hatte sich schon wieder über eines der Rohre gebeugt, dann ließ sie sich in die Grube gleiten und begann, mit der Hacke den Boden zu lockern und ihn anschließend mit der Schaufel nach oben zu befördern.

Die Arbeit war anstrengend und schweißtreibend, aber sie

lenkte sie ab. Immer schneller hieb sie mit der Hacke in den Boden, trat mit Wucht auf das Blatt der Schaufel, warf die Erde mit Schwung über den Rand des Grabens. Sobald ein Stück des alten Rohrs zum Vorschein kam, rüttelte sie es von der Erde frei und schob es über den Grabenrand.

Inzwischen war die Mutter in der Küche gewesen und hatte jetzt wortlos einen Teller mit einem Käsebrot und einen Krug mit Wasser vor ihr abgestellt.

Mine arbeitete noch einige Minuten, dann kletterte sie aus dem Graben, bemerkte, wie erschöpft sie war, schüttelte Arme und Beine aus, aß das Brot und trank zwei Gläser Wasser.

»Mach Schluss für heute!«

Ihr Vater war unbemerkt zu ihr getreten.

»Sonst kannst heute Abend beim Training keinen Muskel mehr bewegen. Dass du heute überhaupt …« Er schüttelte den Kopf. »Ruh dich aus. Kannst nachher noch die Hecken hinterm Haus schneiden.«

Sie nickte und überlegte, während der Vater in den Stall ging, ob sie sich nicht die Hacke oder die Schaufel in den Fuß rammen sollte. Zumindest mit dem Turnen wäre es dann vorbei. Aber die Probleme würden bleiben. Sie wären nur aufgeschoben, nicht aufgehoben, wie ihre Großmutter früher immer sagte.

Am Brunnen wusch sie sich die Hände, klatschte sich Wasser ins Gesicht und rieb sich den Nacken damit ein, dann holte sie aus dem Schuppen mit den Arbeitsgeräten die Heckenschere und verschwand hinter dem Haus.

Hier ließ sie es jetzt langsamer angehen. Die Sonne brannte ihr auf den Rücken und hatte schon bald den Schweiß getrocknet. Dafür kam die Übelkeit wieder, so plötzlich und so heftig, dass sie sich übergeben musste.

»Mine, was hast du?«

Sie drehte sich um, sah Evi auf sich zukommen.

»Ist dir noch schlecht?«

Mine fuhr sich mit der Hand über den Mund, atmete zweimal tief durch, bevor sie antwortete. »Alles gut. Ist noch von gestern.«

»Du bist ganz blass. Ist doch nichts Schlimmes?« Neugierde mischte sich in die Besorgnis.

Mine schüttelte den Kopf. »Ich wollte schon ganz früh kommen, aber meine Mutter hat mich nicht gehen lassen. Ich musste in der Küche helfen und putzen.«

Evi nahm sie in den Arm. Mine war überrascht. Normalerweise machte die Freundin das nur bei ganz besonderen Anlässen, aber nie zur Begrüßung.

»Was ist gestern passiert?«, fragte Mine.

Evi sah sie erstaunt an. »Es hat dir noch keiner erzählt?«

Mine schüttelte den Kopf.

»Umgefallen bist du, als der Rüdiger dir den Antrag gemacht hat.«

»Und dann?«, hakte Mine hastig nach.

»Und dann haben sich alle um dich gekümmert. Besonders Rüdiger. Wollte dich gleich mit seinem Wagen ins Krankenhaus fahren.«

Mine erschrak. Das ging gar nicht. Sie verkniff sich eine Bemerkung.

»Er hat dich dann ins Bett getragen.«

»Allein?« Mine sah Evi erschrocken an.

»Natürlich nicht. Deine Mutter ist mit.«

»Und dann?«

»Woher soll ich das wissen?«, gab Evi zurück. »Erst kam Rüdiger, dann deine Mutter in die Küche. Sie hat gesagt, dass du dich gewehrt hast, als sie dich ausziehen wollte. Obwohl du doch noch gar nicht richtig bei Bewusstsein warst.«

»Frau Behrendt!«, kicherte Evi.

»Sag so was nicht«, gab Mine entrüstet zurück.

»Warum? Rüdiger ist eine gute Partie. Du musst nicht mehr hier auf dem Hof arbeiten. Das ist Männerarbeit. Dafür bist du doch viel zu schlau und zu schön. Du bekommst schöne Kleider, gehst ins Theater.«

Mine legte die Schere beiseite, fuhr sich mit den Händen durch die Haare, aus denen sich kleine Aststücke lösten.

Sie setzte sich auf einen Holzstoß, der am Ende der Hecke gestapelt war. Evi nahm neben ihr Platz.

»Vielleicht macht mir die Arbeit ja Spaß!«, gab sie trotzig zurück. »Keiner hat mich gefragt.«

»Meine Mutti hat auch keiner gefragt. Damals«, erwiderte Evi, die ihre Freundin mit einer Mischung aus Verwunderung und Unverständnis anschaute. »Und heute sind sie und Vati glücklich.«

»Wie willst du das wissen?«

Evi zuckte mit den Schultern. »Sie streiten nie. Oder …«, sie machte eine kurze Pause, »… fast nie. Und er schlägt Mutti nicht.«

Mine ließ sich Zeit mit der Antwort. »Reicht das?«, fragte sie schließlich.

»Ich will Kinder. Zwei. Einen Jungen und ein Mädchen«, tat Evi kund, ohne auf die Frage der Freundin einzugehen. »Mein Mann muss auch Kinder mögen.« Sie machte wieder eine Pause, sprach leise und nachdenklich weiter. »Ich habe gelesen, dass viele Frauen keine Kinder bekommen können.«

Mine zuckte zusammen, streifte sich unbewusst über den Bauch. »Ich muss weitermachen.« Sie griff nach der Schere. Es klang schroffer, als sie es beabsichtigt hatte.

Evi sah sie verwundert an. »Bis heute Abend beim Training«, verabschiedete sie sich. Im Gehen drehte sie sich noch einmal um und rief: »Ziehst du dein neues Trikot an?«

Als ob ganz München über das Wochenende verreisen wollte. Silvia Fischer verfluchte sich dafür, dass sie sich nicht schon früher um eine Fahrkarte für den Zug nach Koblenz und Düsseldorf gekümmert hatte. Sicherheitshalber, denn die Reise in ihr neues Leben, oder sollte sie es nicht vielmehr einen Aufbruch oder gar eine Flucht nennen, begann ja erst nach den Feiertagen. Ihre Freundin Luna hatte schon lange gefordert, dass Silvia endlich den Schritt in ihr eigenes Leben wagen müsste. Sie hatte aber stets gezögert, Gründe gefunden, noch beim Vater zu bleiben.

Die Reihe der Wartenden vor dem Fahrkartenschalter bewegte sich nur langsam vorwärts. Silvia sah sich um.

Es war warm an diesem Tag. Sie nahm ihr bunt gemustertes Kopftuch ab und fuhr sich mit einer Hand durch die kurzen blonden Haare Die Sonnenbrille behielt sie auf. Die verständnislosen Blicke, die sie dafür erntete, ignorierte sie.

Am Fahrkartenschalter stritt ein Mann mit dem Beamten. Sie konnte nicht hören, worum es ging.

Ihr Vater hatte ihr angekündigt, heute später nach Hause zu kommen. Sie hatte die Gelegenheit genutzt und war mit der Straßenbahn zum Bahnhof gefahren. Er hatte ihr verboten, sich in Düsseldorf an der Kunstakademie zu bewerben. Kunstgeschichte, das akzeptierte er gerade noch so, zumindest bis zur Hochzeit. Dann würde ihr Mann entscheiden müssen. Der Mann, der das seiner Ansicht nach entscheiden sollte, war Hajo. Und obwohl sie ihm klargemacht hatte, dass sie Hajo niemals heiraten würde, ließ er nicht locker, versuchte sie mal schmeichelnd, mal drohend dazu zu bewegen. In letzter Zeit mehr drohend. Es hatte etwas Klägliches, fand Silvia.

Noch vor nicht allzu langer Zeit hätte sie gezögert, diesen Schritt zu gehen. Wegzugehen. Eine Entscheidung von solcher Konsequenz zu treffen. Sich radikal für ihr Leben zu entscheiden. Gezögert, weil da noch ein Rest Loyalität ihrem

Vater gegenüber war. Er war seit zehn Jahren Witwer. Silvia hatte seine Einsamkeit, seine Verlassenheit gespürt. Und doch hatte er gleichzeitig dafür gesorgt, dass es seiner Tochter an nichts fehlte. Solange sie tat, was er wollte, und nach seinen Werten und Vorstellungen lebte.

Aber dann hatte sie vor zwei Jahren Luna kennengelernt, die ihr eine ganz neue, eine ganz andere Welt mit anderen Werten offenbarte, und plötzlich zeigte er sich von seiner autoritären Seite. Aber so war sie, diese Generation. Hatte Luna gesagt, als sie ihr davon erzählte. Sie solle sich keinen Illusionen hingeben. Das tat sie nicht, doch den letzten Schritt zu gehen und mit ihrem Vater vollends zu brechen, davor hatte sie sich lange gefürchtet. Bis sie die Aktentasche entdeckte und mit ihr, dass nicht nur das Leben ihres Vaters, sondern auch ihres auf einer Lüge basierte. Nein, auf vielen Lügen.

Silvia hatte sie beim Staubsaugen in der Wohnung gefunden. Versteckt hinter dem Schuhschrank im Flur. Was sie darin fand, erschreckte sie zutiefst, und ebenso tief erschreckte sie die Erkenntnis, dass sie so lange die Augen davor verschlossen hatte. Sie hätte es sehen können. Sehen müssen.

In neun Tagen würde sie ihren einundzwanzigsten Geburtstag feiern, dann war sie großjährig, dann konnte ihr Vater sie nicht mehr zwingen zurückzukommen, sie nicht mehr drängen, einen Mann zu heiraten, den sie nicht wollte.

Die Gespräche mit Luna und ihren Freundinnen kamen ihr in den Sinn, die Gespräche mit Martin auf der Ladefläche des kleinen Lastwagens in Südfrankreich. Diese kurze Zeit mit ihm, auch sie hatte einiges verändert. Hatte sie sich verliebt, in diesen jungen Mann mit der Gitarre und der sanften Stimme, der seine Meinung so klug sagen konnte? War das Verliebtsein? Sie wusste es nicht. Aber sie wusste, wo sie ihn treffen wollte, um das herauszufinden.

»Nun sei endlich still!«

Eine Stimme hinter Silvia, laut und energisch. Sie drehte sich um, hinter ihr stand eine Frau mit einem Jungen in Lederhose, dem das Warten offensichtlich zu lange dauerte. Still weinte der Kleine vor sich hin, senkte den Kopf, als er den Blick der Frau mit der Sonnenbrille vor ihm bemerkte.

Vor dem Schalter wartete jetzt nur noch ein Paar, Rentner vermutlich, und in Trachtenkleidung. Ruhig bat der Mann um zwei Karten nach Starnberg. Dann war sie endlich an der Reihe, fragte nach einer Bahnfahrkarte nach Düsseldorf mit Zwischenhalt in Koblenz, wollte wissen, wie lange die gültig wäre, da sie erst in ein paar Tagen fahren würde.

In der Tram blickte sie aus dem Fenster, überlegte noch einmal, wie sie ihrem Vater jetzt begegnen sollte. Ihn ignorieren, irgendwie die nächste Woche überstehen, um dann zuerst auf das Musikertreffen im Hunsrück und anschließend nach Düsseldorf zu fahren? Oder sollte sie ihn konfrontieren mit dem, was sie schon länger geahnt hatte und nun mit Gewissheit wusste? Sollte sie ihn mit all seinen Lügen konfrontieren, vor allem denen über ihre Mutter? Bei dem Gedanken musste sie mit den Tränen kämpfen. Wäre bloß Luna da, sie hätte sie um Rat fragen können. Aber die ältere Freundin war in London und würde frühestens nach den Pfingstfeiertagen wieder in München sein. Vielleicht sollte sie auch gleich abhauen, für immer aus dem Leben ihres Vaters verschwinden. Sie würde doch nur weitere Lügen zu hören bekommen.

Als sie ausstieg, dämmerte es bereits. Das letzte Stück des Weges musste sie mit dem Bus zurücklegen, dann endlich hatte sie mit Einbruch der Dunkelheit das Haus im Münchner Stadtteil Harlaching erreicht.

Überrascht und zugleich erzürnt erkannte sie vor dem Nachbarhaus den Wagen von Hajo, ein schickes Mercedes-Cabriolet, das ihm sein Vater zum Bestehen des ersten juristischen Staatsexamens geschenkt hatte. Mit Bestnoten. Obwohl Hajo das zweite erst in wenigen Wochen ablegen würde, arbeitete er jetzt schon für eine angesehene Kanzlei. Ihr Vater sah in ihm einen Mann mit glänzenden Aussichten, und Silvia war sich sicher, dass er ihn auch auf seine Ansichten abgeklopft hatte. Aber wer so ein Auto fuhr, auch wenn dem seit dem Tod einer Edeldirne in Frankfurt der Geruch des Halbseidenen anhing, war bestimmt kein Kommunist oder einer anderen Abartigkeit verdächtig.

Hatte ihr Vater ihn eingeladen? Damit er mitsprach und entschied über ihre Zukunft? Ihr wurde übel bei dem Gedanken.

Im Garten des Hauses auf der anderen Straßenseite bellte ein Hund, kurz und laut. Silvia blieb für einen Moment stehen, sah hinüber, bevor sie weiterging und in die Einfahrt zum Haus lief, wo sie das Tor zur Garage einen Spalt öffnete. Der Mercedes ihres Vaters stand nicht darin. Er musste noch in der Praxis sein. Wollte Hajo vorher schon allein mit ihr sprechen?

Sie kramte den Hausschlüssel aus ihrer Handtasche und öffnete die Tür. Hajos leichter Regenmantel hing an der Garderobe im Flur. Sie lauschte, es war still im Haus. Sie ging zum Esszimmer, blickte ins Wohnzimmer mit dem Kamin. Kein Hajo. Auch in der Küche war er nicht. Wut stieg in ihr auf, wieder einmal sollte über sie hinweg bestimmt werden.

Zurück im Flur hörte sie Geräusche aus ihrem Zimmer im hinteren Teil des Hauses. Ein Kratzen und Reißen, auf das sie sich keinen Reim machen konnte. Die Tür war nur angelehnt, aus dem Spalt zwischen Türblatt und Rahmen drang ein schmaler Lichtstreifen in den Flur.

Mit dem Zeigefinger drückte sie die Tür auf. Das Erste, das sie wahrnahm, war die Unordnung auf dem Boden, zerrissenes Papier, zerknüllte Zeichenbögen, dann sah sie Hajo, der in seinem beigen Anzug mit dem Rücken zu ihr vor ihrem Schreibtisch stand. So in sein Tun vertieft, dass er sie nicht bemerkte, auch als sie ins Zimmer trat und feststellte, dass die Schublade ihres Schreibtischs aufgebrochen war. Hajo hielt eines ihrer Tagebücher in der Hand, las darin, riss eine Seite heraus, zerknüllte sie in seiner Hand, ließ das Knäuel neben sich auf den Boden fallen, las wieder, riss, zerknüllte, ließ fallen. Schweigend schaute Silvia dem Treiben zu, unfähig einzugreifen. Ihre Mappen mit den Zeichnungen, die sie unter ihrem Bett aufbewahrte, lagen offen und leer auf ihrem Bett.

Mechanisch machte sie ein paar Schritte ins Zimmer, und Hajo drehte sich erschrocken um, fasste sich aber schnell wieder und wedelte mit dem Tagebuch.

»Wer ist Martin?«, fauchte er die junge Frau an.

Sie schüttelte nur leicht den Kopf.

»Das Studium bei diesem verrückten Professor in Düsseldorf kannst du dir aus dem Kopf schlagen. Meine Frau hat zu Hause zu sein.«

Sie versuchte, ihm das Buch zu entwenden, vergeblich.

Hajo lachte plötzlich. »Martin mit der Gitarre!« Er lachte wieder. »Muss ich ihn mir als einen Gammler vorstellen? Ein Kommunist?« Hajo ahmte das Spielen einer Gitarre nach, setzte einen schmachtenden Blick auf, lachte wieder. Laut und hämisch. »Hat er dich so rumgekriegt? In Südfrankreich auf der Ladefläche eines Lastwagens. Camion. Wie romantisch. Wahrscheinlich hat er auch ein Baguette dabeigehabt, und eine Baskenmütze auf dem Kopf. Wie liederlich und verkommen du bist!« Er sah sie an, als Silvia nicht reagierte, schob er verächtlich nach: »Dieser Lesbenhaarschnitt! Die Haare lässt du dir auch wieder wachsen.«

Silvia griff wieder nach dem Tagebuch, dieses Mal bekam sie es zu fassen und drückte es fest an die Brust.

Er machte einen Schritt auf sie zu. Sie wich zurück. »Der

Dreck hier kommt weg. Alles auf den Müll! Was fällt dir ein, solche Lügen über deinen Vater und deine Mutter aufzuschreiben? Woher willst du das wissen?« Hajo machte eine ausladende Geste mit den Armen. Beruhigte sich ein wenig, schüttelte den Kopf. »Wer hat dir diese Flausen in den Kopf gesetzt, Silvia? Dieses Studium bei dem verrückten Professor. Dein Vater sicher nicht.«

Er sah sie an, sie antwortete nicht, starrte nur stumm zurück, noch immer fassungslos.

»Dein Vater wird das nie erlauben. Das weißt du ganz genau. Das hat er doch schon deutlich gesagt. Warum machst du das?«

»Das ist mein Leben. Mein Leben!«, stieß sie plötzlich und heftig hervor. »Ihr dürft mir das nicht kaputt machen. Ich will nicht einen Spießer wie dich heiraten. Nie und nimmer.«

»Jetzt beruhige dich bitte, Silvia. Das sind die Nerven. Da siehst du, wo das alles hinführt. Gib mir das Buch!« Er streckte die Hand aus, ging auf sie zu, war ihr wieder nah. Silvia drehte sich um, lief ins Wohnzimmer und blieb am Fenster stehen. Hajo folgte ihr, stellte sich drohend vor sie.

»Das ist mein Tagebuch. Das geht dich nichts an. Ich werde studieren. Du kannst mir nichts vorschreiben.«

Hajo machte einen Schritt auf sie zu. Sie wich zurück in den großen Raum, stolperte dabei fast über das Kaminbesteck. Das helle Klirren der gegeneinanderstoßenden gusseisernen Teile klang wie der warnende Ruf einer Glocke.

Silvia überlegte, wie weit er gehen würde. Sie schlagen? Er konnte zwar aufbrausend sein, aber das hatte er noch nie getan. Sie hatte aber auch noch nie eine Situation wie diese mit ihm erlebt. Er hatte bisher stets bekommen, was er wollte. Aber nun hatte Hajo eine Grenze überschritten.

Er kam näher, war höchstens noch einen halben Meter entfernt, bekam sie am Kragen ihres Pullovers zu fassen, versuchte, sie an sich heranzuziehen. Sie stieß ihn mit aller Kraft von sich weg. Er verlor das Gleichgewicht, stolperte und fiel. Silvia hörte noch, wie das Kaminbesteck schepperte, dann rannte sie aus dem Zimmer und schlug die Tür hinter sich zu, atmete durch.

Keine Sekunde würde sie mehr hierbleiben. Sie eilte in ihr Zimmer, stopfte ein paar Kleidungsstücke in eine Tasche, in eine zweite, größere die Bilder, derer sie in der Eile habhaft werden konnte, die Reste der zerknüllten und angerissenen Zeichnungen, eine noch unbenutzte Zeichenkladde und ihre Tagebücher. Mit den beiden Taschen rannte sie auf die Haustür zu. Hielt inne, überlegte kurz, dann zog sie das Schuhschränkchen ein Stück von der Wand weg und griff nach der Aktentasche.

Hastig zog sie ihren Mantel über und lief mit ihren Taschen aus dem Haus. Neben Hajos Wagen hielt sie kurz inne, konnte es sich nicht verkneifen, auf die Windschutzscheibe zu spucken.

*

Als Ferdinand im Nieselregen vor Fischers Haus in Harlaching ankam, war es bereits dunkel. Unübersehbar war dies eine bessere Wohngegend. Ganz anders als das Viertel, in dem Ruth Lachmann gewohnt hatte. Einfamilienhäuser mit Gärten und Garagen, am Straßenrand, neben den akkurat geschnittenen Bäumen, parkten nur wenige Autos, Menschen waren hier keine unterwegs. Ferdinand machte den Scheibenwischer aus, nachdem er seinen Wagen auf der anderen Straßenseite schräg gegenüber von Fischers Haus abgestellt hatte. Die Zufahrt zur Garage und die Haustür hatte er so gut im

Blick. Vor dem Nachbarhaus parkte ein silbernes Mercedes-Cabriolet.

Das große Haus hatte nur eine Etage. Das Grundstück war zur Straße hin von einer hüfthohen Mauer umgeben, das große Fenster hell erleuchtet.

Ferdinand stieg aus, schlug den Kragen seines Regenmantels hoch und wollte gerade die Straße überqueren, da hörte er das Klackern von Absatzschuhen. Er duckte sich hinter seinen Wagen und sah, wie eine Frau mit einem bunt gemusterten Kopftuch in der Einfahrt zu Fischers Haus verschwand.

Er wartete, bis sie im Haus war, dann überquerte er die Straße, vergewisserte sich mit einem Blick auf das Namensschild neben der Einfahrt, dass hier tatsächlich Ulrich Fischer wohnte.

Eine Weile tat sich nichts, und Ferdinand überlegte, zurück zu seinem Wagen zu gehen, als hinter dem Vorhang die Schatten zweier Menschen sichtbar wurden, so nahe am Fenster, dass er gut erkennen konnte, dass sie miteinander stritten. Dann verschwanden sie in der Tiefe des Raumes. Ferdinand beugte sich vor und kniff seine Augen zusammen, aber er konnte nichts erkennen. Einige Minuten später wurde die Haustür geöffnet. Geistesgegenwärtig stellte er sich hinter einen Baum vor dem Nachbargrundstück. Dieselbe Frau, die eben noch das Haus betreten hatte, verließ es gerade wieder. Mit drei Taschen in den Händen kam sie aus der Ausfahrt und lief davon. Vor dem Sportwagen blieb sie kurz stehen und spuckte auf die Windschutzscheibe.

Ferdinand wischte sich die Regentropfen aus dem Gesicht und folgte der Frau bis zu einem Haus drei Straßen weiter, wo sie das Gartentörchen öffnete und im Vorgarten verschwand. Er hörte Stimmen, dann wurde eine Tür geschlossen. Ferdinand wartete noch einen Moment, dann trat er an das Törchen. »MAIER« stand in Großbuchstaben auf dem Klingelschild. Er notierte sich die Adresse.

War das Fischers Tochter gewesen? Ruth Lachmann hatte ihm erzählt, dass der Zahnarzt mit seiner Tochter in einem Haus am Stadtrand lebte. Hatte er einen Streit zwischen den beiden beobachtet? Allerdings schien ihm der Mann hinter dem großen Fenster zu jung gewesen zu sein. Ihr Freund? Aber warum verlässt dann sie nach einem Streit das Haus und nicht er?

Ferdinand lief zurück zu Fischers Bungalow und setzte sich in seinen Wagen.

Wenig später fuhr eine dunkelgraue Mercedes-Limousine in die Einfahrt und hielt vor der Garage. Ein Mann stieg aus, schaltete ein Licht an, das den Bereich vor der Garage hell ausleuchtete, und öffnete das Garagentor. Nachdem er den Wagen hineingefahren und das Tor wieder verschlossen hatte, verschwand er aus Ferdinands Sichtfeld. Bald darauf sah er ihn unruhig hinter dem großen Fenster hin und her laufen.

Ferdinand eilte über die Straße, trat an die Mauer, jetzt telefonierte der Mann. Der Nieselregen wurde so unangenehm, dass Ferdinand in seinem Wagen Schutz suchte. Das Haus hielt er weiter im Blick. Er wollte nicht glauben, dass Ruth Lachmann eines natürlichen Todes gestorben war. Er würde so lange hier stehen bleiben, bis er herausgefunden hatte, was passiert war.

Ihm wurde kalt. Er nahm eine Decke vom Rücksitz und legte sie über seine Beine. Derweil hielt ein Opel Rekord direkt vor der Einfahrt zu Fischers Haus. Ein Mann stieg aus und eilte auf die Haustür zu, die ihm gleich geöffnet wurde. Im Lichtschein aus dem Flur konnte Ferdinand die kräftige Statur des Mannes erkennen, der Fischer ohne lange Begrüßung ins Innere folgte, wo wenig später blickdichte Vorhänge vor das große Fenster gezogen wurden.

Hastig schob Ferdinand die Decke beiseite und stieg aus. Er überquerte die Straße, schlich an der Haustür vorbei in den Garten, wo er hinter einem Gebüsch in Deckung ging. Gerade rechtzeitig, denn der Mann, der eben erst gekommen war, trat schon wieder aus dem Haus, ging mit schnellen Schritten auf seinen Opel zu, stieg ein und steuerte ihn rückwärts durch die Einfahrt vor die Haustür.

Der Mann, der Fischer alias Tromnau sein musste, stand jetzt mit einem Packen Zeitungen in der Tür, die ihm der Fremde abnahm. Wenig später verschwanden die beiden Männer wieder im Haus.

Schafften sie belastendes Material aus Fischers Vergangenheit beiseite? Gab es einen Grund, dies genau heute Nacht zu machen? War Fischer gewarnt worden? Wo war der Mann, mit dem sich die junge Frau vor ihrem überstürzten Weggang gestritten hatte, geblieben?

Er sah, wie Fischer gemeinsam mit dem Fremden einen offensichtlich schweren und unhandlichen Gegenstand aus dem Haus schleppte.

»Wenn sie mit den Papieren an die Öffentlichkeit gehen …?«

»Hoch!«, gab daraufhin der andere zur Antwort, und die beiden Männer hievten den Gegenstand in den Kofferraum.

»Darum kümmern wir uns später …«

»Wo willst du …?« Das Geräusch eines vorbeifahrenden Autos ließ den Satz unvollendet.

Mit einem leisen Klacken wurde der Kofferraum geschlossen.

Die beiden Männer sprachen nun so leise miteinander, dass er nur einzelne Wörter hören konnte. »Wagen, gehört … Kanzlei … noch gar nicht fertig …« Dann öffnete der Fremde nochmals den Kofferraum, beugte sich vor, bevor er ihn wieder zudrückte.

Schließlich stieg er in seinen Opel und kurbelte das Seitenfenster herunter. »Ich melde mich morgen«, sagte er, startete den Motor, rollte die Einfahrt hinaus und fuhr davon.

Ferdinand wartete, bis Fischer im Haus war, wischte sich mit einer fahrigen Geste die Regentropfen aus dem Gesicht, lief geduckt aus der Einfahrt und über die Straße, setzte sich in sein Auto und fuhr in die Richtung, in die Fischers Besuch verschwunden war.

Doch der war schon zu weit fort. Er kehrte zurück zu Fischers Haus, wo er sich in die Decke hüllte und sich auf eine lange, vor allem kühle Nacht einstellte.

*

»Lassen Sie mich durch!«

Das Wort »Bitte« setzte Edgar Winter äußerst sparsam ein.

Verärgert drängte er sich durch die Menschenmenge, die sich im Foyer des Filmtheaters Sendlinger Tor gebildet hatte, setzte dabei bewusst seine breiten Schultern ein. Die verärgerten Ausrufe ignorierte er.

Seine Laune war schlecht. Nicht nur wegen des Films, der ihn enttäuscht hatte, vor allem wegen des Schnösels, der auf dem Platz neben ihm saß. Winter wollte gleich mit Beginn des Abspanns den Saal verlassen, um eben nicht in dieses Gedränge zu geraten. Aber der wahrscheinlich noch nicht einmal großjährige Kerl war einfach sitzen geblieben, machte keine Anstalten, seine Beine anzuziehen. Stattdessen starrte er auf die Leinwand, ignorierte ihn. Winter ließ sich zurück auf seinen Sitz gleiten und wartete, wollte kein Aufsehen erregen. Nicht jetzt. Tatsächlich harrte der Kerl aus, bis der letzte Ton der Musik verklungen war, das Saallicht anging und der Vorhang surrend vor die Leinwand glitt. Mit keiner Regung verriet er, ob es ihm Genugtuung bereitete, den Alten neben ihm warten zu lassen.

Den Alten. Winter, der vor zwei Monaten in Pension gegangen war, wäre es nicht in den Sinn gekommen, sich selbst so zu bezeichnen. Er war noch fit, trieb Sport, hatte bis zum Tag seiner Pensionierung regelmäßig an den Schießübungen teilgenommen und es sich auch nicht nehmen lassen, mindestens zweimal im Monat im Boxklub zu trainieren und dann und wann auch in den Ring zu steigen. Trotz des nicht zu übersehenden Bauches verblüffte er seine Gegner mit seiner Flinkheit. Die leuchtende Narbe auf seiner linken Wange verlieh ihm eine martialische Note.

Draußen trieb ihm der Wind den Regen ins Gesicht. Er schlug den Kragen seines Mantels hoch, zog seinen Hut tiefer in die Stirn, zündete sich eine Zigarette an und überlegte, ob er warten und hoffen sollte, dass der Kerl vom Nachbarsitz vorbeikam, damit er ihm eine Abreibung verpassen konnte.

Manieren einprügeln, darin hatte er Erfahrung.

Er wartete die Zigarettenlänge vergebens, dann war die Lust auf ein Bier größer. Seinen Wagen hatte er nicht weit entfernt in der Nähe einer Wirtschaft abgestellt und auf dem Weg auch einen Münzfernsprecher gesehen, auf den er jetzt zusteuerte.

Der Regen hatte die Menschen von der Straße getrieben, nur noch wenige Gestalten liefen mit hochgeschlagenen Mantelkrägen an den Hauswänden entlang oder schützten sich mit einem Schirm. Ein Lambretta-Roller knatterte durch eine Pfütze. Die Wasserfontäne verfehlte Winter nur knapp.

Klackend fielen die beiden Zehn-Pfennig-Münzen durch den Schlitz. Winter wählte, nach dem dritten Klingeln nahm seine Frau ab.

»Bist du noch auf?«, fragte er statt einer Begrüßung. Er wusste, dass sie um diese Zeit noch nicht schlief, aber meist hielt sie sich schon im Schlafzimmer auf und las. »Ich gehe noch ein Bier trinken«, schob er gleich nach. »Wenn etwas ist, kannst du den Franz anrufen. Zu jeder Tages- oder Nachtzeit. Das weißt du ja. Der Zettel mit seiner Nummer liegt neben dem Telefon.«

»Ich weiß«, antwortete sie, »mach dir nicht so viele Sorgen. Mir geht es gut.«

Für den Moment, dachte er, aber das kann sich ganz schnell ändern. Er war froh, dass er sich auf Franz Klinger verlassen konnte. In jeder Hinsicht, nicht nur, was die Erreichbarkeit für seine Frau betraf, wenn er mal nicht in der Nähe war.

»Der Franz hat doch auch ein eigenes Leben«, fügte Gerda nach einer Weile, in der beide schwiegen, hinzu. »Geh nur ein Bier trinken!«, forderte sie ihn sanft auf. »Übrigens, das hätte ich fast vergessen: Der Fischer hat angerufen. Erst vor ein paar Minuten. Du sollst dich bei ihm melden.« Ihre Stimme klang jetzt matt.

»Mach ich morgen.«

»Nein, er hat gesagt, du sollst heute anrufen. Es sei dringend. Er klang irgendwie aufgeregt.«

Winter überlegte einen Moment.

»Edgar?«, fragte seine Frau.

»Bin noch da«, entgegnete er. »Hat er gesagt, worum es geht?«

Sie verneinte.

»Ich melde mich bei ihm. Gute Nacht.«

»Bis später«, erwiderte Gerda und legte auf.

Winter zündete sich eine neue Zigarette an, kramte in seiner Manteltasche nach weiteren Münzen, warf sie ein und wählte Fischers Nummer.

Offenbar hatte der neben dem Telefon gewartet.

»Es ist alles in Ordnung, Ulrich«, begann Winter ohne Begrüßung. Der beschwichtigende Tonfall fiel ihm schwer. »Du hast nichts mehr zu befürchten …«

»Nichts ist in Ordnung«, fiel ihm Fischer ins Wort. »Nichts, verdammt.« Er sprach schnell und aufgeregt. »Du musst vorbeikommen«, forderte er. »Hier liegt ein Toter. In meinem Haus.«

Zwanzig Minuten später stellte Winter seinen Opel Rekord vor Fischers Haus ab und stieg aus. Ein bisschen zu groß für Winters Geschmack, ein bisschen zu auffällig. Als Zahnarzt mit Praxis in der Innenstadt konnte sich Ulrich Fischer so ein Haus in dieser Gegend ebenso gut leisten wie den neuen Sechszylinder-Mercedes in der Garage. Winter selbst lebte mit seiner Frau Gerda in einem kleinen Häuschen, in dem schon ihre Eltern gewohnt hatten. Aber Winter mochte es, unauffällig zu leben. Unauffälligkeit und Vorsicht waren seine Versicherung. Und, wenn nötig, entschlossenes Handeln.

Inzwischen hatte es aufgehört zu regnen. Wie gewohnt, spähte Winter in alle Richtungen. Berufskrankheit. Ein silbernes Sportcabriolet fiel ihm auf, das vor dem Nachbarhaus parkte.

Der Hausherr stand schon in der Tür und winkte ihn mit einer hektischen Armbewegung zu sich heran. Im Vorgarten blieb Winter neben einem Obstbaum stehen und inspizierte ein paar Äste. »Der Baum ist nicht geschnitten worden. Jetzt ist es zu spät.«

Fischer ignorierte den Vorwurf, ging seinem Gast nun voraus ins Haus und führte ihn ins Wohnzimmer. Der Raum drückte eine gediegene Sachlichkeit aus. Klare Linien, kein Pomp, alle Möbel waren akkurat im rechten Winkel platziert.

Die Ordnung wurde nur von der Person gestört, die vor dem kalten Kamin lag.

Winter, der Mantel und Hut anbehalten hatte, kniete sich neben den Körper, fasste an den Hals und bedeutete Fischer dann mit einem Nicken, dass der Mann tatsächlich tot war.

»Du hast gesagt, dass die Lachmann keinen Ärger mehr macht«, bemerkte Fischer, der unruhig hin und her ging. Er trug einen Dreiteiler und Krawatte, und mit seiner großen und schlanken Gestalt und den grauen und vollen Haaren gab er eine elegante Erscheinung ab. Die im Moment im Kontrast zu seiner offensichtlichen Nervosität stand. Winter, der sich langsam erhob, ließ Fischer nicht aus den Augen.

»Die Lachmann wird keinen Ärger mehr machen. Es ist alles in Ordnung. Mehr musst du nicht wissen«, stellte er kategorisch klar, besah sich nochmals die Leiche und fügte hinzu: »Das sieht nicht nach einem vorsätzlichen Mord aus.«

»Ein Unfall vielleicht …?«, erwiderte der Hausherr sarkastisch.

Winter blieb ruhig. »Kennst du ihn?«

Fischer nickte, wartete einen Moment, bevor er antwortete. Er ging zu dem großen Fenster, sah hinaus. »Hans-Joachim Bremer. Hajo. Der Verlobte meiner Tochter.«

»Ist sie schon so alt?«

Wieder nickte Fischer. »Zwanzig. In knapp zwei Wochen wird sie einundzwanzig.«

»Wo ist sie jetzt?«

»Das ist es ja. Sie ist weg.« Unruhig ging er wieder in dem großen Raum hin und her.

»Weg?«

»Ja, weg«, bestätigte Fischer. »Ohne Nachricht. Sie sollte eigentlich zu Hause sein. Ich wollte mit ihr wegen ihres Studiums sprechen …« Er machte eine Pause. »Sie will Kunst studieren. Bei so einem verrückten Professor in Düsseldorf. Niemals!« Er schüttelte verständnislos den Kopf. Seine vorhin noch unsichere Stimme hatte eine zornige Schärfe bekommen.

»Was macht er hier?« Wieder deutete Winter auf den Toten. »Wie ist der reingekommen?«

»Ich wollte ihn bei meinem Gespräch mit Silvia dabeihaben.

Es lief …«, er dachte kurz nach, »… nicht ganz rund zwischen den beiden. Aber ich hatte spät noch Notfälle, da habe ich ihn angerufen und ihm einen Schlüssel gegeben.«

»Wusste Silvia, dass er kommt?«

Ein wenig überrascht sah Fischer auf. »Nein. Ich wollte …«

Er führte das nicht weiter aus, und Winter fragte nicht nach. Stattdessen wollte er wissen: »Fehlt etwas?«

Fischer schüttelte den Kopf. »Ich glaube nicht. Also, Schmuck, Geld. Alles da.« Er machte eine Pause. Winter wartete. »Aber …«

Mit großen Schritten verließ Fischer den Raum und blieb vor dem Schuhschrank im Flur stehen, der ein Stück von der Wand weggerückt war.

Winter ging auf ihn zu. »Was ist?«, fragte er.

Fischer sah sich noch einmal um. »Meine Aktentasche …«

Winter sah ihn streng an.

Der Hausherr räusperte sich. »Nach der Geschichte mit der Lachmann … du weißt …«

»Ist erledigt, sagte ich doch schon«, warf Winter missmutig ein, forderte Fischer mit einer Handbewegung auf weiterzusprechen. Er hasste es, Zeit zu verlieren, wenn es ein Problem zu lösen galt.

Fischer räusperte sich. »Also, nach der Geschichte … da habe ich …« Er stammelte, sah an Winter vorbei, fuhr sich mit der Hand durch die Haare. »Also, jetzt, wo in Frankfurt der Prozess … da denkt doch jeder, er könne uns mit Dreck bewerfen und …«

Fischer sprach erregt.

»Was ist mit der Aktentasche?«, fragte Winter streng.

»Verschwunden. Heute Morgen war sie noch hier.« Er klopfte mit der flachen Hand auf den Schuhschrank.« Da sind Papiere drin. Die … mich belasten.« Er sah an Winter vorbei. »Könnten«, schob er schnell nach. »Ich wollte sie in den nächsten Tagen wegbringen. Entsorgen. Du hast zwar die Lachmann … hast du gesagt … Vielleicht hat die ja doch mit jemandem gesprochen, gesagt, dass sie … und dann ist der hier rein … und Hajo war zufällig … vielleicht hat er Silvia entführt …«

»Wie bitte!«, entfuhr es Winter heftig. »Du hebst Unterlagen auf, die dich belasten?«

»Belasten könnten! Es sind Erinnerungen, auch an meine erste Frau …«, versuchte Fischer sich schwach zu verteidigen.

Winter wandte sich ab, ging ein paar Schritte im Raum auf und ab, versuchte, sich zu beruhigen. Warum waren manche Menschen einfach so blöd und einfältig? Erinnerungen. Zudem an seine erste Frau, über die er schon ewig kein Wort mehr verloren hatte. Die für ihn nicht mehr existierte. Er konnte es nicht fassen. Fast zwanzig Jahre lebten sie unbehelligt, hatten sich neue Existenzen aufgebaut, Gefahren, die auftauchten, abgewendet, das heißt, er hatte die Drecksarbeit übernommen, und dann sollten ein paar sentimentale Erinnerungen das alles kaputt machen. Er selbst hatte sich von dem alten Ballast getrennt und nur das, was er fürs Überleben brauchte, behalten. Den Sentimentalitäten der Kameraden, besonders wenn sie getrunken hatten und ins Weinerliche und Rührselige abglitten, brachte er nur Verachtung entgegen. Eines der ersten Erinnerungsstücke, von denen er sich getrennt hatte, war seine Uniform gewesen, auf die er so stolz gewesen war, als er vor einem im Sterben liegenden Wehrmachtssoldaten stand, der bei einem Tieffliegerangriff in den letzten Kriegstagen so schwer verletzt worden war, dass klar war, dass er nicht überleben würde. Dennoch hatte er Winter seine Uniform nicht geben wollen. Winter hatte sein Sterben mit einer Kugel beschleunigt.

Jetzt zwang er sich zur Ruhe.

»Was ist noch in der Tasche?«

Fischer wand sich. »Nichts Verfängliches. Ein paar Fotos. Urkunden. Das Hochzeitsfoto mit meiner ersten Frau … Bilder mit Kameraden, bei der Arbeit …«

»Bei der Arbeit«, unterbrach Winter ihn rüde. »Bist du verrückt!? Bin ich auch auf einem dieser Fotos?«

Fischer schwieg betroffen.

»Auf dem Hochzeitsbild … mit deiner ersten Frau … Da bin ich mit drauf. Ich war dein Trauzeuge. Und sonst …? Wenn du dich selbst zugrunde richten willst, ist das deine Sache, aber du reißt da auch andere mit rein.«

Winter musste sich bewegen. Er ging mehrmals auf und ab, bis er sich ein wenig abreagiert hatte. Der Schaden war angerichtet, nun galt es, ihn von seiner Person fernzuhalten.

»Vielleicht war es der Mossad?«, warf Fischer ein.

»Quatsch!«, entfuhr es Winter heftiger, als er wollte. Er atmete tief durch, wiegelte ab. »Für die sind wir zu kleine Lichter. Eichmann, das war ein anderes Kaliber. Überleg mal, wen die dann alles entführen müssten.«

Ganz überzeugt klang er nicht.

»Was machen wir mit …«, Fischer machte eine Handbewegung zu dem Toten hin, »wir müssen doch die Polizei … oder?«

Winter ignorierte die Frage. »Warum hast du die Aktentasche nicht früher entsorgt?«

»Ich wollte ja, hab's dann vergessen und …«, verteidigte Fischer sich schwach.

Winter machte eine beruhigende Geste. Es brachte nichts, dem Zahnarzt jetzt Vorwürfe zu machen. »Sicher, dass du sie nicht woandershin …«

»Natürlich!«, echauffierte sich Fischer. Er klang aufrichtig entrüstet, dass man ihm das unterstellte.

»Vielleicht war es auch ein ganz profaner Einbruch«, spekulierte Winter, »der Verlobte deiner Tochter kam ihm in die

Quere, und Silvia konnte fliehen, versteckt sich jetzt irgendwo und taucht bald wieder auf.«

Fischer schüttelte den Kopf. »Die Aktentasche, warum ist die weg …?«

Winter ging nicht darauf ein. Er sondierte schon das weitere Vorgehen. Er überlegte, die Polizei zu informieren, entschied sich aber schnell dagegen. Zu viel Aufmerksamkeit, zu viele Fragen.

»Was machen wir mit …« Fischer deutete wieder auf die Leiche.

»Darum kümmere ich mich.«

Winter rangierte seinen Wagen rückwärts in die Einfahrt neben die Eingangstür. Er öffnete den Kofferraum und ließ sich von Fischer Zeitungen geben, mit denen er den Boden auslegte. Dann schleppten sie den leblosen Körper gemeinsam durchs Haus zum Eingang, wo sie ihn zunächst ablegten. Winter ging ein Stück vor, vergewisserte sich, dass niemand in der Nähe war.

»Wenn sie mit den Papieren an die Öffentlichkeit gehen …?«, fragte Fischer, als sie den Leichnam auf Winters Aufforderung wieder anhoben und in den Kofferraum hievten.

»Wer denn … noch ist nichts geklärt.« Er verbarg seine Verärgerung nicht. »Darum kümmern wir uns später. Erst einmal muss der weg.« Verächtlich blickte er Fischer an, den das Tragen so angestrengt hatte, dass er sich mit einem hellblauen Stofftaschentuch den Schweiß von der Stirn wischen musste.

»Wo willst du …?« Er stopfte das Taschentuch in seine Hosentasche.

»Lass das meine Sorge sein.«

Damit drückte er den Kofferraumdeckel fast geräuschlos zu, ging nochmals zur Straße und sah sich wieder um.

Als er zurückkam, fragte er: »Dieser Wagen, gehört der dem Verlobten?« Er deutete mit dem Kopf zu dem silbernen 190 SL.

»Ja«, räumte Winter ein. »Hajo kommt aus vermögendem Haus, ist schon in einer Kanzlei, obwohl er noch gar nicht fertig ist mit dem Studium.« Stolz schwang in seiner Stimme mit.

Winter ging nicht darauf ein, öffnete stattdessen unter Fischers überraschtem Blick nochmals den Kofferraum, wühlte in Hajos Taschen, bis er schließlich dessen Autoschlüssel fand. »Der Wagen muss verschwinden!« Das war ein Befehl. »Wenn ich weg bin, fährst du damit irgendwo hin. Am besten in eine Seitenstraße in der Nähe des Hauptbahnhofs. Aber so, dass dich keiner sieht. Lass den Schlüssel stecken und wisch alles ab, was du angefasst hast. Dann kommst du mit einem Taxi zurück. Setz dich hinter den Fahrer, so, dass er möglichst wenig von dir sieht, und steig ein paar Straßen vom Haus entfernt aus.« Damit drückte er ihm den Schlüssel in die Hand, stieg in seinen Opel und startete den Motor. Bevor er losfuhr, kurbelte er das Fenster herunter. »Ich melde mich morgen früh.«

Im Vorbeifahren warf Winter noch einen Blick auf das Cabriolet, dann zündete er sich eine Zigarette an, spürte, wie der Rauch sich wohlig in seiner Lunge ausbreitete.

In gewisser Weise konnte er Fischer verstehen. Zeiten, in denen sie sich völlig sicher fühlen konnten, hatte es nie gegeben. Aber jetzt, wo Eichmann gegen jede Rechtsnorm verstoßend aus Argentinien entführt und nach einem Schauprozess hingerichtet worden war, dieser Bauer in Frankfurt walten und schalten konnte, wie er wollte, und es dort tatsächlich zu dem Prozess gekommen war, mussten auch sie damit rechnen, dass ihnen wegen ihrer Vergangenheit der Prozess gemacht wurde. Es gab sogar Gerüchte, dass Gehlen Mitarbeiter des BND auf ihre Vergangenheit durchleuchten ließ. Aber in einer solchen Situation war Ruhe bewahren das oberste Gebot, und das war gewiss keine von Fischers Tugenden.

Die Zigarette war bald aufgeraucht und die Schachtel fast leer. Als Winter am Straßenrand neben einer Toreinfahrt einen Zigarettenautomaten entdeckte, hielt er an.

Er stieg aus, im selben Moment trat aus der Einfahrt ein Mann in einem langen Mantel, der, wie Winter trotz des diffusen Lichts der Straßenlampe erkennen konnte, verdreckt und löchrig war. Statt eine Münze einzuwerfen, tastete der Fremde mit seiner linken Hand über den Automaten, hob den Arm, nahm Maß und schlug dann mit der geballten Faust dagegen. Der Lärm schien niemanden zu stören. Der Fremde griff in den Ausgabeschacht und entnahm die Schachtel.

»Machen Sie das immer so?«, fragte Winter von der Seite.

Der Mann drehte sich um, schien unbeeindruckt. »Soll ich es Ihnen beibringen?«

Der freche Ton reizte Winter, und er wollte schon einen Schritt auf den Mann zugehen, da erkannte er, dass der rechte Ärmel seines Mantels in der Tasche steckte. Der hatte seinen Blick bemerkt.

»Weggeschossen. Partisanen in Jugoslawien. Und ordentliche Arbeit für einen Krüppel? Gibt dir keiner. Die Rente kannste in der Pfeife rauchen.«

Winter nickte, kramte aus seiner Tasche eine Münze heraus und reichte sie dem Mann.

Mit einem »Danke!« wandte er sich um, wiederholte die Prozedur von soeben, ließ wieder seine Faust gegen den Automaten krachen und reichte seinem Gegenüber grinsend die Packung. Winter öffnete sie gleich und bot dem Mann eine Zigarette an.

»Und Sie?«, fragte der, nachdem Winter erst ihm und dann sich selbst eine angezündet hatte. Er deutete auf die Narbe an Winters linker Wange.

Winter zögerte einen Moment. »Streifschuss«, sagte er schließlich.

Beide wussten, dass das nicht stimmte.

Drei Stunden später saß Winter zu Hause am Küchentisch und reinigte seine Pistole. Seine Dienstwaffe hatte er bei der Pensionierung vom BND zurückgeben müssen, aber er hatte schon immer eine eigene besessen. Blind konnte er die Waffe auseinandernehmen und wieder zusammensetzen. Die Tätigkeit beruhigte ihn, half ihm beim Nachdenken.

Morgen früh würde er als Erstes zu Fischer fahren und ihm mitteilen, dass er die Leiche erfolgreich und für immer hatte verschwinden lassen können. Er musste den Mann, trotz ihrer langen gemeinsamen Geschichte, im Auge behalten. Er musste aufpassen, dass er keinen Fehler machte und ihn mit in den Abgrund riss. Der Zahnarzt war aus anderem Holz geschnitzt als er. Dass sie von der Lachmann erfahren hatten, war Glück oder Zufall, wie immer man das nennen mochte. Die Frau hatte Fischer verfolgt, im Taxi, von der Stadt bis zu seinem Haus. Wahrscheinlich, um so seine Adresse herauszubekommen. Als sie bezahlte, war der Ärmel ihrer Jacke hochgerutscht, da hatte der Fahrer die Tätowierung gesehen. Klug war der Kamerad, hatte sich vergewissert, ob sie tatsächlich in dem Haus im Lehel wohnte, vor dem er sie aus dem Wagen gelassen hatte. Der Rest war eine gut organisierte Operation, auf die er stolz war. Wenn nicht Fischer jetzt …

Er nahm die Waffe noch einmal in die Hand, fuhr mit dem Lappen ein letztes Mal über den Lauf und steckte sie ins Holster. Wenn sie kämen, um ihn zu holen, würde er Gerda nicht alleine zurücklassen.

*

Silvia war ohne Ziel aus dem Haus gelaufen. Ein Zug würde so spät nicht mehr fahren. Wo sollte sie hin? Sie wusste nur, dass sie wegmusste. Weg aus Hajos Leben, weg aus der Welt ihres Vaters. In ihr eigenes Leben. Unerreichbar sein. Im Laufen dachte sie über ihre nächsten Schritte nach. Zunächst musste sie heute Nacht irgendwo unterkommen, damit sie am anderen Morgen schnell aus München wegkam. Sie hatte eine Idee.

Vor dem Grundstück des Hauses, in dem Gudrun, die viele Jahre ihre beste Freundin gewesen war, mit ihren Eltern wohnte, blieb sie stehen und atmete tief durch, bevor sie auf den Klingelknopf drückte.

»Guten Abend, Frau Maier«, grüßte sie artig die blonde, große Frau, die ihr öffnete. »Ist Gudrun zu Hause?«

»Ja«, antwortete Frau Maier. »Sie hat gar nicht gesagt, dass du kommst.«

»Es ist … eine Überraschung.«

»Aha«, Frau Maier zeigte weiter ihre Verwunderung »Ich habe dich ja lange nicht mehr gesehen«, sagte sie, als wolle sie Zeit gewinnen. »Komm erst einmal herein!«, bat sie schließlich. »Ist denn etwas passiert?«

»Wir hatten Streit«, erklärte Silvia, die nun mit ihren drei Taschen im Flur stand. »Ich und mein Vater. Wenn er sich meldet, sagen Sie ihm bitte nicht, dass ich hier bin.«

Einen Moment lang dachte Frau Maier nach, dann nickte sie. Silvia wusste, dass Gudruns Eltern und vor allem ihre Mutter ein zwiespältiges Verhältnis zu ihrem Vater hatten. Sie rechneten ihm zwar hoch an, wie sehr er sich nach dem Tod seiner Frau um seine Tochter gekümmert hatte, aber ansonsten trennten sie Welten.

Silvia hoffte, dass Gudrun Zeit für sie hatte. Gleich morgen früh musste sie weg sein, denn spätestens dann würde ihr Vater hier auftauchen. Bis vor zwei Jahren war sie sehr oft bei den Maiers zu Besuch gewesen, hatte nach der Schule hier zu

Mittag gegessen und auch übernachtet, wenn ihr Vater auf einem Kongress war oder aus einem anderen Grund in der Nacht nicht nach Hause kam. Nach dem Abitur hatte sie dann aber Luna kennengelernt, und Gudrun und sie hatten sich immer seltener gesehen. Ihre unterschiedlichen Studiengänge, Gudrun hatte sich für Medizin entschieden, Silvia für Französisch und Kunstgeschichte, hatten kaum Anknüpfungspunkte im Alltag geboten.

»Du kennst ja den Weg ...« Frau Maier trat zur Seite. Silvia ging an ihr vorbei zur Treppe.

»Du kannst die Taschen ruhig hier unten lassen«, rief ihr Gudruns Mutter nach, doch sie stand schon vor dem Zimmer der Freundin, hielt einen Moment inne, klopfte und öffnete dann schnell die Tür, ohne auf eine Antwort zu warten. Gudrun sah überrascht hoch.

»Silvia ...?«, rief sie, »was machst du denn hier!«

»Ich hatte Streit mit meinem Vater«, erklärte sie. »Kann ich heute Nacht bei dir schlafen?«

Gudrun antwortete nicht gleich. Silvia stand immer noch in der Tür.

»Kann ich?«, fragte sie noch einmal.

»Ja klar«, antwortete Gudrun schließlich, auch wenn es für Silvia nicht so klar klang. Sie wusste, dass Gudrun ihre Freundschaft mit Luna nie verstanden hatte, dass sie rätselte, was sie an der älteren und unkonventionellen Frau so faszinierte.

Nun endlich stellte Silvia die Taschen, die ihr langsam schwer wurden, ab und zog ihren Mantel aus.

»Was ist passiert?«, fragte Gudrun. Sie saßen sich auf dem Bett gegenüber, so wie sie es früher getan hatten.

»Kann ich kurz telefonieren?«, fragte Silvia statt einer Antwort.

Ihr war bewusst, dass sie ihre Freundin damit vor den Kopf stieß, aber es war ihr wichtig zu wissen, wo sie die nächsten

Tage unterkommen konnte. Auf dem Weg zu Gudrun hatte sie einen Plan gefasst. In einer Woche würde das Musikfestival auf der Burg Waldeck beginnen, wo sie Martin treffen wollte. Die Zeit bis dahin wollte sie bei Rieke in Frankfurt überbrücken. Rieke Schuster-Bröhl hatte bis vor sieben oder acht Jahren in dem Haus gegenüber ihrem gewohnt. Nach dem Tod ihrer Mutter hatte sie sich um Silvia gekümmert, sehr zum Leidwesen des Vaters, als der herausfand, dass Rieke politisch links stand und in der »Kampf dem Atomtod«-Bewegung engagiert war. Nach ihrer Scheidung war Rieke weggezogen. Eine Zeit lang hatten sie Kontakt gehalten, doch der war nach und nach bis auf Karten an Weihnachten eingeschlafen.

Gudrun nickte, verbarg aber nicht ihre Verwunderung über den seltsamen Auftritt Silvias. Sie ging mit ihr hinunter in den Flur, wo auf einer Anrichte der Telefonapparat stand.

Riekes Nummer kannte sie auswendig. Gudrun wartete neben ihr, sah sie an.

»Dauert nicht lange«, erklärte Silvia, während im Hörer das Freizeichen läutete. Gudrun verstand und ging in einen anderen Raum.

Nach dem fünften Läuten wurde Silvia unruhig. Was, wenn Rieke gar nicht in Frankfurt war? Sie hatte keinen Alternativplan.

Endlich wurde abgenommen. Während Silvia mit ihr redete, konnte sie deutlich hören, wie Rieke an einer Zigarette zog.

»Wenn du es zwei, drei Tage alleine in meiner Wohnung aushältst, sehr gerne. Du bist jederzeit willkommen.« Sie machte eine Pause. »Du weißt ja, wenn ich eine junge Frau aus den Klauen des Klassenfeinds befreien kann, freut mich das sehr.« Sie lachte ihr dunkles, kehliges Lachen, und Silvia stellte sich vor, wie sie dabei ihre rötlichen Locken energisch zurückwarf.

»Morgen?«, fragte Rieke nach, und es entstand eine Pause, als überlegte sie etwas, bis sie schließlich »In Ordnung« sagte und Silvia den Weg vom Hauptbahnhof zu ihrer Wohnung im Frankfurter Stadtteil Bockenheim beschrieb.

»Dein Vater weiß nicht, dass du zu mir kommst«, sagte Rieke schließlich, das war mehr Feststellung als Frage. »Dann bis morgen«, verabschiedete sich Rieke schließlich, »ich überlege mir ein schönes Programm. Das deinem Vater die Haare zu Berge stehen lassen wird.« Sie lachte. »Wenn er davon wüsste.« Sie lachte nochmals, dann legten sie auf.

Silvia und Gudrun saßen noch eine Weile zusammen, tranken einen Rheingauer Riesling aus dem Weinkeller von Gudruns Vater und aßen Brote, die Gudruns Mutter ihnen zubereitet hatte.

Die anfängliche Überraschung, die genau genommen eine Überrumpelung war, wich langsam der alten Vertrautheit. Silvia erzählte von den Schwierigkeiten mit ihrem Vater, den Streitigkeiten, die in den letzten beiden Jahren stetig zugenommen hatten, von seinem Verbot, sich an der Kunstakademie in Düsseldorf zu bewerben, und vor allem seinem nachdrücklichen Wunsch, dass sie Hans-Joachim Bremer heiratete. Von der Aktentasche und deren Inhalt erzählte sie der Freundin auch, über das, was sie über ihre Mutter erfahren hatte, schwieg sie.

»Hast du schon …?«, fragte die Freundin vorsichtig, und Silvia wusste genau, was sie meinte.

Hajo hätte gerne, hatte sie mehrmals bedrängt, aber da war ein Widerwille in ihr. Nicht grundsätzlich, aber nicht mit diesem Mann. Abgesehen von allem anderen, hätte sie damit nicht ihr Einverständnis zur Hochzeit gegeben?

*

Nachdem Mine sich den Schweiß von der Arbeit vom Körper gewaschen hatte, steckte sie das neue Trikot in ihre Sporttasche. Die hatte sie vor einem Jahr bei einem Wettbewerb gewonnen, eine hellbraune Tasche mit dunkelbraunen Tragegriffen und zwei Extrafächern innen und außen. Stolz hatte sie diese seither über der Schulter zum Training getragen, als sichtbares Zeichen ihrer turnerischen Überlegenheit. Manchmal glaubte sie zu spüren, dass sie mit ihrer Leistung die anderen so einschüchterte, dass sie am liebsten gar nicht gegen sie angetreten wären. Was natürlich Unsinn war, das wusste sie, aber sie fand den Gedanken reizvoll.

Aber seit ein paar Wochen war dem nicht mehr so. Sie hatte die Freude an ihrer Tasche verloren. Und am Turnen sowieso.

Achtlos hatte sie das Schmuckstück neben dem Ofen in der Küche abgestellt. Alle sollten sie sehen und glauben, dass sie zum Training ging. Während die anderen Mädchen trainierten, würde sie sich im nahen Wald verstecken. Vielleicht auf einen Hochsitz klettern und über die Wiesen schauen. Auch wenn sie dort keine Antworten auf ihre Fragen bekäme, so böte die Abgeschiedenheit doch eine wenig Ruhe zum Nachdenken, einen Moment, in dem ihr niemand etwas anhaben konnte. Und wenn Otto Schunk sich später beim Vater über ihr Schwänzen beschweren und der Vater sie zur Rede stellen und von ihrer Verantwortung für das Ansehen des Dorfes und von Ehre und Kameraderie sprechen würde, sie würde das aushalten. Alles war besser als die Wahrheit, auch wenn sie die nicht mehr lange würde verheimlichen können. Aber jeder Tag, den sie das hinauszögerte, ließ ihr etwas von der irrigen Hoffnung, dass sich doch noch eine Lösung fand.

Sie nahm ihre Tasche, um unbemerkt das Haus zu verlassen, als Otto mit seinem Wagen in den Hof gefahren kam. Im gleichen Moment betrat der Vater die Küche und sah seine Tochter freudestrahlend an.

»So wichtig bist du, Mine!«, rief er aus. »Jetzt kommt der Otto dich persönlich abholen.« Er lachte leise. »Wahrscheinlich will er nur, dass ich sein neues Auto bewundere. Glas Eintausendzweihundertvier.« Er sprach die Zahl gedehnt aus, betonte jede einzelne Ziffer. »Dreiundfünfzig PS. Hundertvierzig Spitze. Hat bei deinem Geburtstag ja über nichts anderes gesprochen.«

Was nicht stimmte, dachte Mine, aber sie erinnerte sich auch nicht mehr an alles an diesem Abend. Vielleicht war das ja, nachdem sie umgefallen war. Tatsächlich hatte ihr noch niemand erzählt, was passiert war, nachdem Rüdiger in seine Jackentasche gegriffen hatte.

Wenig später stand Otto in der Tür zur Küche und schwenkte vergnügt den Autoschlüssel über seinem Kopf.

»Zur Feier des Tages, nein«, er korrigierte sich, »zur Feier des gestrigen Tages hole ich dich heute ab.«

Resigniert griff Mine nach ihrer Sporttasche.

»Komm mit raus, Georg«, sagte er zu ihrem Vater. »Du musst den Glas sehen. Der geht …«

Mine überlegte, ob sie die Gelegenheit nutzen konnte, um durch die Hintertür zu verschwinden. Aber Otto machte den Plan gleich zunichte, indem er seinen Arm um Mines Schulter legte und sie mit sich hinauszog.

»Du musst ihn dir auch anschauen, Mine. Wenn du am Wochenende gewonnen hast, machen wir in dem Wagen eine Ehrenrunde durchs Dorf. Und durch alle Nachbardörfer. Damit alle wissen, wer die Siegerin ist.« Er lachte dröhnend.

Otto ließ Georg hinterm Lenkrad sitzen, erklärte ihm die Funktionen der Schalter, öffnete dann die Motorhaube, um dem Vater die Maschine zu zeigen.

»Ihr müsst los, sonst kommt ihr zu spät zum Training!« Mine wusste, dass er das sagte, um den redseligen Otto endlich loszuwerden. Er hatte noch genug zu tun.

Evi saß mit drei anderen Mädchen bereits im Umkleideraum, als Mine hereinkam. Ein kleiner Raum, kaum zwei Meter hoch, kahle, unverputzte Steinwände, die an vielen Stellen fleckig waren. An zwei Seiten standen alte Bänke, auf die man sich vorsichtig setzen musste, damit man sich keinen Holzsplitter in die Haut rammte. Mine stellte ihre Tasche auf die Bank, artig kamen Erika, Ursula und Inge zu ihr herüber, um ihr noch nachträglich zum Geburtstag zu gratulieren. Klara kam als Letzte, drückte ihr wortlos die Hand, ohne sie anzuschauen, und wandte sich gleich wieder ab.

Mine ließ sich Zeit, als suche sie etwas in ihrer Tasche, und beobachtete verstohlen die anderen Mädchen beim Umziehen, hoffte, dass sie schnell fertig wären und sie nicht in ihrer Unterwäsche sehen würden. Sie hatte sich ein extra weites Kleid angezogen, aber das nützte nichts, wenn sie es auszog und das Trikot am Leib trug.

Evi sah zu ihr herüber. »Hast du was vergessen?«, fragte sie, während die anderen mit sich beschäftigt waren und von Cliff Richard erzählten, den sie am Abend vorher im Fernsehen gesehen hatten. »Hose, Tolle, und wie der sich bewegt«, nur einzelne Wörter drangen zu Mine herüber.

Mine antwortete kurz angebunden. »Nee!«

»Wirklich? Was suchst du denn?«

»Nichts!«, war die wieder sehr kurze Antwort.

Evi verzog das Gesicht, Mine hatte es gesehen, sagte aber nichts. Konnte auch nichts sagen, denn Evi war ihre beste Freundin, und normalerweise erzählte sie ihr alles. Aber das ging dieses Mal nicht.

Sie drehte sich zur Seite, sodass sie den anderen im Raum den Rücken zeigte, und zog sich das Kleid über den Kopf, achtete dabei darauf, dass sie sich nicht zu sehr strecken musste.

Klara, Erika, Ursula und Inge verließen laut durcheinanderredend die Umkleide, dann waren Evi und Mine allein in dem Raum.

Aus der Sporthalle drang Ottos laute Stimme bis in die Umkleide. »Wärmt euch auf!«

»Du bist so komisch«, stellte Evi fest und ging auf Mine zu, die erschrocken in ihre Ecke zurückwich, was wiederum Evi erschreckte.

»Was ist denn?«, fragte sie, echte Besorgnis in der Stimme.

»Nichts«, antwortete Mine hastig, griff, ohne sich umzudrehen, in ihre Sporttasche und fischte das neue Trikot heraus.

»Zeig doch mal!«, forderte Evi sie auf, aber Mine ging nicht darauf ein.

»Du bist wirklich komisch«, stellte Evi fest. »Ich bin doch deine Freundin.«

»Bist du doch auch«, erwiderte Mine, die sich immer noch nicht umdrehte.

»Man meint fast, du bist schwanger, wie du dich anstellst«, schoss es aus Evi heraus. Sie lachte laut, wie um zu betonen, dass das als Witz gemeint war, aber sie zeigte deutlich, wie verärgert sie über das seltsame Verhalten ihrer Freundin war.

Auf dem Weg zur Sporthalle drehte sie sich noch einmal um und sagte leise: »Entschuldigung. Das war nicht so gemeint.«

Mine zeigte keine Reaktion.

Nach dem Training verließ Mine den Umkleideraum, rief ein »Bis morgen« in die Runde und eilte ins Freie. Sie hatte sich abseits gehalten und ihre Übungen für sich gemacht. Da sie die beste Turnerin war und die große Hoffnung auf den Sieg am Wochenende, kümmerte sich Otto vor allem um sie, gab ihr mehr Anweisungen und korrigierte sie öfter als die anderen Mädchen. Letztlich fiel von Mines Glanz bei einem Sieg auch etwas auf sie alle ab.

Doch Otto hatte immer deutlicher seine Unzufriedenheit gezeigt, da sie die Übungen nur halbherzig und vor allem ungenau ausführte.

»Hast du Angst zu stürzen?«, fragte er mehrmals. »Angst vor einem Sturz kann alles kaputt machen«, ermahnte er sie. »Du hast doch sonst keine Angst. Hätte Rüdiger mit seinem Angebot warten sollen?«

Er sah sie ernst an. »Die nächsten Tage nur Obst und Gemüse. Du hast zugenommen. Am Wochenende musst du wieder dein Wettkampfgewicht haben. Keinen Döppekoochen mehr, verstanden?« Er lachte, um zu zeigen, dass er besorgt, aber nicht böse war.

Die anderen Turnerinnen hatten sich Blicke zugeworfen und neugierig zugehört.

Mine hatte den Kopf geschüttelt.

»War vielleicht auch ein bisschen viel gestern«, hatte Otto zum Schluss eingeräumt, und irgendwie hatte Mine das Training hinter sich gebracht.

Sie war nur wenige Meter von der Sporthalle entfernt, da hörte sie erst Schritte hinter sich, dann Evis Stimme.

»Bleib doch stehen, Mine. Das war nicht so gemeint.«

Die eilte weiter.

Evi holte sie ein und stellte sich ihr in den Weg.

»Es tut mir leid. Ich wollte dich nicht verletzen.«

Als Mine nichts darauf erwiderte, redete sie weiter.

»Ich weiß, dass du so früh nicht heiraten willst. Du willst etwas erleben. Aber überleg doch, ob du noch mal so einen Mann findest. Rüdiger sieht gut aus, hat eine hervorragende Position. Mein Vater sagt, dass der noch Prokurist in der Firma wird. Und mehr. Der hat Ambitionen, meint er. Du wirst reisen und viele interessante Menschen treffen.«

Mine schwieg eisern weiter, was Evi verunsicherte.

»Das eben … mit schwanger … das ist mir so rausgerutscht«, erklärte sie, aber Mine schwieg noch immer, trippelte von einem Bein aufs andere.

»Oder bist du …?«, fragte sie, als sie bemerkte, wie Mine ihren Blicken auswich.

Noch verunsicherter, plapperte sie weiter, sah kurz auf Mines Bauch, der sich leicht vorwölbte.

»Und wenn, dann sagst du einfach, dass es von Rüdiger ist.«

Mine kamen die Tränen. Starr blieb sie vor ihrer Freundin stehen. Als diese den Arm um sie legen wollte, lief sie davon.

10. Mai 1964

Entgegen ihrer Absicht wachte Silvia am nächsten Morgen erst um neun Uhr auf. Der Wein am Abend forderte seinen Tribut. Nun fürchtete sie, dass ihr Vater bald auftauchte.

»Magst du mit uns frühstücken?«, fragte Frau Maier, als Silvia fertig angezogen in der Tür zur Küche stand.

»Ich habe noch eine Verabredung in der Stadt«, erklärte sie wenig glaubhaft und griff nach den beiden Reisetaschen und der Aktentasche.

Gudrun begleitete die Freundin an die Gartenpforte, wo sie sicher sein konnten, dass niemand ihnen zuhörte.

»Wenn mein Vater auftaucht, sag ihm nicht, wo ich hinfahre. Auch sonst niemandem.«

»Ja, klar!«, antwortete Gudrun, die einen Bademantel über ihrem Schlafanzug trug, den sie mit beiden Händen vorne zuhielt. »Viel Erfolg in Düsseldorf.« Sie umarmte Silvia. »Ich werde auf alle deine Ausstellungen kommen. Versprochen!«

Im Bahnhof herrschte schon reger Betrieb. Es waren vor allem Sonntagsausflügler unterwegs, die unschwer an ihren Rucksäcken und den Wanderschuhen zu erkennen waren.

In einer halben Stunde ging von Gleis 14 der nächste Zug nach Frankfurt am Main. Silvia blickte durch ihre Sonnenbrille in die Schalterhalle. Dort war es nicht so voll wie am Vortag, und sie stellte sich in eine der Schlangen, um ihr Ticket umzutauschen.

Die rückte nur langsam vorwärts, und nach einer Viertelstunde standen noch immer drei Personen vor ihr. Nervös blickte sie hoch zu der großen Uhr, die von der Decke hing und deren Zeiger jedes Mal, wenn er eine Minute vorrückte, erzitterte. Die beiden Reisetaschen stellte sie neben sich auf den Boden. Die Aktentasche behielt sie fest in der Hand.

Noch zehn Minuten. Nervös sah sie sich um und entschied sich dann, direkt zum Bahnsteig zu gehen. Sie lief zurück in die Halle des Kopfbahnhofs, suchte nach einem Hinweis auf Gleis 14, als sie in der Menge ihren Vater entdeckte. Er stand nur wenige Meter entfernt mit dem Rücken zu ihr auf Zehenspitzen und hielt Ausschau. Im Schutz einer Reisegruppe schlich sie an ihm vorbei zu den Bahnsteigen.

Wieso war er hier? Hatte Gudrun doch verraten, wo sie hinwollte?

Sie schob ihre Sonnenbrille hoch und sah sich um. Ihr Vater hatte seinen Beobachtungsplatz verlassen und war ein paar Meter in Richtung des Holzkirchner Flügelbahnhofs gegangen, von dem die Regionalzüge abfuhren. Mit gesenktem Kopf eilte Silvia durch die Haupthalle, als plötzlich ihr Vater nur wenige Meter von ihr entfernt wieder auftauchte. Geistesgegenwärtig lief sie auf den nächsten Bahnsteig, bis es mit einem Mal kaum ein Weiterkommen gab. Eine Gruppe von rauchenden, fremd aussehenden Männern, umstellt von Koffern und Kisten, versperrten ihr den Weg.

»Kann ich Ihnen helfen, junges Fräulein?«

Jemand tippte Silvia auf die Schulter.

Erschrocken fuhr sie herum. Hinter ihr stand ein Bahnbeamter in Uniform, der ihr freundlich zunickte.

»Kann ich Ihnen helfen?«, wiederholte er seine Frage.

»Ich will zu Gleis 14«, erwiderte sie mit Panik in der Stimme. Einige der Männer blickten zu ihnen herüber. Ein schneller Blick auf die Uhr verriet ihr, dass ihr nur noch vier Minuten bis zur Abfahrt ihres Zuges blieben.

»Ist noch Zeit«, erwiderte er mit einer Engelsruhe. »Das sind die Gastarbeiter«, erklärte der Bahnbeamte. »Kommen alle hier beim alten Bunker auf Gleis 11 an. Ist die zentrale Sammelstelle.« Er schien sich im Dozieren zu gefallen. Silvia wurde ungeduldig.

»Da vorne ist ein Tunnel«, sagte er schließlich und zeigte ihr den Weg. »Da müssen Sie nicht wieder in die Haupthalle zurück, Fräulein.«

»Unten nach rechts!«, rief er Silvia nach.

Der Zug stand schon bereit. Vor dessen Türen stauten sich die Reisenden, die jetzt zuerst ihre Koffer ins Innere wuchteten, um dann selbst einzusteigen. Während Silvia langsam der Waggontür näher kam, sah sie sich vorsichtig um.

»Vor Ihnen spielt die Musik«, wies sie ein Mann zurecht. »Geht das nicht ein bisschen schneller?«

Sie drehte sich um und blickte ihn durch ihre Sonnenbrille an. »Das ist meine Sache!«, zischte sie den Mann an.

»Mal nicht so kess, Fräulein!«, entgegnete der, doch bevor der Streit eskalieren konnte, wurde sie zur Tür, auf die Trittbretter und ins Innere des Zugs geschoben. Erleichtert stellte sie sich an die Seite.

Plötzlich hörte sie ihren Namen.

»Das ist meine Tochter. Sil...«

Das laute Geräusch der zuschlagenden Waggontür verschluckte das letzte Wort. Vor dem schmalen Fenster der Tür tauchte ihr Vater auf, mit wutverzerrtem Gesicht schlug er mit der Faust gegen das Glas und rüttelte an der Klinke. Einige Fahrgäste sahen besorgt erst zu dem aufgebrachten Mann, dann zu Silvia.

Schließlich setzte sich der Zug in Bewegung. Ihr Vater sprang zurück auf den Bahnsteig und lief neben dem Waggon her, gestikulierte dabei wild mit den Armen. Der Zug wurde schneller, und er gab bald auf. Kopfschüttelnd verließen die anderen Fahrgäste nacheinander den Vorraum und gingen durch den schmalen Gang zu den Abteilen.

Silvia schob sich mit ihren Taschen in den nächsten Waggon, bis sie ein Abteil entdeckte, das bis auf einen älteren Herrn im Janker und einem Hut mit Gamsbart leer war.

Der erwies sich als umgänglicher und hilfsbereiter Zeitgenosse, wie sich bald nach Abfahrt des Zuges herausstellen sollte. Wegen eines Gleiswechsels war Silvia versehentlich in den Zug nach Nürnberg gestiegen. Als der Schaffner sie bei der Kontrolle ihres Fahrscheins darauf aufmerksam machte, konnte sie Dank der Intervention des alten Herrn ohne Sanktionen bis Nürnberg fahren, um sich dort ein neues Ticket nach Frankfurt zu kaufen.

Nachdem dies geklärt war, verlief die Weiterfahrt nach Nürnberg in gelöster Atmosphäre, der ältere Herr war froh, dem Fräulein geholfen zu haben, und Silvia erleichtert, dass der falsche Zug sie am Ende nur etwas Zeit kosten, dafür aber ihren Vater auf eine falsche Fährte locken würde.

*

Zwei Männer sitzen in einem Peugeot, rauchen, sehen zu ihm herüber, nicken sich zu. Er macht kehrt, eilt zurück in die Eingangshalle des Hotels und durch den Lieferanteneingang auf der Rückseite wieder hinaus. Hier sind nur wenige Autos und noch weniger Fußgänger unterwegs. Keine Zeugen. Kaum ist er wieder auf der Straße, taucht ein Citroën vor ihm auf. Er rennt in eine Seitenstraße, will dahin, wo Verkehr ist, wo er in der schützenden Menge der Passanten untertauchen kann. Ob sie sein Ziel kennen? Egal. Er muss zum »Plat d'Argent«, eines der besten Restaurants in Genf. Dort wollen sich Felix Moumié und sein Sekretär mit einem Journalisten treffen. Der kein Journalist ist, sondern ein Killer der Roten Hand, wie er herausgefunden hat. Moumié ist Anführer der kamerunischen Opposition. Er blickt über die Schulter, der Citroën biegt um die Ecke, ist vielleicht noch sechzig, siebzig Meter von ihm entfernt. Er sieht eine Tram, und trotz des schmerzhaften Seitenstechens mobilisiert er noch einmal alle Kräfte, läuft, doch die Tram fährt ohne ihn los. Er reißt die hintere Tür eines Taxis auf, wirft sich auf den Rücksitz, ruft dem Fahrer die Adresse zu, der ihn überrascht anblickt. Erst nach nochmaliger Aufforderung fährt er los, Ferdinand duckt sich hinter der Rückenlehne, kramt aus seiner Tasche einen Schein und schiebt ihn nach vorne zum Fahrer. »Vite!« Jetzt reagiert der Mann, gibt Gas, und nach kurzer Zeit bremst er scharf vor dem Hotel. Er springt aus dem Wagen, erkennt am Ende der Straße den Citroën, gleich dahinter den Peugeot, läuft in das Restaurant, rempelt dabei beinahe einen Gast um, sieht Moumié mit den beiden Männern an einem Tisch am Rand des Saals sitzen. Er zieht die Blicke der Gäste auf sich, ein Mann erhebt sich. »Ne boire pas!«, brüllt er Moumié zu, der sich nun auch dem aufgeregten Gast zuwendet. Alle Blicke sind auf ihn gerichtet, ein Mann steht auf, stellt sich ihm in den Weg, zieht eine Pistole, zielt Broich ins Gesicht, der brüllt nochmals »Ne boire pas!«, der Killer verzieht kurz die Mundwinkel und drückt ab. Ohrenbetäubend kracht der Schuss.

Ferdinand schreckte hoch, stieß sich das Knie am Lenkrad, benötigte ein paar Sekunden, um seine Arme aus der Decke zu befreien, wieder der Lärm, dessen Ursache er nur langsam begriff. Neben seinem Wagen stand ein Mann im Lodenmantel, der mit der flachen Hand aufs Autodach schlug, sich bückte, ins Innere des Fahrzeugs blickte, dann energisch gegen die Seitenscheibe klopfte und mit der Hand Zeichen machte, das Fenster herunterzukurbeln.

Ferdinand tat, wie ihm geheißen. Sein Nacken war verspannt und schmerzte.

»Das hier ist eine ordentliche Gegend«, blaffte der Mann im Lodenmantel. »Für Gammler ist hier kein Platz. Wenn Sie nicht sofort verschwinden, rufe ich die Polizei.«

Wie zur Bekräftigung kläffte jetzt sein Hund, ein kleiner dunkler Schnauzer. Ferdinand streckte den Kopf aus dem Fenster. Der Alte ging schnell einen Schritt zurück, als fürchtete er eine ansteckende Krankheit.

»Schon gut«, erwiderte er genervt. Er hatte keine Lust auf einen Streit und die damit verbundene Aufmerksamkeit, kurbelte das Fenster hoch, startete den Motor, der beim ersten Dreh des Zündschlüssels ansprang.

Im Rückspiegel erkannte er, dass der Mann sich sein Kennzeichen notierte. Er schlug sich mit der flachen Hand gegen die Stirn, ärgerte sich, dass er gestern Abend nicht daran gedacht hatte, sich das Nummernschild von Fischers Besucher aufzuschreiben.

Eine Stunde später stand Ferdinand mit seinem Wagen wieder in der Nähe von Fischers Haus. Er war auf der Suche nach einem Kaffee im Viertel herumgefahren, erfolglos. Auf einem Parkplatz hatte er sich die Beine vertreten, seinen Fotoapparat und den Belichtungsmesser aus dem Kofferraum geholt und einen neuen Film eingelegt.

Er dachte wieder an seinen Traum. Der Schuss ins Gesicht. Er hatte von dem Anschlag auf Moumié gelesen, selbst war er aber nie in Genf gewesen. Träume wie dieser suchten ihn seit fünf Jahren heim. Manchmal setzten sie für Wochen aus, dann verfolgten sie ihn mehrere Nächte hintereinander.

Um neun Uhr tauchte der Opel Rekord vom Vorabend wieder auf und hielt vor der Zufahrt zu Fischers Garage. Bei Tageslicht konnte Ferdinand sich den Mann genauer anschauen. Dunkler Anzug, Hut und, wie er gestern schon bemerkt hatte, eine kräftige Statur. Der Mann bewegte sich selbstsicher auf das Haus zu.

Sowie er darin verschwunden war, notierte Ferdinand das Kennzeichen des Wagens, griff nach seiner Kamera, prüfte die Belichtung und behielt das Haus im Auge. Einmal konnte er den Mann am Fenster zur Straße hantieren sehen, als ob er etwas prüfe, dann war er wieder aus seinem Blickfeld verschwunden. Nicht viel später kam er mit Fischer aus dem Haus, einen Moment standen sie zusammen in der Einfahrt. Ferdinand nutzte die Gelegenheit und schoss zwei Fotos, dann wandte sich der Mann ab und ging zu seinem Wagen. Ferdinand rutschte tief in den Sitz und wartete in dieser Haltung, bis der Opel fortgefahren war.

Fischer rangierte seinen Mercedes aus der Garage und fuhr ebenfalls davon. Ferdinand folgte ihm bis zu dem Haus, in dem gestern Abend schon die junge Frau verschwunden war. Eine Frau in hellem Kleid öffnete die Tür. Nach kurzer Unterhaltung ging sie wieder ins Haus und kam gleich darauf mit einer jungen Frau zurück, mit der Fischer jetzt sprach. Dann fuhr er mit seinem Wagen weiter. Ferdinand folgte ihm.

In der Thalkirchner Straße stellte Fischer sein Auto vor einem imposanten Altbau ab und verschwand darin. Ferdinand parkte seinen Wagen mit Abstand hinter dem Mercedes, wartete eine Weile, stieg schließlich aus und schlenderte langsam wie ein Sonntagsspaziergänger zum Eingang des Hauses. Ein Schild wies darauf hin, dass hier Dr. Ulrich Fischer, Facharzt für Zahnheilkunde, seine Praxis hatte.

Ferdinand drückte auf den Klingelknopf, aber niemand öffnete. Er klingelte ein weiteres Mal, wartete, wieder nichts.

Er beschloss, später wiederzukommen. Jetzt brauchte er unbedingt einen Kaffee.

Einen Block weiter fragte Ferdinand einen Kioskbetreiber nach einer billigen Unterkunft und wurde sofort zurechtgewiesen.

»Günstig oder billig?«

»Günstig und sauber!«, antwortete er.

Er nannte Ferdinand eine Adresse am Bahnhof.

»Da haben Sie aber Glück«, sagte der Rezeptionist, ein Mann mit Augenklappe, dem sein schwarzer Anzug um den hageren Körper schlackerte. »Eben hat jemand abgesagt. Für drei Tage hat der reserviert. Müssten Sie auch nehmen.«

Ferdinand überschlug seine Reserven und willigte schließlich ein.

Nachdem er den Meldezettel ausgefüllt und seinen Personalausweis vorgelegt hatte, überreichte ihm der Rezeptionist den Zimmerschlüssel. Ferdinand spürte den Blick des Mannes in seinem Rücken, als er zur Treppe ging, um in den zweiten Stock hinaufzusteigen. Das Zimmer war klein, auf beiden Seiten des Bettes war gerade mal ein Meter Platz, rechts ein Schrank in rustikalem Braun, links ein Fenster, das zur Straße ging. Immerhin gab es eine kleine Toilette mit Dusche und Waschbecken.

Er legte sich aufs Bett, wo er bald gegen seine Absicht einschlief.

*

Winter hatte früh gelernt, mit wenig Schlaf auszukommen. Seine Schule waren die Schützengräben im Ersten Weltkrieg gewesen, mit denen er ab Sommer 1917 Bekanntschaft gemacht hatte. Vor allem hatte er hier erkannt und zutiefst verinnerlicht, dass ihm der Tod und vor allem das Töten nichts ausmachte. Dass es Teil des Lebens und des Überlebens war. Seines Lebens und seines Überlebens.

Es war noch früh am Morgen, und ein kühler Wind empfing ihn. Wie immer, wenn er es sich einrichten konnte, führte ihn sein erster Gang in den kleinen Garten hinter dem Haus in Planegg, in dem er mehrere Obstbäume gepflanzt und Gemüsebeete angelegt hatte. Eine Leidenschaft, deren Saat ein Onkel, der Bruder seines Vaters, in ihm gelegt hatte, der als Jäger gearbeitet und ihm nicht nur das Schießen, sondern auch vieles über Pflanzen und deren Aufzucht und Pflege beigebracht hatte. Jung war er damals gewesen, noch keine sechzehn, und viele Jahre hatte diese Saat in ihm geschlummert, um dann während des Zweiten Weltkriegs und seiner Stationierung in Polen aufzugehen. Winter war in einem großen Haus am Rand eines Dorfes untergebracht gewesen. Die Kameraden betranken sich am Abend, um das am Tag Geschehene zu vergessen. Er hatte das nicht nötig, er musste nichts vergessen, und wann immer es ihm möglich war, zog er das Alleinsein in dem weitläufigen Garten der Geselligkeit der Kameraden vor. Eines Abends begann er, ein Beet anzulegen, bald ein zweites, er kümmerte sich um die Apfelbäume im Garten, pflanzte einen Nussbaum. Der Tag, an dem er das Haus und den Garten verlassen musste, war einer der traurigsten in seinem Leben gewesen.

Für ihn lag das weit zurück, aber seine Passion für Pflanzen und die Arbeit im Garten war geblieben. Jetzt stand er auf der Terrasse und betrachtete seinen Garten, der nicht zu vergleichen war mit dem in Polen. Aber es war sein eigener Garten, den er nicht mehr verlassen musste. Die Bäume und Beete ließen kaum Platz für einen Rasen. Er zog auf der Terrasse seine Gartenschuhe an und lief durch das feuchte Gras. Der Morgen, am liebsten während des Sonnenaufgangs, war die Zeit, in der er seine Ruhe fand. Er atmete tief durch, bevor er mit seinem Ritual begann, Unkraut zu rupfen, die Blätter der Bäume zu inspizieren und nach Schnecken zu suchen. Dann streifte er die Gartenschuhe wieder ab, ging nach drinnen, wo er den Kaffee zubereitete und am Küchentisch eine Zigarette rauchte. Um neun Uhr hörte er Gerda aus dem Schlafzimmer kommen. Langsam schritt sie durch den Flur. Er konnte am eigenen Körper die Schmerzen spüren, die ihr das bereitete. Sie streichelte ihm zur Begrüßung sanft über den Rücken. Winter stand auf, nahm ein paar getrocknete Kräuter aus einem Glas, krümelte sie in ein kleines engmaschiges Sieb, hängte es in einen Becher und goss heißes Wasser darüber. Kaffee vertrug seine Frau nicht.

Sie trug ihr dunkles Sonntagskleid für die Kirche. Sie hatte es schon lange aufgegeben, ihren Mann zu fragen, ob er mitkäme. Meist fuhr er sie hin und holte sie nach dem Gottesdienst wieder ab. Trotz der Schmerzen ließ sie sich den Gang zur Kirche am Sonntag nicht nehmen. Vor einem halben Jahr hatte er ihr einen Rollstuhl gekauft. Anfangs benutzte sie ihn nur widerwillig. Inzwischen wusste sie seine Vorteile zu schätzen.

»Ist spät geworden gestern. Seit deiner Pensionierung bist du weniger zu Hause als vorher«, sagte sie ohne Vorwurf in der Stimme.

Sie nahm das Sieb heraus, legte es auf ein Tellerchen und führte den Becher langsam an den Mund. Selbst diese kleine Bewegung strengte sie inzwischen über die Maßen an. Winter sah es mit Sorge. Die Krankheit, die sich über viele Jahre angekündigt und sich anfangs mit eher leichten Schüben bemerkbar gemacht hatte, war seit letztem Sommer schlimmer geworden. Vier Wochen hatte sie im Krankenhaus gelegen. Jeden Abend nach Arbeitsende hatte er bei ihr gesessen, hatte, wenn sein Dienst es zuließ, sie auch in der Mittagspause besucht, Blumen aus dem Garten mitgebracht, die er eigens für sie angepflanzt hatte.

Er sah sie an, musste seine Frage nicht in Worte fassen.

»Nicht mehr als sonst«, erklärte sie. Es sollte beiläufig klingen.

Sie ertrug die Krankheit und die damit einhergehenden Schmerzen mit stoischer Ruhe. Wusste sie, hatte Winter überlegt, was ihr Mann im Krieg getan hatte, betrachtete sie ihre Krankheit vielleicht als Strafe dafür, dass sie ihn hatte gewähren lassen? Gefragt hatte er sie nie. Sie hatte nur durchblicken lassen, dass sie akzeptierte, dass im Krieg unschöne Dinge getan wurden, von allen. Dass es Bürde genug war, damit leben zu müssen. Dass er sich so rührend und aufopferungsvoll um sie kümmerte, war ihr Zeichen genug, dass er ein Mensch wie jeder andere war, mit all seinen Vorzügen und Fehlern.

Es gab niemanden, dem er mehr vertraute und der ihm gegenüber so loyal war wie sie. Diese unbedingte Loyalität, die war es, was ihn an Gerda band, ein Band, das durch nichts, schon gar nicht durch die Krankheit zu durchtrennen war. Schon bei ihrer ersten Begegnung zwei Jahre vor der Machtergreifung wusste er das. Winter, damals noch Kriminalkommissar in München, wo er keinen Hehl aus seiner Parteizugehörigkeit machte, war nach einem Umtrunk mit ein paar Kameraden auf dem Nachhauseweg. Es war ein kühler und windiger Novemberabend, und er musste durch einen dunklen Park laufen. Wahrscheinlich war es der Alkohol, den sie nach einem für sie erfolgreichen Zusammenstoß mit Rotbundkämpfern konsumiert hatten, der ihn unachtsam werden ließ. Die Schritte hinter sich hörte er zu spät. Als er sich umdrehte, wurde er auch schon von einer Latte am Kopf getroffen und kam ins Taumeln. Sofort hagelte es Faustschläge, die ihn endgültig zu Boden gehen ließen, es folgten weitere Schläge und Fußtritte. Winter glaubte, dass sie ihn umbringen wollten, da hörte er eine Stimme, energisch und stark.

Mit einem Mal hörten die Schläge und Tritte auf. Ihm wurde schwarz vor Augen. Als er im Krankenhaus wieder aufwachte, saß Gerda neben seinem Bett. Er war sich sicher, dass er nicht mehr leben würde, wenn sie nicht so mutig und beherzt eingeschritten wäre. Dank ihrer Kenntnisse als Krankenschwester bekam er in den darauffolgenden Wochen die beste Pflege. Wenn sie die Schnittwunde auf seiner linken Wange nicht mehrmals täglich mit Salbe behandelt hätte, würde sie jetzt deutlicher zutage treten, als sie es ohnehin tat. Geblieben war neben der Narbe auch sein Hass auf alles Kommunistische. Gerda war seine Frau geworden, die, als sie sicher waren, dass sie keine Kinder bekommen konnten, weiter als Krankenschwester arbeitete und diesen Beruf erst aufgab, als sich ihre Krankheit erstmals bemerkbar machte.

»Was wollte Fischer so spät gestern?«

Winter trank von seinem Kaffee, bevor er antwortete. »Er glaubte, dass ein Patient, mit dem es Ärger gab, vor seinem Haus rumschleicht.«

»Und?«, fragte Gerda mit Neugier in der Stimme.

»Nichts. Natürlich. Ich bin zweimal ums Haus. Dann war er beruhigt.«

»Dafür lässt der dich so weit rausfahren?«

»Ist schon in Ordnung«, wiegelte Winter ab und wechselte das Thema. »Ich kann dich heute nicht abholen. Brauchst du den Rollstuhl?«

»Es geht schon so«, antwortete sie. Er wusste, dass ihr das nicht gefiel, wenn ein anderer sie schob. Sie hatte zwei Kissen dabei und zwang sich inzwischen auch nicht mehr zum Knien auf der harten hölzernen Fußbank.

Er zog einen Zehnmarkschein aus seinem Portemonnaie. »Nimm dir ein Taxi, falls dich niemand mit zurücknehmen kann.«

Wortlos steckte Gerda den Schein ein, ging zur Garderobe,

zog ihren Mantel an und wartete geduldig auf ihren Mann, bis der seinen Kaffee ausgetrunken hatte.

Winter fand Fischer mit Anzug und Krawatte bekleidet in seinem Haus vor. Er habe heute Notdienst in der Praxis, erklärte er, aber in so einer Situation könne er das nicht. Er müsse einen Kollegen finden, der für ihn einspringe.

»Nichts da!«, wies ihn Winter zurecht. »Du machst alles wie immer. Nicht auffallen. Was willst du dem Kollegen sagen?«

»Ich fühle mich …«

»Nein! Du gehst in die Praxis! Ich kümmere mich um alles. Du musst nichts befürchten.«

Fischers Frage, was mit Hajos Leiche geschehen war, tat Winter unwirsch ab. Je weniger dieser wusste, desto besser. Und desto sicherer. Hajo war fort, für immer. Das reichte.

Er ging durchs Haus, gefolgt vom Hausherrn, und begann mit professionellem Blick Türen und Fenster nach Einbruchsspuren zu untersuchen. Fischer beobachtete ihn dabei, wagte aber keine Fragen zu stellen.

In Silvias Zimmer, dessen Wände mit Zeichnungen und Malereien sowie Plakaten von Ausstellungen und Konzerten dicht bedeckt waren und so unaufgeräumt einen starken Kontrast zum Rest des Hauses bildete, fanden sie Überbleibsel von zerrissenen Bildern und eine in der Mitte durchgebrochene Zeichenmappe. Auf dem Plattenspieler, der auf einem Bodenregal stand, lag eine Schallplatte. Winter hob den Tonarm an und setzte ihn auf.

She loves you, yeah, yeah, yeah / She loves you, yeah, yeah, yeah / She loves you, yeah, yeah, yeah, yeah / You think you lost your love / Well, I saw her yesterday / It's you she's thinking of / And she told me what to say, dröhnte es aus dem Lautsprecher neben dem Plattenspieler.

»Mach das aus!«, forderte Fischer. »Ich kann diese Negermusik nicht ertragen.«

Winter sah kurz zu ihm hoch und drehte am Lautstärkeknopf. Die Musik kam nun leiser aus dem Lautsprecher. Dass Fischer seiner Tochter das durchgehen ließ.

»Vor zwei Jahren fing das an«, erklärte der Zahnarzt, während er ans Regal trat und mit einem solchen Ruck den Stecker aus der Dose zog, dass er fast den Plattenspieler vom Regal gerissen hätte. Die Nadel hüpfte wild auf dem Vinyl.

Winter stoppte mit dem Zeigefinger den auslaufenden Plattenteller. »The Beatles«, sagte er und zeigte ihm die Plattenhülle. »She loves you.«

»Ist mir egal, Negermusik!«, erwiderte Fischer. »Ich weiß nicht, wie Silvia darauf gekommen ist. Ich habe das Gefühl, dass sie mir entgleitet und dass sie am Ende auch eine dieser Halbstarken wird.«

Er klang ratlos.

»Silvia hat sich also noch nicht gemeldet. Hat sie Freundinnen, bei denen du nachfragen könntest? Bei denen sie früher übernachtet hat? Oder … gibt es noch jemanden neben …«, er überlegte kurz, »außer Hajo?«

»Nein, so eine ist Silvia nicht.«

Winter ging zum Fenster, sah hinaus in den Garten.

»Die Gudrun Maier …«, fiel Fischer mit einem Mal ein.

Winter wandte sich um.

Der Zahnarzt erklärte, dass Gudrun eine Freundin von Silvia war, die einige Straßen weiter wohnte. »Bei der hat sie früher manchmal übernachtet, wenn ich nicht zu Hause war.«

»Ich fahre auf dem Weg zur Praxis bei ihr vorbei.«

Winter erklärte, dass er seine alten Kontakte anzapfen würde. Aus dem Dienst hieß noch lange nicht ohne Zugang zu seinen Quellen. Vielleicht konnte er erfahren, ob sich jemand nach Fischer erkundigt hatte.

Als er in sein Haus zurückkam, hatte sich Gerda gerade hingelegt. Offenbar hatte sie der Besuch der heiligen Messe zu sehr angestrengt. Winter zog sich in sein Büro im ersten Stock zurück. Ursprünglich war dieser Raum ihr Schlafzimmer gewesen, aber um Gerda das Treppensteigen zu ersparen, hatten sie es nach unten in einen kleinen Raum neben dem Wohnzimmer verlegt. Hier oben hatte er Ruhe, und Gerda wusste, dass sie ihn nicht stören durfte, wenn er sich dort aufhielt. Er hatte sich eigens einen Anschluss dorthin legen lassen, um ungestört telefonieren zu können.

Sein engster und vertrautester Kontakt war Franz Klinger, der Kollege, der ihn seinerzeit zum BND geholt hatte, nachdem er die ersten Jahre nach dem Krieg erst als Hilfsarbeiter und dann in der Verwaltung einer Schlachterei gearbeitet hatte. Zufällig waren sie sich in einem Biergarten begegnet, und Klinger hatte ihn anfangs fast nicht erkannt mit dem Bart, den Winter sich hatte wachsen lassen. Klinger hatte schon im Krieg für Reinhard Gehlen, den Leiter der Abteilung Fremde Heere Ost und seit 1956 Präsident des Bundesnachrichtendiensts, gearbeitet und wusste, dass Winter ideologisch einer von ihnen war.

Klinger wohnte nicht weit von ihnen weg, und so konnte er schnell einmal vorbeikommen und nach Gerda schauen, wenn er selbst unterwegs war.

Er verabredete sich mit Klinger in Pullach, wo der BND auf einem Gelände, das von 1936 bis 1938 als »Reichssiedlung Rudolf Heß« für Mitarbeiter der NSDAP errichtet worden war, residierte.

Klinger wartete schon an der Einfahrt. Etwas anderes hatte er nicht erwartet. Klinger war ein pünktlicher Mensch. Ein korrekter Mensch. Sogar das Wort »gütig« war Winter schon im Zusammenhang mit Klinger in den Sinn gekommen. Aber es gab auch den anderen Klinger. Den Klinger, der Befehle ausführte. Alle. Ohne Ausnahme. Mit einer Kälte, die selbst Winter überrascht hatte.

Der Wachposten hinter dem Tor grüßte Winter wie einen alten Bekannten.

In seinem früheren Büro warteten ein paar der ehemaligen Kollegen, trotzdem es Sonntag war. Klinger hatte ihn angekündigt. Winter hätte gerne sofort mit der Arbeit angefangen, aber er wollte die Männer nicht vor den Kopf stoßen. Die gute Verbindung zu ihnen war ein Teil seiner Versicherung.

Die Aktion hätte er sich sparen können, dachte Winter, als er das Gelände wieder verließ. Es lag keine Anzeige gegen Fischer vor. Niemand schien Nachforschungen betrieben zu haben. Ein Kollege hatte ein Dossier mit allen einschlägig bekannten Journalisten zusammengestellt, die sich mit untergetauchten Nazis beschäftigten. Winter hatte es durchgeblättert, sich die Fotos angeschaut und die Lebensläufe überflogen, aber das hatte ihn kein bisschen weitergebracht. Er würde die Fotos später Fischer zeigen. Vielleicht war ihm in den vergangenen Tagen oder Wochen jemand aufgefallen.

*

Mine hatte lange wach gelegen. Sie konnte ihre Gedanken einfach nicht verscheuchen. Jetzt war Sonntag, und es waren nur noch wenige Tage bis zum Turnier. Sie hatte geträumt, dass sie vor dem Altar stand und Rüdiger ihr einen riesigen Ring über den Finger schob, der so schwer war, dass sie ihren Arm nicht mehr heben konnte. Alle hatten um sie herumgestanden, ihr Ratschläge gegeben, waren in die Knie gegangen, um ihr mit vereinten Kräften den Arm hochzudrücken. Sie fand das ganze Prozedere so lächerlich und entwürdigend, dass sie sich wünschte, dass jemand käme und ihr den Arm abhackte. Schweißgebadet war sie aufgewacht und erst in den frühen Morgenstunden wieder eingeschlafen.

Sonntags ging sie gemeinsam mit ihren Eltern und Onkel Gerd und seiner Frau Margarete in die Kirche. Wenn es ihrer Tante gut ging, lief sie neben ihrem Mann her und hakte sich bei ihm unter. Alle machten ihnen dann Platz, wie auch an diesem Sonntag, und nickten Margarete zu. Sie galt als sehr gottesfürchtige Frau, die in ihrer Krankheit eine Prüfung sah, die sie über alle anderen stellte.

Onkel Gerd kümmerte sich rührend um sie, und alle wussten das, auch hart arbeiten konnte er, aber er hatte viele Laster gehabt, in der Zeit, als ihre Söhne noch lebten, das Rauchen oder das zeitweise unmäßige Trinken zum Beispiel, das mehr ein Saufen war. Diese und andere Laster waren mit dem Tod von Hans und Karl einfach wie aufgelöst, nicht mehr vorhanden. Allein die Streitlust war geblieben, aber die beschränkte sich auf seinen Vater, weil er dessen Verherrlichung von Hitler nicht ertragen konnte, denn der hatte nicht nur seine Kinder auf dem Gewissen.

Jetzt saß die Familie auf einer der Bänke in der Kirche, in der siebten Reihe, fast in der Mitte, wie jeden Sonntag. Albrecht und Walter am Mittelgang, dann Mine, neben ihr Renate, daneben ihr Vater. Ihre Mutter und Onkel Gerd hatten Margarete in ihre Mitte genommen. Meist hielten sich die beiden Frauen an den Händen, nur wenn sie zum Knien auf das harte Brett mussten, nahm die Mutter ihre Schwägerin am Arm und stützte sie, bis sie unter großen Schmerzen endlich auf die Knie gesunken war.

Mine wusste nie, ob sie ihre Tante wegen der Duldsamkeit, mit der sie ihre Schmerzen ignorierte, bewundern oder wegen ihrer Bigotterie verachten sollte. Es gab da nämlich etwas, worüber niemand in der Familie sprach, aber sie hatte nachgerechnet, dass Onkel Gerds und Margaretes erster Sohn Hans keine sechs Monate nach der Hochzeit geboren worden war. Als sie nachgefragt hatte, hieß es lapidar, dass Hans eine Frühgeburt gewesen sei und er viel Glück gehabt hätte, da viele zu früh Geborene behindert auf die Welt kamen oder starben. Aber Hans war kerngesund und ein überaus kräftiger Kerl dazu gewesen, wie man ihr mit einem Augenzwinkern erzählte.

Mine wusste, dass es für Tante Margarete eine Todsünde war, vor der Hochzeit mit einem Mann zu schlafen, und sie ahnte, dass sie jetzt mit ihrer übertriebenen Religiosität etwas gutmachen wollte. Sprechen konnte Mine aber mit niemandem über diese Geschichte. Und vielleicht … vielleicht würde sie später auch so streng sein, genau weil …

Ein seitlicher Tritt der Mutter mit dem Fuß gegen ihre Wade riss Mine aus ihren Gedanken. Alle standen, nur sie saß noch. Hastig erhob sie sich und sah zu ihrer Mutter, die sie tadelnd anblickte, um dann sofort wieder nach vorn zum Pfarrer zu schauen.

Sie achtete nun darauf, alles richtig zu machen, bekam trotzdem nur Fetzen von der Predigt des Pfarrers mit. Worte wie Heiliger Geist, Geist Gottes, Niederkommen des Heiligen Geistes. Auf sie würde kein Heiliger Geist niederkommen, dafür ganz andere Unglücke, die immer bedrohlicher wurden, zu Riesen heranwuchsen, denen sie ausweichen musste, aber nicht wusste wie.

Nach der Messe stand Mine unschlüssig auf dem kleinen Platz vor der Kirche. Die Übelkeit hatte sich wieder gemeldet. Sie hoffte, dass sie sich dieses Mal nicht erbrechen musste.

Onkel Gerd war schon zum Grab seiner beiden gefallenen Söhne gegangen.

»Guten Morgen, Mine«, hörte sie hinter sich Evis Stimme.

Sie drehte sich um und sah, wie ihre Freundin sie mit einem unsicheren Lächeln begrüßte.

»Das war blöd gestern von mir«, begann sie gleich.

»Schon gut«, erwiderte Mine, die keine Lust auf ein Gespräch hatte. Ihr schien, dass auch Evi die Sache nicht weiter vertiefen wollte.

Stattdessen erzählte sie, dass sie im Sommer, wenn sie die Ausbildung zur Friseurin abgeschlossen habe, für ein Jahr in einen Betrieb nach Koblenz gehen wolle. »Da komme ich auch endlich mal raus aus dem Dorf.« Verschwörerisch zwinkerte sie ihr zu.

Mine kniff die Lippen zusammen. Für ihre Freundin war es klar, dass sie Rüdiger heiraten und ihr dann die Welt offenstehen würde. Eine Welt, die, zumindest ein wenig, über Koblenz hinausführen würde. Sie war sich sicher, dass Evi ihr das neidete.

»Kommst du mit?«, rief ihr die Mutter zu, und Mine ergriff die Gelegenheit, sich von Evi zu verabschieden.

»Bis Morgen beim Training«, rief die ihr nach.

Renate lief auf Mine zu, griff nach ihrer Hand, drückte sie fester als gewöhnlich. »Wenn du heiratest, hast du dann ein Brautkleid?«

Mine hörte Neugier bei ihrer kleinen Schwester heraus, vielleicht auch Freude, aber da war auch ein ängstlicher Unterton. Sie antwortete nicht gleich.

»Ziehst du dann weg?«

Mine sah ihre kleine Schwester an.

»Ich will nicht alleine hier sein!« Renate packte Mines Hand noch fester.

»Ich werde …«, begann sie, hielt aber inne. Renate konnte schweigen, aber manchmal plapperte sie los, ohne nachzudenken, und merkte erst im Nachhinein, was sie angerichtet hatte. Es tat Mine weh, nicht ehrlich zu ihrer Schwester sein zu können.

»Ja …?«, hakte die nach.

»Nichts …« Sie überlegte. »Das kam so plötzlich«, versuchte sie sich herauszureden. »Ich habe nicht damit gerechnet.«

»Darf ich denn bei dir übernachten, wenn du mit Rüdiger in einem eigenen Haus wohnst?«

Irgendwie hatte es auch etwas Beruhigendes, dass ihre Schwester sich Gedanken machte.

»Sicher.« Sie drückte ihr nun ihrerseits die Hand.

»Wird der Rüdiger das erlauben?«

»Warum denn nicht?«

»Ich glaube, dass der mich nicht mag.«

»Wie kommst du denn darauf?«

»Weil …«

»Ja?« Nun war Mine neugierig.

»Weil …«, setzte ihre kleine Schwester noch einmal an, und dann ein drittes Mal. »Weil … ich ihn nicht so richtig mag.«

Mine schaute auf das Mädchen neben sich, die den Blick abwendete.

»Ist das schlimm?«, schob sie hinterher, noch immer den Blick gesenkt.

»Nein.« Mine gab sich Mühe, ihre Freude über diese Aussage nicht zu zeigen. »Man kann nicht alle Menschen mögen.«

Renate antwortete mit einem noch festeren Druck ihrer Hand.

»Er kommt heute nicht zum Kaffeetrinken. Hat Walter eben gesagt.«

Die beiden blickten sich an und grinsten.

Zurück auf dem Hof wies der Vater Mine an, den Stall zu säubern. Lustlos machte sie sich an die Arbeit, wartete, bis alle anderen ebenfalls beschäftigt waren, dann schlüpfte sie durch ein schmales Törchen auf der Rückseite wieder ins Freie. In einem Bogen lief sie um das Dorf, um am Denkmal für den Heiligen Andreas enttäuscht festzustellen, dass dort noch immer keine Nachricht für sie hinterlegt worden war.

Matthew, den sie wie alle nur Matt nannte, war doch immer sehr zuverlässig gewesen. Zumindest hatte sie ihn bislang so erlebt. Zweimal war ihm schon etwas dazwischengekommen, aber da hatte er beide Male einen Kameraden, der vor Ort war, gebeten, sie zu benachrichtigen.

Enttäuscht setzte Mine sich auf den Sockel, der das Denkmal umfasste. Musste sie sich Sorgen machen? Dass Matt nicht mehr kam? Dass ihm etwas zugestoßen war? Oder dass er sie nicht mehr wollte? Dass ihm das alles zu viel wurde? Seine Familie ein Mädchen wie sie nicht akzeptieren würde?

Sie stand auf, wischte sich mit beiden Händen energisch den Staub vom Hintern, als wollte sie damit auch die schlechten Gedanken wegwischen. Sie ermahnte sich, nicht so zu denken. Es gab für alles Gründe, und sie wusste ebenso wie Matt, dass sie es nicht einfach haben würden. Wenn sie es genau bedachte, hatten sie keine Chance, aber das wollte sie nicht glauben. Um die Liebe musste man kämpfen. Diesen Satz hatte sie in einem der vielen Bücher, die sie in den letzten Jahren gelesen hatte, gefunden, und er war ihr sehr nachhaltig in Erinnerung geblieben.

Sie eilte zurück zum Hof, wo Walter mit der Mistgabel in der Hand auf sie wartete.

»Wo warst du denn?«, fragte er sie.

Mine zuckte mit den Schultern.

»Weißt doch, dass das Ärger gibt.«

Sie ging zu ihrem Bruder, nahm ihm die Mistgabel ab und setzte die Arbeit fort.

»Musst noch warten, bis Rüdiger dich geheiratet hat. Dann brauchst du den Stall nicht mehr sauber zu machen.« Walter lachte und war so schnell wieder verschwunden, dass Mine keine Möglichkeit zu einer Widerrede blieb.

Um Punkt drei Uhr waren alle um den Kaffeetisch versammelt. Der Großvater saß im Sonntagsstaat wie immer auf seinem Platz, von dem aus er alle im Blick hatte. Auch der Vater, die Brüder und Onkel Gerd saßen auf ihren angestammten Plätzen, während die Mutter sich mit Mine und Renate um den Kaffee und den Kuchen kümmerte. Mutter schnitt den Kuchen in einzelne Stücke und verteilte sie auf die Teller, Renate brachte die Teller an den Tisch, während Mine darauf achtete, dass die Kaffeekanne nicht überlief, um dann mit ihr um den Tisch herumzugehen und allen einzuschenken.

Als sie damit fertig war, rief die Mutter sie zu sich und drückte ihr einen weiteren Teller mit einem Stück Kuchen in die Hand.

»Bring den rüber zu Tante Margarete!«, forderte sie ihre Tochter auf. Margarete hatte der Gottesdienst so angestrengt, dass sie sich gleich danach hinlegen musste.

Als sie zurückkam, hatten sich schon alle über ihre Teller hergemacht und sprachen dabei so durcheinander, dass sie nichts verstand, aber das war ihr recht. Solange das so war, wurde sie nicht behelligt, und auch das Turnfest war kein Thema.

Mine schob sich nun auch ein Stück vom Kuchen auf den Teller und setzte sich neben Renate. Niemand nahm Notiz von ihr.

Renate stupste mit ihrer kleinen Hand gegen Mines Oberschenkel.

»Opa hat wieder das Lied gepfiffen.«

Mine nickte. Sie wusste, was das bedeutete. Es war laut geworden.

Es war das Horst-Wessel-Lied. Vater hatte es ihr mal erklärt, was es damit auf sich hatte und dass man das heutzutage nicht mehr vor Leuten, eigentlich gar nicht mehr singen oder pfeifen durfte. Opa machte es trotzdem, zumindest zu Hause. Dann gab es immer Krach mit Onkel Gerd, der dem Opa vorwarf, dass es ihm egal sei, dass der Schweinehund Hitler seine beiden Söhne auf dem Gewissen habe.

»Der Tod auf dem Feld ist ehrenhaft!«, war dann seine Antwort, immer begleitet von dem Vorwurf, dass der Onkel erst gegen Ende des Krieges eingezogen worden war.

»Mine, noch ein Stück Kuchen!«

»Opa redet wie ein Offizier …«, sagte ihr Vater oft und machte dann eine kurze Pause, als wollte er noch etwas hinzufügen. Onkel Gerd hatte es ihr mal so erklärt: »Der Georg meint mit der Pause, dass der Opa kein Offizier und dazu außerdem nur Mechaniker war.«

»Verstehe ich nicht«, hatte Mine da gesagt.

»Ein Mechaniker kämpft nicht, der repariert Autos. Hinter der Front, wo keine Schüsse fallen.«

»Warum redet Opa dann so?«, wollte Mine wissen.

»Vielleicht hat er ein schlechtes Gewisses.« Damit war für ihn das Gespräch beendet gewesen.

Mine stand auf, nahm Opas leeren Teller, ging damit zum Küchenbuffet, schnitt ihm noch ein Stück ab und schob es vorsichtig auf den Teller. Beim Opa musste der Kuchen kerzengerade auf dem Teller stehen. »Stramm«, nannte er das.

Opa bedankte sich nicht, als sie den Teller vor ihm auf den Tisch stellte. Stattdessen drehte er ihn so, dass die Spitze genau auf seine Brust zeigte. »Sechs Uhr«, hieß das bei ihm.

Mine war froh, dass weder ihr Vater noch Onkel Gerd so waren wie ihr Opa, obwohl sie ja seine Söhne waren.

Nachdem sie alle ihren Kuchen gegessen hatten, räumte Renate die Teller ab. Mine wollte ihr helfen, um schneller auf ihr Zimmer verschwinden zu können, aber Onkel Gerd machte ihr einen Strich durch die Rechnung.

»Lass die Renate nur machen«, sagte er. »Freust du dich auf die Hochzeit?«

Mine hatte das Gefühl, dass der Kuchen sich wieder nach oben kämpfte. Dabei hatte sie nur ein ganz kleines Stück gegessen, damit niemand ihr vorwarf, dass sie zu viel aß, und das Gespräch wieder beim Turnwettbewerb enden würde.

»Ist eine gute Partie. Und passabel sieht er auch aus. Will mir übrigens einen Metalldetektor besorgen.«

Albrecht lachte. »Hast du die verrückte Idee immer noch nicht aufgegeben. Wofür du dein Geld ausgibst«, ergriff der Vater das Wort.

»Lasst ihn doch!«, schritt die Mutter ein, die am Sonntag keinen Streit wollte. Sie wandte sich ihrer Tochter zu. »Mine, du guckst wie ein Trauerkloß. Freust du dich denn gar nicht über Rüdigers Antrag?«

Mine schloss einen kurzen Moment die Augen. Es schien für alle beschlossene Sache zu sein. Sie fragte niemand.

»Der Ring sieht ganz schön teuer aus«, warf Albrecht ein. »Unsere Mine wird eine feine Dame.«

»Nicht so frech«, ging die Mutter wieder dazwischen. »Seht ihr beiden lieber mal zu, dass ihr endlich heiratet.« Die beiden galten in den Dörfern der Umgebung als Schürzenjäger, tanzten auf allen Dorffesten mit den Mädchen und gingen keiner Schlägerei aus dem Weg, die es unvermeidlich gab, wenn sie sich Mädchen aussuchten, die schon mit anderen Jungs zusammen waren. Meist gingen Walter und Albrecht als Sieger aus den Auseinandersetzungen hervor.

»Es hat sie ja regelrecht umgehauen«, stichelte Walter.

»Konnte noch nicht mal Ja sagen.« Die beiden Brüder waren geübt darin, sich die Bälle zuzuspielen.

»Hat gar nichts gesagt, die kleine Schwester. Hat den armen

Rüdiger richtig erschreckt mit ihrer Ohnmacht.« Walter griff sich theatralisch an den Kopf, verdrehte die Augen und ließ sich zur Seite kippen.

Alle lachten, bis auf Mine.

So sehr sie sich ärgerte, so sehr beruhigte es sie doch, dass sie offenbar nichts Falsches gesagt hatte.

»Lädst du uns in dein schickes Haus ein?«, ärgerte Walter seine Schwester weiter.

»Aber nur, wenn du deinen Sonntagsanzug anziehst«, spielte Albrecht mit.

»Warum ärgert ihr Mine so?«, fragte Renate entrüstet in die Runde. Einen Moment waren alle still, dann lachten sie los. Albrecht, der neben Renate saß, beugte sich zu ihr und gab ihr einen lauten Schmatzer auf den Kopf. Renates »Ihh« ließ sie noch lauter lachen.

Plötzlich klopfte der Großvater mit der Kuchengabel gegen seine Kaffeetasse, wartete, bis alle still waren. Er sah von einem zum anderen. Nickte zufrieden. »Der Ewald hat mir erzählt, dass ins Baybachtal so Gammler kommen.«

Ewald und der Großvater kannten sich schon aus der Schule. Vor allem wusste Ewald alles und noch mehr, was im Dorf und in der weiteren Umgebung geschah.

»Die machen da Musik. Ausländisches Zeugs.«

Er machte wieder eine Pause.

»Haben die eine Genehmigung dafür?«

Niemand ging darauf ein.

»Da wo die Bündischen früher waren. Machen Theater und Musik. Wer braucht so was?«

»Die haben die Hütten wieder instand gesetzt.«

»Ich habe in den Nachrichten gesehen, was die Gammler machen. In Berlin und in München. Schlagen die Polizei.«

»Lass die doch Musik machen, Opa«, beschwichtigte Walter. »Machen dann sonst keinen Unsinn.«

»Das sind Kommunisten«, behauptete der Großvater.

»Wer sagt das denn?«

»Der Ewald.«

»Dann muss es ja stimmen«, warf Onkel Gerd spöttisch ein.

»Das sind Kommunisten«, beharrte der Großvater. »Keine Ordnung. Nur Zerstörung.«

»Wenn Hitler Moskau eingenommen hätte …«

»Gerd, bitte!« Die Mutter kannte diese Streitereien, und sie wusste, wie sie endeten.

Der Großvater blieb unbeirrt. Gerd hätte gesagt, unbeirrt wie der Führer. Aber das wollte in dieser Familie ja niemand hören.

Mine nahm das Gespräch wie ein fernes Rauschen wahr. Sie war mit ihren Gedanken bei Matt und suchte nach Gründen, warum er sich nicht meldete und warum er keine Nachricht in ihrem Versteck hinterließ. Vielleicht lag er in einem Krankenhaus und hatte keinen sehnlicheren Wunsch, als sie zu sehen und ihre Hand in seiner zu spüren. Vielleicht musste er nach Vietnam. Matt sprach oft davon, dass es dort bald Krieg gäbe und dass er fürchte, dass viele amerikanische Soldaten dorthin geschickt würden. Dass es dort schlimmer als in Korea werden würde, wo ein Onkel von ihm gewesen sei und ihm davon erzählt habe.

»Ja, wenn wir Moskau eingenommen hätten, dann gäbe es keinen Spitzbart in der SBZ.«

»Vater, bitte …«, bat Gerd nochmals inständig.

»Was denn?«, reagierte der ungehalten. Alle wussten, dass jetzt der Moment für eine friedliche Beilegung des Streits vorbei war. Renate stand auf und ging nach oben. Niemand schien das wahrzunehmen, niemand schien sich über diese Frechheit aufzuregen. Ein Kind stand nicht einfach so auf und verließ den Tisch ohne Erlaubnis der Erwachsenen.

»War doch richtig, was der Hitler gemacht hat. Der wusste damals schon, dass mit den Kommunisten nicht zu spaßen ist. Die Amerikaner, die Engländer und die Franzosen wissen es jetzt auch. Zu spät. Hätten sie auf den Führer gehört und mit ihm gegen Stalin gekämpft, gäbe es keine Kommunisten mehr.«

»Und die toten Juden? Ist das auch in Ordnung?«

Mines Vater versuchte seinem Bruder ein Zeichen zu geben, nicht weiter Öl ins Feuer zu gießen, aber in dem Punkt waren sich Vater und Sohn viel zu ähnlich in ihrem Temperament, auch wenn sie völlig verschiedene Ansichten hatten.

»Das waren doch auch alles Kommunisten. Haben die Deutschen ausgesaugt.«

»Die waren auch Deutsche, Vater. Die haben im Ersten Weltkrieg tapfer gekämpft. Für Deutschland.«

»So eine Lüge!«

Die Stimme des Großvaters war lauter geworden.

»Weißt du, was in Frankfurt gerade passiert?«

Albrecht versuchte zu intervenieren. Seine Mutter nickte ihm aufmunternd zu. »Das ist nicht richtig, das stimmt, Gerd. Aber muss man das jetzt wieder aufwärmen? Wem ist damit geholfen? Wir haben alle die Filme gesehen, was in den Konzentrationslagern geschehen ist, aber …«

»Kein Aber«, unterbrach ihn der Großvater rüde. »Was wisst ihr denn schon! Das ist Siegerjustiz. Das war schon in Nürnberg so, und jetzt soll wieder alles schlecht gewesen sein, was deutsche Männer gemacht haben. Die Männer, die sie jetzt in Frankfurt vor Gericht zerren, haben Befehle befolgt. Wie das jeder gute Soldat macht.«

»Das war nicht soldatisch«, widersprach ihm sein Sohn. »Sie haben wehrlose Menschen getötet. Frauen, Kinder, Alte. Das ist feige und alles andere als soldatisch.«

»Was verstehst du von soldatisch«, warf er ihm zornig entgegen. »Das«, er reckte seinen Zeigefinger in die Luft, sah alle am Tisch nacheinander an, »folgte einem großen Plan. Den versteht ihr nicht. Der Führer hat weit vorausgedacht. Und«, er machte nochmals eine Pause, »was wäre wohl passiert, wenn ein Soldat einen Befehl nicht befolgt hätte? Was?«

Niemand antwortete.

Mine kannte diese sich ewig wiederholenden Gespräche, mit dem immer gleichen Wortlaut, konnte die Sätze fast auswendig mitsprechen. Sie hörte nicht zu. Vielleicht hatte Matt einen Unfall? Wen könnte sie fragen? Sie wusste, dass Matt zwei Schwestern hatte, Melissa und Anita, dass sein Vater in einer Schuhfabrik arbeitete und Trompete spielte und seine Mutter den besten Apple Pie der Welt backte. Dass Matt fantastisch Gitarre spielte und nach seiner Militärzeit Musik studieren wollte, was aber seinem Vater nicht gefiel, der wollte, dass er etwas Anständiges lernte. Dass er, bevor er zum Militär ging, in einer Band Jazz spielte. Er hatte ihr die Musik vorgespielt, aber sie war ihr fremd. Sehr fremd. Doch konnte Liebe nicht alles überwinden? Er hatte versprochen, ihr einen Plattenspieler mitzubringen und Schallplatten, damit sie die Musik hören und lieben lernen konnte, wie sie ihn liebte und er sie. Aber nun meldete er sich nicht. Keine Nachricht.

Matt hatte ihr eine Nummer gegeben, nur für den Notfall, die Nummer eines Kameraden in der Schreibstube. Donald hieß der, Donald Baldwin, Corporal Donald Baldwin. Nur dem dürfe sie sich anvertrauen. Dem könne sie eine Nachricht zukommen lassen, er würde sie gleich an Matt weitergeben.

»Schon 18 haben die uns die Neger ins Land geholt. Da waren es die Franzosen. Und jetzt die Amerikaner.« Der Großvater schimpfte weiter, steigerte sich weiter in seinen Hass.

Mine hörte nicht zu, und doch drang jedes Wort in ihr Ohr. Alles war nochmals anders geworden, seitdem ihr Onkel

Gerd vor wenigen Tagen erklärt hatte, warum der Großvater ihren Geburtstag bisher konsequent ignorierte. Aber das hasserfüllte Wort »Neger« hatte sie besonders getroffen und machte ihr ihre ausweglose Lage noch deutlicher.

Sie musste Matt sprechen, ihn sehen, wenigstens seine Stimme hören, eine Nachricht bekommen, wissen, warum er sich nicht meldete. Sie musste eine Gelegenheit finden, Corporal Donald Baldwin anzurufen. Nicht von dem Telefonapparat in ihrer Dorfkneipe. Sie musste in eines der Nachbardörfer, wo man sie zwar kannte, aber es dauern würde, bis die Familie davon erfuhr.

»Letzte Woche habe ich sie wieder gesehen«, fing der Großvater wieder an. »In Simmern. Alle schwarz.«

»Vater, bitte …« Georg erhob die Stimme, aber der Großvater ignorierte ihn.

Mine schossen die Tränen in die Augen. Sie sprang auf, rannte aus der Küche.

»Wo willst du hin? Warte!«, rief ihr die Mutter nach.

»Was hat sie denn?«, hörte Mine noch die Stimme des Großvaters.

Dann war sie aus dem Haus.

*

Nach dem Aufwachen stellte Ferdinand erschrocken fest, dass über zwei Stunden vergangen waren und es inzwischen vierzehn Uhr war. Schnell machte er sich in dem engen Bad frisch, schaufelte sich Wasser ins Gesicht und stieß sich dabei den Kopf an dem schmalen Regal zwischen Waschbecken und Spiegel. Aus der Reisetasche nahm er ein frisches Hemd, das in der zu kleinen Tasche gelitten hatte.

Ferdinand legte dem Portier den Schlüssel auf den Tresen, der ihm einen abschätzigen Blick zuwarf, um ihm dann doch »Einen schönen Tag noch!« nachzurufen. Gleich an der ersten Kreuzung war er falsch abgebogen, und so dauerte es eine gute halbe Stunde, bis er zu Fischers Praxis kam.

Eine breite Treppe führte zum Eingang, an dem ein Mann im Blaumann sich an der Klingelleiste zu schaffen machte.

»Ist offen!«, rief er Ferdinand über die Schulter zu.

»Ist der Zahnarzt in der Praxis?«, fragte er.

»Bin ich das Vorzimmer?«, pampte der Mann zurück. Ferdinand schaute auf die Klingelschilder.

»Natürlich. Der Herr Doktor hat mich heute Mittag rausgeklingelt. Soll doch einfach ein Holzstück nehmen und die Tür festklemmen. Aber nein, der feine Herr hat Angst, dass die falschen Leute ins Haus kommen.« Ohne sich umzudrehen, zog er mit einer Zange die Isolation von einem Draht.

»Kennen Sie den Zahnarzt?«

Der Mann lachte auf, drehte sich nun um und sah Ferdinand aus müden Augen an. Ein altes Gesicht. Älter als der Mann selbst.

»Woher denn? Der guckt unsereins doch nicht mal mit dem Arsch an.« Er widmete sich wieder der defekten Klingel. »Sind ja auch alles bessere Leut, die hierherkommen.«

Ferdinand ging durch die offene Tür in das großzügige Treppenhaus, dessen Wände und Decken reichlich mit Stuck verziert waren. Vor der Praxistür blieb er stehen. Stand unschlüssig davor und überlegte. Was wollte er hier? Fischer fragen, ob er im Krieg unter dem Namen Tromnau praktiziert hatte? In einem Konzentrationslager? Was wusste er schon über diesen Mann? Nicht mehr als das, was ihm Frau Lachmann erzählt hatte. Viel recherchiert hatte er nicht, hatte keine Zeit dazu gehabt. Dazu musste er auf die Nachforschungen von Dr. Rudnik warten.

Plötzlich wurde die Tür geöffnet, und eine ältere Frau mit einem grauen Dutt drängte sich an ihm vorbei.

»Gehen Sie ruhig hinein, junger Mann, die beißen schon nicht.« Sie lachte ihn an. »Allenfalls bohren sie.« Sie lachte nochmals spitz auf. »Sie haben doch keine Angst?« Sie zeigte mit einer energischen Handbewegung ins Innere der Praxis, und Ferdinand konnte nicht anders, als ihrer Aufforderung zu folgen.

Zögerlich lief er auf die Anmeldung zu.

Mit einem »Grüß Gott«, empfing ihn dort eine dunkelhaarige Frau in weißem Kittel. »Wolf« stand auf dem Namensschild am Revers. Ferdinand sah sich kurz um. Gegenüber der Eingangstür befand sich der Eingang zum Behandlungsraum, wie ein Schild großbuchstabig verriet. Links und rechts vom Empfang waren zwei weitere Türen.

Die Frau schaute ihn auffordernd an. »Junger Mann …?«

Den skeptischen Blick, den sie auf seine etwas zu langen Haare richtete, kannte er schon. Und den darin liegenden Vorwurf, er solle endlich zum Friseur gehen, auch.

»Ich habe Zahnschmerzen.« Er drückte mit dem Zeigefinger auf die rechte Wange. »Seit gestern Abend«, fügte er hinzu, sah der Frau im weißen Kittel tief in die Augen, druckste herum.

Sie sah ihn auffordernd an. »Sie haben Angst?«

Ein Hauch Verachtung lag in ihrer Stimme. Passte wahrscheinlich zu einem Kerl, der sich keinen ordentlichen Haarschnitt leisten konnte oder wollte.

Ferdinand nickte.

»Praktiziert der Herr Doktor schon lange?« Ihm war nichts Besseres eingefallen.

Sie nickte. »Schon sehr lange. Er ist sehr erfahren.«

»Ist er schon lange hier? In München, meine ich?«

Sie erwiderte fast mechanisch: »Ja, er ist schon lange hier

in München.« Dabei zog sie ein Blatt Papier aus einer Ablage, griff nach einem Stift, bereit, Ferdinands Personalien aufzunehmen.

»Schon im Krieg?« Er ärgerte sich, dass er sich zu dieser Frage hatte hinreißen lassen.

Frau Wolf sah auf, blickte ihn aus ihren dunklen Augen nachdenklich an. »Warum wollen Sie das wissen?«

Ferdinand kratzte sich im Nacken, suchte einen plausiblen Grund. »Fragen hilft. Hilft gegen die Angst.«

»Da müssen Sie keine …« Sie vollendete den Satz nicht. Die Tür zum Behandlungszimmer wurde geöffnet.

»Fräulein Wolf …«, wandte sich der Zahnarzt an seine Sprechstundenhilfe.

Die blickte zu ihrem Chef hinüber, Ferdinand hätte sich jetzt gerne nach ihm umgeschaut, verkniff es sich aber.

»Bringen Sie mir doch die Akte von Frau Breitscheid.«

Damit verschwand er wieder in seinem Zimmer, während die Angesprochene die geforderte Akte aus einem Schrank zog und sie ihrem Chef hinterhertrug.

Ferdinand wollte die Gelegenheit nutzen und gehen, aber sie war schneller, sah ihn herausfordernd an.

»Fragen hilft gegen die Angst«, erklärte Ferdinand nochmals, als sie wieder hinter dem Tresen saß und sich über den Anmeldebogen beugte.

»Ihren Krankenschein. Bitte!«, forderte sie in einem Ton, der dem »Bitte« hohnsprach. »Und ihren Ausweis. Herr …?«

Er wühlte in seinen Jacketttaschen. »Habe ich im Auto vergessen«, sagte er, fast ein wenig erleichtert. Er hatte sich schon umgedreht und eilte jetzt zum Ausgang, öffnete hastig die Tür und stieß mit einem Mann zusammen, der gerade auf den Klingelknopf drücken wollte. »Entschuldigen Sie!«, murmelte er, zögerte dann kurz, der Mann kam ihm bekannt vor. Er wandte seinen Blick schnell wieder ab und eilte nach unten, wo der Mann im Blaumann noch immer an der Klingelleiste herumwerkelte.

»Gemach, gemach!«, rief der ihm nach.

Ferdinand stellte sich in eine Einfahrt schräg gegenüber von Fischers Praxis und wartete. Eine Viertelstunde später wurde seine Geduld belohnt.

Der Mann hatte die Praxis wieder verlassen, sprach jetzt mit dem Handwerker, der sich viel Zeit ließ und schließlich in seine Richtung zeigte. Dr. Rudnik hatte recht gehabt mit seiner Warnung. Er musste herausfinden, wer dieser Mann war.

Vorsichtig wagte er sich aus seiner Deckung und folgte dem Mann, bis er ihn in den Opel steigen sah. Sein eigener Wagen stand zu weit entfernt, als dass er ihn hätte verfolgen können.

*

Auf dem Weg zu Fischer stieß Winter an der Tür mit einem jungen Mann zusammen, der dessen Praxis gerade überstürzt verließ. »Gemach, gemach!«, rief Winter ihm verärgert nach und trat ins Vorzimmer der Praxis, wo ihn Frau Wolf am Empfang sehr vertraut begrüßte und ihn bat, im Wartezimmer Platz zu nehmen, da der Herr Doktor noch einen Patienten in Behandlung habe.

»Heute ist es besonders arg«, führte sie kopfschüttelnd aus, bevor sie im Behandlungszimmer verschwand.

Winter hängte seinen Mantel an den Garderobenständer und wartete geduldig, bis er aufgerufen wurde. Er grüßte Fischer förmlich und nahm dann auf dem Behandlungsstuhl Platz.

»Ich mache das schon, Fräulein Wolf«, sagte Fischer zu seiner Arzthelferin, als die sich zu ihm stellte, um zu assistieren.

Nachdem sie die Tür hinter sich geschlossen hatte, redete Fischer gleich los.

»Ich habe den ganzen Vormittag versucht, dich anzurufen.« Der Vorwurf in seiner Stimme war nicht zu überhören.

Winter blieb ruhig, berichtete von seinen Nachforschungen in Pullach. Sein sachlicher Ton ließ den Zahnarzt ruhiger werden.

»Ich habe Silvia gesehen.«

»Ich habe es dir doch gesagt. Es ist ihr nichts passiert.«

Fischer schüttelte den Kopf, erzählte, dass er auf dem Weg in die Praxis bei jener Gudrun Maier vorbeigefahren sei und von ihr erfahren habe, dass Silvia tatsächlich dort übernachtet, aber schon früh am Morgen das Haus verlassen hätte. Mit zwei Reisetaschen und einer Aktentasche. Sie wollte zum Bahnhof.

Fischer hatte schnell gesprochen und machte jetzt eine kurze Pause.

»Wird sie damit zur Polizei gehen ...?«

Winter antwortete nicht, forderte sein Gegenüber mit einer Handbewegung auf weiterzusprechen.

»Ich bin dann gleich zum Bahnhof. Da habe ich sie im Zug gesehen. Am Fenster. Nach Nürnberg ging der. Ist gerade losgefahren. Wenn vorher diese Ausländer nicht gewesen wären.«

Winter sah ihn fragend an.

»Die Ausländer, die jetzt alle kommen. Haben den Bahnsteig versperrt. Bis ich da durchkam, war der Zug mit Silvia schon weg.«

»Was will sie da? Kennt sie wen in Nürnberg?«

Fischer konnte diese Frage nicht beantworten. Winter verließ den Behandlungsstuhl wieder und ging zu einem kleinen Tisch neben der Tür, wo er die Unterlagen über den Journalisten abgelegt hatte, drehte sich dann plötzlich abrupt um und eilte nach draußen zu Fräulein Wolf, die ihn erstaunt ansah.

»Wer war dieser Mensch, der gerade die Praxis verließ, als ich kam …«

»Der junge Mann«, fiel ihm Fräulein Wolf ins Wort, »nur die Haare müsste er sich mal schneiden.«

Winter nickte. »Da haben Sie recht. Genau den meine ich.«

»Trotzdem seltsam«, fuhr sie fort. »Hat Zahnschmerzen. Aber eine Riesenangst. Vor einem Zahnarzt. Wie ein kleiner Junge. Kreidebleich war er.« Sie kicherte, schüttelte leicht den Kopf. »Fragen hat der aber gestellt. Seltsam. Wollte wissen, seit wann der Doktor die Praxis hat, wie lange er schon in München lebt und wie lange er hier schon praktiziert und was er im Krieg gemacht hat.«

»Das ist wirklich sehr seltsam. Was haben Sie ihm gesagt?«

»Natürlich nichts. Ich weiß das doch auch nicht.« Sie klang fast ein wenig entrüstet, dass Winter ihr offenbar unterstellte, dass sie so etwas einem wildfremden Menschen erzählen würde.

»Vielen Dank!« Er riss seinen Mantel vom Haken und war auch schon im Treppenhaus verschwunden.

Unten auf Straße war von dem Mann, wie er es erwartet hatte, nichts mehr zu sehen.

»Haben Sie den Mann gesehen, der vorhin hier raus ist?«, fragte er in ruppigem Ton den Handwerker, der immer noch an der Klingel herumwerkelte.

Der ließ sich Zeit mit der Antwort, als wolle er ihn für den Tonfall bestrafen. »Der es so eilig hatte?«

»Genau der«, entgegnete Winter und versuchte, freundlich zu klingen. »Haben Sie gesehen, wo der hin ist?«

Wieder ließ sich der Handwerker Zeit, besah sich nochmals

kurz die Klingelleiste, bevor er mit dem Arm in eine Richtung wies.

Winter fluchte leise. Wenn Fischer in Gefahr war, war er es auch.

*

In Frankfurt nahm Silvia die Straßenbahn, wie Rieke es ihr beschrieben hatte, und stand am frühen Abend vor deren Haus in Bockenheim an einer breiten verkehrsreichen Straße. In der Nähe war ein kleiner Platz, dessen Mittelpunkt ein Kiosk bildete, vor dem mehrere Männer zusammenstanden. Sie hatten Bierflaschen in den Händen und diskutierten angeregt miteinander.

Das Haus war ein großer, dunkler Bau. In der langen Durchfahrt zum Hinterhof, in der sich der Eingang zum Treppenhaus befand, roch es nach verbranntem Holz und Kohlen. Silvia ging zunächst an der Haustür vorbei bis zum Ende der Durchfahrt, um sich ein wenig umzusehen. Auf der gegenüberliegenden Seite des Hinterhofs stand ein weiteres Haus, im Hof dazwischen waren Teppichstangen montiert. Zwei Kinder hockten nahe der Hauswand und spielten im Restschein einer Lampe mit ihren Murmeln. Sie sahen kurz zu ihr herüber und widmeten sich gleich wieder ihrem Spiel.

»Im dritten Stock!«, tönte es von oben, nachdem Silvia geklingelt und die Tür aufgedrückt hatte. Das Treppenhaus erinnerte sie an das Haus, in dem Luna wohnte. Auch dort roch es nach Essen.

Oben angekommen, näherte sie sich vorsichtig der angelehnten Tür auf der linken Seite. Aus der Tür gegenüber lugte neugierig eine ältere Frau heraus. Zwischen ihren Beinen schaute ein kleiner Hund hervor und bellte.

»Eine Freundin aus München, Frau Klaiber«, kam es aus Riekes Wohnung, worauf Frau Klaiber Silvia ein Lächeln schenkte und mit ihrem Hund wieder in ihrer Wohnung verschwand, die Tür aber einen Spalt weit offen ließ.

»Komm rein!«, hörte sie Riekes Stimme. »Links ist die Küche.«

Silvia trat ein in einen schmalen rot gestrichenen Flur, in dem es nach Nikotin roch. Mit der Fußspitze stieß sie die Tür zur Küche auf. Ein dunkler Raum, in dem durch ein Fenster schwaches Licht drang. In der Mitte erkannte Silvia einen Tisch, Schränke, Herd und Kühlschrank sowie eine offene Ablage komplettierten die Einrichtung. Über der Spüle hing eine Uhr.

Silvia stellte ihre Taschen neben dem Tisch ab, schaltete das Licht an.

Da stand Rieke, sichtbar gealtert. Silvia hoffte, dass Rieke nicht sah, wie erschrocken sie war.

»Ja, ich bin älter geworden«, sagte Rieke, »es ist mehr als zehn Jahre her, dass ich aus München weggezogen bin. Das hinterlässt Spuren.« Sie lachte laut.

Silvia rechnete schnell nach. So lange war das nicht her. Sieben Jahre, vielleicht acht.

Es war nicht so, dass Rieke alt aussah und besonders viele Falten hatte. Sie war jünger als ihr Vater, so Mitte vierzig, das wusste Silvia. Die Frau, die vor ihr stand, schien vom Leben gezeichnet zu sein. Sie hatte eine Härte im Gesicht, die Silvia früher nicht an ihr wahrgenommen hatte, die sich vielleicht auch erst in den Jahren nach der Scheidung und dem Umzug nach Frankfurt eingestellt hatte. Eine starke und selbstbewusste Frau war sie schon früher gewesen. Kein Wunder, dass ihr Vater keine Sympathie für sie empfand.

Rieke schaute Silvia lange an. »Du bist eine schöne junge Frau geworden. Die kurzen Haare stehen dir gut. Wie alt bist du jetzt?«

»Zwanzig«, antwortete Silvia.

»Hast du nicht bald Geburtstag?«

»Noch ein paar Tage.«

»Dann bist du großjährig. Hat deine Reise etwas damit zu tun?« Schon früher hatte sie Rieke nichts vormachen können.

Silvia nickte.

»Musst du jetzt nicht erklären. Das machen wir später.«

Sie griff nach der Zigarettenschachtel, die auf dem Tisch lag, und hielt sie Silvia entgegen. Die schüttelte den Kopf.

»Vernünftig!«, kommentierte Rieke, zündete sich selbst eine Zigarette an, inhalierte, nahm den vollen Aschenbecher und leerte ihn in den Mülleimer. »Nimm doch Platz!«

Silvia schob ihre Taschen etwas zur Seite und setzte sich an den Tisch. Sie wusste nicht, was sie von der Kargheit halten sollte, die hier herrschte. Abgesehen von einem großen Strauß wild zusammengewürfelter Blumen hatte der Raum nichts wirklich Wohnliches.

Rieke stand auf. »Ich muss packen für morgen«, sagte sie entschuldigend. »Magst du was trinken? Wasser? Wein? Kaffee?« Sie sprach schnell.

Silvia dachte einen Moment nach. »Wasser«, antwortete sie schließlich.

»Schau im Kühlschrank nach. Nimm dir einfach. Gläser sind im Schrank.«

Silvia kam sich verloren vor. Was hatte sie erwartet? Dass Rieke ein Wiedersehensfest vorbereiten würde? Dass sie in der Tür stehen und sie zumindest umarmen würde? Oder sich wenigstens die Zeit nehmen würde, sich zu ihr zu setzen und sie zu fragen, was sie nach Frankfurt führte? Wie ihr Verhältnis zu ihrem Vater war? Was sie vorhatte?

Aber wenn sie es recht bedachte, war das früher auch nicht anders gewesen. Wenn sie mittags zu ihr ging, nach der Schule, wenn der Vater noch in der Praxis war, war Rieke auch immer beschäftigt gewesen. Beendete, was sie angefangen hatte, kümmerte sich erst dann um sie. Wollte nicht ihre Noten wissen, sondern über das reden, was die Lehrer so von sich gaben. Ob sie die Kinder schlugen. Ob sie vom Krieg erzählten. Das hatte sie lange irritiert, und erst durch die Gespräche mit Luna war ihr klar geworden, worauf Rieke mit ihren Fragen abzielte.

Sie öffnete den Kühlschrank. Ein paar Flaschen Wein, eine Flasche Milch, die noch zu einem Drittel gefüllt war, eine Schale mit irgendwelchen Essensresten, eine Butterdose, zwei Eier, das war alles. Irgendwie war Silvia enttäuscht.

»Ich bin gleich so weit!«, rief Rieke aus dem Nebenzimmer.

Silvia schloss den Kühlschrank, nahm ein Glas und füllte es unter dem Wasserhahn, trank einen Schluck.

»Wir gehen nachher ins Kino und dann noch wohin. Da können wir auch eine Kleinigkeit essen.«

Silvia setzte sich an den Tisch, trank noch einen Schluck, stützte ihren Kopf in die Hände, spürte, dass sie müde wurde.

»Komm mal her!«, wurde sie von Rieke aufgefordert. »Ich zeige dir dein Bett.«

Sie führte sie in ein kleines Zimmer, in dessen Mitte ein alter Tisch, auf dem sich Bücher und Papiere stapelten. Auf einer Kommode standen ein Plattenspieler und ein Tonbandgerät. An zwei Wänden gab es Regale voller Bücher und Schallplatten, und unter einem großen Plakat, das zum Ostermarsch 1961 aufrief, stand eine Couch, auf der Rieke gerade eine Decke ausbreitete.

»Voilà! Dein Reich. Wahrscheinlich nicht so luxuriös wie bei deinem Vater, aber es sollte reichen, denke ich, für eine abenteuerlustige junge Frau.« Mit diesen Worten nahm sie das Tonbandgerät und trug es aus dem Zimmer.

Silvia holte ihr Gepäck aus der Küche, die Aktentasche schob sie unauffällig unter die Couch.

*

Ferdinand ärgerte sich, dass er dem Mann aus Fischers Praxis nicht hatte folgen können. Er musste herausfinden, wer er war und was ihn mit dem Zahnarzt verband. Er entschied, nochmals zu dem Haus zu fahren, in dem Ruth Lachmann gewohnt hatte.

Zunächst ging er zu dem Hinterhaus auf der linken Seite, wo nach Aussage von Lachmanns Nachbarn Frau Hammermuth wohnte. Wieder wurde ihm auf sein Klingeln nicht geöffnet. Wahrscheinlich hatte der Alte recht, dass sie erst in ein paar Tagen wiederkommen würde.

In der Parterrewohnung auf der rechten Seite brannte jetzt Licht. Nach mehrmaligem Klopfen öffnete ihm ein Mädchen, das er auf elf oder zwölf Jahre schätzte. Die Hände an die Hüften gepresst, sah sie ihn neugierig und ohne Furcht an. Sie trug einen blauen Rock aus grobem Stoff und darüber einen grünen Pullover. Die braunen Haare reichten ihr bis zur Schulter.

»Ja bitte!?«, fragte sie keck.

Ferdinand überlegte einen Moment, wie er beginnen sollte. »Ist deine Mutter zu Hause?«

Sie schüttelte den Kopf.

»Wann kommt sie denn?«

»Was wollen Sie denn von ihr?«, fragte die Kleine zurück.

»Ich möchte sie etwas fragen.«

»Was denn?«

Ferdinand wurde ungeduldig. »Bitte! Ich muss sie etwas wegen Frau Lachmann fragen.«

»Die ist tot.«

»Ich weiß, ich möchte ...«, entgegnete Ferdinand, doch die Kleine kam ihm zuvor.

»Kennst du die?«

»Jetzt ruf doch bitte ...«

Weiter kam er wieder nicht, aber dieses Mal unterbrach ihn nicht das Mädchen, sondern die Stimme einer Frau.

»Sonja, wer ist denn da?« Schritte näherten sich aus dem Dunkel der Wohnung. »Sonja«, mahnte die Stimme ruhig, »du sollst die Leute nicht ärgern.«

»Ich habe den Mann nicht geärgert, Oma«, verteidigte sich das Mädchen, »ich habe ihn nur gefragt, was er hier will. So wie du mir das gesagt hast.«

Die Frau hatte nun die Tür erreicht. Sie war um die sechzig und trug ein grobes Kleid aus dem gleichen Stoff wie Sonjas Rock.

»Grüß Gott! Lisl Hohwanger. Sie wünschen?« Sie schaute Ferdinand, der noch immer vor der Tür stand, aufmunternd an. Dabei strich sie Sonja über den Kopf, die sich gleich an sie geschmiegt hatte.

Ferdinand stellte sich vor und erklärte, dass er mit Frau Lachmann verabredet gewesen war und gestern erfahren habe, dass sie verstorben sei.

»Ich würde gerne mit dem Arzt sprechen, der den Totenschein ausgestellt hat«, beendete er seine Ausführungen.

»Woher soll ich das wissen? Der hat sich nicht vorgestellt. War auch nicht lange da. Das ging sehr schnell.«

»Die Frau Lachmann hat ja auch immer so gehustet und ...« Sonja sah zu ihrer Oma, als wolle sie diese um ihr Einverständnis bitten, weitersprechen zu dürfen, die Großmutter nickte. »… und nachts geschrien. Die hat ganz böse geträumt.«

Frau Hohwanger strich ihrer Enkelin noch einmal über den Kopf. »Manche Menschen haben schlimme Dinge erlebt«, sagte sie zur Erklärung.

»Was denn?«, wollte Sonja wissen, doch ihre Großmutter ging nicht darauf ein. Stattdessen schickte sie Sonja zum Kartoffelschälen in die Küche zurück.

»Hat Ihnen Frau Lachmann ihre Geschichte erzählt?«

Frau Hohwanger ließ sich mit der Antwort Zeit. »Sie hat nicht darüber gesprochen. Aber wir haben ja alle den Krieg mitgemacht und Schreckliches erlebt.«

Ferdinand nickte. »Der Arzt …«, setzte er noch einmal an, doch Frau Hohwanger verwies ihn rasch an einen anderen Bewohner im Vorderhaus.

»Der Alois, der wohnt vorne im Erdgeschoss. Der redet immer von seinen Krankheiten. Als der mitbekommen hat, dass da ein Arzt ist, ist der gleich zu dem hin und hat ihm all seine Leiden erzählt. Der arme Mann …«

Ferdinand sah die Frau fragend an.

»Der Arzt natürlich …«

»Oma, mir ist eine Kartoffel auf den Boden gefallen …«, rief Sonja aus der Küche.

»Dann heb sie halt auf und wasch sie ab«, bekam sie zur Antwort. »Der Alois, der hat so auf den eingeredet, vielleicht weiß der den Namen.«

»Wissen Sie denn, wer den Arzt gerufen hat?«

Sie zuckte mit den Schultern und verdrehte die Augen, sah sich um und gab Ferdinand damit zu verstehen, dass sie im Moment Wichtigeres zu tun habe, als seine Fragen zu beantworten.

Zum Schluss fragte er sie noch nach den beiden Männern, die die Wohnung von Ruth Lachmann ausgeräumt hatten.

Wurde aber auch von ihr an Frau Hammermuth von gegenüber verwiesen, aber die käme erst am übernächsten Tag wieder, am Nachmittag, wie sie noch hinzufügte.

Von Alois erfuhr Ferdinand den Namen des Arztes. Dr. Eberhard Mattusek. Wer den Arzt gerufen hatte, wusste Alois allerdings auch nicht.

»Der war plötzlich da. Nicht lange, nachdem die Lachmann gefunden wurde.«

*

»Wo warst du denn den ganzen Tag?«, fragte Gerda, als Winter am Abend nach Hause kam, eher besorgt als vorwurfsvoll.

»Fischer hat angerufen«, sagte sie, »und er klang wieder so aufgeregt. War da wieder jemand an seinem Haus? Vielleicht solltest du den Zahnarzt wechseln.«

Winter tätschelte seiner Frau die Schulter. »Er ist etwas ängstlich. Ich werde mich bei ihm melden.«

Damit zog er sich in sein Arbeitszimmer zurück. Bevor er Fischer anrief, nahm er sich noch einmal das Dossier vor, um Genaueres über den Mann zu erfahren, den er heute Vormittag in Fischers Praxis gesehen hatte. Der Mann hieß Ferdinand Broich, wohnte in Frankfurt am Main und hatte einige Artikel über eine französische Geheimdienstorganisation geschrieben. Später hatte er sich der Aufdeckung von untergetauchten Nazis in der Bundesrepublik gewidmet. Mehr oder weniger erfolgreich.

Er legte die Akte beiseite und wählte Fischers Nummer. Der wollte gleich wissen, warum er so überhastet die Praxis verlassen habe. Fräulein Wolf habe ihm erzählt, dass er nach einem Patienten gefragt hätte. Winter beschwichtigte ihn, bei dem Mann habe es sich um eine Verwechslung gehandelt.

Fischer räusperte sich. »Vor meinem Haus war einer.«

»War einer? Wer?«

»Nicht direkt vor meinem Haus. Vielleicht war es auch nichts, aber … Ein Nachbar, der früh am Morgen mit seinem Hund unterwegs war, hat einen jungen Mann überrascht, der ein paar Meter entfernt von meinem Haus in einem französischen Auto übernachtet hat. Ein Wagen mit Frankfurter Kennzeichen. Der Nachbar hat es gleich aufgeschrieben.«

Winter notierte das Kennzeichen. »Wie sah der Mann aus?« Er bemühte sich, ruhig zu bleiben.

»Danach habe ich nicht gefragt«, musste Fischer gestehen.

»Frag bitte. Jetzt gleich!«

»Es ist spät …«

»Egal«, schnauzte ihn Winter an. »Frag den Mann jetzt sofort.«

Eine Viertelstunde später rief Fischer zurück.

Seine Beschreibung war vage, aber für Winter war klar, dass es sich bei dem Mann, der in Fischers Praxis Fragen nach dessen Vergangenheit gestellt hatte, um den Journalisten Ferdinand Broich handelte. Er musste diesen Mann finden.

»Wer ist das?« Fischer war sehr aufgeregt.

»Ich prüfe das. Wahrscheinlich ein Zufall«, versuchte er Winter zu beruhigen.

»Sicher?«, fragte Fischer ungläubig zurück.

»Sicher!«, erwiderte Winter.

Er schaute auf das von ihm notierte Autokennzeichen. Immerhin hatte er eine Spur.

»Kommst du zum Abendessen?«, rief Gerda von unten.

*

Der Mann an der Kinokasse grüßte Rieke wie eine alte Bekannte und betrachtete interessiert ihre Begleitung.

»Meine Nichte aus München«, erklärte sie in einem Ton, der dem Mann, der nicht viel älter als Silvia war, klarmachte, dass jeder Versuch der Annäherung von ihr unterbunden werden würde.

»Beeilt euch, der Vorfilm hat schon angefangen.« Er bedachte Silvia dabei mit einem besonders langen Blick.

»Nichts für dich, der Kerl«, erklärte Rieke, als sie den nur spärlich beleuchteten Kinosaal betraten. »Nett, aber mehr auch nicht. Ist hinter jedem Rock her.«

»Einen Moment!« Rieke lief zu der kleinen Bar an der Seite und kam mit zwei Gläsern Rotwein zurück. Noch während sie nach einem Platz suchten, hüpfte ein aufgebrachtes Männlein über die Leinwand, schimpfte in einer unverständlichen Sprache und schoss schließlich wie eine Rakete in die Luft. Eine Stimme aus dem Off fragte: »Halt, mein Freund! Wer wird denn gleich in die Luft gehen? Greife lieber zur HB!«, worauf das Männlein mit Namen Bruno gut gelaunt und entspannt zum Boden zurückschwebte, begleitet von der Stimme: »Dann geht alles wie von selbst.«

»Wenn es so einfach wäre«, schmunzelte Rieke. »Ich hoffe, du magst Godard«, wandte sie sich an Silvia.

In München hatte sie *Außer Atem* gesehen, war anfangs verwirrt gewesen über die wilden Schnitte, aber dann hatte sie sich auf den Film eingelassen, fand vor allem Jean Seberg toll und bewunderte sie für ihren Mut, ihre Haare so kurz zu tragen.

Wenig später begann *Le Mépris,* in dem Silvia nichts von der Wildheit, die *Außer Atem* für sie hatte, wiederfand. Stattdessen viele lange Einstellungen und endlose Gespräche, und da die Reise, die Aufregung und der wenige Schlaf in der vorausgegangenen Nacht sie ermüdet hatten, schlief sie gegen ihren Willen bald schon ein. Sie wachte einmal kurz auf, als Rieke sich zu ihr hinüberbeugte und ihr das Weinglas abnahm.

»Guten Morgen, meine Schöne!« Silvia schreckte aus dem Schlaf hoch. Ein Mann, der an ihr vorbeiwollte, lächelte sie an. Es war jetzt hell im Raum. Auch Rieke lächelte.

»Damit ist meine Frage von vorhin wohl beantwortet.«

Silvia stammelte eine Entschuldigung, die Rieke mit einer wirschen Handbewegung abtat. »Ist mir auch schon passiert. Ich hätte dich vorher fragen sollen. Ich hoffe, dass du noch Lust hast, etwas zu unternehmen.« Sie hakte sich bei Silvia unter und zog sie ins Foyer, wo sie vor dem Plakat stehen blieb, mit dem für Bergmans *Das Schweigen* geworben wurde.

»Schon von gehört?«, fragte Rieke.

»Luna hat mir davon erzählt.«

»Luna?«

»Eine Freundin. Eine Künstlerin«, erklärte Silvia.

»Ich bin sehr gespannt. Vielleicht können wir uns den ja zusammen ansehen, das pornografische Machwerk«, fügte sie ironisch hinzu und lachte.

Sie verließen das Kino, gingen an erleuchteten Schaufenstern vorbei zur Ruine der Alten Oper, die im Krieg zerstört worden war. Schließlich standen sie in einer Seitenstraße vor einem schmalen Haus, das von zwei wuchtigeren Gebäuden eingequetscht wurde. Vor dem Eingang stand ein Pärchen, das rauchte und miteinander flüsterte.

»Voilà«, rief Rieke aus, »der Club Voltaire.«

Damit drückte sie die Tür auf, und sie traten in einen schmalen Gang. Links war eine lang gezogene Theke. Die Wirtin dahinter grüßte Rieke, um sich gleich wieder dem Zapfhahn zu widmen. Am Ende der Theke stieg man eine Stufe hinab in den nicht sehr großen, fensterlosen Gastraum, über dem eine dichte Nikotinwolke schwebte. Silvia schaute sich neugierig um. Auf der anderen Seite des Raums befand sich ein schmales Podest, das als Bühne diente, über die dicke Rohre verliefen. Auf den unverputzten weißen Wänden hingen Bilder und Plakate. Die Tische standen eng beieinander und waren alle besetzt. Silvia beobachtete eine Bedienung, die sich mit viel Geschick zwischen den Gästen hindurchlavierte und gekonnt ihr Tablett über den Köpfen balancierte. Überall wurde laut diskutiert.

»Dahin!« Rieke tippte Silvia auf die Schulter und dirigierte sie zwischen den Tischen hindurch zu einem Tisch vor der Bühne, der gerade frei wurde. Rieke kannte man hier, sie sprach kurz mit einigen der anderen Gäste.

Silvia ließ sich auf einen Stuhl fallen und streckte die Beine aus. Obwohl sie im Kino geschlafen hatte, fühlte sie sich erschöpft. Vom Nebentisch schaute ein junger Mann zu ihnen herüber. Er trug seine Haare länger als die anderen und hatte trotz der stickigen Wärme in dem Raum seinen schwarzen abgewetzten Mantel anbehalten. Er deutete ein Lächeln an.

»Hier sind wir ungestört. Zumindest fast …« Rieke waren die Blicke des jungen Mannes nicht entgangen. Sie winkte eine Bedienung mit sehr kurzen dunklen Haaren zu sich.

»Wie üblich?«, fragte die im Vorbeigehen.

Rieke nickte und wandte sich an Silvia. »So, jetzt können wir uns in Ruhe unterhalten.«

Silvia schmunzelte. Von Ruhe konnte wahrlich nicht die Rede sein. Nicht nur, dass an allen Tischen laut und wild durcheinandergesprochen wurde, jetzt begann auf der Bühne auch noch ein junger Mann seine Gitarre zu stimmen. Außer Silvia schien ihn kein Mensch im Raum zu beachten.

»Was ist das denn für ein sehnsüchtiger Blick?«, fragte Rieke.

Als hätte man sie bei etwas Verbotenem ertappt, fuhr Silvia erschrocken herum. »Nichts«, erwiderte sie hastig.

»Glaube ich nicht«, entgegnete Rieke und lachte. »Wie heißt er?«

»Wer?«

»Na wer? Derjenige Mann, an den dich dieser Musikus erinnert?«

Der junge Mann vom Nebentisch sah schon wieder zu ihr herüber.

»Na, einem hast du schon den Kopf verdreht … Hast du Hunger?«, fragte sie und bestellte bei der Bedienung, die mit den Getränken kam, Frikadellen mit Kartoffelsalat.

»Martin.«

»Martin«, wiederholte Rieke, dehnte die Buchstaben ein wenig, machte eine Pause, sah Silvia an. »Erzähl von Martin. Wo hast du ihn kennengelernt? Ist es etwas Ernstes?«

Silvia schluckte, dann erzählte sie, wie sie Martin in Südfrankreich während ihres Urlaubs im März kennengelernt hatte. Sie war mit ihrem Vater dort gewesen, der Urlaub war ein verspätetes Geschenk für ihr bestandenes Abitur. Er entwickelte sich aber bald zu einem veritablen Desaster, als Silvia begriff, dass es eigentlich um Hajo und die für den Vater längst feststehende Hochzeit ging. Er wollte, dass sie ihr recht passables Französisch noch verbesserte, da die Kanzlei, in der Hajo arbeitete, international agierte. Da war es seiner Ansicht nach hilfreich, wenn die Ehefrau eine oder mehrere Fremdsprachen beherrschte, wenn er sich mit der internationalen Klientel traf. Während eines Ausflugs artete ein Streit zwischen ihnen dermaßen aus, dass sie wutentbrannt davonlief, einfach querfeldein, und zum Schluss nicht mehr wusste, wo sie war. Bis sie sich schließlich, wie sie es in München von Luna gelernt hatte, an die Straße stellte und den Daumen hochhielt. Das erste Fahrzeug, das vorbeikam, ein kleiner Lastwagen, hielt an. Der Fahrer bedeutete ihr, auf die Ladefläche zu steigen. Dort saß schon, wie sie überrascht feststellte, ein großer, schlaksiger junger Mann mit seiner Gitarre. Martin. Neugierig betrachtete er die neue Mitfahrerin, ohne sein leises Gitarrenspiel zu unterbrechen, und schon bald waren sie ins Gespräch vertieft, so als würden sie sich schon viele Jahre kennen. Silvia erzählte von ihrem bestandenen Abitur und dem Streit mit ihrem Vater, was Martin zum Anlass nahm, von seinem Vater zu erzählen, den er seit drei Jahren nicht mehr gesehen hatte, nachdem er herausgefunden hatte, dass der in der SS und an Erschießungen von Kindern und Frauen beteiligt gewesen war. Martin wollte wissen, was Silvias Vater im Krieg gemacht hatte. Silvia erklärte verzagt, dass er Zahnarzt sei, dass die ja nichts Schlimmes hätten machen können, was Martin nur ein böses Lachen entlockte, für das er sich aber gleich entschuldigte. Ob sie nichts von dem Prozess in Frankfurt mitbekommen habe, wollte er wissen, dort stünden auch Ärzte aus dem Konzentrationslager Auschwitz unter Anklage. Sie verneinte. Und wusste nicht warum. Natürlich hatte sie von dem Prozess gehört, hatte Berichte darüber gelesen, die abfälligen Bemerkungen ihres Vaters dazu im Ohr, aber sie hatte es verdrängt. Bis … ja, bis sie vor einigen Tagen die Aktentasche gefunden hatte. Jetzt konnte sie nichts mehr verdrängen. Aber das war ja, nachdem sie Martin kennengelernt hatte. Zurück in München hatte sie ihrem Vater Fragen gestellt. Der wich erst aus, wurde ungehalten, als sie nachhakte, und tat die Vorwürfe als kommunistische Propaganda ab. Als Arzt sei er dem hippokratischen Eid verpflichtet, deshalb könne er Menschen keine Gewalt antun und schon gar nicht töten.

Silvia beendete an dieser Stelle ihre Erzählung. Allerdings ohne den Fund der Aktentasche zu erwähnen. Das wagte sie nicht. Noch nicht. Zu frisch war ihre Entdeckung, zu tief die Verletzung darüber, wie sehr ihr Vater sie belogen hatte. Über das, was er im Krieg gemacht hatte, aber vor allem über ihre Mutter.

Einen Moment schwiegen beide Frauen, dabei nahmen sie wahr, dass es um sie herum leiser geworden war. Viele der Gäste konzentrierten sich inzwischen auf den Sänger auf der Bühne. Silvia war erleichtert, dass Rieke nicht nachhakte.

»Triffst du Martin wieder? Hast du seine Adresse?«

Silvia zögerte. »Nein … ja«, antwortete sie schließlich unentschieden. »Als wir in der nächsten größeren Stadt ankamen, stand da der Bus, und ich musste mich beeilen. Ich glaube, ich hatte auch ein bisschen Angst … das ging ja alles so schnell.«

Rieke nickte verständnisvoll.

»Er will an Pfingsten zur Burg Waldeck … die ist im Hunsrück. Das spielen Musiker. Martin will hinfahren. Und … ich will auch dahin. Wir haben uns da verabredet.«

»Damit sind doch alle Fragen beantwortet, oder?« Rieke sah Silvia tief in die Augen, erkannte deren Zweifel. »Du hast Angst, dass es nur ein Urlaubsflirt war?«

Silvia nickte verzagt.

»Ja, das würde wehtun. Aber wenn du nicht hinfährst, wirst du nie erfahren, ob es mehr als ein Flirt war.«

Schon während Silvia von Martin erzählte, hatte die Bedienung die Frikadellen und den Kartoffelsalat auf den Tisch gestellt. Jetzt schob Rieke die Teller in die Mitte, nahm einen der Fleischklopse, tunkte ihn in das kleine Schälchen mit dem Senf und biss hinein.

»Die sind gut«, sagte sie und hielt Silvia einladend den Teller hin.

Die nahm ebenfalls eine Frikadelle, stippte sie vorsichtig in den Senf und biss weit weniger beherzt zu.

Unter ein wenig Applaus beendete der Sänger auf der kleinen Bühne sein Lied. Der junge Mann vom Nebentisch sah schon wieder zu ihr herüber. Seine große Nase war Silvia vorher nicht aufgefallen.

»Soll ich ihn an unseren Tisch bitten?«, fragte Rieke leicht genervt und machte Anstalten aufzustehen.

Silvia wiegelte ab.

»Nun erzähl endlich, wie es dir in den letzten Jahren ergangen ist und was dich genau nach Frankfurt in die Fänge einer Kommunistenbraut getrieben hat. So hat dein Vater mich nämlich beschimpft«, wechselte Rieke das Thema und bestellte zwei weitere Gläser Wein.

Sie erzählte von den Schwabinger Krawallen vor zwei Jahren, in die sie unbeabsichtigt geraten war, weil sie eine Freundin im Stadtteil besuchen wollte. Sie waren auf der Straße, hörten Musikern zu, als plötzlich die Polizei angestürmt kam und sie mit Knüppeln auseinandertrieb. Silvia rannte mit den anderen davon. Plötzlich tauchte aus einer Seitenstraße ein Polizist auf und rempelte sie an. Silvia fiel, der Polizist war gleich über ihr. Sie sah den Schlagstock, mit dem er ausholte, doch bevor er seinen Schlag ausführen konnte, fiel der Mann zur Seite, und eine Frau beugte sich über sie.

»Los, komm hoch!«, brüllte die und zerrte Silvia an den Armen hoch. Die war noch benommen von dem Sturz, bei dem sie sich eine Platzwunde an der Stirn zugezogen hatte. Aus dem Augenwinkel erkannte sie, dass der Polizist aufstand. Endlich hatte sie sich aufgerappelt und lief mit der Unbekannten davon. Der Polizist hinter ihnen her.

»Stehen bleiben!«, brüllte er ihnen nach.

»Hier lang!«, rief die unbekannte Helferin und bog in eine kleine Gasse ab. »Achtung, Stufe!«, warnte sie, blickte über die Schulter, ob Silvia noch hinter ihr war, sprang nach rechts durch eine offen stehende Tür, wartete, bis Silvia an ihr vorbei war, und knallte die Tür zu.

»Dahinten durch das Tor.«

Silvia folgte der Frau, die sich offenbar sehr gut im Viertel auskannte. Von den Auseinandersetzungen zwischen den jungen Menschen und der Polizei war jetzt weder etwas zu hören noch zu sehen. Sie liefen noch ein paar Straßen weiter, dann ließen sie sich auf einer Bank nieder.

Ein paar Minuten saßen sie stumm nebeneinander, um zu Atem zu kommen. Dabei sahen sie sich immer wieder an, schließlich lachten sie los.

»Ich bin Luna«, stellte sich schließlich die Frau vor, die genauer anzuschauen Silvia nun endlich Zeit hatte. Sie war drahtig, einige Jahre älter als Silvia. In ihrer engen Hose und dem Pullover machte sie einen sehr sportlichen Eindruck. Die dunklen Haare trug sie kurz.

»Silvia«, entgegnete sie.

Rieke hatte bislang stumm zugehört. Silvia war froh, jemandem ihre Geschichte erzählen zu können, die Geschichte von ihr und Luna, die für sie so wichtig geworden war.

»Scheint eine patente Frau zu sein, diese Luna.« Rieke leerte ihr Glas bis auf einen kleinen Rest.

Silvia nickte zustimmend und erzählte weiter, wie Luna, die eigentlich Karin hieß, sie in die Welt der Kunst eingeführt und mit auf Vernissagen und Galerieeröffnungen genommen hatte. Sie hatte früher schon gerne gezeichnet und gemalt und sich für Kunst interessiert, aber hier wurde ihr eine neue Welt und ein ganz neuer Zugang zur Kunst eröffnet. Luna war mit einigen Künstlern der Gruppe SPUR befreundet, hatte aber auch immer wieder Streit mit ihnen, weil Frauen in deren Welt nur wenig Platz hatten, zumindest was die Kunst anging.

»Macht mir die Frau noch sympathischer«, erklärte Rieke. »Ist in der Politik und bei den Linken genauso. Die Herren sehen sich selbst als progressiv und betrachten sich als Speerspitze der Avantgarde, aber da hört es auf.«

Silvia trank einen Schluck, spürte den Alkohol mehr und mehr, aber es machte ihr Spaß, Rieke zu erzählen, wie wichtig ihr die Kunst geworden war, und vor allem, dass ihr das Leben, wie es ihr Vater lebte, immer fremder geworden war, immer weniger mit ihrem Leben, und wie sie es sich vorstellte, zu tun hatte.

»Dann habe ich mich entschieden, Kunst zu studieren. Luna hat mir geraten, zu Joseph Beuys zu gehen. Sie hat gesagt, dass man bei ihm auch keine Mappe einreichen muss.«

Als sie diesen Entschluss ihrem Vater mitteilte, wurde er so zornig, wie sie ihn noch nie erlebt hatte, er drohte und zeterte, dass er ihr nie die Erlaubnis dazu erteilen werde.

»Vielleicht«, sprach Silvia weiter, »hat er deshalb auch so sehr gewollt, dass ich Hajo heirate. So schnell auch.«

»Ich muss morgen früh raus, für zwei Tage weg«, wechselte Rieke das Thema und gab der Bedienung ein Zeichen, die Rechnung zu bringen. »Das Organisationskomitee des Ostermarsches trifft sich. Manöverkritik.« Sie lachte. »Wir lehnen das Militär und alles Militärische ab und übernehmen dann deren Sprache.«

11. Mai 1964

Ferdinand hatte den Abend in einer Gaststätte beim Bahnhof verbracht. Ein Fehler, wie er sich nun eingestehen musste. Das Essen lag ihm schwer im Magen, und auf die letzten beiden Biere hätte er besser verzichtet. Er lag noch eine Weile wach im Bett, die Hände unterm Kopf verschränkt, und dachte nach. Sehr weit gekommen war er noch nicht. Ulrich Fischer führte das bürgerliche Leben eines Zahnarztes, der eine Praxis in einer gut situierten Gegend Münchens sein Eigen nannte, er besaß ein repräsentatives Haus und einen Mercedes, Insignien gediegenen Wohlstands, wie es sich für ein Mitglied der demokratischen und sozialmarktwirtschaftlichen Gesellschaft gehörte. Dass er bis vor zwanzig Jahren treu dem Naziregime gedient hatte und an Menschenversuchen, Selektionen und anderen Verbrechen aktiv beteiligt gewesen war, tat dem keinen Abbruch, das wusste Ferdinand aus seinen Recherchen in den vergangenen Jahren nur zu gut.

Er hatte im Moment nicht mehr in der Hand als das, was Ruth Lachmann ihm am Telefon gesagt hatte. Dass sie in diesem Mann einen Zahnarzt aus dem Konzentrationslager Majdanek erkannt zu haben glaubte. Wenig später war sie gestorben. Ein Zufall? Der Arzt, der sehr schnell vor Ort gewesen war, hatte einen natürlichen Tod bescheinigt. Wer hatte den Arzt gerufen? Keine Antwort. Die Leiche war dann schnell abtransportiert und die Wohnung von Ruth Lachmann aufgelöst worden. Ein weiterer Zufall? Vielleicht würde er von dem Arzt, der den Totenschein ausgestellt hatte, mehr erfahren.

Eine Spur war der Mann, dem er in Fischers Praxis begegnet war. Dessen Identität würde er über das Kennzeichen seines Fahrzeugs in Erfahrung bringen, und er wusste auch, wer ihm dabei helfen konnte. Als Erstes jedoch musste er ein Fotolabor finden.

»Eines, das innerhalb von einem Tag die Bilder entwickeln kann«, erklärte er dem hageren Rezeptionisten.

»Das Labor Sailer. Wie der Toni.«

»Der Skifahrer?«, fragte Ferdinand nach.

Der Hagere freute sich, dass der Gast verstanden hatte. »Genau der. Der Blitz aus Kitz. Mann, konnte der fahren. Ich habe ihn mal …«

Ferdinand ließ den Mann nicht aussprechen. »Wo ist das Labor Sailer?«

Enttäuscht, dass er seine Begeisterung mit seinem Gast nicht teilen konnte, erklärt er, nun missmutig, Ferdinand den Weg.

Das Labor lag nur wenige Straßen entfernt im Hinterhof eines grauen, nach dem Krieg hochgezogenen vierstöckigen Bürohauses. Dreimal musste Ferdinand auf die Klingel drücken, die unübersehbar mitten auf der Theke befestigt war, bis ein etwa vierzigjähriger, untersetzter Mann aus einem hinteren Raum erschien. Langsam kam er näher, stopfte dabei sein Hemd in die Hose.

»Ja, bitte?«, fragte er mürrisch und zeigte eine Reihe vom Nikotin gelb gefärbter Zähne, wühlte aus seiner Hosentasche eine Packung Zigaretten und zündete sich eine an. »Muss die Gelegenheit nutzen«, erklärte er. »Im Labor darf ich nicht.« Er taxierte seinen Kunden. »Was wollen Sie?«

Ferdinand kam sich vor wie ein Bittsteller, schluckte seinen Ärger aber hinunter und nahm aus seiner Jacketttasche die Filmpatrone. »Können Sie mir den heute noch entwickeln und Abzüge machen? Herr Sailer?«

»Ja, Sailer, stimmt schon!« Er streckte seine Hand aus, nahm die Dose mit dem Kleinbildfilm entgegen. Er sah sie an, als könne er eine Nachricht darauf lesen.

»Sind zwei Fotos drauf. Von jedem zusätzlich eine Vergrößerung von den Gesichtern.«

»Heute, sagen Sie?«

»Es eilt.«

Sailer gab ein undefinierbares Geräusch von sich, drehte die Patrone in seiner Hand. »Hab einige Aufträge da liegen«, dabei zeigte er auf die Tür, durch die er gerade gekommen war, »ist nicht billig. So schnell, meine ich.«

»Wie viel?« Ferdinand zählte im Geiste sein Geld.

Sailer nannte einen Betrag, der ihn schlucken ließ.

»Scheint wichtig zu sein, was? Brisantes Material?« Er blickte seinen Kunden aufdringlich an.

»Privat«, wich der aus. Sailers neugieriger Blick verriet, dass er das nicht glaubte.

»Billiger kriegen sie es nicht in München. Heute noch.« Er schüttelte den Kopf, nun hielt er Ferdinand die Patrone entgegen. »Sie müssen nicht.«

Der dachte kurz nach. »In Ordnung! Wann soll ich kommen?«

»Spätestens um sechs«, war die Antwort. »Pünktlich. Sonst bin ich weg.«

»Ich bin da«, bestätigte Ferdinand und wollte gehen.

»Vorkasse!« Sailers Forderung war unmissverständlich. »Jetzt.«

»Ich habe das Geld …«

»Jetzt!«

Ferdinand nahm seine Geldbörse aus der Hosentasche, wandte sich zur Seite, zählte die Scheine ab und legte sie auf den Tresen.

Ruhig nahm Sailer sie auf, zählte zweimal.

»Um sechs. Und pünktlich!«, ermahnte er ihn nochmals. Da ging Ferdinand schon durch die Tür und hoffte, dass es kein Fehler gewesen war, dem Mann den Film zu überlassen.

Aus einer Telefonzelle rief er Silke an, um über sie den Namen des Halters des Opels zu erfahren. Schließlich arbeitete sie auf dem Verkehrsamt, wie sie ihm in der Jazzkneipe gesagt hatte.

»Aha. Bei unserer letzten Begegnung konntest du nicht schnell genug weg von mir«, war Silkes Reaktion auf seine Bitte.

»Ich musste früh los«, entschuldigte sich Ferdinand, »nach München.«

»Eine heiße Geschichte?«, fragte sie zweideutig, worauf Ferdinand aber nicht einging.

»Sehr«, antwortete er ernst. »Ich hoffe aber, dass ich nächste Woche wieder in Frankfurt bin. Dann gehen wir essen …« Er lauschte einen Moment in den Hörer. »Silke, kannst du den Halter herausfinden?«

»Natürlich. Danach mache ich mich gleich auf den Weg nach München, um dir Namen und Adresse persönlich zu überbringen. Dann können wir den Preis einlösen. Du hast doch sicher ein schickes Hotel in der Stadt?«

Sie lachte.

Sein nächster Anruf galt dem Arzt, der den Totenschein für Frau Lachmann ausgestellt hatte. Im Telefonbuch war nur ein Dr. Eberhard Mattusek verzeichnet.

»Mit wem spreche ich?«, fragte eine sonore Stimme, nachdem Ferdinand sich vorgestellt hatte.

»Robert Lichter«, wiederholte er. »Ich rufe an wegen Frau Lachmann. Sie wohnte im Gries. Sie haben den Totenschein ausgestellt, wurde mir gesagt.«

»Was wollen Sie?«, entgegnete der Mann am anderen Ende, ohne auf seine Frage einzugehen.

»Ich bin ein Verwandter von Frau Lachmann. Mich würde interessieren, ob Sie ganz sicher sind, dass sie eines natürlichen Todes gestorben ist. Sie war, als ich sie das letzte Mal gesehen habe, noch sehr gesund …«

Der Mann räusperte sich. »Herr …?«

»Lichter«, ergänzte Ferdinand.

»Herr Lichter, sind Sie Arzt?«

»Nein, bin ich nicht.«

»Dann seien Sie versichert, dass Frau Lachmann eines natürlichen Todes gestorben ist. Zum einen war sie nicht mehr die Jüngste, wie Sie ja selber am besten wissen müssten«, sein überheblich herablassender Unterton war nicht zu überhören, »und zum anderen war sie nicht so gesund, wie Sie sie vielleicht in Erinnerung haben.«

»An was ist sie denn gestorben?«

»Herr …«

»Lichter …«

»Das kann ich Ihnen nicht sagen. Wer sagt mir denn, dass Sie tatsächlich mit der Frau verwandt sind.«

Ferdinand regte sich mehr über den Ton auf, in dem dieser Dr. Mattusek das sagte, als über den Inhalt. Er atmete tief durch. »Wo wurde die Leiche hingebracht?«

»Auch das darf ich Ihnen nicht sagen. Ich bitte Sie, sich in dieser Frage an die zuständige Staatsanwaltschaft zu wenden. Guten Abend, Herr …«

Damit legte er auf und ließ einen zwar konsternierten, aber dafür nun mehr als überzeugten Journalisten zurück, dass Frau Lachmann nicht eines natürlichen Todes gestorben war.

Er wog die Münzen in der Hand und ließ sich dann eine Verbindung nach Frankfurt zu Dr. Rudnik aufbauen, der wenig überrascht klang, Ferdinands Stimme zu hören.

»Ehrlich gesagt«, begann er nach kurzer Begrüßung, »hatte ich Ihren Anruf früher erwartet.«

»Haben Sie Neuigkeiten?«, missverstand ihn Ferdinand.

»Nein«, entgegnete Dr. Rudnik und gab ein väterliches Lachen von sich, »aber Sie sind ein ungeduldiger Mensch, und ich kann mir nicht vorstellen, dass Sie schnell vorankommen. In einer fremden Stadt, dazu Menschen, die möglicherweise viel zu verlieren haben und sicher über gute Kontakte verfügen. Niemand wird gesteigertes Interesse an einem Gespräch mit Ihnen haben.«

»Es ist schlimmer.«

»Nun machen Sie mich doch neugierig«, erwiderte Dr. Rudnik, nicht ohne auf einen gewissen ironischen Unterton zu verzichten.

»Frau Lachmann ist …«, er schluckte. »Frau Lachmann ist tot«, setzte er noch einmal an.

Die kurze Pause zeigte ihm, dass selbst Dr. Rudnik auf diese Nachricht betroffen reagierte.

»Tot, sagen Sie?«, meldete er sich nach einer Pause. »Wie alt war die Frau?«

Ferdinand dachte nach. »Genau weiß ich es nicht. So um die sechzig.«

»Nicht ungewöhnlich, in dem Alter zu sterben. Vor allem nach dem, was sie im Konzentrationslager erlitten haben muss.«

»Aber es ist doch eine seltsame Koinzidenz«, entgegnete Ferdinand, »dass sie stirbt, kurz nachdem sie mir von Fischer beziehungsweise Tromnau erzählt hat.«

»Sie haben gesagt, wenn ich mich richtig erinnere, dass Frau Lachmann nur mit Ihnen über ihre Entdeckung gesprochen hat, mit niemandem sonst. Warum sollte Tromnau also nervös werden?«

Ferdinand überging den Einwand, der ihn selbst beschäftigte, und zählte ihm all die Ungereimtheiten auf, der Totenschein, der schnelle Abtransport ihrer Habseligkeiten, der unkooperative Arzt. »Kann man nicht einen Staatsanwalt dazu bringen, dass er eine Leichenschau anordnet? Dann wüsste man doch, ob es Mord war oder ob Frau Lachmann eines natürlichen Todes gestorben ist«, beendete Ferdinand seine Ausführungen.

Kurz lachte Dr. Rudnik auf. »Herr Broich, so einfach ist das nicht. Da gibt es Bestimmungen. Überlegen Sie mal, wenn ...«

Ferdinand ließ sich nicht beirren. »Das stinkt doch zum Himmel«, fiel er dem Anwalt ins Wort.

Dr. Rudnik ließ sich einen Moment Zeit mit der Antwort. »Das klingt natürlich erst einmal seltsam, mein lieber Broich«, sagte er endlich. »Aber ich frage mich, ob Sie nicht einen Fall konstruieren, um eine Geschichte verkaufen zu können. Sie sind schon einmal auf die Nase gefallen.«

»Das klingt nicht nur so«, reagierte Ferdinand barsch, neben Rudniks Zweifeln an seinen Nachforschungen ärgerte ihn dessen joviale Ansprache. »Sie selbst haben mich gewarnt, dass diese Menschen sich zu wehren wissen. Mit allen Mitteln. Dass sie Kontakte haben, dass sie skrupellos sind. Und es gibt noch einen zweiten Mann, der sich in der kurzen Zeit, die ich Tromnau, also Fischer, beobachte, sehr auffällig verhält.« Er berichtete ihm von seinen Begegnungen mit diesem Mann.

»Aha. Haben Sie einen Namen?«

Den Satz hatte Ferdinand nur halb verstanden. Eine Frau lief an ihm vorbei, an der Hand ein Kind, das sich ziehen ließ.

»Stell dich nicht so an. Wir müssen nach Hause. Der Vati kommt um sechs.«

Als die Frau und das Kind außer Hörweite waren, hakte er noch einmal nach.

»Noch nicht«, antwortete er dann. »Aber ich habe das

Kennzeichen seines Wagens. Ich bekomme hoffentlich heute noch seinen Namen.«

»Melden Sie sich, wenn Sie ihn haben. Vielleicht kann ich dann helfen. Ich habe einen Termin.«

»Das mache ich. Haben Sie denn etwas über Tromnau herausgefunden?«

»Leider nein«, antwortete Dr. Rudnik. »Ich habe meine Fühler ausgestreckt, aber diesbezüglich noch nichts gehört.«

»Noch eine Bitte, Herr Dr. Rudnik«, setzte Ferdinand schnell an, bevor der auflegte. »Könnten Sie in Arolsen nachfragen, ob es dort Unterlagen zu Ruth Lachmann gibt? Jetzt, wo sie mir nichts mehr erzählen kann.«

Dr. Rudnik schien nachzudenken, bevor er antwortete. »Ja, das ist eine gute Idee«, stimmte er schließlich zu. »Ich frage beim ITS nach.«

»Danke«, verabschiedete sich Ferdinand. Aber es kränkte ihn, dass Dr. Rudnik an seinen ehrbaren Gründen zweifelte.

*

Silvia wachte spät auf. Langsam rollte sie sich von der Couch und trat in den Flur, stützte sich mit einer Hand an der Wand ab. Die Tasche, die Rieke gestern an die Tür gestellt hatte, war weg. Trotz des vielen Weins am Vorabend hatte sie es tatsächlich geschafft aufzustehen.

Sie selbst verließ erst gegen Mittag die Wohnung, getrieben von der Feststellung, dass es keinen Kaffee bei Rieke gab, den sie jetzt sehr dringend brauchte.

Nicht weit vom Haus entfernt fand sie ein kleines, unscheinbar wirkendes Café. Der würzige Geruch von gemahlenen Kaffeebohnen beherrschte den Raum. Hinter der Theke war eine Frau damit beschäftigt, eine Torte anzuschneiden und vorsichtig ein Stück auf einen Teller zu balancieren. Nur kurz hob sie den Kopf, ohne sie weiter zu beachten. Silvia ging an ihr vorbei in den Gastraum, der vor allem von älteren Damen besucht war, die sich angeregt miteinander unterhielten. Eine Frau, die allein an einem Tisch saß, gab ihr ein Zeichen, dass ihr Platz gleich frei werde.

Eine junge Bedienung in gestärkter weißer Bluse und einer weißen Servierschürze über dem schwarzen Rock nahm ihre Bestellung auf und brachte Silvia wenig später eine Tasse Kaffee. Nach dem ersten Schluck fühlte Silvia sich ein wenig besser, und sie lehnte sich auf ihrem Stuhl zurück, um den gestrigen Abend Revue passieren zu lassen. Es waren mehr Splitter als konkrete Erinnerungen. Vor allem aber war da das Gefühl, dass sie aus ihrer behüteten Welt geschleudert worden war, dass nichts mehr war, wie sie es bislang gekannt hatte, dass sie allein war.

Um sich von diesen düsteren Gedanken abzulenken, holte sie sich von einem Ständer neben der Eingangstür eine Tageszeitung, bestellte sich noch eine zweite Tasse Kaffee und studierte die Schlagzeilen. Der Rücktritt der südkoreanischen Regierung. Herbert von Karajan legt die künstlerische Leitung der Wiener Staatsoper nieder. Der 1. FC Köln ist deutscher Fußballmeister. Schließlich blieb sie an einem Artikel über den Auschwitz-Prozess hängen.

Die Aktentasche, die unter Riekes Sofa lag, kam ihr in den Sinn. Die Aktentasche, in der ihr Vater Fotos, Zeitungsausschnitte, Urkunden, Aktenvermerke gesammelt hatte. Material, das ihn belastete, das zeigte, dass den Leichen, den Knochenbergen, den ausgemergelten Menschen, die sie aus Filmen kannte, die ihnen im Unterricht gezeigt worden waren, Verbrechen zugrunde lagen, an denen ihr Vater beteiligt war. Und die damit auch sie etwas angingen.

Sie las weiter. An einer Stelle blieb sie hängen.

Deshalb sei er enttäuscht gewesen, als er erfuhr, dass auch Hantl Häftlinge durch Phenol-Injektionen ins Herz umgebracht habe. Hantl hat dies bisher stets bestritten; vor allem, dass er auf diese furchtbare Weise auch Kinder getötet habe, was von anderen Zeugen gesagt worden war. Er will nur auf Befehl derartige Morde überwacht, nur »dabeigestanden« haben.

Sie legte die Zeitung vor sich auf den Tisch. Ob ihr Vater auch nur »dabeigestanden« hatte? Die Fotos in der Aktentasche sagten etwas anderes. Aber ihr war immer noch nicht klar, was er als Zahnarzt im Konzentrationslager gemacht hatte. Was hätte er sich als Zahnarzt zuschulden kommen lassen können?

»Könnte ich Ihre Zeitung haben?«

Silvia, durch diese Frage plötzlich aus ihren Gedanken gerissen, schaute hoch. Ein groß gewachsener Mann mit schmaler Brille stand an ihrem Tisch und blickte sie mit ernster Freundlichkeit an. Dabei schob er sich mit den Fingern eine graue Haarsträhne aus der Stirn.

»Ja, natürlich«, erwiderte sie.

Er schaute auf die aufgeschlagene Seite. »Sie interessieren sich für den Prozess?«

»Nein, ja, doch«, antwortete Silvia unsicher.

Er überging ihre Unsicherheit und stellte sich vor. »Gestatten Sie: Meinhard Sandig, Schriftsteller. Ich recherchiere für einen Roman über den Prozess.«

Sie sah den Mann, der noch immer vor ihr stand, erstaunt an.

»Darf ich mich setzen?« Er wartete die Antwort nicht ab und nahm Silvia gegenüber Platz. Jetzt fielen ihr seine sehr blauen Augen auf. Das war ihm nicht entgangen. »Ich hätte sicher einen Vorzeigearier abgegeben.« Er lachte kurz und leise. »Die Ironie dabei ist, dass mein Urgroßvater aus Spanien stammt.«

Sandig bestellte einen Kaffee und begann umstandslos zu erzählen, wie im Gerichtssaal jeden Tag neue Zeugen vernommen wurden, Menschen, die das Konzentrationslager in Polen überlebt hatten, und wie schwer es ihnen fiel, über das Geschehene zu sprechen. Immer wieder schob er sich dabei seine Haare aus der Stirn.

Als Sandig erwähnte, dass auch Ärzte hier in Frankfurt vor Gericht standen, stutzte sie.

»Ja?«, hakte er nach.

»Ärzte?« Silvia versuchte, unbeteiligt zu wirken, womöglich würde er sie sonst nach dem Grund für ihre Neugier fragen.

Sandig schien keinen Argwohn zu hegen. »Viele, sehr viele Ärzte«, erklärte er, »waren Mitglied in der SS. Auch in der Waffen-SS.«

Silvias Neugierde war geweckt, doch sie fürchtete sich vor Sandigs Antworten, die sie genau genommen schon kannte. »Was haben die Ärzte gemacht? Es gibt doch den hippokratischen Eid«, fragte sie vorsichtig. Sie dachte an die Worte ihres Vaters und das gerahmte Pergament in dessen Praxis.

Sandig sah die junge Frau nachdenklich an und erklärte ihr dann, dass diese Ärzte im Sinne der völkischen Ideologie handelten. Das Ziel war die Erhaltung und Fortpflanzung der biologischen Rasse unter den günstigsten Bedingungen. Durch Auslese sollte der sogenannte Volksbestand verbessert werden. »Dafür wurden behinderte und geisteskranke Menschen zwangssterilisiert und umgebracht. In den Konzentrationslagern wurden Versuche an Menschen unternommen. Menschen waren Material für diese Ärzte. Probanden wurden in Unterdruckkammern verfrachtet, wo sie elendiglich verreckten. Anders kann man das nicht nennen. Fleckfieberversuche gab es, Gefangene wurden mit Gelbfieber, Diphtherie, Typhus, Cholera und Malaria infiziert. An all dem waren Ärzte beteiligt.«

Silvia nickte beklommen. Eine Frau am Nebentisch sah herüber, schüttelte den Kopf. »Und … Zahnärzte …?«, hakte sie nach.

»Warum wollen Sie das so genau wissen?«

Sie schwieg.

»Ihre Familie?«

Silvia nickte wieder.

»Das ist meine Hoffnung«, sagte Sandig, ohne auf ihre Frage einzugehen, »dass die Kinder anfangen zu hinterfragen, was ihre Eltern gemacht haben. Vielleicht besteht dann eine Chance, dass die Verbrechen aufgearbeitet werden und wenigstens ein klein wenig Wiedergutmachung an den Opfern geleistet werden kann. Aber …«, Sandigs Stimmung veränderte sich mit einem Mal, »aber ich fürchte«, er sprach nun fast flüsternd, mit einem resignativen Unterton, »dass die Ideen der Nazis weiterleben, dass Zeiten kommen werden, in denen vergessen sein wird, was passiert ist, in denen man es wahrscheinlich sogar als lästig ansieht, dass immer wieder aufs Neue an die Gräueltaten der Nazis erinnert wird. Ein Vogelschiss in der Geschichte, werden sie sagen, sei das gewesen.«

Es entstand eine kurze Pause. Silvia fühlte sich befangen. »Waren auch Zahnärzte beteiligt?«, wiederholte sie ihre Frage.

»Ja, auch die Zahnärzte waren beteiligt. Sie waren zwar vorrangig für die zahnmedizinische Versorgung des Lagerpersonals zuständig, aber es gibt viele Zeugenaussagen, die belegen, dass sie auch an Selektionen an der Rampe, an Menschenversuchen und an den Tötungen beteiligt waren. Und am Raub von Zahngold. Das wurde den Opfern zum Teil bei vollem Bewusstsein aus dem Mund gerissen.«

»Das haben Ärzte gemacht?«

»Sie sind zu Recht fassungslos«, Sandigs Gesichtsausdruck verdüsterte sich. »Wenn ich Ihnen ehrlich meine Meinung sagen darf: Ich fürchte, dass es heute wieder genauso geschehen würde. Diese Männer, die da vor Gericht stehen, haben kein Gran Unrechtsbewusstsein. Wenn sie es haben sollten, verstecken sie es hinter ihrem Verständnis von Pflichterfüllung und Treueschwur.«

Die Frau am Nebentisch zahlte ihre Rechnung und trat, bevor sie das Café verließ, an ihren Tisch und wandte sich an Silvia. »Sie dürfen nicht glauben, was diese Kommunisten erzählen.«

Sandig sah ihr nach. »Genau das meinte ich eben.« Silvia schien, dass es ihn viel Kraft kostete, ruhig zu bleiben.

*

Winter wühlte im Boden, spürte, wie sich die noch feuchten Erdkrumen unter seine Fingernägel schoben. Vom angrenzenden Grundstück, das durch eine dichte Hecke von seinem getrennt war, drangen Wortfetzen des Nachbarn zu ihm herüber. Der Mann arbeitete als Ingenieur bei den Bayerischen Motorenwerken. Gleich würde er seinen BMW 700 aus der Garage rangieren. Ein konservativer Mann, überzeugter CSU-Wähler, der ihm schon mehrmals voller Stolz erzählt hatte, dass er Franz-Josef Strauß bei einem Besuch der Werksanlagen eine Maschine erklären durfte und der ihm anschließend anerkennend auf die Schulter geklopft habe. Winter hatte sich über alle Nachbarn gut informiert, die meisten hatten wie Gerda das Haus von den Eltern übernommen.

Nach getaner Arbeit wusch sich Winter im Bad die Hände und schrubbte mit einer Bürste die Fingernägel sauber, seifte Wangen, Kinn und Hals ein, dann begann er sich nach einem über Jahre eingeübten Ritual zu rasieren. So gesäubert ging er in die Küche, setzte sich auf seinen angestammten Platz auf der Eckbank, trank einen Kaffee, rauchte die erste Zigarette und blätterte die Zeitung durch, überflog nur die Überschriften, denn gedanklich war er schon bei seinen nächsten Aufgaben.

Er sah nach Gerda, die noch schlief. Sie hatte lange wach gelegen, war erst früh am Morgen eingeschlafen. Leise zog er die Schlafzimmertür bei und ließ sie einen Spalt offen, für den Fall, dass seine Frau nach ihm rief. Dann stieg er die Treppe hoch in sein Arbeitszimmer, setzte sich an den Schreibtisch.

Vor ihm lag das Dossier zu Broich, das er nun genauer studierte. Der hatte sich nach einem Studium der Romanistik und Anglistik in Frankfurt dem Journalismus zugewandt und sich in den letzten Jahren tatsächlich auf die Suche nach untergetauchten und mit neuer Identität versehenen Nationalsozialisten gemacht. Sein letzter Einsatz schien ein Reinfall gewesen zu sein und hatte seiner Reputation offenbar sehr geschadet. Keine schlechte Basis, überlegte Winter. Er legte die Akte beiseite, als er Gerda in der Küche hantieren hörte. Er ging zu ihr hinunter.

»Ich habe neulich in der Kirche unsere neuen Nachbarn kennengelernt.«

»Das Haus von Baumanns«, erklärte sie ihrem überraschten Mann. »Es stand doch so lange leer. Ich habe gar nicht mitbekommen, dass da jemand einzieht. Nette Leute. Sie haben uns zur Einweihung eingeladen.«

»Was sind das für Leute, was machen die?«

»Sei doch nicht immer so misstrauisch«, maßregelte Gerda ihn. »Das sind sehr nette Leute. Ich möchte, dass wir zu ihrer Einweihungsparty gehen.«

Gut, dachte Winter, aber vorher werde ich ein paar Informationen einholen.

Lieber einmal zu viel Vorsicht als alles verlieren, dieses

Motto verfolgte Winter schon lange vor der Entführung Eichmanns.

Zurück in seinem Arbeitszimmer griff er sogleich zum Telefon, um Franz Klinger um weitere Informationen über den Journalisten Ferdinand Broich zu bitten, vor allem aber sollte er herausfinden, ob der Mann in einem Hotel oder einer Pension in München gemeldet war.

»Machst du dir wieder Sorgen, dass der Mossad dir auf der Spur ist?«, witzelte der Ex-Kollege und lachte. Manchmal bewunderte Winter ihn für die Gelassenheit, mit der er dieser Gefahr ins Auge schaute.

Kaum hatte er aufgelegt, klingelte der Apparat.

Winter ließ es dreimal läuten, dann nahm er ab.

»Eberhard Mattusek hier«, meldete sich eine dunkle Stimme und fragte: »Winter?«, weil der sich nie mit Namen meldete.

»Ja, am Apparat«, bestätigte er. »Guten Tag, Mattusek. Was verschafft mir die Ehre, Herr Doktor?«

»Es hat sich jemand wegen der Toten bei mir gemeldet. Heute.«

Winter wurde wieder ernst. »Frau Lachmann?«

»Ja, die. Ein Mann, stellte sich am Telefon als Robert Lichter vor. Sagt dir der Name etwas?«

»Nein«, antwortete Winter. Er war sicher, dass dieser Broich der Anrufer war. Er wollte Dr. Mattusek aber nicht beunruhigen. »Was wollte dieser Lichter?«

»Er hat behauptet, ein Verwandter der Lachmann zu sein, und wollte wissen, ob sie tatsächlich eines natürlichen Todes gestorben und ein Fremdverschulden absolut auszuschließen sei.«

»Und …?«

»Was für eine Frage«, erwiderte der Anrufer empört. »Ich bin Arzt, ich weiß, was ich mache. Er wollte auch wissen, wo der Leichnam hingebracht wurde. Ich habe gesagt, dass ich es nicht weiß.«

Winter dachte kurz nach. »Damit hat er sich zufriedengegeben?«

»Er muss. Was soll er sonst machen?« Er machte eine Pause. »Oder habe ich Anlass, beunruhigt zu sein?«

»Nein. Es gibt da nur ein kleines Problem. Eines, das ich lösen werde.«

»Und wenn er versucht, die Leiche obduzieren zu lassen? Habe ich da etwas zu befürchten?« Leichte Verärgerung schwang in Dr. Mattuseks Stimme mit.

»Wie ich schon sagte«, Winters Ton hatte jetzt etwas Zurechtweisendes, »ein kleines Problem, das ich lösen werde ...«

»So wie du immer alle Probleme gelöst hast?«

»Genau ...«, er setzte eine Pause, »... so. Damit bin ich früher gut gefahren und tue es bis heute.«

»Dann bin ich beruhigt«, erwiderte Dr. Mattusek mit einem ironischen Unterton.

Winter überlegte einen Moment. »Falls sich dieser Lichter nochmals meldet, verabrede dich mit ihm«, er dachte einen weiteren Moment nach und schlug dafür einen Ort am Stadtrand von München vor, »und ruf mich dann gleich an.«

»Ein Plan. Das gefällt mir, Winter.« Dr. Mattusek wechselte das Thema. »Wie geht es deiner Frau?«

»Sie ist sehr tapfer. Das Schlimmste ist, dass man nicht weiß, wann der nächste Schub kommt und wie stark er sein wird.«

»Es ist eine sehr gemeine Krankheit«, stellte Dr. Mattusek fest. Sie sprachen noch ein paar Minuten miteinander. Als das Gespräch beendet war, lehnte sich Winter zurück. Der Journalist war hartnäckiger, als er gedacht hatte. Er schwankte zwischen Besorgnis und sportlicher Herausforderung, wobei er annahm, dass der Mann ihm nicht ebenbürtig war.

Dass er bald handeln musste, machte ihm der nächste Anruf klar, kaum eine Viertelstunde später.

»Wir müssen sprechen!«, stöhnte Fischer ins Telefon. Er war außer Atem und wirkte sehr erregt.

»Beruhige dich!«, erwiderte Winter, aber der Zahnarzt fiel ihm gleich ins Wort.

»Beruhigen?« Er machte eine Pause, um wieder zu Atem zu kommen. »Die Polizei war bei mir. Wegen Hajo … Wir müssen uns treffen«, forderte Fischer ihn auf. »Jetzt. Sofort!«

Eine knappe Stunde später war Winter auf dem Weg zum Ufer des Isarkanals, wo sie sich nahe dem Isarwerk 2 verabredet hatten.

Sowie Fischer ihn erblickte, kam er ihm aufgeregt entgegen.

»Die Polizei war in der Praxis und hat mich wie einen Verbrecher verhört«, begann er ohne Vorrede. »Das Wartezimmer war voll. Diese Blicke …«

Winter ließ ihn aussprechen, hoffte, dass seine Wut und Aufgebrachtheit bald nachließen, um dann vernünftig mit ihm reden zu können.

Fischer berichtete, dass sich die Kanzlei, für die Hajo arbeitete, am gestrigen Sonntag an die Polizei gewandt hatte, nachdem ihr junger Mitarbeiter, der als sehr pünktlich und korrekt galt, nicht zu einem verabredeten Termin kam. Auch Hajos Eltern hatten sich eingeschaltet.

Ruhig bleiben, ermahnte sich Winter. Auf die Fakten konzentrieren. Ein Fischer, der die Nerven verlor, war das Letzte, was er gebrauchen konnte. Er sah über den Fluss zu den Isarauen hinüber, wo sich gerade ein Schwarm Vögel laut kreischend aus einem Tümpel erhob, um sich ein Stück weiter wieder niederzulassen.

»Edgar?!«, ermahnte ihn Fischer.

»Das ist Routine«, erklärte Winter.

»Aber warum kommen die zu mir?«

»Hajos Eltern werden der Polizei mitgeteilt haben, dass ihr Sohn mit deiner Tochter verlobt ist. Deshalb sind die bei dir aufgetaucht.« Er machte eine Pause, als ihnen eine Gruppe von Frauen entgegenkam. »Was hast du der Polizei gesagt?«

Winter zündete sich eine Zigarette an und wiederholte seine Frage. Dabei blickte er erneut zum anderen Ufer hinüber, und trotz des Lärms, der von dem Kraftwerk zu ihnen herüberschallte, spürte er die Sehnsucht nach einer Ruhe, wie sie diese, zumindest im Moment, menschenleere Auenlandschaft auf ihn ausstrahlte.

»Der Polizei? Dass ich Hajo schon seit Tagen nicht mehr gesehen habe.«

Winter wollte jetzt wissen, ob die Polizei nach Silvia gefragt habe.

»Ich habe gesagt, dass sie im Moment unterwegs ist, weil sie ihr Studium beginnen will. Deswegen hätte ich auch Hajo in den letzten Tagen nicht gesehen.«

»Von der Freundin, bei der sie übernachtet hat, hast du von der erzählt?«

»Nein, natürlich nicht.«

»Wo wohnt die?«

Fischer sah sein Gegenüber überrascht an, nannte ihm dann aber die Adresse.

»Gut«, sagte Winter. »Wir müssen Silvia finden, bevor die Polizei sie findet.«

»Natürlich«, brauste Fischer auf. »Wir brauchen die Tasche …«

»Die Polizei hat dir geglaubt, dass Silvia im Moment allein durch Deutschland reist? Dass du nicht weißt, wo genau sie ist und wo sie unterkommt?«

»Sie wird bald einundzwanzig … ja, die haben das geglaubt.«

Winter war sich da nicht so sicher, aber auch das behielt er für sich.

»Ich höre mich um«, sagte Winter zum Abschied, ging zu seinem Wagen, drehte sich dann noch einmal zu Fischer um. »Das habe ich vergessen ... Der Kerl vor deinem Haus ...«

Fischer sah ihn fragend an.

»Den dein Nachbar verscheucht hat ... ist harmlos. Hatte sich verfahren, war müde ... Die Kollegen haben das überprüft.«

Fischer nickte fahrig.

Wegen der Polizei machte Winter sich keine Sorgen. Fischers Unruhe jedoch war gefährlich.

*

Die Übelkeit kam in Wellen, und Mine blieb an diesem Morgen länger als gewöhnlich im Bett liegen. Als das Gefühl, sich übergeben zu müssen, nachließ, wankte sie Richtung Stall, um ihrer Arbeit nachzugehen. Später sollte sie Walter beim Austausch der alten Rohre helfen.

Was war gestern nach dem Training eigentlich passiert? Sie war zum Wald gelaufen und dort auf den Hochsitz geklettert, seit vielen Jahren schon ihr heimlicher Fluchtpunkt. Sie hatte überlegt, Donald Baldwin anzurufen, in der Hoffnung, von ihm etwas über Matt zu erfahren. Dann war sie auf dem Hochsitz eingeschlafen und erst mit der Dämmerung wieder aufgewacht. Sie war zum Hof zurückgeschlichen und hatte ihre Arbeit erledigt, in der Küche hatte sie sich noch ein Brot geschmiert und versucht, den bohrenden Fragen der Mutter auszuweichen, die der Streit am Nachmittag sichtlich mitgenommen hatte.

»Warum bist du weggelaufen?«, hatte sie gefragt, und: »Du kennst doch den Großvater und weißt, wie Onkel Gerd ist«, gesagt, dann aber nicht weiter nachgehakt, als Mine nur einsilbige Antworten gab.

Jetzt überlegte sie beim Säubern des Stalls, wann sich ihr eine Gelegenheit bieten würde, unbemerkt für ein oder zwei Stunden zu verschwinden, aber vergeblich. Ständig war jemand in ihrer Nähe, und als sie am Mittag nach einer kurzen Mahlzeit mit Albrecht an den Rohren arbeitete, wusste sie, dass es an diesem Tag nichts werden würde und sie weiterhin von ihren düsteren Gedanken gequält werden würde.

Ein anderes Problem rückte näher. Das Training am Abend. Hatte sie zunächst geglaubt, sie könne so tun, als würde sie dorthin gehen, um dann auf dem Weg zu verschwinden, so machte ihr der Vater mit Albrechts Hilfe einen Strich durch die Rechnung. Der sollte nämlich seine Schwester zum Training begleiten und erst wieder weggehen, wenn er sie in der Obhut von Otto Schunk wusste.

Mine hatte sich in der Umkleidekabine gleich wieder in eine Ecke zurückgezogen, als eines der Mädchen zu tuscheln begann und Mine als »fette Kuh« bezeichnete, die zu viel fraß und der der Erfolg in den Kopf gestiegen wäre, jetzt, wo sie eine gute Partie an Land gezogen hatte.

Nicht die fette Kuh, sondern der Hinweis auf Rüdigers Antrag ließ sie wütend loszetern. Also hatte es sich herumgesprochen, alle wussten es, und es galt als ausgemacht, dass sie sich den Mann geangelt hatte, um ein sorgenloses Leben an dessen Seite führen zu können.

Bald hatten sich alle beruhigt und begannen über Jungs zu reden, bis Inge, Klaras beste Freundin, von dem Musikfestival erzählte, das über Pfingsten im Baybachtal stattfand.

»Mein Vater sagt, dass ich da nicht hindarf. Da kommen nur Spinner und Kommunisten.«

»Mal was anderes«, meinte Inge. Die Freundinnen hörten interessiert zu, wollten wissen, wer käme, welche Musik gespielt würde, wo die alle schlafen würden.

Den wilden Spekulationen der Mädchen bereitete Otto, der plötzlich unter der Tür stand, ein jähes Ende.

»Pfingsten holt ihr mir den Sieg, verstanden? Da wird geturnt, geturnt, geturnt. Und nicht nach Jungs aus der Stadt geschaut. Die wollen nur eines, und dann …?«

Mine zuckte kurz zusammen, ließ sich nichts anmerken und verließ vor allen anderen die Umkleide.

Die erste halbe Stunde des Trainings mit den Aufwärmübungen verlief friedlich, aber alle spürten die Anspannung.

Mine zog sich in eine Ecke zurück. Klara, ihre stärkste Konkurrentin unter den Turnerinnen aus dem Dorf, aber fast zwei Jahre jünger, ließ das Wort »Diva« fallen. Mine überhörte es.

»So, und jetzt an die Geräte!«, forderte Otto die Mädchen auf. Alle stellten sich vor den Schwebebalken, nur Mine blieb in ihrer Ecke stehen.

»Mine …?«, rief Otto, aber sie nahm keine Notiz von ihrem Trainer.

»Los, macht eure Übungen!«, forderte er die Mädchen auf und wies Evi als die Älteste an, diese zu überwachen.

Mine beugte sich vor, streckte nacheinander die Beine, ging in die Knie.

»Was soll das, Mine?« Otto sprach mit gedämpfter Stimme.

Die anderen Mädchen schauten neugierig zu ihr herüber.

»Dann mal los! Wenn du eine Extrawurst willst, bitte schön!«

Mine ging langsam auf das Sprungpferd zu. Ihr schien, dass sich ihr Bauch weit vorwölbte und alle ihn sehen konnten.

Sie nahm Anlauf und führte einen ungefährlichen, halbherzigen Sprung aus.

Klara ließ ein verächtliches Lachen hören.

»Noch mal, und jetzt richtig!« Otto blieb noch immer ruhig.

Sie atmete tief ein, spannte den Körper, versuchte ihre Übung mit mehr Schwung und Eleganz zu absolvieren, war aber so damit beschäftigt, alles richtig zu machen, dass sie fast danebengegriffen hätte und gestürzt wäre.

»Wie eine trächtige Kuh!«, hörte sie Klara zischeln.

Mine schossen die Tränen in die Augen. Sie rannte an Otto vorbei auf Klara zu, stieß sie rüde gegen den Schwebebalken und lief weiter in die Umkleide. In ihrem Rücken hörte sie, wie Klara aufschrie und dann weinte.

Sie raffte ihre Sachen zusammen und lief nach draußen.

Otto, der ihr gefolgt war, rief ihr etwas nach, das sie nicht verstand.

Noch einen Abend wollte sie nicht auf dem Hochsitz verbringen. Am liebsten wäre sie weitergerannt, in ein anderes Dorf, um von dort Corporal Baldwin anzurufen.

Stattdessen lief sie nach Hause und verkroch sich auf dem Boden der Scheune, von wo sie beobachten konnte, wie Otto mit seinem neuen Wagen auf den Hof fuhr und ins Haus ging.

*

Gegen Abend kehrte Silvia müde und erschöpft zurück in Riekes Wohnung. Sie holte sich eine Flasche Rotwein aus dem Kühlschrank, entkorkte sie, schnappte sich ein Glas und ging damit in ihr Zimmer. Dort griff sie nach einer der Schallplatten aus Riekes Sammlung. Sie hatte die Scheibe schon aus der Schutzhülle gezogen und auf den Plattenteller gelegt, als sie das düstere Cover betrachtete. Vom rechten Bildrand blickte ein Mann mit kurzen Locken und Bart nach links auf ein Holzkreuz, auf dem mit weißen Buchstaben »Outward Bound« geschrieben stand und vor dem ein Saxofon lag. Ob der Mann seine Augen geöffnet hatte, war nicht zu erkennen. In akkurater Schrift stand am oberen Rand »Eric Dolphy Quintett«, ein Name, der Silvia völlig unbekannt war. Die Irritation, die das Bild auf dem Cover bei ihr ausgelöst hatte, setzte sich fort, nachdem sie den Tonarm auf die Platte gesetzt hatte.

Ein Schlagzeug setzte unvermittelt ein, nach einigen Sekunden kam ein Saxofon dazu. Silvia fühlte sich von der Nervosität, die diese Musik für sie ausstrahlte, das Fiebern und die Intensität, die sie zum Ausdruck brachte, überfordert, aber gleichzeitig hatte sie etwas Mitreißendes, zog sie in ihren Bann. So saß sie da, trank, schenkte sich nach, hörte und driftete mit ihren Gedanken weg, sodass die Musik bald zum Hintergrundsound wurde, der ihre Gedanken begleitete.

Sie stellte sich vor, Martin würde jetzt mit ihr auf dem Sofa sitzen, doch kaum hatte sie sein Gesicht vor Augen, schoben sich andere Gedanken und Bilder davor. Ihr Vater an der Rampe eines Konzentrationslagers, bei der brutalen Entnahme von Zahngold, mit einer Spritze in der Hand.

Sie zog eine Kladde aus einer ihrer Reisetaschen und begann zu zeichnen, Erinnerungen an den Tag, das Gesicht von Sandig, wie er ihr in dem Café gegenübersaß, die Männer mit ihren Koffern auf Gleis 11 im Münchner Hauptbahnhof, der Gitarrenspieler im Club Voltaire.

Plötzlich sprang sie auf, ging in die Knie und sah unter die Couch. Die Aktentasche war noch da. Einen Moment war sie versucht, sie hervorzuziehen und sich die Fotos und Papiere erneut anzuschauen. Aber dann schob sie den Gedanken beiseite, setzte sich wieder, schenkte sich noch ein Glas Rotwein ein.

Was sollte sie mit der Aktentasche machen? Sollte sie deren

Inhalt der Polizei oder einem Staatsanwalt übergeben? Jemandem bei dem Prozess? Silvia griff nach ihrem Glas, leerte es in einem Zug, füllte nach, trank weiter. Die Nadel lief in der Auslaufrille. Sie wollte die Platte umdrehen, aber es blieb bei der Absicht.

*

Winter hatte Fischer wohlweislich nichts von Dr. Mattusek gesagt. Es würde ihn noch nervöser machen. Er wusste, dass er vorsichtig sein musste, aber es war ihm wichtig zu erfahren, ob der Journalist in dem Haus gewesen war, in dem die Lachmann gewohnt hatte.

Tatsächlich hatte dort ein Mann, auf den die Beschreibung Broichs passte, Fragen gestellt. Nach dem Arzt, der im Haus gewesen war, um den Tod der Frau zu bestätigen, und wer den Abtransport ihrer wenigen Habseligkeiten organisiert hatte. Er erfuhr auch, dass Broich am nächsten Tag nochmals kommen wollte, um mit Frau Hammermuth zu sprechen.

Von dem Haus, in dem die Lachmann gelebt hatte, war es nicht weit bis zur Wohnung von Karl Berger. Hier waren die Spuren des Krieges noch an vielen Stellen gut zu erkennen. Er erinnerte sich an die Zeit vor Gerda, als auch er hier mit den Kameraden herumgezogen und keinem Streit aus dem Weg gegangen war. Berger war so ein ehemaliger Kamerad, dem nach dem Krieg in Polen der Prozess gemacht worden war und der nur mit einigem Glück dem Strick entkommen konnte. Nach mehr als zehn Jahren Haft hatte er nicht mehr richtig Fuß fassen können und lebte von Gelegenheitsarbeiten, auch solchen, wie sie Winter ihm jetzt anbot. Die Haustür stand offen, Winter stieg die ausgetretenen Stufen in den ersten Stock hinauf, klopfte an die Tür.

Berger zeigte sich nur mäßig erfreut, seinen alten Kameraden zu sehen.

»Wenigstens mal einer, der sich meldet. Ihr seid doch alle viel zu fein dazu. Als wenn ich einen Stempel tragen würde. Hier, quer drüber.« Er schlug sich mit der Faust gegen die Stirn, stand auf, nahm aus einer Anrichte eine Flasche und zwei Gläser und stellte sie auf den Tisch.

»Nimm Platz!« Er schenkte ein, schob eines davon zu Winter hinüber und prostete ihm zu. Der nippte nur, was Berger sehr wohl bemerkte.

»Du kommst nur, wenn du was willst«, fügte er dann hinzu.

»Das stimmt, Karl«, bestätigte ihm Winter unbeeindruckt, »aber dafür lasse ich dir auch ein paar Scheine da.« Er zog sein Portemonnaie aus dem Jackett, hielt es in der Hand, spielte ein wenig damit, registrierte den gierigen Blick seines Gegenübers.

»Was soll ich machen?«, fragte der und leerte sein Glas.

»Ein Mann. Schnüffler. Kommi.«

»Einschüchtern oder kaltmachen?«

»Ganz kalt«, antwortete Winter und nahm jetzt zwei Hundertmarkscheine aus seiner Geldbörse.

»Ganz, ganz kalt? Du weißt, dass gute und verlässliche Arbeit ihren Preis hat. Ich habe immer gut und verlässlich gearbeitet.«

Winter blickte den Mann einen Moment an, nickte, zählte dann weitere fünf Zwanzigmarkscheine ab, die er Berger entgegenhielt.

Winter erklärte ihm, wo der Mann am nächsten Tag auftauchen würde. »Die Wohnung im zweiten Stock auf der rechten Seite steht leer. Ich werde dafür sorgen, dass sie das noch einige Zeit bleiben wird. Dort kannst du den Kerl entsorgen.«

*

Ferdinand schaute auf seine Armbanduhr. Es war zwanzig vor sechs. Er musste sich beeilen, um rechtzeitig zu Sailer zu kommen.

Er eilte durch die Straßen, hätte fast einen älteren Mann umgerannt, überhörte dessen Flüche und wurde nur wenige Schritte weiter von einer jungen Frau aufgehalten, die ihm ihr Feuerzeug entgegenhielt, mit dem sie an dieser windigen Stelle vergeblich versucht hatte, ihre Zigarette anzuzünden.

»Können Sie mir Schutz geben?«

Ferdinand knöpfte sein Jackett auf, breitete es auseinander und gab ihr den gewünschten Schutz. Sie inhalierte genüsslich, dann wandte sie sich ein klein wenig ab und blies den Rauch an ihm vorbei in den Münchner Himmel. Dabei warf sie ihre brünetten schulterlangen Haare mit einem eleganten Schwung zur Seite.

»Danke!«

Ferdinand war überrascht von ihrer dunklen Stimme. »Es ist mir eine Freude«, erwiderte er und wollte schon weiter, doch die junge Frau hielt ihn zurück.

»Sie wollen schon gehen?« Sie blickte ihn kokett aus ihren grünen Augen an.

»Ich habe es leider sehr eilig«, entschuldigte er sich ernst.

»Schade. Soll ich Sie begleiten?« Aber er wiegelte ab und eilte davon.

»Schade!«, rief sie ihm noch einmal nach, »sehr schade!«

Ferdinand drehte sich um, lächelte nun auch und bemerkte erst jetzt ihren kurzen gelben Rock, eine Mode, die gerade aus England hier herüberschwappte.

»Vielleicht sehen wir uns ein andermal wieder.« Sie winkte.

»Vielleicht.«

Sailer wartete an der Tür.

»Glück gehabt!«, begrüßte er Ferdinand. »Zwei Minuten später, und sie hätten morgen früh wiederkommen müssen.«

Ferdinand drückte sich an dem Mann vorbei in den Laden.

Sailer ließ sich Zeit, wartete, bis die Eingangstür ins Schloss gefallen war, ging dann um die Theke herum in den hinteren Teil des Ladens und kam mit einem Umschlag zurück, machte aber keine Anstalten, Ferdinand diesen auszuhändigen.

»Ja?«, fragte Ferdinand. »Ich habe heute Morgen bereits gezahlt.«

»Anbezahlt«, korrigierte ihn Sailer. »Außerdem musste ich zwei andere lukrative Aufträge liegen lassen.«

»Wir haben heute Morgen einen Betrag vereinbart ...«

»Haben Sie das schriftlich? Haben Sie überhaupt einen Film abgegeben?« Er sah Ferdinand herausfordernd an. »Außerdem muss ich jetzt schließen!«, setzte er provozierend hinzu und deutete zur Tür.

»Wie viel?«, fragte Broich zerknirscht.

»Dreißig Mark.« Sailer lächelte süffisant.

Ferdinand kochte. Widerwillig nahm der sein Portemonnaie aus der Tasche und zählte drei Zehnmarkscheine ab. Viel Geld blieb ihm nicht mehr, stellte er betrübt fest.

Mit einem übertriebenen »Vielen Dank« nahm Sailer die Scheine entgegen und händigte ihm den Umschlag aus. »Was Brisantes ist ja nicht drauf.«

Ferdinand verkniff sich einen Kommentar und schaute in den Umschlag.

»Bezweifeln Sie etwa, dass ich Ihnen die richtigen Bilder gebe?«, fragte Sailer herausfordernd, während Ferdinand die Negative und die vier Abzüge kurz betrachtete. Der Zahnarzt und der andere Mann waren trotz der Entfernung deutlich zu erkennen.

»Sie haben aber keine Abzüge für sich behalten?«

Sailer sah ihn abschätzig an und ging unbeeindruckt und wortlos an ihm vorbei zur Tür, hielt sie ihm auf und verabschiedete sich mit einem sarkastischen »Auf Wiedersehen!«.

Ferdinand schluckte seinen Ärger über den betrügerischen Fotolaboranten hinunter und schaute sich noch einmal die Abzüge an. Was er genau damit wollte, wusste er noch nicht, aber sie waren ein kleiner Mosaikstein für die Story, mit der er endlich wieder Fuß als Journalist fassen würde.

In der nächstgelegenen Telefonzelle kramte Ferdinand ein paar Münzen aus seiner Geldbörse und ließ sich mit Silke in Frankfurt verbinden.

»Du bist ja ganz ungeduldig, mein lieber Ferdinand.« Sie ließ sich Zeit, bis sie endlich damit herausrückte, dass der Halter des Wagens ein gewisser Edgar Winter war, geboren im Jahr 1899 in einem kleinen Ort bei München. Sie nannte ihm auch seine Adresse.

»Mehr hast du nicht?« Ferdinand war enttäuscht.

»Du wolltest wissen, wer der Halter des Wagens ist und wo er wohnt.«

»Entschuldige bitte!«, lenkte er ein, »ich habe viel um die Ohren …« Er machte eine Pause, räusperte sich. »Kannst du mir … etwas Geld schicken …?«

Silke schien nachzudenken.

»Ich sitze in München fest. Muss hier noch ein paar Tage recherchieren. Meine Übernachtungsmöglichkeit ist ausgefallen. Ich musste ins Hotel.«

»An was bist du dran?«, fragte sie, nun ohne jeden Unterton.

»Kann ich noch nicht sagen.«

»Du brauchst eine gute Geschichte, Ferdinand!« Für einen Moment lag aufrichtige Sorge in ihrer Stimme. »Wo soll ich das Geld hinschicken? Per Express, nehme ich an?!« Da war er wieder, der spöttische Unterton.

Er überlegte.

»Oder soll ich doch kommen. Ich war noch nie in München. Wie romantisch. Da wird aus dem Postillon d'argent vielleicht ein Postillon d'amour.« Sie lachte laut.

Ferdinand fragte sich, warum er Silke gegenüber so ablehnend war. Sie war hübsch, intelligent und frech. Eine Mischung, die ihm eigentlich gefiel. Vielleicht zu frech.

»Ich muss das klären, aber vielen Dank für deine Hilfe. Ich melde mich.«

Sie hauchte ein »Bis bald!« in den Apparat und beendete damit das Telefonat.

Ferdinand blickte auf die geschrumpfte Münzsammlung in seiner Hand und ließ eine Verbindung in das Büro von Dr. Rudnik aufbauen, die nicht zustande kam. Fluchend hängte er den Hörer ein und ging ziellos durch die Straßen.

Wieder einmal überkamen ihn Zweifel. Hatte Dr. Rudnik nicht doch recht? Waren es nur Zufälle? Ruth Lachmann war über sechzig Jahre alt und mehrere Jahre in Konzentrationslagern unter entwürdigenden Umständen eingesperrt gewesen. Ihre Konstitution hatte gelitten. Manchmal hält das Schicksal eben ein perfides Drehbuch bereit. Endlich hat sie einen ihrer Peiniger erkannt und kann sich Hoffnung auf ein klein wenig Gerechtigkeit machen, da stirbt sie und bewahrt somit ihren Peiniger vor einer Enthüllung und den unübersehbaren Folgen.

Vielleicht hatte aber auch ein perfider Kniff im Drehbuch

Tromnau erfahren lassen, dass er erkannt worden war, und er hatte dafür gesorgt, dass sie für immer schwieg.

Während Ferdinand noch seinen Gedanken nachhing, bemerkte er, wie neben ihm ein Wagen hielt. »Devil in Disguise« dröhnte es laut aus dem Radio. In einem hellblauen Renault Floride mit offenem Dach saßen vier junge Leute, deren Unbekümmertheit die Fußgänger um ihn herum offensichtlich reizte. »Halbstarke«, schimpfte ein Mann, »sollen doch rüber in die Zone!«

Am Steuer des Wagens saß die junge Frau, deren Bekanntschaft er heute Nachmittag auf dem Weg zum Fotolabor gemacht hatte. Sie drehte das Radio leiser. »So schnell sehen wir uns wieder. Wenn das nicht ein Zeichen ist.«

Die drei anderen Insassen des Cabriolets, eine Frau mit kurzen blonden Locken und zwei junge Männer in Lederjacken, betrachteten ihn mit neugierigem Wohlwollen.

Ferdinand grüßte sie mit einem Nicken.

»Wieder so eilig?«, fragte die junge Frau. »Oder Lust auf eine Spritztour? Ich bin übrigens die Moni.«

»Broich«, erwiderte der. Alle sahen ihn verwundert an. »Ferdinand«, verbesserte er sich.

»Ferdinand, wie schön«, kommentierte die Frau mit den kurzen blonden Locken. »Ein Ferdi.«

Alle lachten.

»Lust auf ein Konzert morgen?« Moni blickte ihn unternehmungslustig an. »Cliff Richard. Im Circus Krone. Um sieben Uhr hier. Wir holen dich ab. Hier. An dieser Stelle!« Sie lachte ihn frech an und breitete ihre Arme aus.

»Ich habe keine Karte«, wandte er ein.

»Wer braucht schon Karten«, erwiderte einer der beiden jungen Männer. Die anderen lachten. Aus dem Radio schallte jetzt nach kurzer Ansage einer Sprecherin *Needles and Pins* von The Searchers.

»Karten war gestern«, fügte er hinzu, lachte und sang laut mit.

»Gammler!«, murmelte eine Frau, die an ihrem Wagen vorbeikam, vor sich hin. Die vier lachten.

»Bis morgen, Ferdi!« Moni drehte das Radio auf, ließ den Motor aufheulen und brauste davon. Alle winkten ihm zu. Ferdinand hob seine Hand ein wenig und winkte zaghaft zurück.

Die jungen Leute gingen ihm nicht aus dem Kopf. Sie faszinierten ihn in ihrer Unbekümmertheit und Sorglosigkeit und mit ihrer Lust aufs Leben, und zugleich fragte er sich, ob es sie interessierte, was da vor weniger als zwanzig Jahren geschehen war und was gerade geschah. Die Ermordung des amerikanischen Präsidenten vor ein paar Monaten, die Krise um Kuba vor weniger als zwei Jahren, als die Welt kurz vor einem Atomkrieg stand, der Bau der Mauer in Berlin vor drei Jahren. Der Prozess in Frankfurt.

Um einundzwanzig Uhr versuchte er, nachdem er sich einen kleinen Imbiss und zwei Bier gegönnt hatte, noch einmal, Dr. Rudnik anzurufen, ohne Erfolg.

Im Hotel, auf dem Bett liegend, warf Ferdinand noch einmal einen Blick auf die Fotos und überlegte, was die beiden Männer verband. Bevor er einschlief, verstaute er den Umschlag in der Schublade des Nachttischchens.

12. Mai 1964

Winter hatte nicht damit gerechnet, dass sich seine Probleme von allein lösen würden, aber nun ging es Schlag auf Schlag, er musste jetzt schnell handeln. Er war gleich nach dem Frühstück in den Garten gegangen, um ein paar Blumen zu schneiden, als Gerda auftauchte, um ihm ungehalten mitzuteilen, dass Fischer am Telefon war. Er versuchte sie mit einem Schulterzucken zu beruhigen.

»Die Polizei war wieder bei mir«, donnerte Fischer vorwurfsvoll los. »Sie haben Hajos Wagen gefunden.«

»Ja«, erwiderte Winter kühl. »Das war zu erwarten gewesen.«

»Ich will nicht, dass die Polizei ständig in meiner Praxis auftaucht.«

»Die macht ihre Arbeit«, versuchte Winter Fischer einmal mehr zu beruhigen. »Jede Person, die mit Hajo Kontakt hatte, wird befragt. Unter Umständen auch zwei, drei oder vier Mal. Das ist normale Polizeiarbeit. Sag deinen Patienten, dass der Verlobte deiner Tochter verschwunden ist, und alle werden Verständnis haben für den besorgten Schwiegervater, der froh darüber ist, dass die Polizei nach ihm sucht. Mach deine Patienten zu deinen Verbündeten!«

Fischer knurrte etwas in den Hörer, was Winter als eine zähneknirschende Zustimmung interpretierte. Dennoch war ihm klar, dass der Mann inzwischen eine Zeitbombe war.

Er legte auf und ging wieder nach draußen, wo er die schon geschnittenen Blumen vom Rasen nahm und drinnen in eine

Vase steckte, die er auf den kleinen Tisch auf der Terrasse stellte.

Eine halbe Stunde später meldete sich Klinger bei ihm, um ihm die Adresse des Hotels zu nennen, in dem der Journalist Ferdinand Broich untergekommen war. Eine billige Absteige in der Nähe des Hauptbahnhofs.

Winter trank in der Küche noch eine Tasse Kaffee und blätterte in der Zeitung, die wieder von dem Prozess in Frankfurt berichtete, dieses Mal ging es um einen Rapportführer, dem vier Morde vorgeworfen wurden. Wütend wischte er die Zeitung vom Tisch. Hier wurde wieder einmal das Leben eines Mannes ruiniert, der das zerstörte Land mit aufgebaut und nur Befehlen Folge geleistet hatte.

Er ging ins Wohnzimmer, wo Gerda sich nach dem Frühstück erschöpft auf die Couch gelegt hatte. »Ich muss weg«, erklärte er, wusste aber nicht, ob sie das mitbekommen hatte. Sie schien zu schlafen. Er strich ihr mit dem Zeigefinger zärtlich über die Stirn. Ich werde dich nicht alleinlassen, flüsterte er dabei. Dann verließ er das Haus. Er hatte einen Entschluss gefasst.

*

Es war still im Haus, als Mine am Morgen aus ihrem Zimmer trat. Die Mutter hatte schon zweimal gegen ihre Tür geklopft. Sie war noch müde, hatte lange nicht einschlafen können, weil ihr der Streit beim Training ständig durch den Kopf ging. Sie hatte beschlossen, an diesem Tag endlich Matts Kontakt anzurufen. Sie musste die Ungewissheit beenden, es zermürbte sie, mehr noch als die Streitereien und alles andere.

Mit Matt an ihrer Seite würde sie das durchstehen. Er war der kleine Hoffnungsschimmer, an den sie sich klammerte. Sie ahnte, nein wusste, dass sie irgendwann nichts mehr verbergen konnte, dass sie sich in allen Punkten offenbaren musste, und sie fürchtete diesen Moment. Allein würde sie das nicht schaffen. Sie würde mit ihm weggehen, das wäre schon schwer genug, aber sie wollte im Guten gehen, den Kontakt halten, zu Besuch kommen können. Sie liebte den Hof, die Tiere, das Leben auf dem Land und ihre Familie, aber sie spürte schon lange, dass sie mehr von der Welt sehen wollte, dass es mehr auf der Welt gab als den Hof, die Eltern, die Familie, die Tiere, die Feste und das Turnen.

In letzter Zeit hatte Mine sich oft die Frage gestellt, was zuerst da gewesen war, die Bücher, die ihr eine andere Welt gezeigt hatten, oder war es die Sehnsucht nach einer anderen Welt, nach einem anderen Leben, die sie zu den Büchern führte. Auch mit Rüdiger gäbe es Ausflüge in eine andere Welt, aber es wäre Rüdigers Welt, er würde bestimmen, wohin sie führten. Doch es wäre eben kein anderes Leben. Es wäre das Leben, das sie jetzt führte, nur mit weniger Arbeit und mehr Wohlstand. Aber am meisten zählte, dass sie Rüdiger nicht liebte.

Leise stieg Mine die Treppe hinunter. Es war ungewöhnlich still im Haus. Sonst hörte sie ihre Mutter in der Küche hantieren. Sie schaute aus dem Fenster im Treppenhaus, auch auf dem Hof war niemand zu sehen. Vermutlich waren ihr Vater und ihre Brüder in den Ställen, um die restlichen Rohre zu entfernen, bevor die neuen verlegt wurden. Sie würde ihnen später dabei helfen. Gut die Hälfte der alten Rohre lagen schon gestapelt neben der Scheune.

Vor der Küchentür blieb sie stehen, horchte, dann drückte sie die Klinke herunter. Und erschrak, als sie sah, dass ihr Vater und ihre Mutter dort am Tisch saßen. Auch der Großvater war da. Er hatte etwas abseits Platz genommen, wie ein Richter, der am Ende das Urteil sprechen würde.

Alle blickten Mine an.

»Setz dich!«, forderte sie der Vater mit ruhiger Stimme auf.

Schweren Herzens kam sie der Aufforderung nach, sah in die Runde, deren strengen Blicken sie jetzt ausgesetzt war. Sie ruckelte mit ihrem Stuhl ein Stück vom Tisch weg. Das Kratzgeräusch schmerzte in ihren Ohren.

»Otto war gestern Abend hier«, fing ihr Vater an. »Er ist sehr unzufrieden mit deiner Trainingsleistung.« Mine senkte ihren Blick.

»Sieh mich an!«

Sie hob den Kopf.

»Du machst nicht, was Otto sagt, machst die Übungen halbherzig, streitest mit den anderen, läufst weg. Wie kommst du dazu?«

Sie gab keine Antwort. Sie konnte nichts sagen, obwohl sie wusste, dass das alles noch schlimmer machte.

»Die Leute im Dorf reden über dich. Über uns.«

Wieder eine Pause.

»Willst du, dass schlecht über uns geredet wird?« Dieses Mal hatte der Vater die Stimme ein wenig erhoben.

»Was hast du nur, Mine?«, fragte die Mutter in versöhnlichem Ton. »Das Turnen hat dir immer so viel Spaß gemacht, du hast freiwillig so viel trainiert. Was ist jetzt los?«

Mine kämpfte mit den Tränen. Dass ihnen wichtiger war, was die Leute im Dorf dachten.

Dann brach es aus ihr heraus. »Es ist doch egal, was die Leute denken. Wenn ich nicht will, dann will ich nicht.«

Erstaunt sahen sich Vater und Mutter an. Der Großvater schaute unbeteiligt zu seiner Enkelin.

»Was willst du dann?« Es fiel der Mutter schwer, Verständnis zu zeigen. Ihre Stimme zitterte.

»Ich will hier nicht verrotten. Ich will was von der Welt sehen. Ich ertrage das alles nicht mehr.«

»Hast du das aus den Büchern, Mine? Ist es das, was du daraus lernst?« Das Wort Bücher hatte bei der Mutter einen verächtlichen Ton.

»Wir sind hier geboren. Das ist unser Land. Das hat schon der Großvater bearbeitet. Und davor dessen Vorfahren.« Mines Vater war nun zornig, hatte seine Stimme erhoben. »Man kann nicht so einfach alles wegschmeißen.«

»Warum?«, widersprach Mine. »Albrecht und Walter sind doch da. Ich werde immer die Magd bleiben.«

Die Eltern sahen sich erstaunt an. »Du heiratest Rüdiger. Er wird dir die Welt zeigen.«

»Und wenn ich ihn nicht heiraten will?« Mine war nun selbst laut geworden. »Niemand fragt mich. Ihr macht das unter euch aus.«

»So ist das eben. Es ist das Beste. Für dich und für uns.«

Mine brauchte einen Moment, bevor ihr aufging, was der Vater da eben gesagt hatte. »Warum für euch?«

»Das verstehst du nicht«, wiegelte der Vater ab. Mine war der wütende Blick, den ihre Mutter dem Vater zugeworfen hatte, nicht entgangen.

»Was verstehe ich nicht?«

Die Mutter schüttelte den Kopf.

»Da bist du zu jung für!«, entschied der Vater.

»Ich bin zu jung zum Heiraten, das bin ich.«

»Nein«, widersprach der Vater, »nur zu jung, um selbst darüber zu entscheiden, was für dich das Beste ist.«

»Und für euch«, rief Mine aufgebracht dazwischen. »Es ist mein Leben, mein Leben!«

Jetzt mischte sich auch der Großvater ein. »Wie die Ilse«, schimpfte er, und Mine erschrak über die Kälte und Verachtung in seiner Stimme.

Vater und Mutter sahen sich an.

»Was soll das, Vater!«, schnauzte ihr Vater den Alten an.

»Wie die Ilse«, beharrte der und schlug mit der Hand auf den Tisch. »Denkt nur an sich. Bringt Schande über uns. Würde mich nicht wundern, wenn …«

»Albrecht, bitte!«

Mine hatte ihre Mutter noch nie so mit ihrem Schwiegervater sprechen hören. Offenbar verfehlte ihr Ton nicht seine Wirkung. Der Großvater schwieg.

»Wer ist Ilse?« Mine sah von einem zum anderen, erkannte aber gleich, dass sie keine Antwort auf ihre Frage erhalten würde.

»Du wirst am Wochenende das Turnier gewinnen. Dann sehen wir weiter. Bis dahin trainierst du so, wie Otto das will. Verstanden?!« Es dauerte eine Weile, bis Mine mit einem kaum sichtbaren Nicken des Kopfes bejahte. »Heute Abend fällt das Training aus. Otto hat einen Termin. Er hat dir die Übungen aufgeschrieben, die du heute Abend machen sollst. Morgen trefft ihr euch schon am Nachmittag in der Halle. Er will Einzeltraining mit dir machen, bevor die anderen kommen.«

Mine schaute unter sich.

»Otto hat mit Klara gesprochen und sie zurechtgewiesen. Sie wird dich nicht mehr provozieren.«

Mine hatte erst den Stall gesäubert und dann die letzten Rohre aus der Grube gehievt und zu den anderen auf den Stapel gelegt. Die Arbeit ging ihr mechanisch von der Hand. Die Wut und die Enttäuschung ließen sie die Anstrengung kaum spüren. Ilse. Der Name schoss ihr immer wieder durch den Kopf. Wer war sie? Wer verbarg sich hinter dem Namen? Was hatte sie getan, dass der Großvater so verächtlich, so voller Hass über sie gesprochen hatte? Sie hatte den Namen schon gehört. Hinter vorgehaltener Hand im Dorf. Niemand sprach offen über sie. Wer war sie, was hatte sie gemacht, dass sie wie eine Unperson im Dorf behandelt wurde? Mine musste sich eingestehen, dass sie nie nachgefragt hatte. Das würde sie ändern, auch wenn sie nicht wusste, wo sie damit beginnen sollte. Zuerst aber würde sie versuchen, Matts Freund in der Kaserne zu erreichen.

*

Der Kaffee, der ihm in dem Café gegenüber vom Bahnhof serviert wurde, schmeckte scheußlich. Dünn, fast geschmacklos. Ferdinand entschied, es woanders zu versuchen.

Auf dem Weg rief er Dr. Rudnik in dessen Büro an, der wegen eines Termins kurz angebunden war, und nannte ihm Winters Namen, Geburtsdatum und Adresse.

»Haben Sie schon mehr über Tromnau herausgefunden?«

Dr. Rudnik verneinte. »So schnell geht das nicht, mein lieber Broich. Ich habe beim Berlin Document Center angefragt, aber das wird dauern. Die Akten dort sind zudem leider nicht vollständig. Und wegen diesem Winter melden Sie sich am besten heute am späten Nachmittag bei mir. Ich hoffe, dass ich dann mehr weiß. Ab vier bin ich im Büro.« Damit verabschiedete er sich.

Während er in einem kleinen Café in einer Seitenstraße, wo der Kaffee um ein Vielfaches besser war, ein Frühstück einnahm, machte sich Ferdinand Notizen für seinen Artikel, sortierte, was er bislang herausgefunden hatte. Ungeduldig sah er auf seine Uhr.

Er steckte sein Notizbuch ein und griff nach der regionalen Tageszeitung, die jemand am Tisch liegen gelassen hatte, bestellte auf dem Rückweg bei der Kellnerin einen weiteren Kaffee und überflog die Überschriften auf der Titelseite, blätterte weiter. Fast hätte er die Seite mit den »Vermischten Nachrichten« überschlagen, als ihm eine reißerische Schlagzeile ins Auge sprang: »Polizei sucht noch immer vermissten Juristen«. In dem entsprechenden Artikel hieß es: »Der Tote ist der Verlobte der Tochter des renommierten Zahnarztes Ulrich F. aus München«, und dass der angehende Jurist Hans-Joachim B. aus gutem Haus weder am Sonntag zu einer Besprechung in der Kanzlei noch zu einem Gerichtstermin am darauffolgenden Montag erschienen sei. Eine wichtige Zeugin, die Tochter des Zahnarztes und Verlobte des Toten, Silvia F., werde noch gesucht, sie soll nach der Aussage ihres Vaters derzeit in Deutschland unterwegs sein, um Universitäten zu besuchen. Bisher habe man sie nicht erreichen können. Sie werde gebeten, sich bei der nächsten Polizeidienststelle zu melden.

Ferdinand lehnte sich zurück. Jetzt hätte er gerne eine Zigarette geraucht. Er rief sich den Abend in Erinnerung, an dem er beobachtet hatte, wie eine junge Frau mit mehreren Reisetaschen hastig Fischers Haus verließ. Seine Tochter? Hatte sie etwas mit dem Verschwinden ihres Verlobten zu tun? Wusste sie von Ruth Lachmann? Ferdinand bestellte sich noch einen Kaffee. Sosehr er auch überlegte und spekulierte, er konnte keinen Zusammenhang zwischen den beiden Ereignissen erkennen.

Auf Ferdinands Klingeln hatte niemand geöffnet. »Die Maiers sind weggefahren«, hörte er eine Stimme. Im Garten des Nachbarhauses stand ein älterer Mann und betrachtete ihn neugierig über eine Hecke hinweg.

»Was wollen Sie denn? Soll ich was ausrichten?«

»Danke nein«, erwiderte Ferdinand. »Ich komme wieder.«

Er stieg in seinen Wagen und fuhr ziellos umher, bis sein Blick auf die Tankuhr fiel. Der Zeiger war nur noch ein kleines Stück von der Null entfernt. Geld hatte er kaum noch, und um den Transfer von Silkes Geld hatte er sich nicht gekümmert. Er steuerte die nächste Telefonzelle am Straßenrand an. Am anderen Ende der Leitung wurde nicht abgenommen.

Er nutzte die Gelegenheit, Dr. Rudnik anzurufen. Zu seiner Überraschung war der schon nach dem ersten Klingeln am Apparat.

»Ich habe Sie gewarnt, Broich«, begann er. »Sind Sie in Ordnung?«

»Natürlich!«, entgegnete der überrascht. »Warum nicht?«

»Dieser Mann, Edgar Winter, war beim Bundesnachrichtendienst. Der sitzt in Pullach. In München ...«

»Ja, ja, ich weiß ...«

»Was?«, fragte Dr. Rudnik zurück, ungehalten, dass Broich ihn unterbrochen hatte.

»Dass der BND in Pullach ist.«

»Tut nichts zur Sache ... ich meine, dass Sie das wissen.«

Ferdinand wunderte sich über den gereizten Ton in Rudniks Stimme. So hatte er ihn noch nicht erlebt.

»Im BND, ehemals Organisation Gehlen, sind viele SS-Leute untergekommen, vor allem aus den Polizeiorganisationen der SS. Gestapo, Sicherheitsdienst. Alles verlässliche Antikommunisten. Da sieht man über das, was sie im Krieg gemacht haben, großzügig hinweg.«

»Ja«, war alles, was Broich darauf zu sagen wusste.

»Diese Leute haben im Krieg skrupellos gemordet.« Rudnik machte eine Pause, er atmete hörbar. »Jetzt haben sie einen großen Apparat hinter sich ...«

Ferdinand dachte laut nach. »Was hat ein Mann, der möglicherweise im Sicherheitsdienst oder der Gestapo war, mit diesem Zahnarzt zu tun?«

»Das müssen Sie herausfinden, Broich. Vielleicht kennen sie sich aus einem Konzentrationslager. Vielleicht noch aus der Schule. Alles möglich. Und …«, der Anwalt setzte eine Pause, um Ferdinands Aufmerksamkeit zu erhöhen, »es gab tatsächlich einen Lagerarzt namens Gernot Tromnau. War unter anderem in Majdanek und in Buchenwald tätig. Ist bei Kriegsende bei einem Tieffliegerangriff umgekommen.«

»Wie … umgekommen?«, empörte sich Ferdinand.

»Ganz ruhig, mein Lieber. Das steht in den Akten. Wir sprachen doch schon in Frankfurt darüber. Neue Identitäten.«

»Und sonst?«

»Das ist im Moment alles. Ich warte noch auf Details.« Dr. Rudnik blieb einen Moment stumm. »Broich: Seien Sie vorsichtig!«

Damit beendete er das Gespräch und ließ den Journalisten mit vielen Fragen zurück. Was hatten die beiden Männer miteinander zu tun? Wenn Ruth Lachmann tatsächlich umgebracht worden war, war dieser Winter darin verwickelt?

*

Silvia war mit Kopfschmerzen aufgewacht. Auch das Aspirin, das sie gleich nach dem Aufstehen eingenommen hatte, half nicht gegen das Hämmern im Kopf. Warum hatte sie nur so viel Alkohol getrunken, dachte sie mit Blick auf die leere Rotweinflasche neben ihrem Bett.

Es war schon Mittag, als sie das Café betrat.

»Gehen Sie ruhig durch, Fräulein!«, forderte die Frau an der Kuchentheke sie freundlich auf. Wie schon am Vortag war sie mit dem Austeilen von Kuchen beschäftigt.

Silvia steuerte einen der letzten beiden freien Tische an und griff nach der Zeitung, die ein Gast dort liegen gelassen hatte, aber ihr fehlte die nötige Konzentration zur Lektüre.

Am Nebentisch redete ein Mann auf eine Frau ein, die nach jedem seiner Sätze eifrig nickte. Der Mann trug einen Filzhut und ein graues Jackett, an dessen Revers ein elfenbeinfarbiger Enzian befestigt war. Seinem Dialekt nach offensichtlich ein Bayer.

»Wissen Sie, meine Dame«, dozierte er gerade, »es ist jetzt fast zwanzig Jahre her, alle waren es zufrieden, das Buch war geschlossen, und jetzt fangen die wieder damit an. So macht man doch keinen Frieden.«

Silvia fiel es schwer, nicht zuzuhören. »Dieser Prozess«, echauffierte er sich weiter, »wenn der nicht von drüben gesteuert ist. Wer zahlt denn die Wiedergutmachung? Der Spitzbart und seine Genossen doch sicher nicht.«

Er war laut geworden, ein paar der Gäste in dem Café sahen zu dem Mann herüber. Die Frau gab ihm ein Zeichen, leiser zu sprechen.

»Dieser Bauer, dem wir das zu verdanken haben, ist doch voreingenommen. Ein Jude. War während des Kriegs im Exil. Wie will der beurteilen, was damals passiert ist?«, fuhr er mit gesenkter Stimme fort.

Silvia hätte gerne etwas erwidert, sah sich dazu aber nicht in der Lage. »Schweigen ist mitmachen!«, war ein Satz von Luna, und: »Die müssen merken, dass sie nicht alles unwidersprochen sagen können.« Luna ging in solchen Situationen nie einem Streit aus dem Weg, widersprach, demonstrierte mit dem ganzen Körper Kampfbereitschaft.

Silvia blätterte nun doch durch die Zeitung, eher lustlos, bis sie unter »Vermischtes« an der Überschrift eines Artikels hängen blieb. *Verschwundener Jurist Hans-Joachim B. aus München noch immer nicht aufgetaucht.* Mit immer größerem Erstaunen las sie, dass die Polizei nicht nur den Juristen

Hans-Joachim B. suchte, sondern auch Silvia F., Tochter eines angesehenen Zahnarztes aus München und die Verlobte des Vermissten.

Silvia wurde schwindelig. Verschwunden! Hajo? Verlobte! Und auch sie wurde gesucht. Sie rechnete nach. Sie hatte Hajo zuletzt am Samstagabend im Haus ihres Vaters gesehen. Sie hatten sich gestritten, und sie hatte ihn weggestoßen, als er ihr das Tagebuch entreißen wollte. Er war gestolpert. Anschließend hatte sie das Haus verlassen. Sie rollte die Zeitung zusammen, steckte sie in ihre Tasche, ging vor zur Theke und zahlte ihre Rechnung.

Fräulein Wolf, die Sprechstundenhilfe, war gleich am Apparat und teilte ihr mit, dass ihr Vater sich große Sorgen mache, da er nicht wisse, wo sie sich aufhalte, und dass die Polizei schon zweimal in der Praxis gewesen sei.

Es entstand eine Pause, bevor sie fragte, wo Silvia sich denn aufhalte.

»Ich möchte meinen Vater sprechen!«, forderte die nachdrücklich, statt auf die Frage zu antworten. Sie hörte, wie der Hörer beiseitegelegt und die Tür ins Behandlungszimmer geöffnet wurde.

So schnell, wie ihr Vater am Telefon war, schien er sich wirklich große Sorgen zu machen. »Wo bist du?«, platzte es gleich aus ihm heraus.

»Was ist mit Hajo?«, fragte sie zurück.

»Du kommst sofort nach Hause!«, forderte Fischer. Sie spürte, dass er seine Stimme dämpfen musste, was sie aber noch bedrohlicher wirken ließ.

Silvia wiederholte ihre Frage.

»Guten Tag, Herr Angenmüller.« Ihr Vater grüßte einen Patienten.

»Verschwunden? Was weißt du?«

»Nichts.« Sie war nun doch erschrocken, dass die Nachricht stimmte. »Ich habe es eben in der Zeitung gelesen.«

»In der Zeitung …«, wiederholte er leise. »Wo bist du?« Wieder mit dieser gedämpften Stimme.

»Wie ist das passiert?«

»Was?«

»Hajo …«

»Die Polizei weiß noch nichts … Was weißt du?«, erwiderte er. »Warum bist du weg? Hast du was damit zu tun?«

»Ich? Wieso?«, fragte Silvia erschrocken zurück.

»Weil Hajo …«

»Ja?«, hakte sie nach.

»Ja, Fräulein Wolf, geben Sie her!« Es war still in der Leitung. Silvia vermutete, dass die Sprechstundenhilfe ihrem Vater ein Rezept zur Unterschrift vorgelegt hatte.

»Eine Tablette morgens, eine am Abend«, hörte sie ihn sagen. »Und kommen Sie nächste Woche zur Nachuntersuchung vorbei, Herr Stüber. Einen schönen Tag.«

Sie konnte hören, wie schwer es ihrem Vater fiel, in dieser Situation ruhig und freundlich mit seinen Patienten zu sprechen.

Er wies Fräulein Wolf an, das Telefonat in sein Behandlungszimmer zu legen.

Nur wenig später war er wieder in der Leitung.

»Warum bist du weg?« In seiner Frage schwang eine Unterstellung mit.

»Weil ich weg muss. Mein eigenes Leben führen.«

»Du stehst noch nicht auf eigenen Füßen … Du bist eine …« Er machte eine Pause. »Du bist noch nicht einmal großjährig.«

Silvia wollte etwas erwidern, verkniff es sich aber.

»Silvia.« Ihr Vater zögerte einen Moment. »Ich vermisse eine Aktentasche. Hast du sie gesehen?«

Sie schwieg, überlegte, wie sie auf seine Frage reagieren sollte.

»Die hatte ich weggestellt«, ergänzte er.

Sie spürte, wie schwer es ihrem Vater fiel, ruhig zu bleiben.

»Was ist mit der Aktentasche?«

»Hast du sie?«, fragte er zurück, nun etwas lauter.

Silvia nahm all ihren Mut zusammen. »Was hast du gemacht?«, brach es plötzlich aus ihr heraus.

»Wie, was gemacht?«, gab er scharf zurück.

»Was hast du im Krieg gemacht?«, fragte sie nun energischer. »Du hast deinen Namen geändert«, schob sie schnell nach. »Die Fotos in der Aktentasche ... wenn du nichts gemacht hast, warum hast du deinen Namen ...«, begann sie, aber er ließ seine Tochter nicht ausreden.

»Wie sprichst du mit mir?!«, wies ihr Vater sie zurecht. »Du kommst auf der Stelle zurück nach München. Mit der Aktentasche. Und zu niemandem ein Wort.« Er war lauter geworden, merkte das, beendete seinen Satz, ohne die Stimme zu senken.

Silvia nahm all ihren Mut zusammen. »Zahnärzte waren in Konzentrationslagern. Wie du. Ich habe die Bilder gesehen. Und ...«, sie musste vor der nächsten Frage durchatmen. »Wer ist meine Mutter?«

Es entstand eine Pause. Sie hörte ihren Vater schwer atmen.

»Auf den Fotos ... die Frau ... Da steht, dass sie deine Frau ist ...«

»Das verstehst du nicht ...«, setzte Fischer an, doch Silvia ließ ihn nicht aussprechen.

»Das ist nicht meine Mutter. Warum ...«

»Du kommst sofort zurück nach München. Dann sprechen wir darüber. Sofort.« Es klang hilflos. »Mit der Aktentasche. Verstehst du das? Sofort!« Damit legte er auf.

Einen kurzen Moment war sie versucht, nochmals anzurufen. Ließ es dann aber sein.

Nach dem Telefonat irrte Silvia noch lange durch die Stadt. Lief am Bahnhof vorbei und zum Main, überquerte ihn auf einer Fußgängerbrücke, wanderte, ohne viel von der Umgebung wahrzunehmen, durch die engen Gassen des alten Teils von Sachsenhausen, querte den Main erneut, bis sie schließlich wieder vor Riekes Haus angelangt war. Oben legte sie sich aufs Sofa. Die Gedanken schwirrten wild und ungeordnet in ihrem Kopf umher. Die Ausflüchte ihres Vaters und seine Reaktion konnten nur heißen, dass alles, was bislang Vermutung war, stimmte.

Was sollte sie machen?

*

Das Hotel, in dem der Journalist untergekommen war, lag in einer der engen Straßen im Bahnhofsviertel. Hier gab es vor allem schnell und kostengünstig hochgezogene Gebäude, um der Wohnungsnot nach dem Krieg Herr zu werden. Von der Pracht aus der Zeit vor der Zerstörung war nur noch wenig zu sehen.

Der Portier erklärte Winter mit übermüdeten Augen, dass Ferdinand Broich das Hotel schon früh am Morgen verlassen habe und er nicht wisse, wann der Gast zurückzukehren gedenke. Zu Winters Überraschung nannte der Mann ihm bereitwillig dessen Zimmernummer.

»Wissen Sie denn, wo er hingegangen sein könnte?«

Der Portier schien solche Fragen gewohnt zu sein, zumindest zeigte er sich nicht überrascht. Er lachte sogar kurz, wartete aber, bis Winter in die Tasche seines Jacketts griff. Er machte eine Pause, nahm dann den von Winter unter der flachen Hand über den Tresen geschobenen Schein.

»Er hat nichts gesagt … aber gestern … Da hat er mich morgens nach einem Fotolabor gefragt. Eines, das schnell arbeitet.«

»Ja …?«, hakte Winter nach, als der Portier ihm nicht gleich den Namen des Labors nannte.

»Drei Straßen weiter. Sie gehen nach rechts, immer geradeaus über drei Straßen, dann sehen Sie das Schild. Labor Sailer. Wie der Toni.«

Winter verstand nicht sofort.

»Der schwarze Blitz aus Kitz«, erklärte der Portier, und Winter nickte.

»Sagen Sie Herrn Broich nicht, dass ich hier war. Es soll eine Überraschung sein.«

Als ein Gast an die Rezeption trat, um mit dem Portier ein paar Formalitäten zu regeln, nutzte Winter die Gelegenheit, um unbemerkt ins Treppenhaus und in den zweiten Stock zu gelangen, in dem Broichs Zimmer lag. Das Schloss war für Winter keine Herausforderung. Mit wenigen Handgriffen hatte er die Tür geöffnet und begann das Zimmer routiniert zu durchsuchen. Im Schrank waren keine Kleidungsstücke, in seinem Koffer nur ein wenig Wäsche zum Wechseln, was auf eine eher spontan geplante Reise schließen ließ. Er warf einen Blick in das kleine Badezimmer, in dem sich auf engem Raum eine Duschkabine, eine Toilettenschüssel und ein Waschbecken drängten. In der Nachttischschublade fand er schließlich einen unbeschrifteten und unverschlossenen Briefumschlag, aus dem er zwei Negative und vier Abzüge herauszog. Zwei Aufnahmen in der Totalen, zwei Vergrößerungen. Sie zeigten ihn, Edgar Winter, zusammen mit Fischer vor dessen Haus. Die Bilder mussten am Sonntagmorgen aufgenommen worden sein, rekapitulierte er, als er Fischer darüber informierte, dass er Hajos Leiche entsorgt hatte.

Winter steckte den Umschlag mit dem Negativ und den Abzügen in die Innentasche seines Jacketts.

Es verletzte seine Berufsehre, dass er nicht bemerkt hatte, dass der Journalist Fischers Haus beobachtet und sie beide dabei fotografiert hatte. Unbemerkt vom Portier verließ er das Hotel.

Das Fotolabor Sailer hatte er schnell gefunden, der untersetzte Mann war ihm gleich unsympathisch.

»Sie haben gestern für einen Mann, etwa Mitte dreißig, einen Film entwickelt?«, fragte er nach kurzer Begrüßung unumwunden.

Dass Sailer sich Zeit mit der Antwort ließ, machte ihn Winter nicht sympathischer. Der Mann glaubte sich am längeren Hebel.

Er grinste frech und zeigte seine gelben Zähne. »Na, Sie sind mir einer«, entgegnete er, »ich kann doch nicht meine Kunden …«

Winter beugte sich vor. Er sprach leise und schaute dabei seinem Gegenüber fest in die Augen. »Wir können das freundlich und friedlich klären. Liegt an Ihnen. Es geht aber auch anders …«

»Ist ja gut …« Sailer machte einen Schritt zurück. »Ja, der war hier.«

»Und?«

»Hat die Negative und die Abzüge abgeholt. Waren nur vier.«

»Was war da drauf?«

»Ich weiß nicht …«

Eine kurze Bewegung Winters genügte, dass der Mann redete.

»Zwei Männer …«, er sah sich Winter genauer an. »Der eine … das waren …«

»Ja, und deshalb frage ich Sie jetzt: Haben Sie Abzüge für sich behalten?«

»Warum sollte ich?« Sailer setzte eine Unschuldsmiene auf.

»Haben Sie?« Winter ging um den Tresen herum, baute sich dicht vor dem Mann auf.

»Ja, man weiß ja nie …«

Winter nickte. »Her damit!«

Sailer zögerte, Winter hob seinen rechten Arm, sein Gegenüber zuckte. »Schon gut. Warten Sie hier!«

Damit ging er durch eine Tür in den Laborbereich, Winter folgte ihm zu einem Aktenschrank, wo Sailer aus einem Karton zwei Abzüge nahm und Winter entgegenhielt.

»Kostet aber …«

Winter verneinte das mit einer kurzen Kopfbewegung, machte dem Mann ein Zeichen, zur Seite zu treten. Er zögerte, ein Blick Winters genügte. Sailer trat beiseite, und Winter griff nach einem Karton im Schrank, in dem sich sechs weitere Abzüge befanden, die er in seine Jackentasche steckte.

Ohne Sailer eines Blickes zu würden, ging er in den Verkaufsraum zurück, legte einen Zwanzigmarkschein auf den Tresen und wandte sich zu Sailer um, der ihm gefolgt war. »Unsere Begegnung bleibt unter uns, wenn nicht … Sie verstehen?!«

Sailer steckte schnell den Schein ein.

Beim Rausgehen überlegte Winter, ob er deutlicher hätte werden müssen. Solche Typen waren dumm, gierig und gefährlich.

Inzwischen war es früher Nachmittag, und der Hunger meldete sich bei Winter. Er rief Gerda an, um ihr mitzuteilen, dass er noch unterwegs war. Dann betrat er ein Lokal, um eine Mahlzeit einzunehmen.

Zwei Stunden später stand er vor dem Haus der Maiers. Eine Frau, so groß wie er selbst, öffnete ihm skeptisch die Tür.

»Mein Name ist Erwin Goldthaler von der Polizeiinspektion München. Sie haben mitbekommen, dass Herr Hans-Joachim Bremer verschwunden ist?« Er hatte einen alten, gefälschten Ausweis aus der Tasche gezogen und Frau Maier entgegengehalten.

»Hans-Joachim Bremer?«, wiederholte sie, sichtlich erschrocken. »Wer …?«

Die Überraschung war nicht gespielt.

»Der Verlobte von Silvia Fischer«, erklärte er.

»Sie ist verlobt? Davon weiß ich nichts.«

Winter sah ihr an, dass sie davon wirklich nichts wusste.

»Silvia ist die Freundin ihrer Tochter?«

Frau Maier nickte, schränkte aber gleich ein, dass die beiden Mädchen früher einmal enger miteinander befreundet gewesen waren. »Weiß Silvia davon, dass …?«

Winter schüttelte den Kopf. »Wir konnten sie noch nicht sprechen, da sie laut ihrem Vater derzeit unterwegs ist, um sich Universitäten anzuschauen. Ich habe nun gehofft, dass Sie mir sagen können, wo sie hin ist. Sie haben Herrn Fischer erzählt, dass Silvia in der Nacht von Samstag auf Sonntag bei Ihnen übernachtet hat.«

Frau Maier bestätigte das mit einem Nicken und trat einen Schritt zur Seite. »Wollen Sie hereinkommen?«

Frau Maier führte Winter in die Küche, wo sie ihn bat, an dem hellen Holztisch Platz zu nehmen. Den angebotenen Kaffee lehnte er ab. Er fragte sie noch einmal, ob sie wisse, wohin Silvia fahren wollte.

Frau Maier schüttelte den Kopf. »Wie ich Ihnen schon sagte: Früher waren die beiden Mädchen unzertrennlich. Aber nach dem Abitur haben sie nur noch selten Kontakt gehabt.«

»Silvia war hier …«, hakte Winter nach, um die Frau zum

Weitersprechen zu ermuntern. Sie bestätigte, dass Silvia ganz überraschend bei ihnen aufgetaucht und am nächsten Morgen wieder verschwunden sei.

»Dürfte ich Ihre Tochter befragen? Es wäre sehr wichtig.«

Frau Maier sah ihn besorgt an, dann ging sie zur Tür und rief nach ihrer Tochter. Wenig später stand die in der Küchentür.

»Wollen Sie sich nicht setzen?«, fragte Winter, der sich kurz vorgestellt hatte, und bat die junge Frau mit einer Handbewegung an den Tisch. Er hatte kurz überlegt, ob es besser wäre, Gudrun zu duzen, aber er hoffte, dass das »Sie« ihr den Eindruck vermitteln würde, dass man ihre Aussagen, die vielleicht zur Aufklärung eines Verbrechens führen könnten, sehr ernst nahm.

Langsam kam sie zum Tisch und nahm nach einem zustimmenden Nicken der Mutter Platz.

Winter erklärte ihr, warum er hier war.

»Ich habe das nicht gewusst«, sagte sie. »Silvia hat erzählt, dass ihr Vater will, dass sie diesen Mann heiratet. Ich kenne ihn gar nicht.«

Winter sah sie an.

»Sie … wollte Hajo nicht heiraten. Ihr Vater wollte das. Und Hajo auch. Aber sie …«

»Ja!«, forderte Winter sie auf weiterzusprechen.

»Sie hat jemanden kennengelernt. Im Urlaub.«

»Zu dem wollte sie jetzt?«

Gudrun schüttelte den Kopf, ließ sich Zeit, als überlege sie, wie viel sie preisgeben durfte. »Nein.«

»Wenn Sie etwas wissen, müssen Sie das sagen!«, ermunterte Winter sie. »Ein Mensch ist verschwunden, und Silvia kann vielleicht helfen, ihn zu finden.«

»Ist ihm etwas … zugestoßen?«

»Das wissen wir nicht«, antwortete Winter streng. »Für sein

Verschwinden kann es viele Gründe geben. Persönliche Probleme. Probleme in der Kanzlei, für die er gearbeitet hat. Wir wissen es nicht. Aber seine Eltern sind in großer Sorge, und vielleicht hat er Silvia gegenüber Andeutungen gemacht.«

Die junge Frau hielt den Blick auf den Tisch gerichtet. »Ich habe ihr versprochen … geschworen …«

»Bitte, Gudrun«, forderte die Mutter jetzt eindringlich.

»Sie wollte nach Frankfurt …«

»Gudrun …«, versuchte die Mutter es noch einmal, aber Winter gab ihr ein Zeichen, nicht zu drängen.

»Sie hat da eine … Tante … also, das ist keine richtige Tante, eine Nachbarin, bei der war Silvia früher, besonders als ihre Mutter gestorben ist …« Ihre Stimme war immer leiser geworden.

»Der Name!« Ungewollt war Winter lauter geworden.

»Rieke. Rieke hat sie die genannt.«

»Danke.« Winter sprach wieder ruhiger. »Wissen Sie ihren Nachnamen?«

Die junge Frau schaute nachdenklich vor sich hin, als frage sie sich, ob sie gerade dabei war, ihre Freundschaft zu verraten.

»Der war, glaube ich, ein …« Sie ließ sich Zeit. »Schneider oder Schuster. So ein Beruf. So ähnlich. Ich war früher ein paar Mal mit Silvia bei ihr, aber ich kann mich nicht mehr genau erinnern.«

»Überlegen Sie!«

»Ich weiß es nicht.« Gudruns Stimme klang gereizt.

Winter beließ es dabei. »Diese Rieke lebt in Frankfurt?«

»Ja, Silvia hat sie angerufen, als sie hier war. Gesagt, dass sie kommt.«

»Hast du … haben Sie ihre Nummer?«, korrigierte sich Winter.

Gudrun verneinte.

»Warum ist sie dann in den Zug nach Nürnberg gestiegen? Ihr Vater hat Silvia am Bahnhof gesehen. Im Zug. Aber nicht in dem nach Frankfurt, sondern in dem Zug, der nach Nürnberg fuhr.«

»Ich weiß es nicht«, antwortete Gudrun.

»Was hatte sie bei sich?«

Verwundert über diese Frage, sah Gudrun den Mann an. »Reisetaschen. Für ihre Sachen …«

»Keine Aktentasche?«

Sie zögerte.

»Gudrun, wenn du etwas weißt, musst du das sagen.«

»Ja, auch eine Aktentasche.«

»Hat sie gesagt, was darin ist?«

Gudrun schüttelte wieder leicht den Kopf. »Sie wollte es nicht sagen. Nur, dass es sehr wichtig ist.«

Winter nickte. Fürs Erste hatte er genug erfahren. Er bedankte sich bei Mutter und Tochter für ihre Unterstützung und verabschiedete sich.

Frau Maier begleitete ihn zur Tür.

»Ich hoffe, dass ich nicht zu streng war«, bat er draußen um Verständnis.

Er wunderte sich über sich selbst. Früher hätte er von Anfang an andere Saiten aufgezogen. Aber das waren auch andere Zeiten.

*

Als Mine am Nachmittag mit den Rohren fertig war, teilte sie ihrer Mutter mit, dass sie jetzt zum Trainieren in die Scheune ginge. Zufrieden nickte die und gab ihrer Tochter einen Krug Wasser mit.

Mine holte das Turndress aus ihrem Zimmer, zog sich in der Scheune um und begann halbherzig mit ihren Übungen. Sie wusste, dass ihre Mutter bald kommen und sie heimlich durch ein Loch im Scheunentor kontrollieren würde. Wenig später hörte sie Schritte vor der Scheune. Die Mutter konnte einfach nicht leise sein. Mine legte sich ins Zeug, hievte sich auf das provisorische Reck, das ihr Albrecht gezimmert hatte, atmete schwer und vernehmlich, ging zu der Matte in der anderen Ecke, die Otto ihr überlassen hatte, um die Bodenübungen durchzuführen.

Als sie sicher war, dass die Mutter wieder gegangen war, zog sie ihr Dress aus und die Arbeitskleider an, schwang sich auf ihr Fahrrad, das sie hinter der Scheune abgestellt hatte, und fuhr los.

Nach einer knappen halben Stunde hatte sie den Nachbarort erreicht. Es gab dort zwei Wirtschaften. Eine lag nahe am Dorfausgang. Die steuerte sie jetzt an und hoffte, von niemandem auf der Straße gesehen zu werden. Doch die Hoffnung wurde schon kurz hinter dem Ortsschild zunichtegemacht, als sie Lutz entdeckte, der mit einem Plakat an einem Lichtmast hantierte. In der selbst gebastelten Kiste, die an seinem Fahrradlenker hing, steckten lauter zusammengerollte Plakate. Sie kannte Lutz aus der Schule, er war ein Jahr älter als sie. Er war schon immer ein eigenwilliger Junge, machte keine Lehre wie die anderen, sondern arbeitete mal hier, mal da, aber nie lange. Das Wichtigste war für ihn die Musik, für die er alles andere vergaß. Er spielte Schlagzeug und hatte sich in einem Schuppen außerhalb des Ortes einen Probenraum eingerichtet. Anfangs bestand sein Schlagzeug aus alten Eimern und Blechkisten, die er mit allem bespannte, womit sich Geräusche erzeugen ließen. Dann hatte ihm sein großer Bruder, der früh weggezogen war, ein richtiges Schlagzeug besorgt. Zudem unterhielt er sich mit allen und jedem und bekam so viel mit von dem, was in den Dörfern geschah und worüber gesprochen wurde.

»Hallo Mine«, begrüßte er sie freundlich, als sie unbemerkt an ihm vorbeiradeln wollte.

Sie grüßte zurück und schaute neugierig auf den Lichtmast. »Was machst du da?«, fragte sie ihn, als sie seinen erwartungsvollen Blick sah.

Er trat einen Schritt zur Seite, und sie las *Chanson Folklore International – Junge Europäer singen* auf dem Plakat, das er gerade dort befestigt hatte.

»Beginnt am Freitag«, erklärte Lutz auf Mines fragenden Blick hin. »Endlich was los hier.«

Sie erinnerte sich an die Sprüche des Großvaters und der anderen Mädchen beim Turntraining, die von den Gammlern gesprochen hatten, die hierherkämen, um Musik zu machen.

»Wo ist das?«, fragte sie.

»Im Baybachtal. Bei der Ruine von der Burg Waldeck. Wo die Bündischen waren.« Er verdrehte den Draht, mit dem er das Plakat an dem Lichtmast fixierte.

Mine nickte und überlegte. »Freitag habe ich das Turnier«, sagte Mine schließlich, um das Gespräch zu beenden.

»Kannst ja später kommen. Oder am Samstag. Da geht das erst richtig los. Das ist was anderes als hier im Dorf. Die Musiker spielen französische und amerikanische Lieder.«

»Kommen die auch aus Amerika?«

Lutz überlegte. »Ja, sicher«, antwortete er schließlich.

»Spielst du auch?«

Sein Lächeln verriet, dass Lutz sich geschmeichelt fühlte. »Jetzt nicht, aber vielleicht …« Er zog aus der Rolle in der Kiste ein Plakat heraus und reichte es ihr. »Kannst du behalten. Kannst du in dein Schlafzimmer hängen.«

Sie bedankte sich.

»Was machst du eigentlich hier?«

»Ich ...« Sie überlegte, was sie Lutz sagen konnte. Schließlich entschied sie sich für die Wahrheit. »Ich muss telefonieren. Sollen aber nicht alle mitbekommen.«

Er nickte und blickte sie verschwörerisch an.

»Du musst mir versprechen, dass du niemandem etwas sagst.«

»Klar! Ist versprochen.« Er legte den Zeigfinger auf seinen Mund. »Schweigen ist meine Leidenschaft.« Er lachte und brachte auch Mine zum Lachen. Sie wäre nie auf den Gedanken gekommen, dass Lutz zu so viel Selbstironie fähig war.

»Ich muss weiter«, sagte er, nachdem sie sich eine Weile angeschwiegen hatten. »Vielleicht sehen wir uns auf Waldeck.«

Damit nahm er sein Rad, schwang sich behände auf den Sattel und radelte los. Mine sah ihm erstaunt nach. Er winkte ihr über die Schulter zu.

Sie schob ihr Rad die kurze Strecke bis zur Wirtschaft.

»Hallo Mine«, begrüßte sie der Wirt, als sie in den Schankraum trat. An einem Tisch in einer Ecke saßen vier ältere Männer und spielten Skat, wie sie an ihren lauten Ausrufen unschwer erkennen konnte. Sie waren so mit ihrem Spiel beschäftigt, dass sie Mine keine Aufmerksamkeit schenkten.

»Ich muss mal telefonieren«, erklärte sie.

»Darf wohl keiner mitbekommen«, ahnte der Wirt, ein leutseliger und gutmütiger Mann, wie Mine wusste, der die Wirtschaft von seinem Vater übernommen hatte, der kurz nach dem Krieg gestorben war.

Sie nickte.

»Ein Freund?«

Mine zuckte mit der Schulter.

»Ich werde es für mich behalten«, versprach der Wirt und führte sie in den kleinen Raum hinter der Theke. Beim Hinausgehen schloss er die Tür.

Mine kramte den Zettel mit der Telefonnummer aus ihrer Tasche.

Sie war so aufgeregt, dass sie sich zweimal verwählte. Donald spricht Deutsch, hatte Matt gesagt. Sie hoffte, dass er auch sofort am Apparat war und nicht jemand anderes, der ihre Sprache nicht verstand.

Sie hatte ein wenig Englisch in der Schule gelernt, es sich aus Büchern, die ihr Frau Morgenthal geliehen hatte, weiter beigebracht. Matt hatte sich über ihren Akzent lustig gemacht, nicht böse. Erst hatte er gelacht, ihr dann vorgemacht, wie die Worte richtig ausgesprochen wurden.

»Corporal Donald Baldwin«, meldete sich eine dunkle Stimme.

»Ich … ich bin Mine …«, stotterte Mine in den Hörer.

»Pardon? Who's speaking?«

»Ich … My name is Mine … I want to speak to Matt …?«

Einen Moment lang klang es so, als sei die Verbindung abgebrochen.

»Mine, Matts girlfriend? Hello. Nice to hear you.«

Er sprach freundlich, und auch wenn Mine in ihrer Aufregung nicht ganz verstanden hatte, was Donald Baldwin eben gesagt hatte, so war sie beruhigt durch seine nette Art und seine freundliche Stimme.

»Is Matt … is he in Germany … here in … Germany?«

Wieder gab es eine Pause.

»Sorry«, sprach Donald endlich, »es gab problems. Matt kommt erst am Wochenende. Am Samstag probably. Am Morgen landet er. Er ist schon ganz …«, Donald schien nach dem deutschen Wort zu suchen, »… ungeduldig, dich zu sehen. Er erzählt so viel. Soll ich ihm geben eine Nachricht?«

»Yes, ja«, beeilte sich Mine zu sagen, und sie überlegte fieberhaft, wo sie sich unbeobachtet treffen konnten. Sie wusste ja nicht, wie sie es schaffen konnte, dem Turnier fernzubleiben.

»Mine …?«, hörte sie Donalds Stimme, und sie klang fast besorgt.

»Auf dem … », sie überlegte, »das ist … gibt es Musik, wo die Ruine ist. Die Burg Waldeck. Er kann mich auf der Burg Waldeck treffen.«

»Okay?!«, antwortete Donald verwundert. »I repeat: Ruine Burg Waldeck. Musik. Machst du da Music, Mine?«

Sie verneinte. »Aber da können wir uns treffen. Bitte, sagen Sie ihm das!«

»Of course, Mine, das mache ich.«

Erleichtert legte sie auf.

Matt war nichts passiert, kein Unfall, nichts anderes, und er will sie sehen. Ist noch nicht in Deutschland. Mine fiel ein Stein vom Herzen.

»Alles in Ordnung?«, fragte der Wirt, als sie wieder in den Schankraum kam. »Magst du eine Limonade?«

Mine nickte, machte aber gleich einen Rückzieher. »Ich habe kein Geld dabei.«

»Geht aufs Haus«, lud der Wirt sie ein und füllte ihr ein Glas mit Zitronenlimonade.

Als sie sich auf den Rückweg machte, spürte sie, wie der Widerwillen, sich den Blicken und Fragen ihrer Familie auszusetzen, wuchs. So einen Streit wie gestern wollte sie nicht noch einmal erleben. Vielleicht hatten sie auch schon bemerkt, dass sie gar nicht mehr in der Scheune war.

Das Telefonat und ihr Vorschlag, dass Matt und sie sich auf dem Gelände der Burg Waldeck auf dem Musikfestival treffen sollten, ließen Mine einen Entschluss fassen. Sie balancierte ihr Fahrrad über glitschige und unbefestigte Wege, bis sie zu einer großen Wiese kam, auf der einige Menschen umherliefen, meist Männer und nur wenige Frauen, kaum älter als sie, die Baumaterial und Kabel mit sich schleppten.

Sie erkannte Lutz unter ihnen, der mal mit dem einen und dann einem anderen sprach, umherlief, lachte.

Mine hatte große Lust, zu diesen Menschen zu gehen, aber sie traute sich nicht. Am Rand entdeckte sie ein junges Paar, das eng umschlungen dasaß und sich küsste.

Sie schob ihr Fahrrad ein Stück nach rechts zum Abhang ins Baybachtal. Da unten stand eine der Hütten, die die Bündischen gebaut hatten, wie ihr Bruder Walter mal erklärt hatte, als sie beide hier gewesen waren.

Sie beobachtete einen jungen Mann, der mit seiner Gitarre zu der Hütte ging. Bald konnte sie sein erst vorsichtiges Zupfen der Saiten hören, als stimmte er sein Instrument, dann zogen leise Akkorde zu ihr herauf. Sie stellte sich vor, dass Matt dort unten spielen würde und sie an seiner Seite säße.

*

Kaum zu Hause, bekam Winter einen Anruf von Fischer, der ihm aufgeregt mitteilte, dass Silvia sich gemeldet habe, nachdem sie aus der Zeitung vom Verschwinden Hajos erfahren habe. Allerdings habe sie nicht damit herausrücken wollen, wo sie sich aufhielt.

Winter ließ ihn reden.

»Sie hat also nichts mit Hajos Tod zu tun«, stellte er mit deutlich vernehmbarer Erleichterung in der Stimme fest, um gleich zu spekulieren. »Aber wer war es dann? Vielleicht doch der Mossad?«

»Nein!«, unterbrach ihn Winter brüsk. »Lass diese Hirngespinste. Wahrscheinlich war es ein Unfall. Hajo hatte eine Kopfwunde. Vielleicht ist er gestürzt … Wir müssen jetzt Silvia und die Aktentasche finden.«

»Sie hat die Aktentasche«, erklärte Fischer.

»Ja, das wissen wir«, bestätigte Winter.

»Am Telefon … da hat sie von den Bildern und Fotos gesprochen und …«

»Ja?!«

»Da war auch ein Foto von mir und Gerlinde …«

»Deiner ersten Frau, Silvias Mutter«, ergänzte Winter.

»Noch über den Tod macht sie Ärger. Allein der Name Silvia wird mich immer an sie erinnern. Sie wollte den. Unbedingt. Hat nicht mit sich reden lassen. Ich dachte, dass es nicht besser hätte kommen können, als Gerlinde bei dem Terrorangriff auf Danzig ums Leben kam. Ein Zeichen.«

»Da warst du aber schon mit Ingeborg …«

»Natürlich. Aber wir haben noch ein halbes Jahr gewartet mit der Trauung. Wir fanden es das Beste, dass Silvia Ingeborg für ihre Mutter hielt.«

Winter schwieg eine Weile. Das mit der Aktentasche bekäme er geregelt, die Geschichte mit der Mutter aber machte die junge Frau unberechenbar, befürchtete er.

»Sie weiß auch«, begann Fischer zögerlich, »dass ich meinen Namen geändert habe. Was machen wir nun?«

Winter dachte nach. Die Dinge liefen aus dem Ruder, und er wusste im Moment noch nicht, wie er sie wieder geraderücken konnte, aber umso größere Genugtuung bereitete es ihm, sein Gegenüber zappeln zu lassen.

»Was ist? Warum sagst du nichts?«

»Du hattest eine Nachbarin, die Rieke hieß?«

»Rieke, ja, warum? Die ist schon lange hier weggezogen«, erklärte Fischer schnell. Seiner Stimme war anzumerken, dass er nicht verstand, worauf Winter anspielte. »Friederike Schuster. Wenn ich nur daran denke … Was ist mit ihr?«

»Hat Silvia noch Kontakt mit ihr?«

»Um Gottes willen, nein«, entfuhr es Fischer. »Nein! Den

habe ich ihr verboten. Das ist eine Kommunistin. Du glaubst nicht, wie froh ich war, als sie nach der Scheidung weggezogen ist.«

»Weißt du, wohin sie gezogen ist?«, fragte Winter kühl.

»Nein, verdammt. Was ist mit ihr? Was hat sie damit zu tun?«

Winter trieb das Spiel weiter. »Keine Adresse, nichts?«

»Nein, das sag ich doch. Ich war einfach nur froh. Ihr Mann hat es nicht mehr ausgehalten. Mit der hätten wir früher kurzen …« Er hielt inne.

»Ja, hätten wir. Die Zeiten haben sich geändert. Leider. Du weißt nicht alles von deiner Tochter.«

»Was soll das, Edgar? Was hat die Schuster damit zu tun?«

»Silvia ist bei dieser Frau. In Frankfurt«, klärte Winter ihn auf.

»Frankfurt an der Oder. Das würde zu der Kommunistin passen. Aber wie kommt Silvia dahin. Sie ist keine Kommunistin.«

»Frankfurt am Main«, verbesserte Winter ruhig. »Sie lebt wohl in Frankfurt am Main.«

»Woher weißt du … und warum ist sie in den Zug nach Nürnberg gestiegen?«

»Ihre Freundin, diese Gudrun Maier, hat mir das gesagt.«

»Du warst da?«

»Ja, oder sollte ich das nicht? Ich habe da so meine Methoden und Mittel …«, sagte er vielsagend.

»Wie?«, fragte Fischer überrascht.

»Ich habe mich als Polizist ausgegeben.«

»Das hat sie geglaubt?«

»Natürlich! Ich bin Polizist. Auch wenn ich pensioniert bin. Einmal Polizist, immer Polizist. Selbst in Pullach war ich Polizist. Ich habe mich zumindest so gefühlt.«

Fischer ging nicht weiter darauf ein. »Silvia ist bei der Schuster?«

»Sie wird sie schon nicht fressen. Du bist sicher, dass sie Schuster heißt?«

»Ja. Aber …«

»Was?«

»Sie hat sich scheiden lassen.«

»Hat sie den Namen ihres Mannes behalten?«, wollte Winter wissen.

»Das hat der Schuster ihr verboten!« Fischer machte eine Pause. »Wobei, so, wie ich die einschätze, hätte die den auch nicht behalten wollen.«

»Kennst du ihren Mädchennamen?« Winter wirkte gereizt, versuchte das aber nicht zu zeigen. »Das würde mir helfen, sie zu finden.«

Fischer dachte nach. »Ja, Brühl oder Bröhl. Ja, ich glaube, Bröhl.«

Winter nickte zufrieden. Er hatte, was er brauchte. Er würde sich jetzt um Friederike Bröhls Adresse in Frankfurt am Main kümmern.

Nach dem Telefonat brauchte Winter Ruhe zum Nachdenken. Das konnte er am besten in seinem Garten. Die Dämmerung hatte eingesetzt, und ein kühler Wind war aufgekommen. Winter band sich eine Schürze um und begann mit Pflanzarbeiten. Er kniete gerade vor einem der Beete, als Gerda nach ihm rief. Angestrengt hielt sie sich an der Terrassentür fest.

»Was ist denn?«, rief er. »Du sollst doch liegen bleiben.«

»Fischer … am Telefon …«, erklärte sie. Selbst das Sprechen strengte sie an. »Was will der denn immer?«

Winter fasste seine Frau am Ärmel und führte sie zurück zum Sofa.

»Gehst du noch mal weg?«, fragte sie. »Du hast deinen Anzug noch an. Unter der Schürze«, stellte sie fest, als sie seinen fragenden Blick sah.

Er sah kurz an sich herunter. »Ja, ich muss noch etwas erledigen. Dauert hoffentlich nicht lange.« Damit ging er nach drinnen.

»Das hat ja gedauert«, blaffte Fischer gleich los. »Die Polizei war wieder da. Sie hat … sie waren …« Vor Aufregung hatte Fischer Probleme, sich verständlich auszudrücken.

»Ganz ruhig, Ulrich«, versuchte Winter ihn zu besänftigen. »Was hat die Polizei?«

»Sie war hier.«

»Was wollte sie?«

»Sie hat … sie weiß, dass Hajos Wagen … vor dem Haus … am Samstag, in der Nacht … du weißt … und ich habe doch … ich habe gesagt, dass er nicht hier war.«

Winter überlegte. »Du bist spät nach Hause gekommen. Hajo war vorher da.«

»Die Nachbarn haben den Wagen noch spät gesehen, haben die gesagt.«

»Wie spät?«

»Ich weiß es nicht. Aber … sie haben … ich habe …«

Winter fürchtete, dass Fischer jeden Moment in Tränen ausbrechen könnte. »Ja?«

»Sie haben im Auto mein Taschentuch … ich muss es verloren haben … als ich das Lenkrad abgeputzt habe …«

Winter schloss die Augen, dachte nach. »Woher wissen sie, dass es deines ist?«

»Ich habe … da ist mein Monogramm drauf.«

»Scheiße!«, stieß Winter aus, womit er Fischers Panik noch verstärkte.

»Was hast du der Polizei gesagt?«

»Dass ich das Hajo vor Längerem geschenkt habe …«

»Das haben sie dir geglaubt?«

»Ich … ja, ja … Sie haben auch so Andeutungen gemacht, weil Silvia auch weg ist … ob die beiden …«

»Und?«, fragte Winter.

»Nichts ... sie sind dann gegangen. Aber sie haben gesagt, dass ich die Stadt nicht verlassen soll. Die verdächtigen mich doch. Die Nachbarn schauen mich alle schon so an.«

Winter fluchte innerlich. Der Strick um Fischers Hals zog sich immer weiter zu, und wenn er nicht mithängen wollte, musste er schnell handeln. Jetzt allerdings musste er Fischer erst einmal beruhigen.

»Für was sollten sie dich verdächtigen? Hajo ist verschwunden. Dafür kann es sehr viele Gründe geben. Du hast nicht ganz die Wahrheit gesagt. Das kann passieren. In der Aufregung ... in der Sorge ... ist ja immerhin der Verlobte deiner Tochter ...«

»Die auch verschwunden ist ...«, fiel ihm Fischer ins Wort.

»Du darfst jetzt nicht die Nerven verlieren. Sag, dass dich das alles sehr mitnimmt. Ich werde morgen nach Frankfurt fahren und mit Silvia und der Aktentasche zurückkommen. Du bleibst bei deiner Geschichte, und nächste Woche ist der Spuk vorbei. Versprochen.«

»Edgar?« Er hörte, wie Gerda nach ihm rief.

»Moment!« Er legte den Hörer beiseite, ging zur Tür und öffnete sie einen Spaltbreit. »Ja?«

Gerda teilte ihm mit leiser Stimme mit, dass sie ins Bett gehe, sie fühle sich nicht wohl.

»Schlaf gut. Ich komme später zu dir«, versprach er ihr.

Sie winkte ihm mit einer leichten Bewegung ihrer Hand.

»Was machst du jetzt?«, fragte Fischer unsicher, als sich Winter wieder meldete.

»Vorbereitungen für meine Fahrt nach Frankfurt morgen«, log Winter und forderte Fischer nochmals auf, ruhig zu bleiben und gleich nach diesem Telefonat bei Fräulein Wolf anzurufen und sich für den nächsten Tag krankzumelden.

»Das habe ich noch nie gemacht. Meine Patienten …«, jammerte Fischer.

»Du bleibst zu Hause«, herrschte ihn Winter an und legte auf.

Anschließend rief er Franz Klinger an und bat ihn, ihm die Anschrift von Friedricke Bröhl in Frankfurt am Main zu besorgen.

»An was bist du dran, Edgar?«, fragte der Kollege.

»Möglicherweise ist sie politisch aufgefallen im Umkreis von Kommis, vielleicht findest du da was.«

*

Ferdinand trat durch den dunklen Durchgang in den Hinterhof. Zwei Personen kamen ihm entgegen, deren neugierige Blicke er deutlich spürte.

Er brauchte einen Moment, bis er sich in dem düsteren Durchgang zurechtfand, dann erkannte er Frau Hohwanger mit ihrer Enkelin, die ihm zuwinkte.

»Grüß Gott. Sie sind ja der Herr, der die Frau Hammermuth sprechen möchte … Sie ist jetzt da. In ihrer Wohnung.«

»Der Mann war bei uns«, stellte die Enkelin fest und zeigte mit dem Finger auf Ferdinand, bevor ihre Großmutter sie auf die Straße hinauszog.

Ferdinand trat in den Hof, sah kurz zu der Wohnung der Lachmann auf der rechten Seite hinauf, dann wandte er sich nach links und ging durch die offen stehende Tür. Er stieg fünf Stufen hinauf, dann stand er vor der Wohnungstür.

Eine Frau von etwa siebzig Jahren in einem dunklen Dirndl mit weißer Bluse öffnete ihm. Sie blickte Ferdinand durch eine große Brille an.

»Sie sind der Herr, der wegen der Ruth kommt, nicht wahr? Der Herrgott hab sie selig!« Sie bekreuzigte sich. »Die Lisl, also die Frau Hohwanger, hat mir schon gesagt, dass Sie mich sprechen wollen. Kommens doch rein!«

Damit trat sie zur Seite und führte Ferdinand durch einen schmalen, länglichen Flur, an dessen Wänden er im Licht zweier schwach leuchtender Lampen eine Reihe von kleinen Heiligenporträts erkannte.

»Nach rechts, bitte schön«, dirigierte sie ihn.

Er trat in eine ärmlich ausgestattete Küche. Ein schmaler Holzherd, ein Spülbecken mit einem elektrischen Wassererwärmer darüber, eine kleine Anrichte und ein Tisch sowie zwei Stühle und ein durchgesessener Sessel, mehr gab es nicht in diesem Raum.

Frau Hammermuth bat ihn, Platz zu nehmen, dann stellte sie einen kleinen Teller mit Keksen und zwei Schnapsgläser auf den Tisch und setzte sich Ferdinand gegenüber. Ob sie wisse, wer den Arzt gerufen habe? Wer den Abräumdienst beauftragt habe?

»Sie müssen lauter sprechen, junger Mann!«, forderte sie ihn auf. »Meine Ohren … im Alter wollen die nicht mehr so.«

Ferdinand wiederholte seine Fragen, sprach langsamer und lauter.

Bevor die Frau antwortete, stand sie auf, nahm vom Boden neben der Spüle eine Flasche und füllte die beiden kleinen Gläser. »Na ja«, begann sie dann, »die Ruth hat schon immer so gehustet, das hat sie aus … Sie wissen schon …«

»Dem Konzentrationslager …«, ergänzte Ferdinand.

»Ja, das Lager«, bestätigte sie, sah unter sich und bekreuzigte sich dann, »ihr Husten habe ich über den Hof gehört. Tag und Nacht.«

Ferdinand konnte nicht heraushören, ob sie darüber verärgert gewesen war.

»Die Ruth hatte immer das Fenster auf. Auch im Winter. Trotz des Hustens. Sie hat mal gesagt, dass sie nicht mehr in geschlossenen Räumen schlafen kann seit …«

Ferdinand nickte und wurde mit einem kurzen, dankbaren Lächeln belohnt.

»Dann war es still. Zuerst habe ich es gar nicht gemerkt. Doch dann war das merkwürdig. Vielleicht hätte ich, wenn ich früher …«

Wieder bekreuzigte sie sich. Sie nahm ihr Glas, prostete ihrem Gast still zu, trank. Ferdinand nippte nur vorsichtig an seinem Glas.

»Nachher ist man immer schlauer, Frau Hammermuth!« Etwas Besseres war ihm in dem Moment nicht eingefallen.

»Ich bin dann rüber. Hab noch ein paar Kartoffeln mitgenommen. Hat doch kaum was, die Arme.« Sie bekreuzigte sich erneut. »Der Schlüssel lag immer unter der Matte … die Ruth hatte den so oft vergessen. Sie hat gesagt, dass einer alten Frau wie ihr, die nichts hat, sowieso keiner was will.«

Ferdinand nickte verständnisvoll.

»Nehmen Sie ruhig!«, Frau Hammermuth zeigte auf die Kekse.

Einen Moment zögerte er, dann griff Ferdinand nach einem der Kekse, er war trocken und nahezu geschmacklos. Er kaute langsam und spülte die Brösel schließlich mit einem Schluck Schnaps hinunter.

»Von meiner Schwiegertochter. Selbst gebrannt.«

»Sehr gut«, lobte Ferdinand, was die Frau veranlasste, sein Glas noch einmal zu füllen, seine ablehnende Geste ignorierte sie.

»Ist schon gesund!«, erklärte sie.

»Wer hat denn den Arzt gerufen? Und die Männer, die die Wohnung ausgeräumt haben?«, fragte Ferdinand nun noch einmal.

»Das Letzte habe ich nicht verstanden.« Die alte Frau tippte sich mit einem Finger ans Ohr und schüttelte den Kopf, nachdem Broich seine Frage noch einmal wiederholt hatte. »Die waren einfach da.«

»Da war noch ein Mann, mit dem haben Sie gesprochen, wurde mir gesagt.«

Frau Hammermuth dachte nach, nahm jetzt selbst einen Keks, biss hinein. »Gut, nicht wahr?«, fragte sie.

Broich nickte ihr freundlich zu. »Fanden Sie das nicht komisch, dass die Männer so schnell da waren?«, fragte er.

»Ach, junger Mann, da war doch kaum was drin. Klauen würde da keiner was. Das lohnt nicht den Aufwand. Vielleicht die Bücher …«

»Bücher …?«

»Ja, die Ruth hat viel gelesen. Manchmal auch geschrieben. Was sie Schreckliches erlebt hat … wieso nur. Ist doch vorbei. Ich kann so was nicht lesen.«

Ferdinand nickte. »Wer war der Mann, mit dem Sie gesprochen haben?«, fragte er, leiser als zuvor.

»Der war plötzlich da. Hat sich gekümmert. Damit der Ruth keine Kosten entstehen, hat er gesagt. Sie hat niemanden gehabt, der sich kümmert.«

»Hat der Mann sich nicht vorgestellt?«

Frau Hammermuth schüttelte den Kopf, räumte dann aber ein: »Ja, der hat einen Namen gesagt so wie Schmidt oder Schmitz, aber genau erinnern kann ich mich nicht.« Sie zeigte auf die Schale mit den Keksen. »Nehmen Sie ruhig! Ich habe genug. Hat meine Schwiegertochter mir mitgegeben.« Sie hielt ihm die Schale mit den Keksen hin. »Warum interessiert Sie das, junger Mann, wenn ich Sie fragen darf? Ist das nicht nett, dass sich jemand kümmert?«

»Ja sicher …«, Ferdinand suchte nach einer unverfänglichen Erklärung, entschied sich dann aber für die Wahrheit.

»Frau Lachmann hat mich angerufen ...«

»Die Ruth hat doch gar kein Telefon ...«, unterbrach sie ihn. »Keiner hier im Haus, also hier hinten, hat ein Telefon.«

»Sie hat gesagt, dass Sie jemanden gesehen ...«

»Wen?« Nun brach sich die Neugier bei Frau Hammermuth Bahn.

»Einen Mann aus dem Konzentrationslager. Einen ...«, er überlegte kurz, »... einen Wachmann von dort.«

»Warum hat sie ihn erkannt?«

»Das hat sie mir nicht gesagt. Hat sie Ihnen davon erzählt?«

Die Frau schüttelte den Kopf, vermied es aber, ihm in die Augen zu sehen. »Ich habe ihr immer gesagt, dass man die alten Geschichten ruhen lassen muss. Dass irgendwann gut ist. Das habe ich gesagt. Es sind schon so viele gestorben.« Sie leerte ihr Schnapsglas, füllte es gleich wieder.

»Ja«, entgegnete Ferdinand resigniert. »Können Sie mir denn sagen, wie der Mann aussah?«

»So groß wie ... stehen Sie doch mal auf, junger Mann!«, forderte sie ihn auf, dann stellte sie sich neben ihn. »Ja, so groß. Aber älter. Mit Anzug und Hut. Und«, sie klopfte sich auf den Bauch, »einen Knödelfriedhof hatte der.«

Ferdinand verstand nicht.

»Eine Wampe hatte der«, erklärte sie. »Und kräftig war der.«

»Das Gesicht? Können Sie es beschreiben?«

Sie ließ sich Zeit. »Kann ich nicht sagen. Einen Bart hatte der nicht. Das ist sicher. Aber sonst ... hat sich immer etwas weggedreht. Ich hab gedacht, dass der vielleicht Mundgeruch hat und so freundlich ist ...« Wieder der Ansatz eines Lächelns. »Und ... ja, das habe ich gesehen, eine Narbe hatte der, hier ...«, sie tippte mit ihrem Zeigefinger auf ihre linke Wange, beschrieb dann eine Linie vom Auge hinab Richtung

Mund. »Er hat seine Finger immer so davorgehalten«, sie ahmte es nach, »aber ich hab's trotzdem gesehen.« Stolz schwang in ihrer Stimme mit.

Das musste Edgar Winter sein. Ferdinand fielen die Fotos ein. Er fluchte, weil er am Morgen vergessen hatte, sie einzustecken.

»Dürfte ich nochmals wiederkommen?«, fragte er, obwohl er sicher war, dass er ihre Bestätigung nicht benötigte.

»Wegen der Kekse, nicht wahr?«, fragte Frau Hammermuth schelmisch. »Und dem Selbstgebrannten ...« Sie nahm ihr Glas, trank noch einen Schluck.

»Auch deswegen«, verabschiedete er sich schnell.

Draußen hatte die Dämmerung bereits eingesetzt. In der Durchfahrt wurde er plötzlich von hinten gepackt. Eine Hand auf seinem Mund verhinderte, dass er schreien konnte, ein Arm legte sich um seine Brust. Er war so überrascht, dass er keinen Widerstand leisten konnte, während er in den Hof geschleift wurde. Da erst begann er sich zu wehren und zu winden, trat hinter sich und malträtierte mit dem Absatz seines Schuhs das Schienbein seines Angreifers, dem das aber nichts auszumachen schien. »Lass es sein, Bürschchen!«, hauchte er Ferdinand ins Ohr, »sonst wird es sehr schmerzhaft.« Er stieß die Tür ins rechte Hinterhaus auf, während gleichzeitig die Tür gegenüber geöffnet wurde und Frau Hammermuths Stimme zu hören war.

»Sie sind ja noch da«, rief sie überrascht aus.

Der Druck um Ferdinands Hals ließ ein wenig nach, er spürte, wie der Mann sich hinter ihm klein machte. »Keinen Ton!«, zischte er, während drüben bei Frau Hammermuth die Tür wieder ins Schloss fiel. Ferdinand nutzte seine Chance, riss sich los und stürzte in das düstere Treppenhaus.

»Ich kriege dich!«, rief der Fremde hinter ihm her.

Ferdinand stolperte in der Dunkelheit, stieß sich vom

Boden ab, spürte die Hand seines Verfolgers, die ihn berührte, aber nicht zu fassen bekam.

»Du bist tot!«, zischte er hinter ihm. »Ganz langsam wirst du sterben.«

Ferdinand stieß gegen die Tür im ersten Stock, hastete weiter. Die Tür im zweiten Stock zur Wohnung von Ruth Lachmann stand offen.

Ferdinand hörte den gleichmäßigen Atem seines Verfolgers hinter sich. Er stand in der Tür zum nächsten Zimmer, lauschte und schlich langsam weiter, hatte mit einem Mal eine Idee.

Er tastete sich an der Wand entlang, atmete vernehmbar, damit sein Verfolger wusste, wo er sich befand. Durch das Fenster im nächsten Raum fiel gerade so viel Licht, dass er die Tür ins letzte Zimmer erahnen konnte. Er trat ein und schlich vorsichtig, Schritt vor Schritt setzend, an der Mauer entlang, bis er die gegenüberliegende Seite erreichte, wo es nicht mehr weiterging.

»Komm freiwillig zu mir!«, raunte der Mann. »Ich verspreche dir, dann geht es schnell. Ganz schnell. Ein Ruck, und dein Genick ist hin.«

Ferdinand schien, dass der Mann kicherte. Er erahnte die Konturen seines Verfolgers in der Tür, atmete noch einmal besonders laut aus. Ein Schritt. Laut, nur für ihn. Ferdinand hielt den Atem an. Wenn er falschlag, würde er nicht mehr lebendig aus diesem Haus herauskommen. Dass der Mann ihn bedenkenlos umbringen würde, daran hatte Ferdinand nicht den geringsten Zweifel.

Wieder ein Schritt, dann noch ein kleiner. Jetzt …

Ferdinand konnte den Mann jetzt riechen. Seinen Körper, das Rasierwasser, den Schweiß. Dessen Atmen verstärkte sich in der Stille des leeren Raumes.

Er klatschte leicht in die Hände. »Hörst du das? Diese Hände, meine zuverlässigen Werkzeuge, werden dich zermahlen.«

Ihm war, als stünde der Mann vor ihm, keine Armeslänge von ihm entfernt. Die Hände nur Zentimeter von seinem Hals entfernt. Wieder ein Schritt. Vernehmliches Atmen. Stille. Ein weiterer Schritt, das Auftreten des Fußes auf den losen Dielen überlaut. Plötzlich ein Aufschrei, in dem Verwunderung mitklang, schon krachte der Körper des Mannes gegen den Rand des Lochs im Boden. Schlug auf dem Boden in der Wohnung darunter auf. Wieder Stille. Ferdinand machte einen kleinen Schritt vor, lauschte. Ein leises Stöhnen und Wimmern und Röcheln und Gurgeln verriet ihm, dass der Mann noch lebte. Kaum vernehmbar war das Atmen zu hören, von kurzen Pfeiftönen durchbrochen, wurde schwächer, die Abstände größer.

Endlich tastete sich Ferdinand zurück an die Wand und zur Tür, schlich ins Treppenhaus, stieg hinab, versuchte jedes Geräusch zu vermeiden. Als er auf der letzten Stufe vor der Tür stand, wartete er einen Moment, dann rannte er los, an der Tür der Lisl Hohwanger vorbei in den Hof und durch die Durchfahrt direkt zu seinem Wagen. Da erst merkte er, wie sehr er zitterte. Er suchte in den Taschen nach seinem Autoschlüssel, verfiel in Panik, weil er ihn nicht gleich fand, und als er ihn endlich zu fassen bekam, glitt er ihm aus der Hand auf den Boden. Hinter dem Lenkrad sitzend gelang es ihm erst beim dritten Versuch, ihn ins Zündschloss zu stecken.

Der Motor sprang nicht an.

Ferdinand ließ seinen Kopf auf das Lenkrad fallen, schloss die Augen, spürte eine große Erschöpfung.

War er zu leichtsinnig gewesen? Hatte er Dr. Rudniks Warnung zu sehr auf die leichte Schulter genommen? Dass man versuchen würde, ihn einzuschüchtern, damit hatte er gerechnet, auch dass man ihn bedrohte, ihm vielleicht Geld anbot, aber das hier war ein Mordversuch gewesen.

War das dieser Edgar Winter? Aus Angst, dass er ihn als Mörder von Frau Lachmann identifizierte?

Er schaute in den Rückspiegel und blickte in ein müdes, gerötetes Gesicht, bog seinen Kopf ein wenig zurück. Sein Hals war gerötet. Er massierte die Stelle mit gleichmäßigen Bewegungen seiner Finger, machte sich bewusst, dass er lebte, dass er einen Mordversuch überlebt hatte. Für ihn das letzte Indiz, dass Ruth Lachmann tatsächlich in Fischer einen Nazitäter erkannt hatte und dass sie dafür umgebracht worden war. Jetzt durfte er nicht aufgeben, jetzt hatte er seine Geschichte.

*

Winter wartete einige Zigarettenlängen, dann schraubte er die Nummernschilder an seinem Auto ab, tauschte sie gegen zwei Kopien aus, die er im Kofferraum immer dabeihatte, dann fuhr er los.

Diesen Schritt hätte er gerne vermieden, aber je länger er darüber nachdachte, desto unvermeidlicher wurde er. Über kurz oder lang würde Fischer dem Druck der Polizei nachgeben, alles gestehen und ihn mit in den Abgrund reißen. Das durfte nicht geschehen. Nicht seinetwegen, sondern Gerdas wegen, sie durfte er nicht alleinlassen.

In Harlaching fuhr er zunächst zu Fischers Haus und vergewisserte sich, dass kein Licht brannte. Zwei Straßen weiter stellte er das Auto ab und lief zurück. Er ging zu dem Nebeneingang auf der Rückseite, fingerte seinen Bund mit den Dietrichen aus der Tasche. In weniger als einer Minute hatte er die Tür geöffnet. Drinnen knipste er seine Taschenlampe an, schlich ins Wohnzimmer. Im Lichtstrahl erkannte er auf dem Tisch eine Rotweinflasche und ein leeres Glas.

Die Tür zu Fischers Schlafzimmer stand offen. Leise ging er auf Fischers Bett zu, hob sachte die Decke hoch und presste sie mit beiden Händen fest auf Fischers Gesicht. Der versuchte, sich zu wehren, hatte aber gegen Winters kräftigen und entschiedenen Druck keine Chance. Es dauerte keine Minute, bis seine Glieder erschlafften. Nach weiteren zwei Minuten ließ Winter von ihm ab, packte den toten Körper und schleppte ihn in den Keller: Dort öffnete er das schmale vergitterte Kellerfenster und schlang das mitgebrachte Seil um eine Strebe des Gitters, legte es um Fischers Hals und hängte den Mann dann mit einiger Mühe daran auf.

Anschließend schrieb er oben in Fischers Arbeitszimmer auf dessen Schreibmaschine einen Abschiedsbrief, in dem er ihn kundtun ließ, dass sein Schwiegersohn in spe bei einem Streit mit ihm gestürzt und unglücklich gefallen sei. Aus Angst vor dem Verlust seiner Reputation habe er die Leiche in einem See außerhalb Münchens versenkt. Er könne mit der Schuld nicht mehr leben und beende aus diesem Grund sein Leben. Er entschuldige sich dafür bei seiner Tochter und hoffe, dass sie ihm verzeihen könne.

Dann verließ Winter das Haus durch den Vordereingang und hielt auf dem Weg nach Hause auf einem unbeleuchteten Parkplatz, wo er das Nummernschild wieder wechselte.

*

Ferdinand musste zweimal um den Block fahren, bis er gut zweihundert Meter vom Hotel entfernt einen Parkplatz fand. Er wollte jetzt schnell auf sein Zimmer, sich einschließen, schlafen.

Doch die ausgelassenen, schon angetrunkenen Menschen auf der Straße waren ihm im Weg. Vor einer Wirtschaft hatte sich eine größere Gruppe versammelt. Sie redeten laut durcheinander, aus dem Schankraum drang Musik nach draußen, ein Mann tanzte. Ferdinand wich auf die Straße aus, als er plötzlich am Arm gepackt wurde. Er zuckte zusammen.

»Entschuldige bitte!«, hörte er eine Frauenstimme neben sich. »Ich wollte dich nicht erschrecken.«

Er wich ein Stück zur Seite.

»Ferdi, erkennst du mich nicht? Die Moni. Habe ich dich so erschreckt?« Ein warmes Lachen untermalte ihre Worte und ließ Ferdinands Herz ruhiger schlagen.

Die drei anderen jungen Menschen, die mit Moni im Auto gesessen hatten, kamen nun näher und umringten ihn.

»Hallo Ferdi«, grüßten sie ihn nacheinander, einer der beiden jungen Männer, der trotz der vorgerückten Stunde eine Sonnenbrille trug, klopfte ihm auf die Schulter.

»Du siehst beschissen aus!«, bemerkte der zweite und lachte.

»Ist was passiert?«, fragte Moni, und sie klang aufrichtig besorgt.

»Ein bisschen Ärger. Nichts Besonderes«, versuchte er lapidar zu klingen.

»Das sieht eher nach großem Ärger aus«, schmunzelte die junge Frau mit den kurzen Locken. »Ich bin übrigens die Conny. Also die Constanze. Aber sag Conny zu mir.«

Er nickte ihr zu.

»Das ist Karl, den rufen alle Charles«, sie deutete auf den Mann mit der Lederjacke, der diese nun ausgezogen hatte und sie mit einem Finger am Aufhänger lässig über die Schulter warf. »Und das ist Friedrich.« Sie deutete auf den jungen Mann mit der Sonnenbrille.

»Frieder gerufen«, ergänzte der.

»Ich wusste, dass wir uns treffen würden«, rief Moni aus, die sich an Ferdinand drängte und ihn anstrahlte.

»Meinst du nicht, dass das eher ein Zufall ist?«, fragte Ferdinand etwas zaghaft zurück.

»Zufälle gibt es nicht«, widersprach Moni. »Das war …«

»Die Vorsehung«, rief Frieder dazwischen und begann Hitlers Redeweise zu imitieren, wiederholte zweimal »die Vorsehung …« mit rollendem R und lachte.

Eine Frau rümpfte die Nase und beschleunigte ihre Schritte.

»Rotzlöffel!«, knurrte ein älterer Mann und schwenkte drohend seinen Spazierstock.

»Vorsehung, Zufall«, rief Charles aus, »ich glaube, unser Ferdi braucht ein Bier, und wir sollten bald los.«

»Einen Moment!«, stoppte Moni den Aufbruch und lief in das Wirtshaus und kam kurz darauf mit einem feuchten Lappen zurück, mit dem sie dem verdutzten Ferdinand über das Gesicht wischte. Er fühlte sich so erschöpft, dass er es widerstandslos über sich ergehen ließ.

»Mutti Moni«, lästerte Charles. »Armer Ferdi!« Er lachte und zog Conny an sich, drückte ihr einen Kuss auf die Wange.

Dann nahmen sie Ferdinand in ihre Mitte und zogen ihn zu dem Cabriolet, das nicht weit entfernt parkte. Sie drückten ihn auf den Beifahrersitz neben Moni. Conny, Frieder und Charles quetschten sich auf die schmale Rückbank.

»Los geht's!«, rief Charles.

»Ferdi, mach das Radio an! Ich brauche Musik«, forderte Conny.

»I Want To Hold Your Hand«, schallte es nun aus dem kleinen Lautsprecher, der am Armaturenbrett befestigt war.

»Gut so?«, fragte er und dreht sich zur Rückbank um.

»Wonderful!«, antwortete Charles und machte mit den Händen Trommelbewegungen.

»Charles spielt in einer Band. Blues und Rock 'n' Roll.«

»Yeah!«, bestätigte er. »Aber nicht diesen Mädchenkram. Kennst du die Stones?«

Ferdinand schüttelte den Kopf.

»Lass gut sein, Charles. Nicht schon wieder ein Seminar«,

wies Moni ihn zurecht. »Er kann stundenlang darüber dozieren«, erklärte sie ihrem Beifahrer und sah kurz zu ihm herüber.

Der war einerseits froh über die Ablenkung nach dem brutalen Überfall auf ihn, andererseits hätte er sich gerne ausgeruht, geschlafen, vergessen. Stattdessen fuhren sie jetzt ausgelassen die kurze Strecke bis in die Maxvorstadt zum Circus Krone, wie Conny ihm von der Rückbank erklärte, in dem das Konzert stattfand.

Vor dem Zelt warteten schon viele Menschen. Während sie langsam in der Schlange nach vorne wanderten, blieb Moni bei Ferdinand.

»Wie gesagt, ich habe keine Eintrittskarte«, sagte er zu ihr.

»Mach dir keine Sorgen. Wann warst du zuletzt auf einem Konzert?«

»Ich weiß es nicht«, antwortete er ausweichend. Er gähnte.

»Na, na«, ermahnte ihn Moni, »der Abend ist doch noch jung …«

Plötzlich klopfte Frieder ihm auf die Schulter. Er trug noch immer seine Sonnenbrille und war damit nicht der Einzige. »Deine Karte!« Er wedelte mit dem Ticket vor seinem Gesicht herum.

Ferdinand bedankte sich.

»Rock 'n' Roll!« Frieder lachte auf.

Die Schlange bewegte sich in gemächlichem Tempo vorwärts.

»Was macht ihr eigentlich so?«, fragte Ferdinand, als sie den Eingang passiert hatten.

»Ich studiere Kunst, der Frieder ist auf der Musikhochschule, will aber hinschmeißen. Träumt von einer Karriere als Rockmusiker, der durch die ganze Welt reist, Konzerte gibt, wo ihm kreischende Mädchen zu Füßen liegen. Conny studiert Sprachen und Charles«, sie lachte kurz auf, »das Leben.«

Verwundert betrachtete Ferdinand die jungen Menschen

und ließ sich dann von Moni zu einem der Stühle bringen, die für das Publikum bereitstanden. In der Manege des Zirkus war eine Bühne aufgebaut, mehrere große Lautsprecher standen darauf. Sie nahmen Platz, redeten durcheinander. Während Drafi Deutscher mit Band als erste Vorgruppe auf der Bühne stand, gab Frieder gehässige Kommentare von sich. Endlich betraten Cliff Richard und seine Begleitgruppe The Shadows die Bühne.

»Dass die mit dem Milchbubi spielen«, beschwerte sich Frieder. »Die sind nämlich nicht schlecht. Kennst du *Apache?*«, wandte er sich an Ferdinand. »Guter Song«, fügte er noch hinzu.

Cliff Richard sang sich durch sein Repertoire, begann mit *Do You Wanna Dance?*, trug dann das unvermeidliche *Lucky Lips* vor, zum Teil auch auf Deutsch.

»Deutscher Rock 'n' Roll geht gar nicht«, urteilte Frieder vernichtend.

Es folgten mehr balladeske Stücke, die von schnelleren Uptempo-Songs abgelöst wurden. Dabei ließ Cliff Richard, der von zwei Gitarristen, einem Bassisten und einem Schlagzeuger begleitet wurde, mit zackigen Bewegungen seiner Arme und aufreizendem Hüftschwung vor allem das weibliche Publikum immer wieder aufschreien.

»Ich warte darauf, den Richard mit dem zusätzlichen s hier zu sehen. Dann geht es richtig ab.«

Ferdinand sah Frieder fragend an. »Keith Richards von den Rolling Stones. Der Gitarrist. Das ist ein ganz anderes Kaliber, sag ich dir.«

Das Publikum klatschte nach jedem Lied, das der Richard ohne das zusätzliche s zum Besten gab, einige johlten und kreischten, erst beim letzten Lied, dem sehr schnellen *I'm the Lonely One* sprangen alle auf, viele drängten nach vorne und schrien nach einer Zugabe.

Aber Cliff Richard war bereits hinter dem Vorhang verschwunden, während die Musiker weiterspielten. Für einen kurzen Moment kam er noch einmal auf die Bühne, verbeugte sich, deutete Tanzschritte an, verbeugte sich erneut, ging ab. Ihm folgten die vier Musiker, während das Licht im Saal wieder anging.

»Jetzt habe ich aber Durst.« Charles stand auf.

Während Conny, Frieder und Charles sich gleich aufmachten, nahm Moni Ferdinands Hand, hielt sie fest, sah ihn ernst an, wartete, bis sich die Reihen um sie herum gelichtet hatten, dann zog sie ihn an sich und küsste ihn.

»Was ist los?«, lachte Moni, »gefalle ich dir nicht?«, und setzte zu einem neuen Kuss an, der nun von Ferdinand erwidert wurde.

»Na, geht doch, und gar nicht so schlecht. Aber wir müssen noch üben«, sagte sie mit gespieltem Tadel und zog ihn mit nach draußen, wo die anderen schon am Auto warteten.

»Schaut mal, was Charles im Wagen gefunden hat!«, empfing sie Frieder und schwenkte eine Cognacflasche. Sie nahmen die alte Sitzordnung ein. Auf dem Beifahrersitz kämpfte Ferdinand mit dem Schlaf. Moni versuchte, ihn mit leichten Schlägen gegen den Oberschenkel wach zu halten. Aus dem Radio ertönte Paul Anka, was Frieder wieder zu einigen hämischen Kommentaren provozierte.

»Voilà!«, rief Moni aus und stellte das Cabriolet unter der Überdachung vor einem Gebäude ab, das wie eine kleine Fabrikhalle aussah.

»Wo sind wir?«, fragte Ferdinand.

»In Schwabing. Hier ist mein Atelier. Und hier wohne ich«, erklärte sie voller Stolz. »Herzlich willkommen.«

Sie lief um den Wagen herum, half ihm aus dem Sitz und führte ihn durch eine breite Tür in das Gebäude. Zusammen gingen sie durch einen kleinen Vorraum, der als Küche diente, und betraten eine große Halle.

Moni eilte in den Vorraum zurück. »Hilf mir mal«, rief sie Ferdinand zu. Aus einem Schrank hatte sie eine Kiste Bier gewuchtet, die Ferdinand nun in die Halle trug. In einer Ecke waren mehrere Sessel und ein Sofa zu einer Sitzgruppe zusammengestellt worden. Jedes Teil hatte eine andere Farbe und Form. Im Rest der Halle verteilten sich Leinwände, Staffeleien, kleine Tische und Schränkchen, alles vollgestellt mit Farben, Behältnissen und Gläsern, in denen Pinsel steckten. Hinter einem Vorhang in einer Ecke war ein Bett zu erkennen. In einer anderen Ecke stand ein Schlagzeug, an das sich Frieder setzte und zu spielen begann. Charles öffnete für jeden eine Bierflasche und verteilte sie.

»Das ist mein Reich.« Moni machte eine ausladende Armbewegung. »Von hier aus werde ich die Kunst revolutionieren.« Ferdinand sah Begeisterung in ihren Augen, während Charles mit den Augen rollte.

»Politik ist armselig!«, schimpfte er in ihre Richtung. »Schau dir doch nur den Dicken an. Was macht der? Stagnation! Die alten Nazis sind noch immer überall. Das hat die Spiegelaffäre doch deutlich gezeigt. Hauptsache, die Wirtschaft brummt.«

»Ein bisschen undifferenziert«, wurde er von Conny kritisiert. »Erhard hat diplomatische Beziehungen zu Israel aufgenommen. Trotz der heftigen Proteste der arabischen Staaten. Ich will nicht wissen, wer hier alles dagegen ist.« Sie musste laut sprechen, um gegen Frieders Trommeln anzukommen.

»Dir ist doch nur wichtig, dass du nach Israel fahren kannst.«

»So ein Quatsch!« Conny wurde laut und drehte sich zornig um. »Hör doch mal auf!«, forderte sie Frieder auf.

Charles, der einen kleinen Tisch beigezogen und seine Füße daraufgelegt hatte und dem Gespräch eher desinteressiert gefolgt war, wandte sich Ferdinand zu. »Conny möchte in einen Kibbuz fahren. Versöhnungsarbeit leisten.« Er trank einen Schluck aus seiner Flasche.

Ferdinand nickte. Müde, wie er war, fiel es ihm schwer, dem Gespräch zu folgen, das sich um Kunst und Politik drehte und darum, wie sich die Gesellschaft am besten verändern ließe. Er rief sich in Erinnerung, dass erst wenige Stunden vergangen waren, dass jemand versucht hatte, ihn umzubringen. Er nahm nun ebenfalls einen Schluck aus seiner Flasche, hörte den anderen zu und registrierte, dass Moni immer wieder zu ihm herübersah.

13. Mai 1964

Wässern und Unkrautzupfen waren Tätigkeiten, die Winter die nötige Ruhe brachten, um über die nächsten Schritte nachzudenken. Er war sich sicher, dass die Polizei den Selbstmord nicht infrage stellen würde. Das Schicksal von Fischers Aktentasche könnte ihm jetzt egal sein – sofern sie nur Material enthielt, das Fischer belastete. Aber er fürchtete, dass das nicht der Fall war, und gerade in der derzeitigen Situation, in der jeder, der seine vaterländische Pflicht getan und Befehle befolgt hatte, vor Gericht gestellt wurde, durfte er nicht riskieren, dass die Tasche in die falschen Hände fiel. Und Silvia war mit ihrem Wissen um Fischers falsche Identität und um ihre Mutter eine tickende Zeitbombe. Immerhin hielt der Vormittag auch eine gute Nachricht für ihn bereit. Er hatte im Hotel nach Broich gefragt, wo man ihm mitteilte, dass der gestern das Hotel verlassen habe, aber noch nicht wieder zurückgekehrt sei.

Winter beendete seine Arbeit im Garten, blieb noch einen Moment auf der Terrasse stehen. Auf Berger war Verlass, und er hatte somit ein Problem weniger. Spätestens am nächsten Tag würde er die Sache zu Ende bringen. Ihn beunruhigte nur, dass er Gerda für eine Nacht allein lassen musste. Es war nicht das erste Mal, aber dieses Mal war ihm gar nicht wohl dabei.

Er ging ins Haus zurück, um sie über seine Pläne zu informieren.

»Ich muss nachher noch einmal los und werde vielleicht über Nacht wegbleiben. Ich habe Franz gebeten, nach dir zu schauen.«

»Wichtig?«, fragte sie nur, und er nickte zur Antwort. Sie

gab sich damit zufrieden. »Ohne deine Arbeit kannst du nicht leben.«

Franz versprach, nach Gerda zu schauen, und teilte ihm dann mit, dass er die Adresse von Friederike Bröhl herausgefunden habe. Was ihre ideologische Einstellung betraf, war sie Winters Feindbild par excellence: Sie verkehrte mit Kommunisten, war in der Anti-Atom-Bewegung aktiv und stand auch im Verdacht, Deserteuren aus Algerien geholfen zu haben. Franz hatte auch zwei Fotos von der Frau in den Akten gefunden.

Winter packte eine kleine Reisetasche zusammen, verabschiedete sich von Gerda und machte sich auf den Weg nach Frankfurt. Er fuhr über Pullach, wo Franz ihm die Fotos der Bröhl überreichte. Erst kurz vor seiner Ankunft in der Stadt im Rhein-Main-Gebiet machte er eine Pause, tankte den Wagen auf, kaufte einen Stadtplan und holte die Fotos hervor. Von den Schwarz-Weiß-Aufnahmen blickte ihm eine selbstbewusste Frau entgegen, schulterlange dunkle Haare umrahmten ein schmales Gesicht mit hohen Wangenknochen und einem überaus sinnlichen Mund. Sie trug eine Lederjacke mit aufgestelltem Kragen. Das zweite Foto, wohl am selben Tag aufgenommen, zeigte die Frau etwas totaler, sodass ihre schlanke Figur zur Geltung kam. Die Zigarette im Mundwinkel gab ihr etwas Verwegenes. Winter kniff die Lippen zusammen, schüttelte leicht den Kopf und schob die beiden Abzüge zurück in die Innentasche seines Jacketts.

In Frankfurt angekommen, kämpfte er sich durch den dichten Feierabendverkehr, bis er schließlich das Haus im Stadtteil Bockenheim gefunden hatte, in dem die Bröhl wohnen sollte. Ein fünfstöckiger Altbau, der schon bessere Zeiten gesehen hatte.

Er stellte seinen Wagen vor dem Haus ab, stieg aus und studierte die Klingelschilder an der Haustür. Friederike Bröhls Wohnung befand sich im dritten Stock.

Auf sein Klingeln erhielt er keine Reaktion. Er drückte nochmals auf den Knopf, und als wieder nicht geöffnet wurde, besah er sich das Schloss der Haustür. Keine Schwierigkeit für ihn, es zu knacken, aber bevor er zur Tat schreiten konnte, wurde sie von innen geöffnet und eine ältere Frau mit einem Hund stand vor ihm.

»Kann ich Ihnen helfen?«, fragte sie neugierig, während ihr Hund erst an Winters Bein schnüffelte und dann zweimal bellte.

»Psst!«, ermahnte die Frau den Vierbeiner.

Winter reagierte geistesgegenwärtig. »Die Tochter eines Kollegen von mir soll hier im Haus bei einer Bekannten zu Besuch sein. Sie hat wichtige Unterlagen vergessen, und da ich zufällig in der Stadt zu tun habe, bat er mich, sie vorbeizubringen«, erklärte er sehr freundlich. »Es ist sehr wichtig«, fügte er hinzu. »Sie kennen ja die jungen Leute. Alles Mögliche im Kopf, aber das Wichtigste vergessen sie dann.«

»Da sagen Sie was«, pflichtete ihm die Frau bei. Der Hund schnüffelte weiter an Winters Bein und knurrte dabei leise.

»Eine junge Frau mit kurzen blonden Haaren …?«, fragte sie.

»Genau die«, bestätigte Winter, ließ sich von dem Knurren des Hundes nicht beirren.

»Das macht der normal nie«, erklärte die Frau leicht perplex mit Blick auf den Hund, um gleich wieder aufs Thema zu kommen. »Die ist bei der Frau Bröhl, aber die beiden sind nicht im Haus. Kommen bestimmt später noch. Wollen Sie mir die Unterlagen geben? Ich kann sie dann gerne dem Fräulein Tochter geben«, schlug die Frau vor. »Die Bröhl wohnt doch wie ich im dritten Stock. Das mache ich gerne.«

»Nein«, wiegelte Winter ab. »Das muss ich persönlich machen. Ich soll der jungen Dame auch noch etwas sagen …

persönlich … das ist dem Herrn Vater sehr wichtig. Sie verstehen das sicher.«

Damit verabschiedete sich Winter und eilte durch die Toreinfahrt zurück auf die Straße.

An dem Wasserhäuschen auf dem kleinen Platz gegenüber dem Haus versorgte sich Winter mit einer Flasche Wasser, etwas zu essen und vor allem ausreichend Zigaretten, die er im Auto deponierte, bevor er eine Telefonzelle suchte und Gerda anrief. Er wollte sich vergewissern, dass es ihr gut ging. Ihr schweres Atmen beunruhigte ihn, aber als er nachhakte, erwiderte sie, dass er sich keine Gedanken machen solle und dass der Franz vor einer Stunde schon angerufen habe.

»Der muss das nicht. Wenn etwas ist, melde ich mich bei ihm. Sagst du ihm das?!«

Winter versprach das seiner Frau und berichtete ihr anschließend, dass er sich in einem kleinen Hotel, das ihm ein ehemaliger Kollege vermittelt habe, einquartiert habe.

»Pass auf dich auf!«, sagte sie zum Abschied.

*

Das Erste, das Ferdinand wahrnahm, war ein Bild mit vielen Adern, die sich wie mäandernde Flüsse durch ein wirres Delta gruben. Erst nach und nach wurde er gewahr, dass er auf dem Rücken lag und auf die Decke über ihm starrte. Langsam und in kleinen, zerrissenen Fetzen kam die Erinnerung an die vergangene Nacht wieder. Dass er noch einmal aufgewacht war, noch einen Schluck von dem Cognac getrunken hatte.

Er drehte seinen Kopf ein wenig zur Seite. Moni lag neben ihm, nackt. Alkoholgeruch lag in der Luft. Er sah an sich herunter. Auch er war unbekleidet, bis auf sein Unterhemd.

Langsam schob er seinen Körper zum Rand der breiten Matratze auf dem Boden und quälte sich auf die Beine.

Seine Kleidung lag verstreut auf dem Boden. Hastig zog er sich an, durchquerte die Halle, erkannte Frieder, der immer noch hinter seinem Schlagzeug saß, und, den Kopf auf der Floortom, laut schnarchte. Um ihn herum eine Batterie leerer Bierflaschen, als wären sie sein Publikum. Conny und Charles hatten sich zu zweit auf ein schmales Sofa gequetscht.

In dem kleinen Vorraum schlüpfte er in seine Schuhe und lief an dem Cabriolet vorbei zur Straße, die er ein ganzes Stück entlanglaufen musste, bis er ein Taxi anhalten konnte, das ihn zu seiner Unterkunft brachte.

»Herr …?«, hörte er den Rezeptionisten rufen, als er im Hotel die ersten Stufen in den zweiten Stock hinaufgestiegen war, ohne darauf zu reagieren. Im Zimmer streifte er seine Schuhe ab, zog sich aus, ging ins Bad, schaute in den Spiegel und stutzte. Von seiner Brust leuchtete ihm, eingerahmt von einem Herz, eine Reihe von Zahlen entgegen. Quer darunter, knallig rot wie der Rest, vier Buchstaben: MONI. Ferdinand benötigte einen Moment, bis er verstand, dass es sich hierbei um Monis Telefonnummer handelte, die er jetzt schnell in sein Notizbuch übertrug. Die abwechselnd heiße und kalte Dusche belebte ihn, und er fühlte sich halbwegs in der Lage, seine nächsten Schritte anzugehen. Mit Schrecken dachte er an den Mordanschlag vom Vorabend. Er hatte Glück gehabt, genauso gut könnte er jetzt im Leichenschauhaus liegen. War es dieser Winter gewesen? Oder Fischer selbst? Hatten sie Helfer? Leute für solche Aufgaben? Daran, dass Ruth Lachmann ermordet worden war, damit sie Fischer nicht mehr als einen ihrer Peiniger im Konzentrationslager identifizieren konnte, bestand für ihn kein Zweifel mehr. Hätte er nicht so beharrlich nachgefragt, wären Fischer und dieser Winter damit durchgekommen. Ihre Existenz stand auf dem Spiel. Dr. Rudnik hatte recht behalten.

Aus seiner Reisetasche nahm er das letzte frische Hemd. Jetzt noch einen starken Kaffee, und er würde sich wieder halbwegs wie ein Mensch fühlen.

Er zählte sein restliches Geld. Abzüglich der Kosten für das Hotel und das Benzin für die Rückfahrt blieb ihm kaum etwas übrig. Er hatte völlig vergessen, sich bei Silke wegen der Überweisung zu melden.

Bevor er nach unten ging, wollte er die Fotos aus der Schublade nehmen. Aber sie waren nicht dort. Er durchsuchte das Zimmer, schob das Nachtschränkchen von der Wand, doch der Umschlag blieb unauffindbar.

»Herr Broich?«, empfing der Rezeptionist seinen Gast.

Ferdinand erklärte ihm sein Problem.

»Bei uns ist noch nie etwas fortgekommen. Das kann ich Ihnen versichern!«, beteuerte der Angestellte.

Ferdinand ließ nicht locker. »Vielleicht hat eine der Putzfrauen sie versehentlich weggeworfen?«

Das wies der hagere Mann kategorisch von sich, schaute dann aber in Richtung Speisesaal und rief: »Roswitha? Kommst du bitte mal!«

Kurz darauf erschien eine Frau von etwa fünfzig Jahren in einem weißen Kittel.

»Nein!«, wies sie die Frage empört von sich. »Ich gehe nie an die Schubladen. Und sonst waren da keine Fotos nicht.«

»Übrigens«, fiel dem Rezeptionisten ein, nachdem Roswitha wieder in den Speisesaal zurückgegangen war, »da hat heute Morgen ein Herr für Sie angerufen.«

»Wer?«, fragte Ferdinand.

»Das weiß ich nicht. Er hat keinen Namen genannt. Wollte nur wissen, ob Sie da seien. Eine markante, dunkle Stimme.« Dann riss er plötzlich die Augen auf: »Natürlich, das war der

Mann, der schon einmal hier war und sich nach Ihnen erkundigt hat.«

Winter war hier gewesen und hatte die Fotos mitgehen lassen. Wenn er am Morgen im Hotel angerufen hatte, vermutlich um zu prüfen, ob der Anschlag gelungen war, dann war er nicht der Attentäter.

Nach zwei Tassen Kaffee ließ er sich noch reichlich aufgewühlt von einem öffentlichen Fernsprecher mit Dr. Rudnik in Frankfurt verbinden.

»Ich würde sagen, dass Sie mehr Glück als Verstand haben, mein lieber Broich«, stellte der Anwalt fest, nachdem Ferdinand ihm von den Geschehnissen seit ihrem letzten Telefonat berichtet hatte, vor allem von dem Mordanschlag auf ihn, und dass dieser Winter, der pensionierte BND-Mann, ihm auf der Spur war. »Ich habe eine gute Nachricht für Sie. Gestern Abend habe ich den Chefredakteur einer großen Tageszeitung getroffen. Wir kennen uns aus anderen Zusammenhängen. Ich habe ihm, natürlich nur andeutungsweise, erzählt, was Sie in München machen und was Sie bisher herausgefunden haben. Er hat Interesse gezeigt. Mehr nicht. Aber immerhin.«

»Haben Sie die Nummer?«

Dr. Rudnik musste ihn enttäuschen. »Sie sollen sich erst melden, wenn Sie die ganze Geschichte zusammenhaben. Und ich sie vorab gelesen habe. Ihr Ruf, mein lieber Broich ...«

Der schluckte seine Verärgerung herunter und versprach, sich zu melden, sobald er mehr wisse. Was Gernot Tromnau anging, hatte der Anwalt noch keine Neuigkeiten.

Ferdinand legte enttäuscht auf.

*

Mine hatte lange wach gelegen. Hatte an Matt gedacht und dass er am Wochenende endlich kommen und sie sich sehen würden. Gedanken an das Turnier versuchte sie zu verdrängen, ohne Erfolg.

Lustlos fegte sie am Mittag den Hof. Dann näherte sich ein Motorrad. Mine sah auf und erkannte Evi, die vom Soziussitz abstieg. Der Fahrer der Maschine blieb sitzen, zog den Helm ab, fuhr sich durch die lockigen Haare und lachte Mine frech an.

Sie ignorierte den Kerl und blickte zu ihrer Freundin, die sich die vom Fahrtwind zerzausten Haare schüttelte, dem jungen Mann kurz über die Schulter streichelte und dann auf sie zukam.

Evi hatte ihre Mittagspause genutzt, um aus Emmelshausen zu ihr zu kommen, was Mine zeigte, dass es ihr wichtig war, sie zu sehen. Dennoch war sie unsicher, wie sie ihr nach dem Streit beim Training vorgestern begegnen sollte.

»Was ist los mit dir?«, fragte Evi sie ganz direkt, doch Mine wich aus.

»Nichts. Mir macht das Turnen keinen Spaß mehr.«

»Ehrlich?«, erwiderte Evi erstaunt.

»Ja«, war Mines kurze Antwort.

Evis Blick verriet, dass sie eine Erklärung erwartete. »Hast du zugenommen? Ist es deswegen?« Evi blickte auf Mines Bauch.

»Nein …«, antwortete sie erst entrüstet, um dann aber ein »Ja, ein wenig …« einzuräumen. »Die Gelenke tun mir weh.«

Mine entging nicht, dass Evi sie misstrauisch ansah.

»Wirklich? Nichts anderes?«

Mine war auf der Hut. Sie waren schon lange Freundinnen, hatten viel miteinander unternommen, sich vieles erzählt, aber Evi war auch jemand, die auf ihren Vorteil bedacht war.

»Mit wem hast du gestern in Gödenroth in der Dorfkneipe telefoniert?«

Erst erstaunt, dann entrüstet blickte Mine Evi an. Die Frage kam wie ein Schuss aus dem Hinterhalt.

»Spionierst du mir nach?«

Evi ging nicht darauf ein. »Hast du einen Freund?« Sie wartete, erhielt keine Antwort. »Von dem ich nichts wissen darf? Bist du deshalb so komisch?«

Mine schwieg weiter.

»Nun sag schon! Oder einen heimlichen Geliebten? Einen verheirateten Mann? Aus dem Dorf? Hinter Rüdigers Rücken? So früh schon?« Evi hatte einen verschwörerischen Ton angenommen.

»Das geht dich nichts an!«, gab Mine wütend zurück.

»Ich kann ja mal im Dorf fragen ... also sag es mir. Rüdiger ist bestimmt nicht erfreut.«

Mine ging nicht darauf ein.

»Der Rüben-Karl hat meinem Vater gesagt, dass du sehr lange telefoniert hast.« Evi betonte das »sehr«.

Rüben-Karl war einer der Männer, die an dem Tisch in der Nische Skat gespielt hatten. Sie war von denen also doch wahrgenommen worden.

»Ich kann telefonieren, mit wem ich will. Und so lange ich will. Es geht dich nichts an.«

»Aber in einem anderen Dorf? So weit weg? Hier bei uns gibt es doch auch ein Telefon.«

»Ich wollte lieber von dort telefonieren. Damit es nicht jeder mitbekommt.«

»Mir kannst du es sagen. Früher haben wir uns doch auch alles gesagt«, ereiferte sich Evi. Mine war sich da nicht so sicher. Klar, sie hatte Evi immer alles erzählt, aber galt das auch umgekehrt? »Wie heißt er? Kommt er aus der Stadt? Hat er dir verboten, am Turnier teilzunehmen?« Sie lachte kurz. Es war ihr anzumerken, dass sie sauer war, weil Mine sie nicht an ihrem Geheimnis teilhaben ließ.

»Komm, sag es mir. Ich bin doch deine Freundin?«

Mine musste sich einen Moment sammeln, bevor sie »Nicht mehr!« antwortete.

Evi sah sie erstaunt an. Mine drehte sich um, griff nach dem Besen und ging wieder ihrer Arbeit nach.

»Wir sehen uns heute Abend beim Training!«, rief Evi ihr zu, bevor sie zum Motorrad zurückging, dem Fahrer ein energisches Zeichen gab, die Maschine zu starten, und sich dann hinter ihm auf ihren Sitz schwang.

Sicher nicht, dachte Mine. Sie würde an diesem Abend sicher nicht zum Training gehen. Nie und nimmer würde sie heute zum Training gehen. Nie mehr!

Übermorgen, am Samstag, würde Matt bei ihr sein, das gab ihr bei all den Wirrungen und Streitereien Halt. Mit dem Gedanken, ihn endlich zu sehen und an sich zu drücken, würde sie das alles durchstehen. Den Gedanken, wie es dann weitergehen würde, verdrängte sie. Wichtig war jetzt nur, dass sie sich bald sehen würden.

*

Nach längerem Suchen in der Umgebung des Hotels fand Ferdinand seinen Wagen und fuhr zum Haus der Maiers.

Er stellte sich vor und erklärte, dass er auf der Suche nach Silvia Fischer war und dass sie sich nach seinen Informationen am Vorabend ihres Verschwindens hier, bei den Maiers, aufgehalten hatte.

Frau Maier reagierte zurückhaltend. »Ich kenne Sie nicht … sind Sie auch von der Polizei?«

»Wie kommen Sie darauf?«, fragte Ferdinand erstaunt. »Was heißt ›auch‹?«

»Da war schon ein Mann von der Polizei hier gewesen.« Auf Ferdinands Bitte beschrieb sie ihm den Mann. Schnell war ihm klar, dass es sich nur um Winter handeln konnte.

»Ist etwas nicht in Ordnung mit dem Mann?«

Sie standen noch immer vor der Tür.

»Können wir reingehen?«, fragte Ferdinand.

Frau Maier nickte und ging vor in die Küche.

»Ist der Mann denn kein Polizist?«, wollte Frau Maier wissen, als sie sich an den Tisch gesetzt hatten. Sie sah Ferdinand skeptisch an. »Er hatte sogar einen Ausweis.«

»Was für ein Name stand in dem Ausweis?«

Sie überlegte einen Moment. »Goldthaler. Genau. Erwin Goldthaler. Sagen Sie, ist Silvia in Gefahr? Warum hat der Mann gesagt, dass er Polizist ist? Will er ihr etwas antun?«

Ferdinand versuchte sie zu beruhigen. »Nein«, behauptete er. »Möglicherweise ein Privatdetektiv, den ihr Vater engagiert hat. Was wollte er denn?«

Frau Maier überlegte kurz. »Er hätte doch selbst …«, sie machte eine Pause. »Er wollte wissen, wohin Silvia gefahren ist, nachdem sie bei uns übernachtet hatte.«

»Konnten Sie ihm helfen?«

Frau Maier zögerte. Schließlich nickte sie. »Nach Frankfurt wollte sie fahren. Zu einer Tante. Also«, korrigierte sie sich, »keine Tante. Sie hat sie nur Tante genannt. Eine ehemalige Nachbarin.«

»Wissen Sie denn, wie sie heißt und wo sie wohnt?«

»Ja, nein.« Die Situation schien sie zu verwirren. Immer wieder sah sie Ferdinand misstrauisch an. »Sie heißt Friederike und mit Nachnamen Schuster. Das heißt, nach der Scheidung hat sie wieder ihren Mädchennamen angenommen. Bröhl. Das ist Gudrun erst später eingefallen. Aber wo in

Frankfurt sie wohnt, das wissen wir nicht. Silvia hatte mit ihr am Abend telefoniert und sich bei ihr angemeldet ...«

»Hat Silvia denn nicht erzählt, warum sie so Hals über Kopf weg ist?«

Letzteres interessierte ihn besonders. Warum suchte Winter die Tochter von Fischer? Hatte sie auch mit dem Tod von Frau Lachmann zu tun? Ferdinand konnte sich das nicht vorstellen.

»Der Verlobte von Silvia, der ist doch ... verschwunden ... steht in der Zeitung ...«, begann Frau Maier.

»Sie glauben, dass Silvia damit ...«

»Nein«, Frau Maier machte mit den Händen eine abwehrende Geste, »aber sie hat Gudrun erzählt, dass sie Streit hatten ... und dieser Polizist, ... also der, der keiner war, wie Sie sagen, der hat nach einer Aktentasche gefragt, die Silvia bei sich hatte.«

Er sah die Frau neugierig an. »Eine Aktentasche? Was ist damit?«

»Dieser falsche Polizist wollte wissen, ob Silvia erzählt hat, was in der Aktentasche ist. Das war ihm sehr wichtig. Er ist ... na ja, nicht richtig, aber schon etwas ungehalten geworden, als Gudrun nicht gleich geantwortet hat.«

»Hat Silvia Gudrun denn erzählt, was in der Aktentasche ist?«

»Nein. Das hat sie auch dem sogenannten Polizisten gesagt.«

»Der hat das geglaubt?«

Frau Maier zuckte mit den Schultern. »Es sah so aus.«

»So, wie Sie das sagen, hat Silvia ihrer Tochter vielleicht doch vom Inhalt der Aktentasche erzählt?«

Frau Maier nickte. »Gudrun ist nicht da. Sonst könnte sie es Ihnen ja selbst erzählen.«

»Hat sie es Ihnen erzählt?«

Wieder nickte Frau Maier. Sie zögerte, überlegte. »Es sind wohl Unterlagen und Fotos aus dem Krieg. Von Dingen, die Herr Fischer da gemacht hat.«

»Was für Dinge?«

»Ich weiß es nicht.« Sie druckste herum. »Nicht genau. Im Konzentrationslager.«

Beim Stichwort »Konzentrationslager« war Ferdinand klar, dass Silvia wegen der Aktentasche und ihres Inhalts in großer Gefahr war. Wie auch immer sie zu der Tasche und den Unterlagen gekommen war und was sie damit vorhatte, er musste Winter zuvorkommen und selbst in deren Besitz gelangen.

Im Hotel packte er seine wenigen Sachen und zahlte die Rechnung. Bevor er losfuhr, rief er Silke an.

»Dir scheint es ja gut zu gehen«, sagte sie mit gespielter Empörung. »Erst brauchst du ganz dringend Geld von mir, ich mache mir Sorgen, organisiere, wie ich dir das Geld zukommen lassen kann, und dann meldest du dich nicht. Hast du eine andere Quelle aufgetan?«

Ferdinand musste an Moni denken.

»Es ist sehr viel passiert. Ich kann das nicht am Telefon erzählen.«

»Soso«, entgegnete sie und wollte weitersprechen, aber er war schneller.

»Ich fahre heute noch nach Frankfurt zurück. Du kannst mir das Geld da geben.«

»Aha. Hast du denn gar kein Geld mehr?«

»Im Moment. Nur im Moment«, beteuerte er. »Ich bin einer großen Sache auf der Spur. Habe auch schon eine Zeitung, die das machen will. Eine Bitte habe ich: Ich muss wissen, wo eine gewisse Friederike Bröhl wohnt. Vielleicht auch Schuster, aber wahrscheinlich Bröhl. Kannst du das für mich herausfinden? Ich melde mich, wenn ich in Frankfurt bin.«

»Du bist mir ja einer. Ich soll dir die Adresse einer anderen Frau heraussuchen? Wie nennt man das? Chuzpe? Wahnsinn?«

»Bitte, Silke!«, bat er. »Es geht um Leben und Tod.«

»Darunter geht es bei dir wohl nicht. Ein bisschen Leben von deiner Seite würde mir schon reichen.« Sie lachte.

*

Mine beobachtete das Treiben über dem Tal. Es wuselten heute noch mehr Leute herum, trugen Geräte durch die Gegend, legten Kabel, Autos parkten am Rand der Wiese. Die Holzbühne neben dem Haus schien weitestgehend fertig zu sein. Mine wurde mutiger. Sie ließ ihr Fahrrad stehen und schlich sich noch näher heran. Nun sah sie deutlich, dass die jungen Männer, die dort herumliefen, anders als die im Dorf gekleidet waren. Einige trugen auch ihre Haare länger.

Plötzlich knackte hinter ihr ein Ast. Erschrocken fuhr Mine herum. Lutz stand vor ihr und lachte sie an.

»Musst dich nicht verstecken.«

»Wie hast du …?«

Lutz lachte schon wieder.

»Ich habe gesehen, wie du mit dem Fahrrad hierhergefahren bist. Komm!« Er ging zügig auf die Wiese zu, offenbar in der Annahme, dass Mine ihm folgen würde. Die war unsicher, wartete, gab sich schließlich einen Ruck und lief nun hinter Lutz her, der immer wieder von Leuten, die ihnen unterwegs begegneten, gegrüßt wurde. Viele sprachen ihn mit Namen an, riefen ihm Aufgaben zu. »Lutz, schaff doch mal den Balken zur Bühne!« oder »Der Wagen mit dem Bier muss hier irgendwo durch«.

Er führte sie zu dem Haus oberhalb der Bühne. In dem

Säulengang saßen mehrere Leute auf Stühlen und alten Sesseln, rauchten, tranken Bier und unterhielten sich.

»Das ist Mine«, stellte Lutz sie vor. Einige sahen auf, nickten, andere lächelten. Eine junge Frau mit langen, glatten Haaren, eine Zigarette in der Hand und ein Instrument auf dem Schoß, das aussah wie eine viel zu kleine Gitarre, rief: »Hallo Mine. Ich bin Mary.« Sie sprach ihren Namen englisch aus. Dabei rutschte sie auf dem breiten Sessel ein Stück zur Seite und lud Mine mit einer Handbewegung ein, sich neben sie zu setzen.

»Ich bin bei der Bühne.« Lutz lächelte Mine an und verschwand.

»Woher kommst du?«, wollte Mary wissen, nachdem Mine Platz genommen hatte. Ihr Instrument hatte sie vorsichtig auf den Boden gelegt.

Sie nannte den Namen ihres Dorfes und zeigte mit der Hand die Richtung an. Erstaunt nahm Mary wahr, dass Mine im Dialekt der Menschen hier vor Ort sprach.

»Eine Einheimische. Das ist ja schön. Außer Lutz haben wir bisher niemanden von hier kennengelernt. Die finden uns sicher alle seltsam.«

Mine musste grinsen und nickte. »Ja, die denken, dass ihr alle Kommunisten seid.«

Mary lachte und sah in die Runde. »Habt ihr gehört? Ihr seid alle Kommunisten.«

»Sagt wer?«, fragte ein junger Mann mit einem karierten Hemd, das er fast bis zum Bauchnabel aufgeknöpft hatte.

»Mine. Sie kommt hier aus dem Ort.«

Nicht nur der junge Mann im karierten Hemd betrachtete Mine interessiert, auch die anderen blickten Mine neugierig an.

»Ihr lasst sie in Ruhe!«, mahnte Mary.

Einer der jungen Männer bot ihr eine Zigarette an. Mine schüttelte den Kopf.

»Wie ist das, hier zu leben?«, wollte ein anderer wissen, stand auf und setzte sich vor sie auf den Boden. »Übrigens, ich bin Ben.« Dabei schob er Marys Instrument über den Boden ein Stück zur Seite. »Ben, von Benedikt«, fügte er hinzu. »Meine Eltern sind sehr katholisch.«

»Vorsicht, meine Ukulele«, empörte sich Mary.

»Das ist ihr Heiligstes«, machte sich der junge Mann lustig.

»Ich rede nicht nur, ich kann auch spielen«, erklärte Mary stolz.

»Wie immer kratzbürstig«, kommentierte Ben, aber Mary ließ das nicht auf sich sitzen.

»So sind sie, diese fortschrittlichen Männer. Große Ideen, wie sie die Welt verändern wollen, aber die Frauen haben brav zu Hause am Herd zu stehen und das Essen zuzubereiten. Wehe, sie haben eine eigene Meinung und wollen ihre eigenen Wege gehen ...« Sie griff nach der Ukulele, stimmte die Saiten und begann zu spielen. Inzwischen schauten die anderen zu ihnen herüber. Mine fühlte sich unter den Blicken ein wenig unwohl.

You don't own me, I'm not just one of your many toys
You don't own me, don't say I can't go with other boys
And don't tell me what to do
And don't tell me what to say
And please when I go out with you
Don't put me on display, 'cause
You don't own me, don't try to change me in any way

Mine lauschte gebannt und war überrascht, wie klar Marys Stimme war.

I'm free and I love to be free
To live my life the way I want

»Gut gebrüllt, Löwin«, sagte Ben, als Mary ihr Lied beendet hatte und noch ein paar Takte auf der Ukulele zupfte.

»Die Ironie kannst du dir sparen«, erwiderte sie.

»So schlimm sind wir doch nicht«, hielt Ben dagegen und bekam Unterstützung von einem anderen jungen Mann, der jetzt ins Haus ging und gleich darauf mit einer Gitarre zurückkam. Sein dichter Schnauzbart verdeckte seinen Mund fast vollständig. Sein weißes Hemd hing aus der Hose.

»Das ist Joachim. Unser Georges-Brassens-Imitat«, lästerte Mary, und alle lachten, doch der Mann mit der Gitarre ließ sich nicht beirren und begann zu spielen und zu singen.

Tu n'es pas de cell's qui meur'nt où ell's s'attachent,
Tu frottes ta joue à toutes les moustaches,
Faut s' lever de bon matin pour voir un ingénu
Qui n' t'ait pas connue,
Entrée libre à n'importe qui dans ta ronde,
Cœur d'artichaut, tu donne' un' feuille à tout l' monde,
Jamais, de mémoire d'homm', moulin n'avait été
Autant fréquenté.
De Pierre à Paul, en passant par Jule' et Félicien,
Embrasse-les tous,
Embrasse-les tous,
Dieu reconnaîtra le sien!

»Hat es dir gefallen, Mine?«, fragte Joachim, der jetzt vor ihr kniete.

»Ja, das war sehr schön. Hast du das geschrieben?«

Er lachte, und die anderen lachten mit. Unsicher sah Mine sich um.

»Das wäre schön, wenn ich das geschrieben hätte. Das ist von Georges Brassens und heißt *Embrasse-les tous.*«

Mary rollte mit den Augen. »Die Männer. Ein Lied und

der Kerl hat die Frau umgarnt. Und wir Frauen? Vertreiben sie mit einem Lied. Es bleibt alles beim Alten.«

»Kein Wunder bei so einem Lied«, behauptete ein anderer junger Mann mit kurzer Hose und Schiebermütze. »Wunderst du dich da?«

»Soll ich lieber die Schönheit des Mannes besingen?« Sie sah sich um. »Wenn ihr die Regierung kritisiert, singt ihr doch auch nicht, wie toll sie alles macht, oder?«

»Das kannst du nicht vergleichen«, entgegnete der junge Mann mit der kurzen Hose, ein anderer stimmte zu.

Lutz war mit einem Mann aufgetaucht. »Auf jetzt, wir brauchen jede Hand beim Aufbau«, forderte er streng. »Singen und streiten könnt ihr morgen Abend.«

Widerwillig standen alle auf.

»Immer wenns am schönsten ist.«

»Kann ich auch helfen?«, fragte Mine spontan.

»Ja klar«, entgegnete Lutz, der neben ihr stand. »Komm mit. Am Zeltplatz gibt's noch Arbeit.«

Zwei Stunden lang baute Mine mit den jungen Männern die Zelte auf und hatte bald deren Respekt erlangt, als sie merkten, dass sie ausdauernder als sie arbeiten konnte und dass bei ihr jeder Handgriff saß.

Als die Dämmerung begann, hatten sie die Arbeit beendet. Mine wischte sich den Schweiß von der Stirn. Sie hatte, seit sie auf dem Gelände hier war, keine einzige Sekunde an ihre Familie, ihre Probleme und das Training gedacht. Nur dass sie sich wünschte, dass Matt bei ihr wäre. Ihm würde es hier gefallen. Ihm würden die Menschen hier gefallen. Und ihre Liebe zur Musik.

Einer der jungen Männer hatte ein paar schon offene Flaschen Bier angeschleppt und reichte Mine ganz selbstverständlich eine.

Einen kurzen Moment zögerte sie, dann nahm sie die Flasche und trank einen kräftigen Schluck.

Zu Hause wäre niemand auf die Idee gekommen, ihrer Mutter oder Tante Margarete ein Bier anzubieten. Allerdings war das bittere Gebräu nicht ganz nach Mines Geschmack.

Lutz schien das zu bemerken. »Musst dich dran gewöhnen!« Er stieß seine Flasche leicht gegen ihre als Aufforderung, gleich damit zu beginnen.

Nach und nach verließen die anderen jungen Männer den Zeltplatz und ließen Mine und Lutz alleine zurück.

»Sag mal, Lutz«, begann sie, überlegte dann aber noch einmal, wie sie es angehen sollte.

»Ja …?«, erwiderte er, etwas unsicher, was Mine wollte.

»Du kennst doch Ilse? Also, die Geschichte von Ilse?«

Seine Miene verdüsterte sich ein wenig, dann nickte er. »Warum?«

»Was ist mit ihr? Warum wird nicht über sie gesprochen? Es ist, als würde es sie gar nicht geben.«

Lutz blickte auf. »Ja …«, begann er, trank aber erst noch einen Schluck.

»Du weißt doch alles, was im Dorf passiert.«

»Ja, nicht alles.«

»Aber das!«

»Ja.« Wieder ein Schluck Bier. »Ilse … also, die ist die jüngste Tochter vom Albrecht.«

Mine schrak zusammen. Ihrem Großvater. Also ist Ilse ihre Tante. Niemand hatte ihr gesagt, dass sie eine Tante hatte.

»Wieso …?«

»Ich weiß es nicht so genau.« Lutz schien darüber nachzudenken, was er ihr sagen konnte.

»Bitte!«, drängte Mine, trotz ihrer Furcht vor dem, was Lutz ihr sagen würde. Dass der Großvater geschimpft hatte, dass sie, Mine, wie Ilse sei, ließ nichts Gutes ahnen.

»Sie war ein paar Jahre jünger als Georg und Gerd«, begann Lutz, trank wieder einen Schluck, »und ich glaube, als sie so siebzehn war, ist sie mit einem Jungen aus Gondershausen gegangen, und der hat ihr ein Kind gemacht … und dann …«

»Ein Kind …«

Lutz nickte. »Ein Junge. Bis der auf der Welt war, durfte sie zu Hause bleiben, dann hat dein Großvater sie weggeschickt und gesagt, dass sie nie mehr wieder in sein Haus dürfe, so lange er lebe. Sie habe Schande über sie alle gebracht und dass für sie kein Platz bei der Familie und im Dorf mehr sei.«

»Was hat sie gemacht? Wo ist sie hin? Sie war doch jung und mit Kind?« Die Fragen sprudelten aus Mine nur so heraus.

Lutz überlegte. »Ich glaube, dass sie zuerst zu dem Jungen ist, und dann sind sie in die Stadt gezogen. Nach Koblenz. Aber ich weiß es nicht genau.«

»Sie war nie mehr hier?«

Lutz nickte. »Ja.«

»Mein Vater und Onkel Gerd, haben die nicht …«

Lutz lachte kurz auf. Mine erschrak darüber. »Du kennst doch deinen Großvater … aber, Gerd …«

»Ja …?«

»Es heißt, er fährt manchmal nach Koblenz, um sie zu besuchen.«

»Weißt du, wo sie wohnt … ich würde sie … besuchen.«

»Warum?« Neugierig drehte er sich zu Mine, die ihre Bierflasche unsicher in ihrer Hand hin und her drehte.

»Vielleicht kann ich Onkel Gerd …?«

»Nein!« Lutz sagte das so rüde, dass Mine erschrak.

»Du darfst ihm nicht erzählen, dass ich dir das gesagt habe.«

Mine starrte vor sich. Sie hatte eine Tante, von der niemand ihr erzählt hatte. Die ausgestoßen worden war, weil sie als junge Frau ein Kind bekommen hatte, ohne verheiratet gewesen zu sein. Genau wie sie. Was würde mit ihr passieren, wenn das herauskäme?

Lutz unterbrach sie in ihren Gedanken. »Sag mal, Mine …«, begann er, zögerte dann wieder. Sie sah ihn an, fürchtete, dass es da noch etwas gab, über das niemand sprach. »Der Rüdiger aus der Rheinböllerhütte … stimmt das, dass du den heiratest?«

Auch zu Lutz hatte es sich schon herumgesprochen.

»Nein«, entgegnete sie so schnell und heftig, dass Lutz sie erschrocken ansah.

»Entschuldige«, stammelte er.

Mine atmete durch. »Schon gut«, erwiderte sie schließlich. »Nein. Ich werde ihn nie und nimmer heiraten. Auch wenn alle das wollen.«

Lutz sah sie an, mit einem Blick, den sie nicht einordnen konnte.

»Ja?« Sie spürte, dass er noch etwas loswerden wollte.

»Ich weiß nicht.« Er ließ sich Zeit, bis er endlich sprach. »Die Eltern von Rüdiger haben Land, direkt neben eurem. Da soll die Autobahn gebaut werden, die B 400. Da gibt es viel Geld. Viel Geld. Und Rüdiger … der soll einen guten Posten bei der Baufirma bekommen …«

»Woher weißt du das?«, fragte Mine und versuchte, ihren Zorn auf die Eltern und Brüder, die sie regelrecht verschachern wollten, im Zaum zu halten.

Lutz zuckte mit den Schultern. »Weiß ich eben. Wie willst du …?«

»Ich werde Rüdiger nie heiraten …« Sie klang sehr entschlossen.

Es war inzwischen dunkel geworden.

Lutz brachte sie zu ihrem Fahrrad, das sie am Waldrand zurückgelassen hatte. Zu ihrem Glück war der Himmel wolkenlos, und der Mond gab so viel Licht, dass sie ohne Sturz auf dem Hof ankam.

Dort schob sie das Fahrrad wieder in die Scheune, nahm die Sporttasche, die sie am Nachmittag dort abgestellt hatte, und betrat das Wohnhaus. In der Tür zur Küche wartete der Vater auf sie.

»Wo kommst du her?«, fragte er sie.

»Vom Training«, log Mine und wollte gleich die Treppe hinauf in ihr Zimmer gehen.

»Komm in die Küche!«, befahl ihr der Vater, noch bevor sie die erste Stufe erreicht hatte. Langsam kam sie zur Küche zurück. Dort saß Otto Schunk mit verschränkten Armen am Tisch und blickte sie zornig an.

*

Die Schraubengeräusche im Wasser waberten mit dem Erwachen aus ihrem Kopf hinüber in die Küche. Silvia benötigte einige Momente, bis sie realisierte, dass jemand in der Wohnung war. Sie rieb sich den Schlaf aus den Augen. Durch das Fenster kam ein wenig Licht von der Straßenlaterne. Hatte sie den ganzen Tag geschlafen? Lange hatte sie wach gelegen, die Wut über das Gespräch mit ihrem Vater hatte sich in ihre Träume eingegraben. Sie setzte sich auf. Die Geräusche kamen aus der Küche, ein gleichmäßiges, monotones Reiben. Silvia stand vorsichtig auf und stolperte mit unsicheren Schritten Richtung Küche.

Silvia räusperte sich, und Rieke drehte sich erschrocken um.

»Schon wach?«, fragte sie mit ironischem Unterton. »Frankfurt scheint dir ja zu gefallen. Wer so lange schläft …«

Silvia nickte. »Ich wollte noch aufräumen …« Sie blickte auf die Uhr über der Spüle. Es war fast siebzehn Uhr.

»Schon gut«, beschwichtigte Rieke und schrubbte weiter.

»Ich brauche etwas Entspannung heute Abend«, sagte sie. »War anstrengend.« Sie stand auf und ging zum Schrank, nahm ein Glas und eine offene Flasche Rotwein heraus. »Du auch?«

Silvia lehnte mit einer Handbewegung ab.

»So, jetzt!« Rieke setzte sich, trank einen Schluck von dem Wein und zündete sich eine Zigarette an, lehnte sich zurück und inhalierte tief, blies den Rauch zur Decke. »Was machen wir heute Abend? Eigentlich wäre ich gerne ins Kino …«, sie machte eine Pause, sah zu Silvia hinüber. »*Das Schweigen* von Ingmar Bergman ist angelaufen …«, wieder ein Blick zu Silvia, »… aber irgendwie ist mir mehr nach Kneipe.«

»Ja«, antwortete Silvia, die sich noch immer nicht richtig wach fühlte.

»Da kannst du mir dann erzählen, was in du den letzten beiden Tagen erlebt hast.« Damit stand sie auf und verschwand in ihr Schlafzimmer.

Im Club Voltaire waren nur drei der Tische besetzt und die Luft noch nicht so nikotingeschwängert wie bei ihrem ersten Besuch. Auf der Bühne stimmte ein junger Mann seine Gitarre.

Rieke orderte für beide ein Glas Wein.

»Was ist los?«, fragte sie, nachdem die Bedienung den Wein gebracht hatte.

Silvia sah sie erstaunt an.

»Es ist nicht zu übersehen, dass du etwas auf dem Herzen hast. Also los, raus damit«, forderte sie.

»Von Hajo habe ich dir erzählt«, begann Silvia tastend. »Dass mein Vater wollte, dass ich ihn heirate. Hajo wollte das natürlich auch.«

Rieke schüttelte verwundert den Kopf. »Wollte?«

Silvia nahm einen Schluck von ihrem Rotwein. »Er ist verschwunden.«

»Verschwunden?«, wiederholte Rieke überrascht.

»Ja, verschwunden.«

Silvia erzählte ihr, wie überrascht sie war, als sie in der Zeitung von Hajos Verschwinden gelesen hatte. »Ich habe meinen Vater angerufen. Der hat das bestätigt.«

»Was heißt ›verschwunden‹?«

Silvia zuckte mit den Schultern. »Keine Ahnung. Niemand weiß, wo er ist.«

»Das solltest du positiv sehen. Das mit dem Heiraten hat sich erledigt.«

»Aber man verschwindet doch nicht so einfach«, entgegnete Silvia, die denselben Gedanken auch schon hatte, sich dafür aber schämte. »Wenn ihm etwas passiert ist … das muss nach dem Streit passiert sein. Am Samstagabend. In der Zeitung stand auch, dass die Polizei nach mir sucht.«

»Die Polizei …?« Rieke überlegte kurz. »Sie wollen dich sicher dazu befragen. Meldest du dich?«

Silvia schüttelte den Kopf. »Mein Vater lässt mich dann nicht mehr gehen. Zuerst will ich auf die Burg zu Martin und dann nach Düsseldorf. Danach …«

Inzwischen hatte sich der Club gefüllt, und fast alle Tische waren besetzt, und der Lärmpegel war so angestiegen, dass die beiden Frauen näher zusammenrücken mussten, um nicht schreien zu müssen.

»Schau mal unauffällig nach links!«, sagte Rieke mit gedämpfter Stimme. »Nicht so offensichtlich!«, zischte sie, als Silvia dem sofort nachkam.

Tatsächlich saß da der junge Mann mit der großen Nase, der Silvia schon am Tag ihrer Ankunft so unverhohlen angeschmachtet hatte. Wieder hatte er trotz der Wärme in diesem Raum seinen Mantel anbehalten.

»Dem hast du ja gehörig den Kopf verdreht«, stellte Rieke fest und lachte.

Der junge Mann verstand den Blick der beiden jungen Frauen wohl als Aufforderung, an ihren Tisch zu kommen. »Darf ich mich zu euch setzen?«, fragte er, dabei wanderten seine Augen unruhig zwischen den beiden Frauen hin und her.

Rieke ließ sich Zeit, sah ihn scharf an. Das verunsicherte ihn so, dass er nach unten schaute. »Wie heißt du?«, fragte sie ihn schließlich.

»Reinhold Stern«, antwortete er, »aber alle nennen mich Ringo.« Er sah sie abwartend an. »Ringo Star. Meine Nase ist mindestens so groß wie seine«, erklärte er.

Rieke nickte, schüttelte dann aber den Kopf. »Du scheinst ein netter Kerl zu sein, und ein anderes Mal gerne, aber heute nicht«, erklärte sie, nachdem sie sich mit einem Blick zu Silvia vergewissert hatte, dass sie auch in deren Sinne handelte. »Wir haben ein paar sehr persönliche Sachen zu besprechen. Tut mir leid.« Sie schenkte dem jungen Mann sogar noch ein Lächeln, der kniff die Lippen zusammen, blinzelte Silvia kurz zu und zog sich dann wieder an seinen Tisch zurück.

»Rieke, wie schön. Lange nicht mehr gesehen«, hörte Silvia jemanden hinter ihrem Rücken sagen.

Sie drehte sich um. Vor ihr stand zu ihrer Überraschung der Schriftsteller Meinrad Sandig, mit dem sie sich vorgestern im Café unterhalten hatte. Er schien ebenso erstaunt zu sein wie sie.

»Die wissbegierige junge Frau«, bemerkte er mit einer gewissen Ironie, nickte ihr leicht zu. Wieder fiel ihm eine Haarsträhne in die Stirn, die er mit der Silvia schon bekannten Handbewegung zurückstrich. Rieke registrierte das Zusammentreffen ebenso überrascht wie zögerlich.

»Schön, dass ihr euch schon kennengelernt habt«, sagte sie mit einer gewissen Skepsis.

Sandig lächelte sie süffisant an. »Diese junge Frau und ich alter Knopp haben uns vor zwei Tagen sehr nett in einem Café unterhalten …«

»Nach nett klang das eben aber nicht …«, unterbrach Rieke den Schriftsteller.

»Ja«, stimmte Sandig ihr zu, »nett ist das Thema ›Auschwitz-Prozess‹ und die Funktion von Ärzten in den Konzentrationslagern ja wahrlich nicht«, entgegnete er, an Silvia gerichtet.

Vom anderen Ende des Lokals rief jemand seinen Namen. Eine Frau winkte zu ihm herüber. Mit einer Geste des Bedauerns und einem »Ich muss. Bis bald« verabschiedete sich Sandig von den beiden Frauen und war so schnell verschwunden, wie er aufgetaucht war.

»Auch so ein Schürzenjäger«, sagte Rieke, als der Schriftsteller außer Hörweite war. »Lässt nichts anbrennen. Auch bei mir hat er es ein paarmal versucht, aber du passt besser in sein Beuteschema.« Sie lachte und trank, wurde dann ernst. »Ihr habt euch über die Rolle der Ärzte in den KZs unterhalten?« Sie beobachtete Silvia so eindringlich, dass es ihr unangenehm wurde.

Rieke wartete, bevor sie nachhakte. »Warum Ärzte?«

»Das hat mich interessiert«, antwortete Silvia ausweichend.

Rieke ließ nicht locker. »Hat es etwas mit deinem Vater zu tun?«

Silvia schwieg, überlegte, was sie Rieke darauf antworten sollte.

»Du hast erzählt, dass Martin mit dir über seinen Vater gesprochen hat, der in der SS war, und dich dann nach deinem Vater gefragt hat.«

Silvia ließ sich etwas Zeit. »Die Aktentasche …«, begann sie.

»Die du mitgebracht hast?«

Silvia nickte, überlegte, bevor sie antwortete. »Sie gehört meinem Vater. Er weiß, dass ich sie habe … Er hat darin …« Sie überlegte, wie sie den Inhalt der Tasche beschreiben könnte. »Erinnerungen«, sagte sie schließlich.

Rieke verstand. »Sie zeigen, dass er an Verbrechen beteiligt war?«

Silvia nickte.

»Was hast du mit den Unterlagen vor?«

»Ich weiß es nicht«, antwortete Silvia. »Ich weiß es nicht.«

»Wenn ich zynisch sein wollte, würde ich sagen, dass dein Vater sich in bester Gesellschaft befindet. Richter sprechen wieder Urteile, Polizisten verrichten wieder ihren Dienst, in der Bundeswehr ist der Großteil der Offiziere in der Wehrmacht gewesen, in Verwaltung und Politik arbeiten die wieder, die das schon unter Hitler gemacht haben. Hans Globke war bis letztes Jahr Chef des Kanzleramts. Er war Mitverfasser der Nürnberger Rassegesetze.«

»Hast du das gewusst? Von meinem Vater?«

»Ich hielt ihn für einen typischen Mitläufer. Wegducker. Der nachher von nichts gewusst haben will. Aber …« Rieke schüttelte den Kopf.

»Was passiert, wenn ich die Unterlagen öffentlich mache?«, fragte Silvia. »Kommt mein Vater dann ins Gefängnis?«

»Das sind zwei Fragen«, antwortete Rieke und zündete sich eine Zigarette an. »Jede Verstrickung, die öffentlich gemacht wird, zeigt den Nachgeborenen, wie verbrecherisch dieses Regime war und dass man eben nicht einfach so zur Tagesordnung übergehen kann, wie sich das die meisten wünschen. Ob er aber ins Gefängnis muss, müssen Richter entscheiden. Da die aber, wie schon gesagt, schon unter Hitler ihre Urteile gesprochen haben, haben sie ihren ganz eigenen Blick auf die Dinge.« Sie klang bitter. »Was du aber auch bedenken musst, Silvia, ist, dass du vielen Anfeindungen ausgesetzt wärst. Vor allem du, weil er dein Vater ist. Vielleicht müsste das jemand anderes lancieren. Du könntest zum Beispiel jemandem von der Presse die Unterlagen zukommen lassen.«

»Und …«, begann Silvia vorsichtig.

»Ja?«, hakte Rieke nach.

»Das ist nicht alles …«

Silvia zögerte, Rieke schaute sie aufmunternd an.

»Meine Mutter …«

»Ingeborg«, ergänzte Rieke, als Silvia nicht gleich weitersprach.

Die nickte, schüttelte dann aber den Kopf. »Ingeborg ist nicht meine Mutter.«

»Nicht deine Mutter.« Rieke war sichtlich überrascht.

Silvia erzählte von dem Foto, das sie in der Aktentasche ihres Vaters gefunden hatte und das ihren Vater mit einer anderen Frau zeigte. Die Frau kannte sie nicht, aber der Mann war eindeutig ihr Vater, nur dass er auf der Rückseite nicht als Ulrich Fischer, sondern als Gernot Tromnau ausgewiesen wurde. *Gernot und Gerlinde Tromnau* stand da, *Hochzeitsreise 1941, Venedig.* Und dass sich in der Aktentasche auch eine Heiratsurkunde befand, auf der stand, dass ihr Vater ihre Mutter Ingeborg im Frühjahr 1944 geheiratet hatte, ein Jahr nach Silvias Geburt.

Rieke dachte nach. »Das heißt, dass dein Vater nach dem Krieg seine Identität geändert hat. Hast du …«

»Ich heiße gar nicht Fischer … Wer bin ich dann?«, fiel Silvia ihr ins Wort.

Rieke wiegelte ab. »Du bist die, die du bist. Basta! Das hat dein Vater verbrochen …«, sie korrigierte sich. »Das hat dein Vater gemacht. Hast du ihn darauf angesprochen?«

Silvia nickte.

»Wie hat er reagiert?«

»Nichts hat er gesagt«, stieß Silvia hervor. »Abgewürgt hat er das Gespräch.« Sie machte eine Pause. »Was ist mit meiner

Mutter? Warum …? Und …?« Sie zögerte, suchte nach Worten. »Ingeborg war doch keine schlechte Mutter? Sie hat sich um mich gekümmert.«

»Ja, das hat sie!«, bestätigte Rieke. »Aber sie hat dir ebenso wenig wie dein Vater die Wahrheit gesagt. Und sie hat wahrscheinlich gewusst, was dein Vater im Krieg gemacht hat. Vielleicht war sie auch selbst an Verbrechen beteiligt.«

Silvia hatte Tränen in den Augen. Rieke stand auf, ging um den Tisch, nahm Silvia in den Arm, drückte sie fest an sich.

»Wer bin ich dann?«, fragte sie kläglich.

»Das musst du herausfinden«, sagte Rieke, die sich wieder auf ihren Stuhl gesetzt hatte. »Vielleicht hilft dir die Kunst dabei.«

»Warum?«, fragte Silvia leise. »Warum hat er das gemacht?«

»Willst du ihn fragen?«

Silvia schüttelte den Kopf. »Er würde doch nur abwiegeln und lügen.«

Rieke nickte, nahm ihr Glas, trank. »Willkommen in der Welt der Erwachsenen.« Es klang weder ironisch noch zynisch.

*

Fast alles Geld, das Ferdinand noch besaß, musste er in eine Tankfüllung investieren. Ein Stau in der Nähe von Stuttgart hatte nicht nur seine Weiterfahrt erheblich verzögert, sondern auch die Temperatur des Motors der Dauphine in bedenkliche Höhen getrieben. Der Wagen wurde immer langsamer, und bei jeder noch so kleinen Steigung musste er herunterschalten, bis er den Wagen, um nicht den Exitus des Motors zu riskieren, auf der Standspur ausrollen ließ.

Hier stand er mit offener Motorhaube, bis eine Viertelstunde später der Fahrer eines Ford Taunus anhielt, der sich anbot, ihn bis zur nächsten Ausfahrt und dort zu einer Werkstatt abzuschleppen.

Die war schon geschlossen, und Ferdinands Versuch, den Defekt selbst zu beheben, war erfolglos. Er würde die Nacht im Auto verbringen müssen, da in Anbetracht seiner klammen Kasse ein Hotel oder eine Pension nicht infrage kam. Es war schon halb neun, als ihm die Verabredung mit Silke wieder einfiel. Er lief in den Ort hinein, fand auch eine Telefonzelle, doch Silke nahm nicht ab, und er konnte sie nicht darum bitten, bei Friedrike Bröhl anzurufen und sie vor Winter zu warnen.

*

Winter stand auf der Treppe auf halber Höhe zum vierten Stock und hörte, wie unten die Haustür geöffnet, dann das Flurlicht angeschaltet wurde. Er hatte seit zwei Stunden hier ausgeharrt, ohne ein Geräusch zu verursachen. Er hatte es hier hoch geschafft, ohne dass der Kläffer der Nachbarin es mitbekommen hätte. Jetzt galt es, den Moment zu nutzen. Er hörte die Schritte der Frauen und ihr Lachen, das von einer gewissen Betrunkenheit zeugte. Sie waren nur noch ein Stockwerk unter ihm.

»Dem hast du ganz schön den Kopf verdreht«, hörte er eine der beiden Frauen sagen.

Ein etwas schüchternes Lachen war die Antwort.

»Wo ist denn der Schlüssel …?«

Winter beugte sich vor, sah zwischen den Holzstäben des Treppengeländers die Köpfe der beiden Frauen, die rötlichen Locken der Älteren und die kurzen blonden Haare von Silvia. Aus der Jackentasche zog er das Messer.

Sie waren so mit sich beschäftigt, dass er es wagte, behutsam erst eine, dann die nächsten Stufen nach unten zu nehmen.

Die ältere der beiden hatte gerade den Schlüssel ins Schloss gesteckt, und Winter musste nur noch wenige Schritte tun, um die junge Frau zu packen und in der Wohnung zur Herausgabe der Aktentasche zu zwingen, als hinter seinem Rücken die Tür aufging.

»Frau Bröhl, da war ein Mann …«, sagte eine Frauenstimme. Im gleichen Augenblick begann ein Hund zu bellen, der Sekunden später in den Hausflur schoss und sich in Winters linke Wade verbiss. Silvia drehte sich um, schrie auf und stürzte die Treppe hinunter. Winter versuchte mit Tritten den Hund loszuwerden, aber mit jeder Bewegung seines Beines schien der sich nur noch mehr darin zu verbeißen.

»Polizei!«, hörte er die Frau schreien, während er unten die schwere Haustür ins Schloss fallen hörte.

Der Hund an seinem Bein behinderte Winter so sehr, dass er Rieke Bröhl nicht zu fassen bekam, seine Hand ihr Gesicht nur streifte. Mit einem Sprung rettete sie sich in ihre Wohnung und schlug die Tür zu.

»Polizei, Überfall!«, zeterte die Alte, während der Hund weiterbellte.

Unten im Haus wurde eine Tür geöffnet. »Was ist das denn für ein Lärm. Sind wir hier bei den Hottentotten?«, hörte er eine erboste Stimme. »Ich muss um fünf Uhr raus.«

Winter gab auf, rannte die Treppe hinunter und mit gesenktem Kopf an einem Mann im Bademantel vorbei, dann hatte er die Haustür erreicht, riss sie auf und lief auf die Straße.

Von Silvia war nichts mehr zu sehen.

*

Planlos rannte Silvia aus dem Haus, weg von diesem schrecklichen Menschen. Als sie die Haustür erreicht hatte, hörte sie Geschrei von oben. Sie zitterte, lief weiter, die Straße entlang weiter. Außer Atem blieb sie stehen. Was sollte sie machen? Zur Polizei gehen? Die würde ihren Vater anrufen und sie nach München zurückbringen. Oder er selbst käme sie abholen. Sie lief weiter und stellte plötzlich fest, dass sie unbewusst zum Club Voltaire gelaufen war.

Sie zögerte lange, bis sie hineinging. Drinnen war nicht mehr viel los. Schnell huschte sie zu einem freien Tisch am Rand und ließ sich auf den Stuhl plumpsen. Ihre Hände zitterten noch immer.

»Alles in Ordnung?«, wollte die Bedienung wissen, die wenig später zu ihr kam.

Silvia brachte ein leises »In Ordnung« heraus, verstand deren Blick erst nicht, bis die »Wein?« fragte, und Silvia nickte.

Wenig später hatte sie ein Glas vor sich stehen, nebst einem Glas Wasser.

»Wasser geht aufs Haus«, sagte die Bedienung, warf Silvia noch einen besorgten Blick zu und ging zurück zur Theke.

»Da bist du ja wieder!« Ringo stand neben ihr und sah sie gleichzeitig unsicher und erfreut an.

»Darf ich mich jetzt setzen?«, fragte er mit sanfter Stimme und atmete erleichtert auf, als sie ihm das mit einer Geste erlaubte.

»War das deine Mutter?« Silvia brauchte einen Moment, bis sie verstand, dass er Rieke meinte. Sie musste gegen ihren Willen lächeln, was einen weiteren verunsicherten Blick Ringos zur Folge hatte.

»Nein. Das ist eine … meine Tante.«

»Wo kommst du her? Bist nicht von hier, oder?«

»Aus München«, erklärte sie und fragte sich gleich, ob es klug war, die Wahrheit zu sagen.

Ringo trank langsam sein Bier, rauchte dabei, während Silvia bald ihr Glas geleert hatte. »Noch eins?«, fragte er.

Sie lehnte mit einem Kopfschütteln ab. »Ich habe schon zu viel und außerdem … kein Geld. Auch nicht … für das …«

»Ich lade dich ein.« Ringo gab der Bedienung ein Zeichen.

Silvia hätte jetzt am liebsten ihren Kopf auf den Tisch gelegt und geschlafen, aber Ringo stellte unablässig Fragen, wollte wissen, was sie mache, warum sie in Frankfurt war und wie lange sie bleiben würde. Sie gab einsilbige, ausweichende Antworten, was den jungen Mann mit der großen Nase nicht zu stören schien.

Die letzten Gäste verließen das Lokal, die Bedienung wischte schon die Theke und die Tische auf der anderen Seite des Raums. Lange würde sie nicht mehr hierbleiben können.

»Ich kann heute nicht zu meiner Tante …«, sagte Silvia, nachdem Ringo die Rechnung beglichen hatte.

»Habt ihr gestritten? Das sah gar nicht so aus.«

»Nein, nein«, entgegnete Silvia. »Es geht aber nicht. Aber ich kann nicht …«

Ringo zögerte und druckste, bevor er endlich die Einladung aussprach. »Du kannst, also, wenn du willst, dann kannst du bei mir übernachten.« Er sah sie an. »Auf dem Sofa natürlich.«

Auf der Straße sah sie sich so auffällig um, dass es Ringo auffiel. »Ist was?«, wollte er wissen. »Wirst du verfolgt?«

»Nein, nein«, wiegelte sie schnell ab, »nur abends so draußen …«

»Wir sind gleich da.« Zu ihrer Überraschung meinte Ringo nicht seine Wohnung, sondern das Auto, einen VW Käfer. Die Beulen auf der Beifahrertür gaben kein gutes Zeugnis seiner Fahrkünste ab.

»Der gehört meiner Mutter«, erklärte er ungefragt, »sie hat sich das Bein gebrochen, und so lange kann ich ihn fahren.«

Damit startete er den Motor, der vernehmlich im Heck rasselte.

Als Silvia am Straßenrand eine Telefonzelle entdeckte, bat sie Ringo zu halten und ließ sich von ihm zwei Groschen geben.

Wie aufgeregt sie immer noch war, merkte sie daran, dass sie Mühe hatte, sich an Riekes Telefonnummer zu erinnern.

Endlich hatte sie Rieke am Apparat.

»Der war gleich weg. Zur Erinnerung an ihn habe ich eine Schramme auf der Wange«, erklärte sie mit grimmigem Humor. »Aber Hauptsache, dass du diesem Kerl entkommen bist. Die Klaiber hat auch die Polizei angerufen, aber die meinte, wenn niemand zu Schaden gekommen ist und nichts gestohlen wurde, dann reicht es, wenn sie morgen aufs Revier kommt.« Silvia hörte, wie sie sich eine Zigarette ansteckte und tief inhalierte. »Wo bist du?«

Sie erzählte Rieke von ihrer Flucht in den Club Voltaire, wo sie Ringo getroffen hätte, bei dem sie heute Nacht bleiben könne.

»Das ist gut. Wer weiß, ob dir der Kerl da unten auflauert.«

Sie verabredeten, dass Silvia sich am nächsten Morgen melden sollte, damit sie zusammen die nächsten Schritte überlegen konnten.

14. Mai 1964

Ferdinand wurde vom Scheppern des Metalltors der Werkstatt geweckt. Er lag zusammengekrümmt unter der Decke auf dem Rücksitz seines Wagens. Als er seinen Kopf hob, blickte er in das Gesicht eines etwa fünfzigjährigen Mannes mit Stirnglatze, über dessen breite Schultern sich die Träger seines Blaumanns spannten.

Umständlich wickelte er sich aus der Decke, kletterte nach vorne und öffnete die Tür. Er hatte am Abend das Fenster nur einen Spalt weit geöffnet. Der Windzug, der ihn traf, belebte ihn. Er sah auf seine Uhr. Es war sechs Uhr in der Früh.

»Guten Morgen«, begrüßte ihn der Mann mit einem breiten Lachen. »Was verschafft mir die Ehre?«

Ferdinand erklärte dem Mann, der sich als Horst Ulmer vorstellte und der Besitzer der Autowerkstatt war, den Defekt an seinem Renault. Gemeinsam schoben sie das Fahrzeug in die Halle, dann zeigte ihm Ulmer den Weg zur Toilette, wo er sich frisch machen konnte. Als er zurückkam, stand schon eine dampfende Tasse Kaffee auf dem Werkzeugtisch.

»Schwäbische Gastfreundschaft«, erklärte Ulmer und lachte wieder. »Sie haben Glück. Eigentlich wollte ich heute Vormittag nach Stuttgart, Ersatzteile abholen, aber mein Lieferant rief mich heute Morgen an, dass die erst später kommen. Dann schauen wir mal, was mit Ihrer Karre los ist. Sie können sich gern noch einen Kaffee nehmen und in die Sonne setzen.«

Auf dem Weg nach draußen fiel Ferdinand Silke wieder ein. Und ein anderes gewichtiges Problem.

Herr Ulmer war so tief in den Motorraum versunken, dass Ferdinand dreimal seinen Namen rufen musste, bis dessen Kopf auftauchte.

»Natürlich können Sie mein Telefon benutzen. Sie müssen da durch die Tür gehen«, er zeigte sie mit dem ausgestreckten Arm zum anderen Ende der Werkstatt, »da ist mein Büro. Da steht das Telefon.«

Das andere Problem anzusprechen, fiel Ferdinand schwerer, aber auch hier erwies sich Ulmer als unkomplizierter Charakter. »Überweisen Sie das Geld, wenn Sie wieder in Frankfurt sind. Ist nichts Großes. Der Vergaser hat sich zugesetzt, und der Kühler ist arg verkalkt. In einer halben Stunde fährt die Karre wieder wie am ersten Tag.«

Er lachte und beugte sich wieder über den Motorraum.

Vom Büro aus meldete sich Ferdinand bei Silke.

»Du wagst es, mich anzurufen?! Um die Uhrzeit«, fauchte sie ihn an, kaum dass sie erkannt hatte, wer am Apparat war. »Mich so zu versetzen …«

Ferdinand benötigte einige Anläufe und noch mehr besänftigende Worte, bis Silke endlich seine Entschuldigung annahm. Schließlich nannte sie ihm die Adresse von Friederike Bröhl.

Er bedankte sich, fragte sie, ob er bei ihr wegen des Geldes vorbeikommen könne, was sie ohne die üblichen anzüglichen Bemerkungen bejahte.

»Ferdinand«, sagte sie zum Ende des Gesprächs, »mach dir keine Gedanken. Es war eine schöne Nacht mit dir. Aber nicht mehr. Immerhin hast du einen Anflug von schlechtem Gewissen. Das ist doch ein Anfang.« Sie lachte und verabschiedete sich mit einem »Bis später!«.

Um kurz vor sieben hatte Ulmer seine Arbeit beendet, er schlug die Heckklappe zu und klatschte kurz in die Hände.

»Sie können gern wieder mal vorbeikommen«, sagte er und drückte Ferdinand zum Abschied einen Zettel mit seiner Bankverbindung in die Hand.

*

Silvia hatte das Gefühl, nicht geschlafen zu haben. Es war noch dunkel, durch das Fenster fiel nur ein schwacher Schein des Mondes ins Zimmer und warf einen verzerrten Schatten auf die Decke über ihr. Langsam drang die Erinnerung in ihr Bewusstsein. Neben ihr kreiste in endlosem Leerlauf die Nadel des Plattenspielers in der Auslaufrille der Schallplatte, die Ringo ihr in der Nacht unbedingt vorspielen musste, obwohl sie todmüde war. Ein monotones Geräusch, an das sie sich bald gewöhnt hatte und das sie in einem seltsamen Zustand zwischen Wachen und Dämmern hielt.

Ihr altes Leben lag hinter ihr. Plötzlich war es weg. Verschwunden. Irrwitzig kam ihr der Gedanke angesichts ihres Alters vor. Sie war ja noch nicht einmal großjährig, wie ihr Vater und auch Hajo immer wieder betont hatten. Um sie, wie Luna kühl feststellte, besser in ihrer Gewalt zu haben. Die Unsicherheit und die Zweifel der letzten Tage, ob sie richtig gehandelt hatte, als sie die Aktentasche mit den ihren Vater belastenden Unterlagen an sich genommen hatte und ihr Elternhaus verließ, waren wie weggewischt. Sie hatte Furcht vor dem, was vor ihr lag, aber gleichzeitig die Gewissheit, dass es kein Zurück mehr geben konnte, dass sie jetzt selbst über ihr Leben bestimmen würde.

Ungeduldig wartete Silvia nun hinter dem Fenster auf Ringos Rückkehr. Erst hatte er sich geziert, schließlich doch eingewilligt, alleine zu Rieke zu fahren, um die beiden Reisetaschen und die Aktentasche abzuholen. Danach würden sie sich zusammen auf den Weg in den Hunsrück zu dem Musikertreffen machen. Dass sie dort Martin zu treffen hoffte, hatte sie Ringo verschwiegen, ihn auch im Unklaren über die Musik gelassen, die auf der Burg zu hören sein würde. Aber das wusste sie selbst ja nicht so genau.

Nun war er schon fast eine Stunde fort, und sie begann, sich Sorgen zu machen.

*

Winter hatte die Nacht auf einem Parkplatz am Main verbracht, wo er endlich die Bisswunde untersuchen konnte. Tief waren die Zähne des kleinen Hundes nicht in seine Wade eingedrungen. Aus dem Verbandskasten nahm er eine kleine Flasche mit Jodtinktur und trug sie auf die verletzte Stelle auf.

Ernüchtert stellte er nach dem Aufwachen fest, dass er für solche Abenteuer doch zu alt geworden war. Minutenlang dehnte und streckte er sich, ging dann langsam umher, bis er das Gefühl hatte, sich wieder halbwegs schmerzfrei bewegen zu können. Genussvoll inhalierte er die erste Zigarette. Er würde die Aktentasche an sich bringen, dafür sorgen, dass Silvia ihr Wissen für sich behielt, und dann nach München fahren. Er hoffte, dass dies das letzte Mal sein würde, dass er ins Feld und in die Schlacht zog. Der Gedanke ernüchterte ihn und hatte gleichzeitig etwas Befreiendes. Er war ein Fossil, es interessierte sich niemand mehr für seine Welt, für seinen Kampf. Er musste die Dinge akzeptieren, wie sie waren. Er hatte gute Jahre, im Krieg und nach dem Krieg, vielleicht nicht direkt danach, aber spätestens seit Klinger ihn beim BND untergebracht hatte. Was wollte er mehr. Er würde sich um seinen Garten und um Gerda kümmern, dann konnte der Tod kommen.

Nach der zweiten Zigarette setzte sich Winter hinters Steuer und fuhr auf die andere Flussseite.

*

Wie von dem KFZ-Meister versprochen, schnurrte die Dauphine wie am Schnürchen nach Frankfurt, wo er um Viertel vor zehn von Silke einen Briefumschlag entgegennahm.

»Wehe, ich bekomme das nicht zurück!«, drohte sie ihm mit erhobenem Zeigefinger, dann ging sie schon wieder. »Hab einen Termin. Fescher Bursche!«, rief sie ihm über die Schulter zu.

Ferdinand ging nicht darauf ein und fuhr gleich weiter zum Haus von Friederike Bröhl. Weil alle Parkplätze belegt waren, stellte er die Dauphine vor der Einfahrt des Nachbarhauses ab und stieg aus.

»Sie können hier nicht stehen bleiben!«, erklärte ihm ein Anwohner und unterstrich dies mit einer unmissverständlichen Geste. Ferdinand ignorierte ihn, denn im gleichen Moment kam ein junger Mann aus der Toreinfahrt des Hauses gelaufen. Er trug mehrere Taschen bei sich, die er in den Käfer, der vor dem Tor parkte, warf. Dann stieg er ein, startete den Motor, fuhr rückwärts auf die Straße und fädelte sich in den Verkehr ein. Das ging so schnell, dass Ferdinand erst jetzt Winter wahrnahm, der dem Käfer nachblickte, über die Straße lief, in seinen Opel stieg und in die Richtung raste, in die der Käfer inzwischen verschwunden war.

*

Silvia machte sich sofort auf den Weg nach draußen, nachdem sie erst das Knattern des Boxermotors gehört hatte und dann den Wagen von Ringo um die Ecke kommen sah.

»Hast du die Taschen?«, fragte sie nervös.

»Natürlich«, erwiderte Ringo mit einem Siegergrinsen. »Alles dadrin.«

Silvia blickte ins Auto. Auf dem Rücksitz lagen die Aktentasche und ihre beiden Reisetaschen. Daneben ein kleiner Rucksack, den Ringo am Morgen gepackt hatte, nachdem sie ihn zu einem Ausflug in den Hunsrück hatte überreden können. Sie beugte sich über die Sitzlehne und nahm die Aktentasche an sich.

»Kannst du ruhig da liegen lassen.«

Sie erwiderte nichts und drückte die Tasche an sich.

»Ich muss noch …«, begann der junge Mann, aber Silvia ließ ihn nicht aussprechen.

»Nein, wir müssen los. Bitte!«

»Jetzt? Gleich?«

»Ja«, bestätigte Silvia und stieg auf der Beifahrerseite ein.

Ringo hatte sich am Morgen den Weg in einem Straßenatlas angeschaut und auf einem Zettel Notizen gemacht. Den kramte er aus seiner Tasche und legte ihn in das offene Handschuhfach, bevor er den Motor startete und losfuhr.

»Was hat Rieke gesagt? Wie geht es ihr?«, fragte sie.

Ringo dachte einen Moment nach. »In Ordnung … bis auf … sie hatte auf der Wange eine Schramme. Nicht schlimm. Sie wollte wissen, wie es dir geht.«

»Hat sie sonst noch etwas gesagt?«

Ringo überlegte. »Ja. Sie findet es gut, dass wir zu diesem Musikfest im Hunsrück fahren.«

Etwas von der Anspannung fiel von Silvia ab.

»Warum hast du es so eilig und bist nicht selbst zu deiner Tante?«

Sie wich wieder aus. Sie hatte Ringo auch nichts von dem Überfall am gestrigen Abend erzählt. Der steckte sich eine Zigarette an, sie bat ihn, das Fenster zu öffnen, da ihr sonst schlecht würde. Dann döste sie ein, der fehlende Schlaf machte sich bemerkbar.

Ein Rütteln an ihrer linken Schulter weckte sie.

»Hast du Geld?«, fragte Ringo. »Wir müssen tanken.«

Sie nickte und gähnte.

Kurz darauf hielten sie vor einer Zapfsäule. Der Tankwart im Blaumann kam gemessenen Schrittes auf sie zu. Ringo ließ volltanken, während Silvia ihre Geldbörse aus einer der Reisetaschen nahm und bei dieser Gelegenheit die Aktentasche unter den Sitz schob.

»Was ist denn mit dieser Tasche? Was hast du denn dadrin?«, fragte Ringo.

»Ein paar persönliche Familiendinge«, erklärte sie, »nicht schön. Spielst du eigentlich ein Instrument?«, fragte sie schnell, um das Thema zu wechseln.

Ringo lachte. »Schlagzeug, was sonst. Wenn man Ringo genannt wird.«

Nun musste auch Silvia grinsen.

*

Winter fluchte. Mit Mühe hatte er in dem dichten Vormittagsverkehr dem Käfer folgen können, der jetzt in einer Seitenstraße vor einem Haus hielt. Sogleich kam Silvia aus dem Eingang, lief eilig auf den Käfer zu und stieg ein.

Jetzt folgte er dem Wagen aus der Stadt. Sowie sie die Stadtgrenze verlassen hatten, ließ er sich ein Stück zurückfallen. Es ging in Richtung Westen, bei Mainz überquerten sie den

Rhein und folgten nun der B 9 am Fluss entlang nach Norden. Winter beobachtete, wie die beiden an einer Tankstelle hielten, doch auch hier bot sich ihm keine Chance zum Eingreifen.

Er musste warten, wie ein Jäger. Irgendwann würde seine Chance kommen. Einzig seine Sorge um Gerda trieb ihn um. Je früher er die Tasche an sich brachte, desto eher könnte er zurück nach München fahren.

Wo wollten die beiden hin? Wer war der Kerl? Ein Freund? Ein anderer Journalist? Viele Fragen, über die nachzudenken er bei dem gemächlichen Tempo auf der Straße am Rhein mit den Burgen rechts und links und der Geschwindigkeitsbegrenzung in den kleinen, an die Hänge des Hunsrücks geschmiegten Orte genügend Zeit hatte. Aber es blieb letztlich alles Spekulation. Er musste Tatsachen schaffen. Aus der Schachtel auf dem Beifahrersitz fingerte er eine neue Zigarette, zündete sie an und blies den Rauch durch das offene Fenster in die Frühlingsluft.

In Bacharach unterhalb der Burg Stahleck beobachtete er, wie die beiden vor einer Bäckerei hielten. Winter rollte langsam an ihnen vorbei. Etwa fünfzig Meter entfernt entdeckte er eine Telefonzelle und nutzte die Gelegenheit, sich mit seinem Anschluss in München verbinden zu lassen. Dabei hatte er den Käfer gut im Blick. Er sah auf seine Uhr. Gerda müsste schon längst aufgestanden sein. Nervös trommelte er mit dem Zeigefinger gegen den Apparat. Als er Silvia mit einer Papiertüte aus dem Laden kommen sah, legte er auf und ging zu seinem Wagen zurück. Eine Hand am Zündschlüssel, rutschte er tief in den Sitz und ließ den Käfer an sich vorbeirollen.

Am Rhein entlang ging es weiter. Sie durchquerten den Ort Oberwesel. Fischer hatte gesagt, dass Silvia in Düsseldorf studieren wolle. Waren die beiden auf dem Weg dorthin? In

St. Goar stoppten sie neben einem Mann. Offensichtlich hatten sie ihn nach dem Weg gefragt. Kurz darauf verließen sie den Ort auf einer kleinen Straße in Richtung Hunsrück.

*

Ferdinand stand vor der Tür im dritten Stock und wartete, dass auf sein Klingeln geöffnet wurde.

»Was wollen Sie?« In seinem Rücken wurde eine Tür geöffnet. Er drehte sich um. Aus einem schmalen Spalt blickte ihn eine ältere Frau misstrauisch an. Zwischen ihren Beinen lugte die Schnauze eines kleinen Hundes hervor.

»Hier wohnt doch Friederike Bröhl, oder?«, fragte er.

»Was wollen Sie von ihr?«, fragte die Frau barsch zurück.

»Ich muss mit ihr sprechen. Über Silvia Fischer. Sie ist in Gefahr.«

Dann wurde die Tür nebenan geöffnet.

»Sie kennen Silvia?« Eine Frau mit rothaarigen Locken blickte ihn an. »Welche Gefahr?«

Ferdinand erklärte kurz, was er soeben unten auf der Straße beobachtet hatte. »Hatte der junge Mann Silvias Gepäck bei sich?«

Sie bestätigte mit einem Nicken.

»Sind Sie Friederike Bröhl?«

Statt die Frage zu beantworten, forderte sie Ferdinand kurzerhand auf hereinzukommen.

»Passen Sie auf, Frau Bröhl!«, wurde diese von ihrer Nachbarin gewarnt.

»Mache ich, Frau Klaiber.« Sie führte ihren Gast in die Küche.

»Also?«, sagte sie streng.

So kurz wie möglich erklärte er den Grund seines Kommens. »Der Mann, der den jungen Mann verfolgt, ist ehemaliger SS-Polizist und war bis vor Kurzem beim BND.«

»Er war gestern schon hier, aber dank Frau Klaibers Hund konnten wir ihn vertreiben.«

Als sie Ferdinands ungläubiges Gesicht sah, entspannten sich für einen kurzen Moment ihre Gesichtszüge. »Kleine Ursache, große Wirkung.«

»Wer ist dieser junge Mann, der Silvias Gepäck abgeholt hat?«

»Ringo heißt er. Er hat gesagt, dass Silvia auf die Burg Waldeck will. Ich habe ihn darin bestärkt, mit ihr dorthin zu fahren. Weg aus Frankfurt, in Sicherheit. Aber das ist jetzt hinfällig. Wir müssen auch dorthin. Sie haben doch ein Auto, oder?«

»Ja«, bestätigte Ferdinand. »Burg Waldeck?«, aber die Frage konnte Rieke Bröhl nicht mehr beantworten, denn sie war schon ins Nebenzimmer verschwunden. »Kommen Sie!«

Dort saß sie auf einem Sofa, das offensichtlich auch als Bett genutzt wurde, und blätterte in einem Straßenatlas. Auf einem Zettel machte sie sich Notizen.

Ferdinand sah sich um, entdeckte das Plakat, das für den Ostermarsch 1961 warb. »Ostermarsch«, sagte er mehr zu sich als zu der Frau: »Kennen Sie Kurt Oeser?«

»Na klar!« Ohne das weiter zu erklären, hielt sie ihm den Zettel entgegen.

»Nehmen Sie! Da habe ich den Weg in den Hunsrück notiert.« Damit war sie wieder aus dem Zimmer, kramte in einem weiteren Zimmer herum und stand wenige Augenblicke später wieder vor ihm, mit einem kurzen Mantel bekleidet und einer kleinen Tasche in der Hand.

*

Mine war den ganzen Tag über keine Sekunde allein. Zumindest kam es ihr so vor, als habe ständig jemand ein Auge auf sie. Alle in der Familie waren damit beschäftigt, darauf zu achten, dass sie den Hof nicht wieder heimlich verließ.

An den letzten Abend in der Küche, als sie abwechselnd von ihrem Vater und ihrem Trainer Otto angebrüllt worden war, mochte sie nicht zurückdenken. Otto war wegen ihr früher von der Arbeit aufgebrochen, um mit ihr einzeln trainieren zu können, hatte ihr der Vater vorgeworfen. Was ihr einfiele. Alle würden Opfer für sie bringen. Und sie? Nichts! Sie war kaum zu Wort gekommen, selbst als sie am Ende in Tränen ausgebrochen war, hatte das die beiden Männer nicht im Geringsten gerührt.

Verrat hatten sie ihr unterstellt, Vertrauensbruch, dass sie eine Schande für die Familie wäre. Da war ihr das Gespräch mit Lutz in den Sinn gekommen und der Satz des Großvaters vom Abend davor.

In der Nacht hatte sie kaum geschlafen.

Ein kleiner Lichtblick während des Tages war der Besuch von Lutz, der mit seinem Fahrrad vorbeikam und fragte, ob sie nicht mit ihm zur Waldeck fahren wolle. Was sie besonders freute, war, dass Mary sich nach ihr erkundigt hatte, und auch Ben wissen wollte, ob sie heute wiederkommen würde. »Später vielleicht«, hatte sie mit Blick auf ihren Bruder geantwortet, der Lutz argwöhnisch betrachtete.

»Später«, hatte auch Onkel Gerd sie mit belegter Stimme vertröstet, als sie ihn in einem Moment, in dem sie mit ihm allein war, nach Ilse gefragt hatte. Traurigkeit lag in seiner Stimme.

Am Nachmittag musste sie ihre Mutter in der Küche unterstützen, die beiläufig fragte, ob sie Streit mit ihrer Freundin Evi habe. Mine wich aus, erklärte, dass sie sich in den letzten Wochen kaum gesehen hätten. Die Mutter ließ nicht locker, sagte, dass Evi im Dorf erzähle, Mine habe einen Freund und telefoniere heimlich mit ihm, weil sie mit ihm durchbrennen wolle.

Mine versuchte zu beschwichtigen und erklärte, dass Evi wegen eines Streits im Training böse mit ihr sei.

»Sie kann doch nicht einfach so etwas rumerzählen«, empörte sich die Mutter.

»Evi kann das«, entgegnete Mine. »Wenn sie nicht bekommt, was sie will, kann sie ganz schön gemein sein.«

»So hast du noch nie über sie geredet«, stellte die Mutter fest. Sie war erstaunt. Mine hatte tatsächlich noch nie schlecht über Evi gesprochen.

»Mach uns nur keine Schande!«, ermahnte sie ihre Tochter schließlich, und Mine sah, dass ihre Mutter Tränen in den Augen hatte.

*

Da lang!«, Silvia deutete auf das Schild am Straßenrand. Ringo steuerte den Wagen nach links unter einer Brücke durch. Die Straße führte sie in ein schmales Tal. Rechts erhoben sich Felsen, links war eine Böschung, in der zwischen Buschwerk und Bäumen ein Bach floss.

In lang gezogenen Kurven ging es durch das Tal, nach ein paar Kilometern begann die Steigung. Der Wagen mühte sich tapfer und im Schritttempo durch die jetzt engen Kehren bergauf. Im ersten Gang und mit genügend Drehzahl schaffte er es von Kurve zu Kurve. Ringo fuhr sehr konzentriert. Silvia schwieg, blickte nach vorne und hoffte, dass sie nicht einen der ungesicherten Abhänge hinabstürzten.

»Hier sagen sich Fuchs und Hase Gute Nacht«, stellte Ringo

zwischen zwei Kurven fest, ein kurzer Moment, in dem er den Motor einmal nicht mit hohen Drehzahlen quälen musste.

»Nicht bei der Lautstärke«, widersprach Silvia.

»Warum überholt der denn nicht?«, fragte sich Ringo, während Silvia damit beschäftigt war, gegen ihre aufkommende Übelkeit zu kämpfen. Sie hielt sich mit beiden Händen am Armaturenbrett fest, um in den Kurven nicht hin und her geschleudert zu werden.

Kurz darauf schoss ein Motorrad an ihnen vorbei und war schon kurz darauf aus ihrem Sichtfeld verschwunden.

»Jetzt ist der wieder weg …?«

Silvia bemerkte Ringos angestrengten Blick in den Rückspiegel, verkniff sich aber eine Bemerkung.

»Nee, doch nicht …«

Silvia sah sich um. Nur kurz. Hinter ihnen setzte ein Wagen den Blinker zum Überholen, musste das Manöver aber abbrechen, weil ihnen ein Traktor entgegenkam.

»Der weiß auch nicht, was er will …«, kommentierte Ringo, als sie die Höhe erreicht hatten. Ortstafeln tauchten auf, Silvia nahm keine Notiz von ihnen, kämpfte noch immer gegen ihre Übelkeit an.

Hier auf der Höhe erstreckten sich weite Felder rechts und links der Straße, einige Male tauchten sie in Waldabschnitte ein, die sie bald schon wieder verließen. In den kleinen Dörfern mit den Fachwerkhäusern ließ Ringo den Käfer rollen, um dann am Ortsausgang wieder Gas zu geben.

»Dürften keine zehn Kilometer mehr sein«, antwortete er auf Silvias Frage, wann sie endlich ihr Ziel erreicht hätten.

Sie tuckerten hinter einem Traktor her, ein Wagen schloss auf.

»Der fährt schon die ganze Zeit hinter uns.« Silvia blickte zu Ringo, der jetzt beschleunigte. Silvia entging nicht, dass er immer wieder in den Rückspiegel sah, gleichzeitig aber auch

Gefallen am schnellen Fahren fand. »Welcher Film?«, fragte er, fast ein wenig übermütig, und strich sich mit dem Daumen über die Lippen. Silvia zuckte mit den Schultern. Ihr war nicht nach Ratespielen zumute.

»Außer Atem«, erklärte er und nahm eine Zigarette, klemmte sie in den Mundwinkel und beschleunigte noch einmal. »Die Polizei kann uns mal!«, imitierte er Belmondo und gab Gas.

»Nicht so schnell!«, ermahnte ihn Silvia.

In einer lang gezogenen Kurve steuerte Ringo den Käfer fast an den Rand der anderen Straßenseite, es fehlten nur noch wenige Zentimeter bis zum Graben. In der nächsten Kurve schlingerte der Käfer so stark, dass Silvia gegen das Seitenfenster geworfen wurde.

»Wie bitte? Sie lieben das Meer nicht? Sie machen sich auch aus dem Gebirge nichts?« Er grinste.

»Langsam!«, forderte Silvia.

Mit Mühe brachte Ringo den Wagen unter Kontrolle, doch schon kam die nächste Kurve, die immer enger wurde. Silvia hielt sich jetzt mit beiden Händen am Armaturenbrett fest.

Ringo lachte kurz, sah zu seiner Beifahrerin hinüber, strich sich dabei nochmals theatralisch mit dem Daumen über die Lippen.

»Verdammt! Pass auf!«, schrie Silvia. Aber es war zu spät. Der Käfer schoss über die schmale Grasnarbe neben der Straße in den Graben, rutschte unkontrolliert weiter, bis er von einem Baumstumpf abrupt gestoppt wurde. Silvia wurde gegen das Armaturenbrett geschleudert und fand sich benommen im Fußraum des Wagens wieder.

Ihre Knochen schmerzten, sie schmeckte Blut, aber sie konnte sich bewegen. Die Tür war durch die Wucht des Aufpralls aus der Halterung gerissen worden. Sie kletterte aus dem Wagen, robbte ein Stück zur Seite, drehte sich um, robbte zurück, sah ins Innere, wo Ringo mit dem Oberkörper über dem Lenkrad lag. Sein leises Stöhnen verriet ihr, dass er noch lebte. Ein paar Meter entfernt lag die Aktentasche. Sie war bei dem Aufprall aus dem Wagen geschleudert worden.

Silvia nahm die Aktentasche an sich, wischte sich über die Stirn, besah sich kurz ihre blutverschmierte Hand und kroch in den Wald gleich hinter dem Graben, wo sie sich gegen einen Baumstamm lehnen und durchatmen konnte. Sie hörte einen Wagen anhalten und kroch vor, um sich bemerkbar zu machen, doch sie hielt sofort inne, als sie den Mann erkannte, der kurz darauf die Böschung hinabgestiegen kam, um das Auto herumging, hineinsah und sich zu Ringo herunterbeugte.

*

Winter ließ den Opel am Straßenrand in einen Feldweg ausrollen. Abwarten, lobte er sich, kann auch manches Problem lösen.

Er stieg aus und ging die Straße entlang bis zur Unfallstelle. Der Käfer lag im Graben, hinter dem gleich ein dichter Wald begann. Der linke Kotflügel war durch den Aufprall gegen einen Baumstumpf völlig eingedrückt.

Winter kletterte zu dem Wagen hinunter und schaute durchs Fenster. Der Fahrer hing mit dem Oberkörper über dem Lenkrad, er atmete schwach. Auf der rechten Seite hatte die Wucht des Aufpralls die Tür abgerissen. Winter beugte sich hinunter. Keine Spur von der jungen Frau. Er lief ein paar Meter den Graben entlang, sah in den Wald, aber die Bäume und Büsche verhinderten, dass er allzu viel erkennen konnte. Schließlich ging er zum Unfallwagen zurück, sah aber bald ein, dass die Aktentasche nicht mehr da war. Fischers Tochter musste sie an sich genommen haben, offensichtlich hatte sie den Unfall so gut überstanden, dass sie sich davonmachen konnte, mit der Tasche. Winter lief noch einige Meter in den Wald hinein, sah sich um, gab aber bald auf.

Der verletzte Fahrer atmete inzwischen vernehmlicher und drehte seinen Kopf zur Seite, als er wahrnahm, dass sich jemand neben ihm niedergekniet hatte.

»Mein Arm«, stöhnte er und schrie vor Schmerz auf, als er Winters festen Griff spürte.

»Wo ist die junge Frau?«, fragte Winter. Ringo blickte ihn entsetzt an.

»Die junge Frau?!«, wiederholte er und drückte nochmals zu.

Ringo schrie wieder auf.

»Das ist nur der Anfang«, drohte Winter. »Also, wo ist die Frau? Und wo ist die Tasche?«

Er wollte wieder zudrücken, da hörte er, wie oben am Grabenrand ein Wagen hielt.

Ein Mann tauchte dort auf.

»Alles in Ordnung. Der Mann lebt«, rief Winter. »Zu schnell. Ist aus der Kurve geflogen«, ergänzte er.

»Ich bin Arzt.« Der Mann kletterte zur Unfallstelle hinunter und wandte sich dem Verletzten zu.

»Es ist schon jemand unterwegs nach einem Krankenwagen«, hörte er von der Straße rufen. Inzwischen standen vier oder fünf Personen dort und redeten aufgeregt durcheinander.

»Wo wird der Mann hingebracht?«, fragte Winter einen von ihnen, während er sich eine Zigarette anzündete.

»Wahrscheinlich nach Simmern«, antwortete der. »Die Polizei müsste auch jeden Moment kommen.«

*

»Das fängt ja gut an«, schimpfte Rieke, als Broichs Wagen auch nach dem fünften Versuch nicht ansprang.

»Wird schon«, versuchte er sie zu beruhigen, wartete geduldig ein paar Sekunden, bevor er einen sechsten und endlich erfolgreichen Versuch startete.

»Ich hoffe, dass das kein schlechtes Omen ist«, bemerkte Rieke und wies ihm den Weg aus der Stadt.

Als sie Mainz erreicht hatten, wusste Broich alles über Silvias Situation. Rieke erzählte ihm von dem Streit mit ihrem Verlobten, den sie nicht heiraten wollte, der Aktentasche, die sie mitgenommen hatte, von Martin, den sie in Südfrankreich kennengelernt hatte und nun auf der Burg Waldeck zu treffen hoffte. Von Ringo, den sie aus dem Club Voltaire kannten und mit dem sie jetzt auf dem Weg zu dem Festival war. Dann wollte Rieke wissen, was er mit der Sache zu schaffen habe. Er ließ sich ein wenig Zeit, sortierte seine Gedanken und erzählte dann von dem Anruf der KZ-Überlebenden Ruth Lachmann, die glaubte, einen ehemaligen Lager-Zahnarzt erkannt zu haben, der unbehelligt in München praktizierte.

»Wie ist die auf Sie gekommen? Ich meine, warum hat diese Frau Lachmann Sie angerufen?« Ferdinand glaubte etwas Abfälliges aus Riekes Tonfall herauszuhören.

»Warum nicht?«, erwiderte er patzig.

»War nur eine Frage. Seien Sie nicht gleich eingeschnappt, Ferdinand. Das interessiert mich wirklich.«

Er sprach erst weiter, als sie Ingelheim hinter sich gelassen hatten. »Ich bin Journalist«, erklärte er schließlich, wartete auf eine Reaktion und sprach weiter, als die nicht kam. »Sagt Ihnen die Rote Hand etwas?«

»Rote Hand, die kennen Sie?« Wieder war da dieser Unterton, der Ferdinand nicht gefiel.

»Warum denn nicht?«, gab er scharf zurück.

Rieke versuchte, versöhnlicher zu klingen. »Verstehen Sie mich nicht falsch. Was in Algerien passiert ist, interessiert hier im Wirtschaftswunder-Deutschland niemanden. Haben Sie über La Main Rouge geschrieben?«

Ferdinand nickte und erzählte, wie er seinerzeit von den Machenschaften der Roten Hand erfahren und wie er sich in den Jahren danach noch mit den Aktivitäten der Organisation beschäftigt hatte.

Rieke betrachtete ihn eindringlich.

»Was ist?«, fragte Ferdinand, den das nervös machte.

»Ich bin überrascht, Ferdinand.« Dieses Mal hatte ihre Stimme nichts Abfälliges oder Herablassendes, sie klang jetzt aufrichtig überrascht. »Dann habe ich sicher schon den einen oder anderen Artikel von Ihnen gelesen«, fügte sie versöhnlich hinzu.

»Ruth Lachmann hat Artikel von mir gelesen …«, sprach er weiter. »Deshalb rief sie mich an.«

»Und?«

»Sie war tot, als ich in München ankam. Ich bin sicher, dass man sie umgebracht hat.«

»Tot?«, reagierte sie erschrocken. Sie schluckte. »Dieser Zahnarzt, von dem Frau Lachmann sprach, ist Fischer, Silvias Vater?«

Ferdinand nickte.

»Mit diesem Mann habe ich in München mehr oder weniger Tür an Tür gewohnt.« Rieke kramte in ihrer Handtasche nach ihren Zigaretten. »Darf ich?«, fragte sie, zündete sich aber gleich eine an, ohne seine Zustimmung abzuwarten.

»Von mir aus«, erwiderte er.

»Wollen Sie auch?«

Ferdinand lehnte ab, erzählte, während sie das Seitenfenster ein Stück herunterkurbelte, von all den Ungereimtheiten, auf die er gestoßen war, von dem Einbruch in sein Hotelzimmer und dass Edgar Winter jemanden beauftragt hatte, ihn in Ruth Lachmanns Wohnung umzubringen.

Rieke inhalierte tief. »Diese Schweine!«, stieß sie aus.

»Ja, dieser Winter ...« Er brach mitten im Satz ab.

»Was ist?« Rieke schnippte die aufgerauchte Zigarette aus dem Seitenfenster.

»Irgendetwas mit dem Motor. Er zieht nicht richtig.« In Bingen mussten sie an einer Ampel stehen bleiben. Als die auf Grün umschaltete, kam der Renault nur schwer in die Gänge. »Der war gestern noch in der Werkstatt.«

»Ist eben eine Dauphine?« Rieke lachte spöttisch auf.

»Ja, wieso?«, fragte Ferdinand, der nicht verstand.

»Na, das heißt Thronfolgerin. Zumindest ist dieses Autochen so kapriziös wie eine solche.«

Ferdinand war nicht zum Lachen zumute.

In einiger Entfernung entdeckte er eine Tankstelle und war froh, dass der Wagen, der immer behäbiger auf die Tritte aufs Gaspedal reagierte, es bis dorthin schaffte.

Kaum hatte er die Motorhaube am Heck des Wagens geöffnet, war schon der Tankwart zu ihm geeilt. »Lassen Sie mal den Fachmann ran!« Damit drängte er Ferdinand zur Seite. Als Ursache für den Leistungsverlust des Motors identifizierte er schnell den Luftfilter, der sich zugesetzt hatte, was der Tankwart innerhalb weniger Minuten in Ordnung bringen konnte.

»Sie können gerne etwas schneller fahren, Ferdinand. Wir wissen nicht, wo und wann dieser Winter zuschlagen will«, schlug Rieke vor, als sie wieder auf der Bundesstraße waren.

Widerwillig trat Ferdinand fester aufs Gaspedal. Folgsam beschleunigte die Dauphine und lief auf der Rheinstrecke ohne Probleme.

»Der Loreleyfelsen«, bemerkte er und deutete auf die gegenüberliegende Flussseite.

»Dann sind wir gleich in St. Goar«, rief Rieke aus, ohne auf die Touristenattraktion am Mittelrhein zu achten.

Ferdinand räusperte sich. »Woher kennen Sie die Rote Hand, Rieke?«, fragte er.

Bevor Rieke antwortete, zündete sie sich erneut eine Zigarette an, um sich Zeit zu verschaffen, wie Ferdinand schien.

»Ich habe Deserteuren geholfen. Französischen Soldaten und Fremdenlegionären, die nicht mehr in diesem dreckigen Krieg kämpfen wollten. Keine Männer mehr töten wollten, die ihnen nichts getan haben.« Sie zog intensiv an ihrer Zigarette, bevor sie weitersprach. »Wir haben sie in Häusern untergebracht, wo sie erst einmal bleiben konnten, haben ihnen dann Papiere besorgt. Da haben wir natürlich auch den französischen Geheimdienst und die Rote Hand kennengelernt.«

Ferdinand schaute aufmerksam zu ihr herüber. Sie passierten jetzt den Ort unterhalb der Ruine der Burg Rheinfels und bogen kurz darauf in eine Straße ab, die durch ein schmales Tal in den Hunsrück führte.

Nach einigen Kilometern stieg die Straße steil an. Ferdinand und Rieke schwiegen, bis sie das Plateau erreicht hatten. Rieke gab Ferdinand kurze Hinweise, wie er weiterfahren sollte. Hinter dem Ortsschild von Emmelshausen sahen sie einen jungen Mann, der an seinem Motorrad herumschraubte. Sie hielten an, um ihn nach dem Weg zu fragen.

»Zur Burg Waldeck?«, wiederholte der Riekes Frage, nachdem er sich erhoben und an einem Tuch seine öligen Hände abgewischt hatte. »Macht ihr Musik?« Skeptisch betrachtete er die beiden.

»Nur Besucher«, antwortete Broich.

»Genauso schlimm«, entgegnete er, beschrieb ihnen aber dann doch den Weg.

»Fahren Sie langsam! Hat heute schon einen hier zerbretzelt.

Gleich hinter Frankweiler.« Er beugte sich wieder zu seiner Maschine hinunter.

Beinahe wären sie an der Unfallstelle vorbeigefahren, so tief war der Graben, in den der VW Käfer hinabgerauscht war. Ein Lichtreflex auf der verchromten Stoßstange hatte Ferdinand auf das Fahrzeug aufmerksam gemacht. Sie stiegen aus und näherten sich dem Wagen, dessen linke Seite stark eingedellt war.

»Das ist der Käfer««, stellte Ferdinand fest, nachdem er sich in den Graben gemüht hatte. »Aber wo sind Silvia und dieser Ringo?«

Ohne seine Frage zu beantworten, umrundete Rieke das Wrack, ging in die Knie und blickte ins Innere des Fahrzeugs, stand wieder auf und schüttelte den Kopf. »Ja, seltsam, dass niemand hier ist.«

»Wenn Winter dahintersteckt …« Rieke stand wieder auf und schüttelte den Kopf, zündete sich eine Zigarette an, inhalierte tief. »Spekulieren bringt nichts. Wir rufen die Polizei an.«

*

Mit Einbruch der Dämmerung war Winter in Simmern angekommen. Er stellte seinen Opel vor dem Krankenhaus auf dem Besucherparkplatz ab. Am Empfang zeigte er seinen gefälschten Polizeiausweis und erklärte, dass er an das Opfer des Verkehrsunfalls bei Frankweiler noch Fragen zum Unfallhergang habe. Er schimpfte über die Unerfahrenheit jugendlicher Fahrer bei gleichzeitiger Selbstüberschätzung, um den Mann am Empfangsschalter vom genauen Studium seines Ausweises abzulenken.

Auf der Station hatte er Glück, dass der diensthabende Arzt im Operationssaal bei einem Notfall war.

Wenig später stand er vor dem Bett von Reinhold Stern, wie ihm eine Karte am Fuß des Bettes verriet.

»Bitte nur kurz!«, bat ihn die Schwester und verwies auf die anstehende Operation wegen des gebrochenen Arms. Außer diesem Bruch und einer Gehirnerschütterung habe Herr Stern, so erfuhr Winter weiter, keine größeren Verletzungen davongetragen. »Hat es denn nicht Zeit bis morgen oder übermorgen? Es ist doch außer ihm selbst niemand zu Schaden gekommen. Dann ist auch der Herr Doktor wieder da. Der Patient braucht jetzt Ruhe …«

Winter tat verständnisvoll, unterstrich dabei aber gleichzeitig die Dringlichkeit seines Anliegens. »Wir gehen davon aus, dass jemand Herrn Stern von der Straße abgedrängt hat …«

Erschrocken sah ihn die Krankenschwester an.

»Ob absichtlich oder unabsichtlich, wissen wir noch nicht. Aber vielleicht kann uns Herr Stern einen Hinweis geben, dann könnten wir das klären. Unfallflucht ist kein Kavaliersdelikt. Und je eher wir wissen …« Er sah der Frau in die Augen, die gab schließlich ihr Einverständnis.

»Aber wirklich nur kurz …«, sagte sie, wich ihm aber nicht von der Seite.

Offenbar hatte man dem jungen Mann ein Schmerzmittel gegeben, denn er blickte Winter wie durch einen Schleier an. Der verletzte Arm war geschient worden.

Winter räusperte sich, und Stern schaute aufmerksam auf. Dann zeigte sich Entsetzen in seinem Blick. Was auch der Krankenschwester nicht entging.

»Sehen Sie, das ist nicht gut. Kommen Sie doch morgen …«

»Sie behindern die Arbeit der Polizei«, ermahnte er die Schwester streng, zückte nochmals seinen Ausweis. »Wenn Sie uns bitte allein lassen würden …«

Winter wartete, bis sie den Raum verlassen und die Tür hinter sich geschlossen hatte, dann wandte er sich Reinhold Stern zu. Er beugte sich über den Verletzten. »Wo ist die junge Frau?«, fragte er.

Ganz leicht schüttelte der junge Mann seinen Kopf, was ihm offenbar einen Schwindelanfall bescherte, denn sogleich schloss er die Augen.

Winter ließ sich nicht beeindrucken. »Ich frage noch einmal. Die Frau und die Aktentasche ...?«

Vorsichtig öffnete Stern die Augen wieder. »Ich ... weiß es ... nicht«, stammelte er.

Winter griff unter die Decke, packte ihn am Arm. »Wo ...?«

»Sie ... war ... neben mir ... bis zum Unfall.«

Winter nickte, seine Hand noch immer an Sterns Arm. »Die Tasche ...?«

Stern verzog seine Mundwinkel kaum merklich, schloss die Augen. Winter fürchtete, dass er wegdämmerte. Er drückte wieder zu, nicht fest, aber fest genug, dass Stern aufstöhnte und die Augen wieder öffnete. »Wo ist sie hin?«

Stern schien einen Moment nachzudenken, bevor er »Wal deck« hauchte und endgültig einschlief.

Am Ortsrand von Simmern fand Winter ein Hotel, in dem er sich unter falschem Namen ein Zimmer nahm. Von dem Rezeptionisten hatte er beim Einchecken erfahren, dass Waldeck der Name einer Burgruine im Baybachtal war und dass dort ab morgen ein Treffen von Musikern stattfinden würde, das schon für viel Aufregung in der Bevölkerung gesorgt habe, da man fürchte, dass da viel lichtscheues Gesindel in die Gegend komme.

Winter konnte den Mann in seinen Befürchtungen nur bekräftigen.

Vor und nach dem Abendessen versuchte er mehrmals erfolglos, Gerda anzurufen. Seine Sorgen ließen ihn von seinen Überlegungen, wie er weiter vorgehen sollte, immer wieder abschweifen und waren am Ende so groß, dass er beschloss, früh am Morgen nach München zurückzufahren.

*

Silvias Bein schmerzte, aber sie zwang sich weiterzugehen und hoffte, dass sie jemanden traf, der ihr den Weg zu der Burgruine zeigen konnte. Erschöpft und verschwitzt kam sie an einen Bach. Zunächst zögerte sie, doch dann schöpfte sie mit den Händen Wasser und trank. Anschließend säuberte sie ihr Gesicht.

Nach einem kurzen Moment der Erholung lief sie weiter durch Waldstücke und über Felder, sah sich immer wieder um, ob jemand ihr folgte. Erschöpft schleppte sie sich weiter, bis sie mit einsetzender Dämmerung am Feldrand eine Scheune entdeckte.

Das Scheunentor war nicht verschlossen und ließ sich ohne große Mühe öffnen. Im Innern war es so dunkel, dass sie nur Konturen erahnen konnte, Gerätschaften und Heu, das in einer Ecke geschichtet war. Eine Leiter führte hinauf auf den Dachboden, der die halbe Scheune überspannte.

Langsam kletterte Silvia hinauf, prüfte jede Sprosse auf ihre Stabilität. Oben war der Boden ebenfalls von einer dünnen Schicht Heu bedeckt, in einer Ecke lagen grobe Decken gestapelt. Sie würde die Nacht hier verbringen, entschied sie. Schlafen, erst einmal schlafen, vergessen und schlafen und morgen etwas zum Essen auftreiben und dann irgendwie zur Burgruine kommen.

*

Es war schon dunkel, als Ferdinand und Rieke das kleine, privat geführte Hotel in Emmelshausen erreichten. An der Rezeption erkundigten sie sich nach dem nächsten Polizeirevier, wo Ferdinand sogleich anrief. Der Polizeibeamte erklärte ihm, dass er keine Auskünfte geben dürfe, aber Ferdinand blieb hartnäckig und konnte so zwischen den Zeilen heraushören, dass man einen jungen Mann ohne lebensbedrohliche Verletzungen am Unfallort vorgefunden hatte. Und dass nur eine Person in dem verunfallten Wagen gewesen war. Der Rezeptionist ihres Hotels vermutete, dass das Unfallopfer in das Kreiskrankenhaus in Simmern eingeliefert worden war.

Aber auch dort kam er nicht weiter. Eine Mitarbeiterin des Krankenhauses erklärte ihm am Telefon, dass sie keine Auskünfte geben dürfe.

Beim Abendessen in dem karg eingerichteten Speisezimmer grübelten Rieke und Ferdinand darüber nach, was es zu bedeuten hatte, dass offenbar Silvia nicht am Unfallort gewesen war. War sie vorher ausgestiegen? Weil sie Streit hatten? Weil sie ihre Pläne geändert hatte? Oder, die schlimmste Möglichkeit, weil sie in den Händen von Winter war?

Sie beschlossen, am nächsten Morgen nach Simmern ins Krankenhaus zu fahren, darauf hoffend, dort Antworten auf ihre Fragen zu bekommen.

Plötzlich stand Ferdinand auf.

»Was ist?«, fragte Rieke.

»Ich muss telefonieren«, antwortete er knapp und ging zu dem Apparat neben der Rezeption.

»Ja bitte?«, hörte er Dr. Rudnik nach dem dritten Klingeln fragen.

»Hm«, der Anwalt brauchte einen Moment Zeit zum Nachdenken, nachdem Ferdinand ihm die ganze Geschichte erzählt hatte. »Ich kann auch etwas dazu beitragen. Fischer beziehungsweise Tromnau wurde 1911 in Danzig geboren, hat in

Hamburg Zahnmedizin studiert und ist schon während seines Studiums in die NSDAP sowie andere parteinahe Organisationen eingetreten. Ende der dreißiger Jahre hat er sich dann der SS angeschlossen. Nach dem Studium ist er zurück nach Danzig, wo er eine Praxis eröffnete. Dort hat er auch seine erste Frau, Gerlinde Tromnau, geborene Weber kennengelernt und später geheiratet. Trauzeuge war, halten Sie sich fest, ein gewisser Edgar Winter. Die Frau kam im Dezember 1943 bei einem Bombenangriff auf Danzig ums Leben. Er heiratete dann Margot Walser, eine Aufseherin in Majdanek. Wenn sie den Krieg überlebt hat, wird sie ebenfalls ihren Namen geändert haben. Ab Ende 1941 war er im Konzentrationslager Lublin-Majdanek, als das im Sommer 1944 aufgelöst wurde, wurde er ins KZ Buchenwald versetzt. Vor der Befreiung durch die Amerikaner soll Tromnau bei einem Tieffliegerangriff umgekommen sein, wahrscheinlich, nachdem er sich vorher hatte absetzen wollen. Aber da wissen wir ja, dass dies ein Täuschungsmanöver war.«

»Das stimmt mit dem überein, was Silvia Fischer ihrer Bekannten aus Frankfurt erzählt hat. Fischer hat sie im Glauben gelassen, dass seine neue Frau ihre leibliche Mutter ist.«

»Was für ein Schock für das Kind«, kommentierte Dr. Rudnik. »Ich kann mich nur wiederholen, Broich«, warnte er zum Ende des Gesprächs, »passen Sie auf sich auf! Winter und Fischer sind gefährlich.«

*

Am Abend ging Mine auf ihr Zimmer und packte ihre Sporttasche. Sie gehe jetzt zum Training, rief sie ihrer Mutter zu und schlich dann mit der Tasche an der Küche vorbei Richtung Scheune, wo ihr Fahrrad stand, mit dem sie zur Burgruine fahren wollte. »Halt!«, rief ihr Vater, der sich ihr in den Weg gestellt hatte.

»Ich fahre dich zum Training«, erklärte er und fügte hinzu: »Damit wir auch sicher sein können, dass du dort ankommst.«

Mine folgte ihm zum Hanomag, der an der Straße geparkt war. Er öffnete seiner Tochter, was er noch nie getan hatte, die Beifahrertür und warf diese dann, kaum hatte Mine Platz genommen, schnell zu. Er setzte sich hinters Lenkrad, startete den Motor und fuhr gleich los, ohne seiner Tochter einen Blick zu schenken. Inzwischen hatte die Dämmerung eingesetzt, und der Vater schaltete die Lichter des Transporters ein, die aber so schwach waren, dass sie nur wenige Meter weit reichten.

»Ich kann auch allein zum Training«, sagte sie, als sie an der nächsten Kreuzung zum Stehen kamen.

»Bist du dir da sicher?«, erwiderte ihr Vater kühl. »Bis das Turnier vorbei ist, machst du nichts mehr allein, damit das klar ist.«

Als der Vater bremsen musste, riss Mine die Tür auf, sprang aus der Kabine und rannte los.

Sie solle stehen bleiben, hatte er ihr noch nachgerufen, aber Mine scherte sich nicht darum, lief einfach weiter die Straße entlang. Sie musste zum Dorfausgang, zu den Feldern und den Wald erreichen.

Hinter sich hörte sie den Motor des Transporters lauter werden. Sie lief schneller, näherte sich den letzten Häusern des Dorfes.

Das Wendemanöver des Lasters verschaffte ihr einen Vorsprung, und sie verschwand in eine Seitengasse. Das war nicht die Richtung zur Burgruine, ihrem Ziel, aber zuerst einmal musste sie jetzt ihrem Vater entkommen.

Sie lief weiter, die Motorengeräusche wurden leiser. Ihr Vater hatte aufgegeben, hoffte sie. Bald hatte sie den Wald erreicht. In der Dunkelheit kam sie nur langsam voran. Äste schlugen ihr ins Gesicht, und immer wieder trat sie in Löcher im Waldboden oder stolperte über freiliegende Wurzeln. Als sie endlich eine Lichtung erreichte, musste sie sich eingestehen, dass sie die Orientierung verloren hatte.

Sie fürchtete sich im Wald nicht, sie wusste aber, dass es feucht werden würde in der Nacht und dass sie nicht bis zum nächsten Morgen weiterlaufen konnte. Sie war erleichtert, als sie am Rande eines Felds eine Scheune entdeckte, deren Umrisse sich deutlich gegen den Himmel abzeichneten.

Sie tastete sich langsam ins Innere, stieß gegen eine Leiter, fand Stroh auf dem Boden, ließ sich darauf nieder und deckte sich mit ihrer Jacke zu.

Die Gedanken stürzten auf sie ein. Wirr und unübersichtlich, sie ängstigend, aber eines schien ihr sicher: Mit ihrer Flucht hatte sie die Brücke zu ihrem bisherigen Leben abgebrochen. Sie wusste nicht, was vor ihr lag, aber es fühlte sich richtig an. Die Sterne, die sie durch ein Loch über sich im Scheunendach erkennen konnte, wurden zu einer Verheißung.

Irgendwann schlief sie ein und wachte nur einmal auf, weil sie glaubte, über sich, auf dem Zwischenboden, ein Geräusch, das wie ein Husten klang, gehört zu haben.

15. Mai 1964

Fünf Uhr zeigte seine Armbanduhr. Winter hielt es nicht mehr in seinem Hotelbett aus. Den Gedanken, ohne die Aktentasche nach München zu Gerda zurückzufahren, hatte er in den langen Stunden, die er wach gelegen hatte, verworfen. Er wollte diese Sache endlich hinter sich bringen. Sie ein für alle Mal aus der Welt schaffen. Die Akten, die Unterlagen und die Fotos hatte es nie gegeben. Er konnte nicht mehr einschlafen, wartete ungeduldig, bis er hinuntergehen und Gerda anrufen konnte.

Sie ging nicht an den Apparat. Winters Nervosität wuchs. Er versuchte es bei Klinger. Dieses Mal dauerte es nicht lange, dass abgehoben wurde.

»Edgar, endlich …«, legte Franz Klinger gleich los.

»Was …?« Wieder kam er nicht weiter.

»Es tut mir so leid, Edgar. Gerda ist … Sie hatte einen Anfall … Ich habe sie gefunden.«

Winter schwieg, starrte auf den Apparat vor sich.

»Edgar …?«

»Wann …?«

»Gestern Mittag, sagt der Arzt. Ich bin am Nachmittag gekommen, um nach ihr zu sehen. Als sie nicht aufgemacht hat, habe ich … Du weißt … und dann lag sie auf dem Sofa …« Er machte eine Pause, wartete, dass Winter etwas sagte. Als der stumm blieb, redete er weiter. »Sie hat nicht gelitten, sagt der Arzt … Sie lag da ganz friedlich … Es tut mir sehr leid, Edgar. Wenn ich nur früher …«

»Nein, nein«, erwiderte Winter matt. »Du kannst nichts dafür ...«

»Was kann ich tun?«, fragte Klinger.

Winter schwieg. Wäre er nur früher an die Tasche gekommen! Hätte er gestern Morgen diesem Gammler die Tasche abgenommen, dann wäre er am Nachmittag zurück gewesen. Vielleicht, vielleicht ...

»Wann kommst du, Edgar?«, fragte Klinger unsicher.

»Bald ... schon sehr bald.« Es klang so vielsagend, wie es gemeint war. Er würde bald kommen, wohin auch immer, zu seiner Gerda. Aber vorher musste er noch etwas erledigen. Tabula rasa.

Er wollte schon auflegen, aber Klinger hielt ihn zurück. »Ist jetzt vielleicht nicht ganz passend, aber du hast doch mit dem Berger noch Kontakt gehabt. Der ist gefunden worden. Tot. In einem alten Haus im Gries.«

Winter kommentierte das nicht. Es war ihm tatsächlich egal.

Klinger sprach weiter. »Berger ist wohl ab und zu wo eingestiegen. Die Polizei nimmt an, dass er es auch da versucht hat. Leere Wohnung. Ist durch den Boden gekracht. Alles verrottet da. Muss man nicht verstehen.« Winter reagierte nicht. »Bist du noch dran, Edgar?«

»Ja, ja«, erwiderte der. »Danke, Franz. Ich muss.«

Er legte auf und ging in den Frühstücksraum, dort trank er einen Kaffee und schmierte sich mechanisch ein Brötchen.

In seinem Zimmer verriegelte er die Tür von innen, setzte sich an den kleinen Tisch vor dem Fenster, nahm seine Pistole auseinander und reinigte sie akribisch. Anschließend schärfte er die Klinge seines Messers. Je länger er sich damit beschäftigte, desto ruhiger wurde er.

Es war schon früher Nachmittag, als er an der Rezeption anstandslos für eine weitere Nacht bezahlte, da er den Zeitpunkt für das pünktliche Verlassen des Zimmers verpasst hatte.

Der Rezeptionist erklärte ihm den Weg zur Ruine der Burg Waldeck.

Winter setzte sich in seinen Wagen, fuhr aber nicht gleich los, starrte stattdessen lange durch die Frontscheibe auf die Wiese, die den Parkplatz begrenzte, nahm sich wieder seine Waffen vor, prüfte sie, um dann endlich den Motor zu starten.

*

Ein Knacken weckte Mine, unsicher, ob das Geräusch Teil ihres Traums war, in dem sie an einem Abhang entlang durch die Nacht taumelte, doch der Schrei, der nur wenig später durch die Scheune hallte, war auf jeden Fall echt.

Hastig richtete sie sich auf, spürte ein Kribbeln in der Nase vom Staub in der Scheune, versuchte, den Niesreiz zu unterdrücken, hörte Tritte auf der Leiter, musste die Augen schließen, als es aus ihr herausbrach, und als sie sie wieder öffnete, stand eine junge Frau auf der vorletzten Sprosse der Leiter und blickte erstaunt auf sie herab.

»Gesundheit!«, wünschte sie, während Mine sich berappelte, mit den Händen vom Scheunenboden abdrückte und aufrichtete. Jetzt standen sie sich gegenüber und beäugten sich misstrauisch.

Mine erkannte auf der Stirn der anderen eine blutige Schramme über dem rechten Auge. Ihr Rock und die Strickweste waren über und über mit Stroh bedeckt. Das ließ sie an sich selbst herabblicken. Auch an ihrem Pullover und ihrem Rock hatten sich die Halme verfangen. Mit hastigen Wischbewegungen versuchte sie, sie abzustreifen.

Jetzt wischte auch die andere Frau über ihr Kleid.

Plötzlich mussten sie beide lachen. Sie wischten sich nun gegenseitig über die Kleider, lachten und wischten, bis Mine plötzlich innehielt, sich an den Bauch fasste und zum Scheunentor lief. Als ihr klar wurde, dass sie es nicht rechtzeitig geöffnet bekäme, sprang sie zur Seite, beugte sich vornüber und erbrach sich auf den Scheunenboden.

Nach einigem Würgen spürte sie die Hand der anderen Frau auf ihrer Schulter. Sie spuckte ein letztes Mal auf den Boden und richtete sich auf.

Die Frau sah sie mitleidig an.

»Was ist?«

Mine zuckte mit den Schultern.

»Schwanger?«, fragte sie geradeheraus.

Mine fasste sich an den Bauch, nickte, dann drehte sie sich um und ging nach draußen, wo sie sich mit Wasser aus dem Steintrog vor dem Schuppen den Mund ausspülte, sich dann auf den Brunnenrand setzte und durchatmete.

Die andere Frau folgte ihr, setzte sich neben sie, betrachtete sie und stellte sich schließlich vor. »Ich heiße Silvia.«

Mine zögerte einen Moment. »Und ich bin Mine.«

Als sie Silvias fragenden Blick sah, ergänzte sie: »Eigentlich heiße ich Wilhelmine, aber alle sagen Mine.«

»Bist du von hier?«, fragte Silvia.

»Aus Beltheim. Das ist …« Sie wollte in die Richtung zeigen, in der ihr Hof lag, aber dann fiel ihr auf, dass sie nur eine ungefähre Orientierung hatte.

»Und du?«, fragte sie zurück. Sie war sicher, dass Silvia nicht von hier kam. So wie sie kleideten sich die Frauen und Töchter aus der Stadt, deren Männer und Väter höhere Posten in den Fabriken hatten. So würde sie sich vielleicht auch anziehen, wenn sie Rüdiger heiraten würde.

Silvia zögerte. »Ich komme aus München …«

»München …«, wiederholte sie, und es schwang etwas Sehnsüchtiges mit.

»Warst du schon da?«

Mine verneinte mit einem Kopfschütteln.

»Was hast du da gemacht?« Sie zeigte auf Silvias Stirn.

Die betastete mit den Fingern die Wunde mit dem verschorften Blut.

Dann beugte sie sich ohne eine Erklärung mit dem Kopf über den Trog und wusch vorsichtig die Wunde.

»Lass mich!« Mine säuberte erst ihre Hände, um dann behutsam das Blut um die Wunde herum wegzuwaschen.

»Wie ist das passiert?«, fragte sie, nachdem sie fertig war.

Silvia zögerte. »Ein Unfall …«, erklärte sie schließlich.

»Hier?«

Sie nickte. »An der Straße. Wir sind in den Graben gefahren.«

»Warum bist du da weggegangen?«

Wieder zögerte Silvia.

»Ich meine, von da, wo der Unfall passiert ist«, hakte Mine nach.

»Ich weiß …« Ihr Tonfall war schärfer und abweisender, als sie das beabsichtigt hatte.

Mine ging ein paar Schritte umher. Silvia nutzte das für einen Themenwechsel. »Wer ist der Vater?«

Mine wandte sich ab.

»Du weißt es nicht?«

»Doch …«

»Aber niemand weiß, dass du schwanger bist. Deshalb bist du …« Silvia sah kurz zur Scheune.

Mine nickte, war überrascht, wie gut Silvia kombinieren konnte.

»Der Vater«, fragte sie weiter, »weiß der das?«

»Ja, natürlich.«

»So natürlich ist das nicht. Willst du das Kind …?«

Mine nickte verschämt.

»Wo ist der Vater? Warum bist du nicht bei ihm?«

Mine ließ sich Zeit, überlegte, ob sie sich dieser fremden Frau anvertrauen sollte. Niemand außer Matt wusste davon. Keinem hatte sie ein Sterbenswörtchen von ihrer Schwangerschaft erzählt. Wie gerne hätte sie das getan. Jemanden um Rat gefragt oder sich einfach nur ausgetauscht.

»Wenn du mir von dem Unfall erzählst?«, erwiderte sie und bemerkte ein Zögern bei Silvia. Schließlich willigte sie ein, und Mine begann zu erzählen, wie sie Matt vor einem Jahr auf der Hahn Air Base, einem amerikanischen Militärflughafen im Hunsrück, kennengelernt hatte. Wie um den Wahrheitsgehalt ihrer Aussage zu unterstreichen, donnerte in dem Moment ein Düsenjäger in größerer Höhe über sie hinweg. Silvia zuckte zusammen.

»Manchmal fliegen die noch viel tiefer«, erklärte Mine.

Sie war mit einer Bekannten ihrer Familie auf die Base gefahren, deren Mann für die Amerikaner arbeitete, um dort Besorgungen zu machen. Nach anfänglichem Zögern war Mine bald fasziniert von den großen Häusern und Hangars, staunte über die riesigen Autos. Sie lief umher, obwohl das für Menschen, die nicht zur Air Force gehörten, verboten war.

Da war plötzlich Matt aus einer der Hallen gekommen und direkt auf sie zugegangen. Man hatte ihr zu Hause Schlimmes über die schwarzen Soldaten erzählt. Vor allem der Großvater, dass sie nach dem Ersten Weltkrieg im Rheinland waren und massenhaft die Frauen vergewaltigt hätten, aber dieser Soldat sah sie so freundlich und nett an, dass ihr augenblicklich klar wurde, dass der Großvater das erfunden haben musste. Als er vor ihr stand, lächelte er und sprach sie an. Er konnte leidlich gut Deutsch sprechen, so gut zumindest, dass sie sich ein klein wenig unterhalten konnten, und auch ihre spärlichen Englischkenntnisse halfen beim Kennenlernen.

»Er will Musiker werden.«

Kurz huschte ein Lächeln über Mines Gesicht, bevor sie wieder ernst wurde.

»Aber zu Hause, die würden mich wegjagen ...«

»Was willst du denn machen?«

Mine zuckte die Achseln. Wie um sich selbst Mut zu machen, sprach sie fest, angriffslustig weiter. »Wir werden fortgehen.«

»Wohin?«

Mines Blick verriet, dass sie darauf keine Antwort wusste.

Sie erzählte, dass plötzlich mehrere Armeepolizisten aufgetaucht und direkt zu ihnen gekommen waren. Mit Stolz in der Stimme fügte sie hinzu, dass die sie für eine Spionin gehalten hatten.

Mine kicherte kurz bei dem Gedanken, dass sie eine Spionin sein sollte. »Meine Mata Hari« nannte Matt sie, wenn sie darüber sprachen.

Matt, der als Mechaniker auf der Base arbeitete, hatte den Polizisten erklärt, dass sie eine Bekannte von ihm sei, die sich verlaufen habe und gar nicht wüsste, dass sie sich hier nicht aufhalten dürfe.

Matt hatte dann ziemlich Ärger bekommen, aber am Ende brachte man sie zurück zu ihrer Bekannten in den Laden. Er hatte sie begleitet, und sie hatten sich auf dem Weg lange unterhalten und schließlich verabredet.

Sie sahen sich nur selten, da Matt nicht oft Ausgang von der Base bekam. Aber er wollte sowieso nicht mehr beim Militär bleiben. Es ging das Gerücht, hatte Matt ihr erzählt, dass sie nach Asien abgezogen würden, nach Vietnam, und dass dort bald ein Krieg beginnen würde. Da wollte er nicht hin.

»Kann er denn einfach so weg?«, fragte Silvia, und Mine war überrascht, wie ehrlich interessiert sie klang.

Mine schüttelte den Kopf. »Nein. Das geht nicht.«

»Was wollt ihr machen?«

Mine bekam wieder diesen resignierten Gesichtsausdruck. »Keine Ahnung.«

Sie erzählte Silvia auch von dem Turnwettkampf, bei dem alle erwarteten, dass sie den wie in den letzten beiden Jahren gewinne, aber dass das nicht ginge in ihrem Zustand. Dass sie sich mit allen, ihrer Familie, ihrem Trainer und ihrer besten Freundin, zerstritten habe, dass sie nicht mehr wüsste, was sie tun solle, und ihr einziger Trost bliebe, Matt am Samstag auf dem Musikfest auf der Burgruine Waldeck zu sehen. Da käme er nämlich hin, wenn er aus Amerika, wo er sich gerade aufhalte, zurück war.

Als sie den Namen »Waldeck« aussprach, zuckte Silvia kurz zusammen, was Mine nicht entging.

»Du kennst die Waldeck?«

Silvia nickte verhalten. »Kennen?« Sie atmetet durch. »Nein. Aber … es sind schon einige … Ich weiß nicht, ob es Zufälle sind …«

Sie ging ein paar Schritte umher, Mine beobachtete sie dabei, diese junge Frau, die so anders war als sie, die ihre Haare kurz wie ein Junge trug, die aus der Großstadt kam, die ein ganz anderes Leben führte. Dennoch fühlte sie sich ihr seltsam verbunden. Silvia war der erste Mensch, dem sie von Matt und dem Kind erzählen konnte.

»Ich bin aus München abgehauen, weil mein Vater will, dass ich einen Mann heirate …«

»Wie bei mir!«, entfuhr es Mine. »Rüdiger heißt der.«

Silvia lachte gegen ihre Absicht kurz auf. »Hajo heißt er bei mir. Hans-Joachim. Ich will Kunst studieren. In Düsseldorf. Bei Joseph Beuys. Kennst du den?«

Mine schüttelte den Kopf.

»Hajo wollte meine Bewerbungsmappe zerstören, als ich nicht zu Hause war. Wir haben fürchterlich gestritten, da bin ich weg, weil mein Vater seinen Willen immer durchsetzt. Aber jetzt …«, sie stockte, ihr fiel auf, dass sie Hajos Verschwinden völlig verdrängt hatte, dass in den letzten Tagen so viel Neues passiert und auf sie eingestürzt war, dass sie sich das Ganze noch nicht richtig bewusst gemacht hatte.

»Was ist …?«, fragte Mine.

»Er ist verschwunden.«

»Wie verschwunden?«, fragte Mine.

»Ich habe in der Zeitung gelesen, dass er verschwunden ist. Aber da war ich schon weg. In Frankfurt.«

»Vielleicht sucht er dich?«, warf Mine ein.

Silvia schüttelte den Kopf. »Dann wüsste mein Vater davon. Das würden die zusammen machen.« Dann erzählte sie Mine von dem Telefonat, das sie mit ihrem Vater geführt hatte.

»Willst du nicht zurück …?«

»Das geht nicht«, erwiderte Silvia, hüllte sich dann aber erst einmal in Schweigen.

Mine wartete. Sie hatte ein Gespür dafür, wann man einen Menschen in Ruhe lassen musste.

»Ich muss ja nach Düsseldorf und …«, sie stockte, »… Martin«, sprach Silvia weiter.

Mine blickte sie fragend an.

»Ich habe ihn im Frühjahr in Frankreich kennengelernt und er kommt auf die Burg. Er macht Musik.«

»Wartet er dort auf dich?«

»Wir haben uns nicht richtig verabredet …«

»Aber … er freut sich …?«, fragte Mine.

»Ich glaube schon«, antwortete Silvia, aber Mine konnte eine gewisse Unsicherheit aus ihren Worten heraushören.

»Dein Vater mag Martin nicht?«

Silvia schüttelte den Kopf. »Er kennt ihn gar nicht. Er weiß nichts von ihm. Ich habe ihn auf der Ladefläche eines Lasters kennengelernt. Beim Trampen. Er hat Gitarre gespielt.«

Mine staunte. Das war ihr alles fremd. Kunst studieren. Frankreich. Trampen. Ihr Bräutigam war verschwunden. Ob sie sich wünschen sollte, dass Rüdiger auch verschwand?

»Aber da gibt es noch was …«

Doch statt weiterzusprechen, lief Silvia in die Scheune. Mine konnte durch das offene Tor erkennen, dass sie auf den Zwischenboden stieg und kurz darauf mit einer Aktentasche, die wertvoll aussah, wiederkam.

»Die gehört meinem Vater … und deshalb der Unfall.«

Sie erzählte, wie es zu dem Unfall gekommen war, wieso sie von der Unfallstelle weggelaufen war und sich in der Scheune versteckt hatte. Mine staunte immer mehr. Vor allem, dass Silvia von einem Mann verfolgt wurde, der auch vor Gewalt nicht zurückschreckte.

»Mein Großvater ist auch ein Nazi«, sagte Mine leise. »Er kommt nie zu meinem Geburtstag, weil ich am achten Mai Geburtstag habe.«

Silvia sah sie fragend an.

»Am achten Mai, dem Tag, an dem der Krieg vorbei war«, erklärte sie. »Mein Großvater hasst mich deshalb.«

Schweigend standen die beiden eine Zeit lang zusammen.

»Hast du was zu essen?«, fragte Silvia schließlich.

Mine verneinte, merkte nun, dass sie selbst auch Hunger hatte.

»Wir gehen zur Waldeck«, entschied Mine. »Ich kenne da ein paar Leute, die uns helfen können. Da treffen wir dann Matt und Martin.«

Silvia sah Mine fast bewundernd an. Das machte Mine stolz.

»Sie haben schon nach mir gefragt. Da bekommen wir bestimmt was zu essen, und da können wir auch übernachten.«

»Weißt du denn, wo wir lang müssen?«

*

Ferdinand und Rieke saßen schon vor der verabredeten Zeit im Frühstücksraum des kleinen Hotels bei Emmelshausen. Rieke wäre am liebsten gleich nach Simmern zum Krankenhaus gefahren, aber Ferdinand wies sie darauf hin, dass sie sich an die Besuchszeiten halten müssten und vor dem frühen Nachmittag keinen Zutritt bekämen.

Die Krankenschwester, die den Einlass überwachte, blieb unerbittlich in ihrer Ablehnung, als sie dann doch vor der Zeit erschienen, so sehr Ferdinand auch seinen Charme spielen ließ. Sie wies, als sie sie endlich zu den Krankenstationen durchließ, darauf hin, dass sie erst mit dem Arzt auf der Station sprechen müssten, der entscheide, ob Herr Stern schon Besuch empfangen dürfe.

Sie warteten, bis die Krankenschwester außer Sichtweite war, dann huschten sie schnell zu Ringo ins Zimmer. Misstrauisch sah er die beiden an. Sein Arm war frisch eingegipst, die Wunden an Stirn und Kinn waren genäht worden. Seine langsamen Bewegungen und sein apathischer Blick verrieten die Nachwirkungen der Narkose.

»Erkennst du mich nicht?«, fragte Rieke und stellte sich so vor das Bett, dass Ringo ihr direkt ins Gesicht schauen konnte. »Du warst bei mir in der Wohnung und hast die Taschen für Silvia abgeholt.«

Der junge Mann nickte benommen und sah zu Ferdinand herüber.

»Ein Freund«, erklärte sie. »Wie geht es dir?«

»Gut«, antwortete er wenig glaubhaft.

»Nicht den Helden spielen«, tadelte ihn Rieke. »Die Polizei sagt, dass du bei dem Unfall allein im Wagen warst. Wo ist Silvia?«

Wieder dauerte es einen Moment, bis Ringo leise sprach. »Ich weiß nicht.«

»War Silvia bei dem Unfall mit im Auto?«, fragte Rieke.

Ringo nickte kaum merkbar, dennoch schien ihm die Bewegung Schwindel zu verursachen, denn er schloss die Augen.

»Ist sie verletzt worden?«

»Weiß nicht.« Er sprach so leise, dass sie ihn kaum verstehen konnten, blickte dann zu dem Wasserglas auf dem Nachttisch neben dem Bett.

Rieke nahm das Glas und hielt es ihm an den Mund. Er trank zwei kleine Schlucke und ließ den Kopf wieder sinken. Er sah nochmals zwischen den beiden hin und her.

»Was ist mit der Aktentasche?«, wollte Ferdinand wissen.

Ringo schüttelte vorsichtig den Kopf.

»Das sind doch Silvias Taschen.« Rieke zeigte auf die beiden Reisentaschen vor dem Wandschrank.

»Die Aktentasche ist nicht dabei«, erklärte Ferdinand und fragte weiter. »Silvia war bei dem Unfall im Auto? Wurde sie verletzt?«

Ringo atmete jetzt so gleichmäßig, als wäre er eingeschlafen. Gerade wollte er zu einer Antwort ansetzen, da wurde die Tür geöffnet. Die Krankenschwester trat ein, hinter ihr der Arzt.

»Dieser Patient ist frisch operiert worden«, wies sie die beiden Besucher zurecht.

Auch der Arzt schaute sie misstrauisch an. Nach der Devise, dass Angriff die beste Verteidigung ist, legte Ferdinand jetzt los.

»Bei Ringo hätte eine junge Frau sein müssen. Wissen Sie, was mit ihr passiert ist?«

Die Krankenschwester schüttelte den Kopf, der Arzt ließ sich Zeit mit der Antwort. »Ringo?«, fragte er verwundert.

»So wird Herr Stern von seinen Freunden genannt.« Ferdinand hatte bewusst den Spitznamen genannt, damit es aussah, als wären sie schon lange bekannt und vertraut mit dem Verletzten.

»Warum wollen Sie das wissen?«, fragte der Arzt schließlich.

»Weil sie bei ihm hätte sein müssen, aber sie ist verschwunden …«, erklärte Ferdinand.

Rieke unterbrach ihn, als sie den misstrauischen Blick des Arztes bemerkte. »Wir waren an der Unfallstelle, da war sie nicht. Sie ist nicht ins Krankenhaus eingeliefert worden, und die Polizei weiß auch nichts von ihr.«

»Die Polizei …«, wiederholte der Arzt gedehnt. Er überlegte, das war ihm anzusehen.

»Ja?«, hakte Ferdinand nach.

»Nun …«, er zögerte. »Ich weiß nicht, ob ich Ihnen das …«

»Es ist wichtig!«, bat Rieke.

»Nun gut, da war gestern schon mal ein Mann hier. Behauptete gegenüber der Schwester, dass er Polizist sei.« Er legte eine Pause ein, wartete auf eine Reaktion.

»Dieser Mann war bei Herrn Stern, und er war wohl nicht ganz freundlich zu ihm«, ergänzte die Krankenschwester.

»Und das kurz vor der OP«, empörte sich der Arzt. »Ich wollte mich dann über ihn erkundigen, aber da war er schon weg. Vielleicht hat er das mitbekommen.«

»Winter!«, rief Ferdinand aufgeregt.

Rieke blieb gelassen. »Das heißt zumindest, dass Silvia nicht in seiner Gewalt ist«, flüsterte sie Ferdinand zu. »Ob sie allein zur Waldeck ist …?«, fragte sie wieder laut.

»Waldeck«, kam es von Ringo, mehr gehaucht als gesprochen.

»Die Burgruine«, bestätigte die Krankenschwester. »Im Baybachtal. Ich komme aus der Nähe.«

»Ich komme mit!«, sagte Ringo, was dem Arzt ein kurzes Lächeln entlockte. »Sie? Sie bleiben mal schön liegen.«

»Ich muss mit«, widersprach der Verletzte und richtete sich auf, aber ihm wurde gleich schwindlig, und er schloss die Augen.

»Waldeck«, zischte Rieke in Richtung Ferdinand. »Sagte ich doch.«

»Zwei, drei Tage müssen sie schon noch ruhig liegen bleiben«, ermahnte der Arzt den Patienten. Und zu den beiden Besuchern: »Wir müssen die Polizei informieren. Kommen Sie«, forderte er sie auf.

*

Silvia war müde und erschöpft. Am liebsten hätte sie eine Pause eingelegt und ein wenig geschlafen. Doch Mine war unerbittlich, trieb sie an, packte sie am Arm, stützte sie, zog sie mit sich. Bis sie endlich, nach einem für Silvia unendlich lang erscheinenden Marsch über Wiesen und Äcker, in die Nähe eines Dorfes kamen.

»Das ist Dorweiler«, erklärte Mine schließlich, als die ersten Häuser am Ortsrand auftauchten. »Jetzt ist es nicht mehr weit.«

Sie wollte aufmunternd klingen, aber das gelang ihr nur schlecht, dafür war sie selbst zu erledigt. Zweimal hatte sie sich unterwegs übergeben müssen.

Vom Dorf führte ein Weg zu dem Gelände über der Burgruine, wo die Veranstaltung stattfand. Verwundert sahen sich die beiden jungen Frauen um. Sie waren nun nicht mehr allein, vor und hinter ihnen liefen junge Leute. Mehrmals mussten sie auf dem vom Regen der vergangenen Tage noch aufgeweichten Weg einem Auto oder einem Motorrad ausweichen. Ein Cabrio schlingerte an ihnen vorbei. Auf dem zusammengefalteten Verdeck saß ein Mann und spielte Gitarre, neben ihm sang eine Frau mit heller Stimme. Spontan applaudierten einige Leute. Plötzlich donnerten zwei tief fliegende Düsenjets über sie hinweg. Fäuste wurden in den Himmel gereckt, bis der Lärm verklungen war.

»Ist es noch weit?«, stöhnte Silvia.

»Gleich, nur noch da durch.« Mine deutete mit dem Kopf zu einem Waldstück.

Auf der Weide vor dem Waldstück standen jetzt statt grasender Kühe Autos, daneben hatten Besucher ihre Zelte aufgeschlagen. Hier und da kringelte sich der Rauch von offenen Feuern in den Himmel.

Hinter dem Waldstück führte ein Weg über eine leicht abfallende Wiese zu einem Haus mit auffälligem Säulengang.

»Komm, lass uns da hineingehen!«, schlug Mine vor.

Eine junge Frau kam auf sie zu. »Ihr müsst euch im Säulenhaus anmelden.« Sie räusperte sich. »Habt ihr nichts dabei?« Sie betrachtete die beiden Frauen mit leichtem Befremden. »Da passt ja wohl kaum was rein.« Sie blickte kurz auf die Aktentasche, die Silvia eng an sich gedrückt hielt.

Tatsächlich hatten die anderen, die sie auf dem Weg gesehen hatten, Rucksäcke oder Seesäcke bei sich. Die Aktentasche wirkte in dieser Umgebung seltsam.

»Ich bin von hier«, erklärte Mine schnell.

»Ihr müsst euch aber trotzdem anmelden«, beharrte die Frau.

»Machen wir«, beschwichtigte Silvia.

»Da, im Säulenhaus«, erklärte die junge Frau nochmals und wandte sich einem Paar zu, das gerade ankam.

Auf der weiten, leicht abfallenden Wiese erkannte Mine an einem der Feuer Joachim, den Georges-Brassens-Barden. Er saß im Schneidersitz, spielte auf seiner Gitarre, sang dazu. Ganz offensichtlich genoss er die bewundernden Blicke der drei jungen Frauen, die um ihn herumsaßen.

»Hallo Joachim!«, rief sie schüchtern zu ihm herüber. Er sah auf, winkte kurz, dann widmete er sich gleich wieder dem Gitarrenspiel und nutzte die Gelegenheit, näher an eine der jungen Frauen heranzurücken.

»Da ist die Bühne.« Mine zeigte nach rechts, wo am Fuße eines abschüssigen Hangs an einer hölzernen Bühne gearbeitet wurde. Die Hammerschläge waren nicht zu überhören. Silvia sah nur kurz hinüber.

Nachdem sie sich im Säulenhaus angemeldet hatten, kam ihnen draußen Mary entgegen, eine Zigarette im Mund und heftig mit einem Mann in Arbeitshose diskutierend.

»Es geht gerade alles drunter und drüber«, schimpfte sie. »Delegieren wollen die Kerle alle gern, aber selbst anpacken ...« Sie machte eine herablassende Geste, wandte sich dann kopfschüttelnd Mine zu. »Wir sehen uns bestimmt später«, verzog den Mund und war schon wieder weg.

Ben lief vorbei, aber so geschäftig, dass er sie nicht wahrnahm.

Mine schlug vor, dass sie sich zunächst etwas zu trinken besorgten und dann einen Platz zum Ausruhen suchten. Ein Trupp Jungs in bündischer Kluft kam ihnen entgegen, sie passierten ein Pärchen, das zusammen musizierte. Mit einem Kaffee und belegten Broten setzten sie sich auf eine Bank am Rande des Geländes und beobachteten das Treiben vor ihnen auf der Wiese. Bald lehnten sie aneinander und überließen sich ihren Gedanken, Sorgen und Sehnsüchten.

Wann Martin wohl käme? Ob es noch so wie in Frankreich wäre? Silvia hatte plötzlich die Landschaft der Provence vor Augen, die Berge, die kahlen Hügel, den Wind, das Geräusch des Motors von dem kleinen Lastwagen, Martins Stimme, seine Hand, die irgendwann die ihre genommen und sanft gestreichelt hatte.

Seit ihrem Streit mit Hajo und ihrer Flucht konnte sie sich zum ersten Mal wieder diesen Bildern hingeben. Niemand wusste, wo sie war, ihr Vater nicht, die Polizei nicht, vor allem nicht der Mann, der hinter ihr her war. Einzig, dass sie nicht wusste, wie es Ringo ging, trübte ihre Stimmung.

Sie döste ein, träumte wirr, ohne sich erinnern zu können, als Mine sie sanft anstieß. Sie hatte selbst auch ihren Gedanken nachgehangen. Ganz stark spürte sie, dass hier alles richtig war, dass die Sehnsüchte, die sie bislang nicht hatte benennen können, hier Wirklichkeit wurden. Was ihr zu ihrem Glück nur fehlte, war Matt. Morgen würde sie ihn endlich sehen.

*

Es war bereits am Dämmern, als Winter mit seinem Auto über den Weg schlingerte, den vor ihm schon Mine und Silvia entlanggelaufen waren. Seit er vom Tod Gerdas erfahren hatte, oszillierte seine Gefühlslage zwischen grenzenlosem Hass und zerstörerischen Selbstvorwürfen.

Er stellte seinen Opel am Wegrand ab und lief ein Stück vor, besah sich die Szenerie mit den offenen Feuern auf der großen Wiese und blickte dann zu dem Parkplatz auf der rechten Seite, der noch einigen Platz bot.

»Da können Sie nicht hin!« Ein junger Kerl, kaum älter als

zwanzig, stellte sich ihm in den Weg. »Der ist für die Künstler reserviert. Sie können oben auf der Weide parken.« Er hatte die Autos gesehen. Zu viele Menschen, wie er fand. Die Gefahr, von Silvia dort entdeckt zu werden, war zu groß.

Wortlos drehte er sich um.

»Sie müssen sich zuerst anmelden. Dahinten in dem Haus«, rief der junge Mann ihm nach. Winter ermahnte sich, ruhig zu bleiben. Er verlangsamte seine Schritte, drehte sich um. Der Kerl zeigte mit dem ausgestreckten Arm zu dem Gebäude, das sich auf der anderen Seite der Wiese in der Dämmerung gegen den Abendhimmel abhob.

Winter nickte und ging schnell zu seinem Wagen.

Langsam fuhr er durch das Waldstück bis zu der Wiese, wo er den Wagen am Rand, abseits von den anderen, abstellte. Ein großer Busch schützte ihn vor neugierigen Blicken von der Straße.

Er stieg aus und sondierte das Gelände. Aus dem Kofferraum nahm er eine Taschenlampe und seinen Regenmantel, ging zurück auf den Weg.

In dem Haus meldete er sich unter falschem Namen an und zahlte die fällige Gebühr.

»Gleich gibt es ein Abendessen«, teilte ihm eine der jungen Frauen in dem Raum mit. »Drüben beim Roten-Kreuz-Wagen.« Sie deutete mit dem ausgestreckten Arm die Richtung an.

Mechanisch ging er über den Platz zu der Ausgabestelle, stellte sich in die Warteschlange und nahm einen tiefen Plastikteller mit Erbsensuppe und Speck entgegen. Nach der Mahlzeit lehnte er sich mit einem Bier an einen Baum, von wo er einen großen Teil des Geländes überblicken konnte. Silvia würde ihm früher oder später über den Weg laufen. Vorausgesetzt, dass der Kerl im Krankenhaus ihm keinen Bären aufgebunden hatte.

Nach einiger Zeit erfolglosen Wartens verließ er den Platz

und lief über die Wiese hinunter in Richtung Tal. Gitarrenklänge und Gesang hallten zu ihm herauf.

Neben einer Hütte im Abhang befand sich eine kleine Bühne. Ein Felsvorsprung diente als Dach, ein Lagerfeuer neben der Bühne spendete Licht. Die Besucher lauschten gebannt einem Mann, dessen kämpferische Ausstrahlung Winter nicht entging.

Ich zerschlug mein Boot, mein Kerbenbeil,
Zerschnitt mein Schild, bot meine Schlächterschürze
feil.
Will keine Kreuze mehr in Boote ritzen
Und keine Kerben mehr in Beile schnitzen.
Ich zerschlug mein Boot.

Langsam schritt er an den Zuhörern vorbei.

Diesmal werde ich am Hoftor stehn,
Wenn sie geschlagen, ohne Tritt nach Haus ziehn.

Als ihm eine junge Frau mit einem Haarkranz um den Kopf mit einem »Hier, Opa, wohl bekomm's« eine Flasche Bier reichte, nahm er die kommentarlos entgegen.

Er ging weiter, blieb an einem Feuer stehen, an dem jemand ein jiddisches Lied sang. Kurz betrachtete er im Schein der Flammen die Gesichter, querte die Wiese und passierte einen größeren Trupp singender junger Männer, bis er in die Nähe des Säulenhauses kam und von dort in einem großen Bogen zurück zu seinem Wagen ging.

Rauchend lauschte er in den Wald, wo die Geräusche der Nacht immer wieder von menschlichen Stimmen und Lachen gestört wurden. Er trank sein Bier aus, setzte sich in den Wagen, warf einen Kontrollblick auf seine Pistole und auf sein

Messer, legte seinen Regenmantel zusammen und stopfte ihn zwischen die beiden Vordersitze. Dann kurbelte er beide Seitenfenster ein Stück herunter, rauchte noch eine Zigarette, legte sich schließlich auf die provisorische Liegestatt und dachte an Gerda, die allein in München gestorben war.

*

Seit Ferdinand und Rieke den Parkplatz des Krankenhauses in Simmern verlassen hatten, ohne die Ankunft der Polizei abzuwarten, bestand ihre Unterhaltung vor allem aus Diskussionen über den richtigen Weg. Sie hatten sich mehrmals verfahren und erreichten schlecht gelaunt und angespannt erst gegen Abend das Festivalgelände.

Der schwache Lichtstrahl der Scheinwerfer des Renault verlor sich im Dunkel der Bäume. Am Ende des Waldstücks versperrte ihnen ein junger Mann in einem groben Rollkragenpullover den Weg. Mit einer Taschenlampe leuchtete er in den Wagen. Ferdinand hielt sich die Hand vor die Augen.

»Habt ihr ein Zelt?«, fragte der junge Mann.

Rieke wandte sich an Ferdinand. Er schüttelte den Kopf. »Ich hatte keinen Campingurlaub eingeplant«, entgegnete er schnippisch.

Rieke hob kurz die Augenbrauen, bevor sie sich wieder dem jungen Mann zuwandte. »Wo können wir denn übernachten?«

»Ihr müsst zurück. Auf der linken Seite sind Parkplätze. Da könnt ihr im Auto schlafen. Machen viele. Ist doch kuschelig«, fügte er noch hinzu und ging lachend weiter.

»Na, dann machen wir es uns heute Nacht kuschelig«, kommentierte Rieke, während Ferdinand vorsichtig wendete.

Gesang und Gitarrenspiel klangen von den Feuern herüber

und begleiteten ihren Weg zum Säulenhaus. Ferdinand fühlte sich alt zwischen den, wie er schätzte, überwiegend Zwanzig- bis Fünfundzwanzigjährigen, wohingegen Rieke, die ja nochmals zehn Jahre älter war als er, keinerlei Befangenheit zeigte und schon eine junge Frau um eine Zigarette angeschnorrt hatte, die ihr die auch anstandslos gereicht und angezündet hatte.

Sie stiegen die Steinstufen zum Säulengang hinauf, wo eine Frau mit langen glatten Haaren auf einer Ukulele spielte und dazu mit leiser Stimme sang. Rieke drückte sich an Ferdinand vorbei und sprach einen jungen Mann an, der trotz der abendlichen Kühle sein kariertes Hemd bis zum Bauchnabel aufgeknöpft hatte.

»Die Essenausgabe ist schon dicht. Nehmt erst einmal von dem Wein«, lud er sie ein. Er stellte sich als Ben vor. Rieke nahm die ihr hingehaltene Flasche, wischte die Öffnung mit der Handfläche ab und trank.

»Wartet einen Moment hier!« Ben verschwand im Haus. Einige der jungen Leute auf der Veranda unter den Arkaden betrachteten die Neuankömmlinge neugierig.

»Setzt euch doch«, forderte eine Frau mit kurzen Haaren die beiden auf, über ihren Schultern lag eine grobe Decke.

Rieke winkte ab. »Wir suchen eine Freundin.«

»Wie heißt die denn?«

»Silvia«, antwortete Ferdinand.

Die Frau mit der Ukulele beendete ihr leises Singen, blickte zu ihm herüber, zupfte aber weiter die Saiten. »Mit kurzen blonden Haaren? So eine Hübsche?« Sie nahm kurz eine Hand von ihrem Instrument.

»Ja, das könnte sie sein. Wissen Sie, wo sie ist?«

Die Frau lachte kurz. »Sie? Vornehm geht die Welt zugrunde. Ich heiße Mary.«

Ferdinand nickte leicht, Mary blickte in die Dunkelheit des weitläufigen Geländes.

»Irgendwo da draußen. Keine Ahnung. Ist mit ihrer Freundin in die Richtung gegangen.« Die deutete sie mit einer Kopfbewegung an.

»Freundin?«, fragte Rieke überrascht.

»Mine. Die kommt hier aus einem Dorf in der Nähe.«

Ferdinand und Rieke sahen sich überrascht an. »Aber mehr weißt du nicht?«

»Mine kann anpacken. Frag mal Ben!«

Der kam gerade mit zwei belegten Broten aus dem Haus und reichte sie den beiden Neuankömmlingen.

»Was ist …?«

»Du hast doch gesagt, dass Mine anpacken kann.«

»Und wie«, lachte Ben, »wie ein Kerl. Echt klasse. Könnt ihr euch alle eine Scheibe von abschneiden.«

Höhnisches Gelächter der Frauen war die Antwort.

»Wisst ihr denn, wo die beiden heute Nacht unterkommen?«, fragte Ferdinand kauend.

Die Frau mit den langen Haaren schüttelte den Kopf.

»Die werden schon was Warmes finden«, warf ein Mann ein und zog an seiner Pfeife. Es war so anzüglich gemeint, wie es klang.

»Bei dir werden sie sicher nicht unterkriechen …«, frotzelte eine Frau, die einen bunten Poncho trug.

»Abwarten«, gab der Pfeifenraucher zurück.

»Danke!«, beendete Rieke die Sticheleien, »wir gehen sie suchen.« Sie ließ sich nochmals die Flasche geben, trank und hielt sie dann Ferdinand hin, der kurz zögerte, aber schließlich auch einen Schluck nahm, während Rieke sich schon in Bewegung gesetzt hatte.

»Ihr könnt gerne wiederkommen. Alle beide«, rief ihnen Mary nach.

»Na, da haben Sie ja richtig Eindruck hinterlassen«, spottete Rieke, wurde aber gleich wieder ernst.

»Wer ist diese Mine?«, fragte sie.

»Keine Ahnung. Wichtig ist, dass wir Winter finden, bevor er Silvia findet. Ich fürchte, dass sie nicht weiß, in welcher Gefahr sie schwebt.«

Sie liefen ohne Erfolg die Feuer auf der Wiese ab, bis sie erschöpft am Rande eines Abhangs stehen blieben. Von unten drangen Musik und Gesang zu ihnen herauf. Sie gingen einige in den Boden geschlagene Stufen hinab.

Vor einer Hütte spielte ein junger Kerl in Wildlederjacke auf einer Gitarre und sang dazu mit dunkler, rauer Stimme.

Der Sänger und sein auf Deutsch vorgetragenes Lied erinnerten Ferdinand an das Konzert in München und an Frieders Satz, dass deutsche Lieder überhaupt nicht gingen. Hier wurde gerade das Gegenteil bewiesen.

Von Silvia keine Spur. Erschöpft gingen sie zum Haus zurück. Dort hatte sich der Säulengang in der Zwischenzeit merklich geleert. Die Stimmung war entspannt.

»Sind alle nach drinnen«, klärte sie ein Mann auf, ohne sie weiter zu beachten.

Dort saß Mary im Schneidersitz auf einem Teppich und winkte, als sie Ferdinand erkannte. Er winkte zurück, gab mit einem Schulterzucken zu verstehen, dass sie Silvia nicht gefunden hatten.

»Ich bin müde, war ein langer Tag«, erklärte Rieke, als Ferdinand zurückkam. »Haben Sie eine Decke dabei?«, fragte sie. »Sie haben ja schon einen Schlafplatz gefunden.« Sie lächelte in Richtung der jungen Frau.

»Eine Decke liegt auf der Rückbank«, grummelte Ferdinand, wandte sich um und ging in Richtung Auto.

»Was machen wir, wenn uns Winter über den Weg läuft?«, fragte Rieke.

»Ihn beobachten und Silvia warnen.«

Rieke verzog den Mund. Ihr schien das nicht zu reichen.

Am letzten Feuer vor dem Waldstück wärmten sie sich auf und klärten bei einem Bier die Frage, wer auf dem Vorder- und wer auf dem Rücksitz schlafen würde. Am Ende bekam Rieke die Rückbank, Ferdinand die unbequemeren Vordersitze.

Lange allerdings hielt er es dort nicht aus. Er war doch noch zu aufgewühlt zum Schlafen.

Leise öffnete er die Tür, schlich nach draußen und ging zurück zur Wiese in der Hoffnung, noch ein Bier zu bekommen.

Am zweiten Feuer hatte er Erfolg. Dort sang ein junger Kerl mit großem Mund und starker Stimme.

Sibn lajehter wi di schtern
Draj on fislech, fir on rern
Baj majn rebben is gewesn
A genejwe
Baj majn rebben is gewesn
Is gewesn baj main rebbn
Baj majn rebben is gewesn
A genejwe

Er hatte gerade die Bierflasche an den Mund geführt, als ihm ein Mann auffiel, der während der vorletzten Strophe dazugekommen war, sich plötzlich abwandte und mit gemächlichen Schritten über die Wiese ging. Ferdinand folgte ihm mit gehörigem Abstand, bis eine Gruppe singender Jungs seinen Weg kreuzte und ihm die Sicht versperrte. Als der Trupp endlich vorbeigezogen war, war der Mann verschwunden.

Wenn das tatsächlich Winter gewesen war, dann war Silvia nicht in seiner Gewalt und hatte hoffentlich für diese Nacht eine sichere Bleibe.

*

Silvia und Mine hatten sich an einem abseits gelegenen Feuer niedergelassen. Sie waren mit Getränken versorgt worden, und Eugen, ein gemütlicher pummeliger Typ mit Vollbart und Schiebermütze, der sich für das Feuer zuständig fühlte, hatte ihnen Würstchen gebraten. Eine Frau spielte Akkordeon und sang dazu Lieder in französischer Sprache. Sie kündigte stets Titel und Interpreten an. Jacques Brel, Édith Piaf, Boris Vian, Juliette Gréco, Hélène Martin. Silvia übersetzte die Texte für Mine. Sie unterhielten sich mit den anderen, die wissen wollten, wo sie herkamen, ob sie ein Instrument spielten, was sie studierten und ob sie politisch aktiv seien.

Ein junger Mann mit mächtigem Schnauzbart und einer Felljacke redete lange auf sie ein, regte sich über die alten Nazis in der Regierung auf und dass es kein Wunder wäre, wenn solch eine Hatz auf Kommunisten gemacht würde. Als er merkte, dass er bei den beiden damit nicht punkten konnte und diese kein Interesse an seinen Belehrungen hatten, wandte er sich mit verächtlichem Gesichtsausdruck ab.

Er blieb nicht der Einzige, der sein Glück bei den beiden Frauen versuchte und mit ihnen ins Gespräch kommen wollte. Jungs, die sich als Richi, Werner oder Rudi vorstellten, setzten sich zu ihnen, machten ihnen Komplimente, zwei nutzten die auffällige Aktentasche, die Silvia sich wie einen Schutzschild vor die Brust hielt, als Anlass für ein Gespräch. Sie gaben ihre Bemühungen bald auf, als sie realisierten, dass sie keinen Erfolg haben würden, nur einer, ein großer Kerl, ließ sich nicht beirren und wurde immer zudringlicher. Er heiße Karl, stellte er sich vor, sie dürften ihn aber ruhig Karl der Große nennen.

»Wir möchten uns gerne unterhalten«, sagte Silvia und wandte sich ab. »Lass uns in Ruhe!« Doch das schien ihn noch mehr anzustacheln, und er legte einen Arm um sie.

Die Akkordeonspielerin stellte ihr Instrument zur Seite.

»Merkst du nicht, dass die beiden nichts von dir wollen«, wies sie ihn mit fester Stimme zurecht. Karl der Große wurde plötzlich kleinlaut, murmelte ein »Wollte doch nur ein bisschen reden«, drehte sich um und stapfte davon. Die Frau mit dem Akkordeon reichte den beiden eine Weinflasche, bevor sie wieder zu ihrem Instrument griff, um weiterzuspielen.

Mine und Silvia rückten näher zueinander. Die Musik wurde ein Hintergrundrauschen.

Silvia erzählte von ihrem Leben in München und von Luna und den Künstlern und Künstlerinnen, die sie durch die Freundin kennengelernt hatte.

»Künstlerinnen?«, fragte Mine überrascht.

»Ja«, bestätigte Silvia. »Viele, aber sie werden nicht wahrgenommen. Luna sagt immer, dass das der eigentliche Kampf ist. Nicht Kommunismus oder Sozialismus und die Sachen, sondern dass Frauen den Männern gleichgestellt werden.«

»Was ist mit der Aktentasche? Die behütest du wie einen Schatz. Erzähl doch endlich!« Die Frage kam plötzlich und so nachdrücklich, dass Silvia sie jetzt nicht einfach abtun konnte.

Sie trank den letzten Schluck aus der Weinflasche, dann begann sie Mine vom Inhalt der Tasche zu erzählen. Wie sie in deren Besitz gelangt war. Wie sie lange die Augen vor dem verschlossen hatte, was nun nicht mehr zu leugnen war. Wie ihr diese Reise und die Gespräche, die sie seither geführt hatte, die Augen öffneten. Sie erzählte von Rieke in Frankfurt und den Menschen dort. Davon, dass sie damit würde leben müssen, dass ihr Vater ein Verbrecher und Mörder war.

Mine wollte beschwichtigen, als sie die Tränen in Silvias Augen bemerkte. Aber die schüttelte den Kopf. »Nein, das ist so, und ich werde ihm sagen, dass ich nichts mehr mit ihm zu tun haben will. Nie mehr!«

Das sagte sie so streng und entschieden, dass Mine nicht wagte zu widersprechen.

»Das Schlimmste«, fügte Silvia nach einer Pause hinzu, schnell, als wolle sie es loswerden, »ist, dass meine Mutter nicht meine Mutter ist. Das haben sie mir nie gesagt.«

Sie öffnete die Tasche, kramte darin herum, bis sie ein Foto in der Hand hielt. Ein Schwarz-Weiß-Abzug, den sie Mine reichte, die ihn dicht vor die Augen hielt, damit sie bei dem wenigen Licht von dem Feuer etwas erkennen konnte. Eine Frau in einem hellen Kleid und ein Mann in Uniform vor einem blühenden Busch waren darauf abgelichtet. Sie standen nebeneinander, blickten beide mit einem Lächeln in die Kamera, er hatte seinen rechten Arm um ihre Schulter gelegt.

»Und wer ist das?«, fragte Mine und hielt Silvia das Foto entgegen, nachdem sie es eine Weile betrachtet hatte. »Der Mann am Rand.«

Silvia nahm das Foto, schaute genauer hin, erschrak. »Das ist der Mann … Der uns in Frankfurt …« Sie schaute nochmals auf das Bild, sprach so leise, dass Mine sie kaum verstand. »Der ist mir noch gar nicht aufgefallen.«

Sie schluchzte auf, Tränen rannen ihr jetzt über die Wangen. Mine beugte sich zu ihr herüber und nahm sie in den Arm, hielt sie lange an sich gedrückt, bis sie spürte, dass sich die Freundin beruhigt hatte.

Wortlos lauschten sie eine Weile der Musik, dann drehte Silvia sich zu Mine. »Und du? Was willst du machen? Mit Matt weggehen? Dann ist deine Familie sicher traurig?«

»Wir gehen weg«, erwiderte sie, und die Überzeugung, mit der sie das sagte, überraschte sie selbst.

Schweigend saßen sie vor der Bühne, der Welt und den Menschen um sich herum entrückt, bis Lisa, das Akkordeon vor die Brust geschnallt, zu ihnen kam. Erst jetzt fiel ihnen auf, dass fast alle um sie herum gegangen waren.

»Sagt mal, ihr zwei Schönen, ihr habt euch ja richtig müde geredet. Wisst ihr, wo ihr die Nacht unterkommt?«

Die beiden schüttelten den Kopf.

»Wenn ihr nicht zu sehr auf Luxus steht, ich habe einen kleinen Bus. Wenn wir zusammenrücken, dann wird es auch zu dritt gehen.«

»Was ist das denn für ein Auto?«, rief Silvia aus, als sie vor Lisas Bus standen.

»Ein Goliath«, antwortete Lisa.

»Goliath?«, fragte Mine erstaunt. »So groß ist er auch wieder nicht.«

»Na ja«, Lisa lachte frech. »Ist wie bei Karl dem Großen. So groß war der auch nicht.« Sie lachte.

»Und das ist deiner?«, wollte Silvia wissen.

»Ja!« Der Stolz in Lisas Stimme war unüberhörbar. »Ich komme aus Bremen. Mein Vater hat in den Borgward-Werken gearbeitet. Der Wagen war sein ganzer Stolz. Konnte viel transportieren, und wir sind fünf Kinder zu Hause gewesen. Als Borgward pleiteging, wollte er ihn nicht mehr. Das hat er persönlich genommen. Hat sich einen Ford gekauft. Jetzt sind meine Geschwister bis auf zwei auch aus dem Haus. Da habe ich ihn genommen. Wenn man die Sitze hinten rausnimmt, ist der wunderbar.«

Sie öffnete die Tür an der Seite und lud die beiden Frauen mit einer ausladenden Bewegung zum Einsteigen ein.

Auf dem Boden lag eine Matratze, die den Wagen in seiner ganzen Breite ausfüllte, darauf viele Decken, dazu gab es ein paar selbst gezimmerte Ablagemöglichkeiten.

»Lisa?«, fragte Silvia, während die ihr Akkordeon vor dem Beifahrersitz verstaute. »Kann ich die Tasche hier im Wagen lassen?«

Die nickte. »Schieb sie unter die Matratze. Da ist sie sicher.«

»Morgen muss ich unbedingt ins Dorf und telefonieren«, flüsterte Silvia Mine zu, als sie auf ihrer Matratze lagen.

16. Mai 1964

Am nächsten Morgen wurde Mine von einem krähenden Hahn geweckt. Gleich darauf begann ein Hund zu bellen. Sie lag am Rand der Matratze und konnte durch die kleinen Fenster in der Dachrundung in den Himmel schauen, wo sich langsam die Nachtwolken verzogen.

Vorsichtig stupste sie Silvia an, die sich erst rekelte und dann umdrehte. Mine verstärkte ihre Stupser, rückte näher ans Ohr der Freundin heran.

»Du willst doch ins Dorf.«

Silvia drehte sich zu Mine und nickte. Die öffnete vorsichtig die Seitentür, dann griffen sie nach ihren Jacken und kletterten leise nach draußen.

»Macht die Tür zu! Bis später!«, murmelte eine noch schlaftrunkene Lisa ihnen hinterher.

»Mein Kopf«, klagte Silvia.

»Du bist auch ganz blass«, stellte Mine fest, die sich den Bauch hielt, froh, dass sie in der Nacht von Übelkeit verschont geblieben war.

So früh waren nur wenige Besucher des Festivals auf den Beinen. Es lag eine angenehme Stille über dem Tal und der Wiese. Das Gras war feucht von der Nacht. Nur das Zwitschern der Vögel aus dem nahen Waldstück war zu hören.

Sie kamen nur langsam voran. »Ob Martin heute kommt?«, fragte Silvia leise. Mine war sich nicht sicher, ob die Frage an sie gerichtet war. Sie war selbst in Gedanken ganz bei Matt, den sie heute endlich sehen und in den Arm nehmen würde.

Als sie das Dorf Dorweiler erreicht hatten, kam die Sonne hinter den Wolken hervor. Mine führte ihre Freundin zu einem Haus, klopfte an die Tür, die kurz darauf von einer Frau mit einer mehlbestäubten Schürze geöffnet wurde.

»Du bist es, Mine. Bist aber früh. Marianne schläft noch. Ich bin gerade Brot am Backen«, erklärte sie.

»Silvia ist zu Besuch hier, und sie müsste dringend telefonieren. Dürfen wir bei Ihnen, Frau Schuldt?«

Sie zögerte einen Moment, klopfte sich den Mehlstaub von der Schürze. »Ein Ferngespräch?« Sie sah zwischen den beiden jungen Frauen hin und her.

»Ein bisschen«, antwortete Mine. »Nach Simmern …«

Frau Schuldt kratzte sich an der Nasenspitze, dann nickte sie. »In Ordnung. Kommt mit«, forderte sie die beiden auf.

Das Telefon stand auf einer schmalen Anrichte vor einem Fenster. Frau Schuldt sah Silvia besorgt an. »Du bist ganz blass, Mädchen. Wie wäre es mit einem Kaffee? Habe ich eben frisch aufgebrüht.«

Kurz darauf kam sie mit zwei Tassen Kaffee zurück.

Im Telefonbuch fanden sie die Nummer der Polizei in Simmern. Der Beamte am Apparat war abweisend, erklärte Silvia, dass er Fremden keine Auskunft geben dürfe.

»Es ist aber wichtig!«, beharrte Silvia, doch der Mann am anderen Ende der Leitung ließ sich nicht erweichen.

Mine gab ein Zeichen, ihr den Hörer zu reichen.

»Hier ist die Mine Karges. Ist der Wachtmeister Studer da?«

»Ja«, sagte Mine nach einer Pause, »die Mine von den Karges«, und erklärte ihr Anliegen. Dieses Mal gab es die gewünschte Information. »Er lebt … Im Kreiskrankenhaus in Simmern … Gehirnerschütterung und Bruch des Arms«, fasste Mine für Silvia zusammen.

»Was für ein Glück«, zeigte sich Silvia erleichtert, nachdem Mine aufgelegt hatte.

»Gut, wenn man Verwandte bei der Polizei hat.« Mine lächelte, wurde aber gleich wieder ernst. »Wieso ist der eigentlich mit dir hierhergefahren? Weiß der, dass du Martin hier treffen willst?«

»Ja.«

Mine sah sie streng an. »Ist er verliebt in dich?«

»Ziemlich ... glaube ich ...«, antwortete Silvia und konnte sich ein kurzes Grinsen nicht verkneifen.

Frau Schuldt kam noch einmal aus der Küche und drückte Mine eine Tüte mit frischen Brötchen in die Hand.

Kauend liefen sie durchs Dorf. Das letzte Haus war schon in Sichtweite, als sich ihnen mit großer Geschwindigkeit ein Motorrad näherte. Mine drehte sich schnell zur Seite und wartete, bis das Kraftrad vorbei war.

»Das war Gerd, mein Onkel«, erklärte sie.

»Hat er dich erkannt?«

Mine schüttelte den Kopf. »Er ist in Gedanken schon auf dem Friedhof.«

Silvia blickte sie fragend an, doch Mine beließ es dabei.

Minuten später kam das Motorrad zurück. Onkel Gerd hatte sie doch erkannt.

Er brachte die Maschine neben ihnen zum Stehen und zog den Helm vom Kopf.

Kurz sah er zu Silvia, schien sich aber nicht von deren Anwesenheit stören zu lassen.

»Mine, willst du nicht zurückkommen? Georg und deine Mutter machen sich Sorgen.«

»Nein!«

Onkel Gerd kniff die Lippen zusammen.

Er schaute Mine auf den Bauch. »Weißt du, von wem ...?«

»Du weißt ...?«

»Geahnt habe ich es irgendwie. Als du dann nach Ilse gefragt hast, war es mir klar. Was willst du machen?«

»Ich gehe weg.« Trotzig fügte sie hinzu: »Bevor ich weggeschickt werde.«

»Ist der Vater von hier?«

Mine schüttelte den Kopf.

Onkel Gerd nickte, knöpfte seine Jacke auf und nahm aus einer Innentasche einen Stift und ein Stück Papier, auf das er schnell etwas notierte. »Das ist die Adresse von Ilse in Koblenz«, erklärte er. »Ich habe ihr von dir erzählt.« Damit zog er den Helm wieder auf, trat den Starter des Motors, schaute Mine noch einmal ernst an. »Pass auf dich auf!«, ermahnte er sie. Damit wendete er sein Motorrad und fuhr zurück ins Dorf.

*

Winters Rücken schmerzte. Zusammengekrümmt hatte er den größten Teil der Nacht wach auf der Rückbank verbracht. Früher hätte er das locker weggesteckt.

Gerda.

Er machte sich wieder und wieder Vorwürfe. Wäre er nur früher losgefahren. Oder gar nicht. War es das wert? Das alles nur wegen diesem Idioten Fischer. Diesem sentimentalen Schwachkopf. Mit so jemand hatte er Seite an Seite für eine große Sache gekämpft. Wo war er gelandet? Hier, zwischen diesen Gammlern. Die konnten wahrscheinlich noch nicht einmal ein Gewehr richtig halten. Früher hätten sie die weggesperrt und ihnen die Flausen aus dem Leib geprügelt.

Er zwängte sich aus dem Wagen, ging vorsichtig ein paar Meter zur Seite, um sich umzuschauen.

Dabei hörte er von dem Weg, der zu dem kleinen Waldstück führte, Stimmen. Es war einmal mehr sein Instinkt als ein konkreter Verdacht. Er schaute auf und sah keine zehn

Meter entfernt Silvia dort. Neben ihr eine Frau, die etwa so alt wie sie war. Er blickte ihnen einen Moment nach, lief schnell zurück zu seinem Wagen, um sich fertig anzuziehen.

Als er zurückkam, waren die beiden Frauen fort. Damit hatte er gerechnet. Doch die Gewissheit, dass Silvia hier war, trieb ihn an. Noch dieser Kampf, diese Schlacht. Den Ort, an der die Aktentasche versteckt war, würde er erfahren, wenn er das Mädchen erst einmal in seiner Gewalt hatte. Jagdfieber erfasste ihn, ließ ihn für einen Moment sogar Gerda vergessen. Er ermahnte sich zu weniger Hektik. Durch sein Alter und seinen Anzug erregte er schon genug Aufmerksamkeit.

Er ging gemächlich weiter, gab vor, sich aus Neugierde umzuschauen. Aber weder auf der Wiese noch vor dem Haus konnte er Fischers Tochter entdecken. Er änderte seine Strategie. Nicht er würde sie suchen, sie würden ihm über den Weg laufen. Zunächst aber besorgte er sich etwas zum Beißen und einen Kaffee, dann setzte er sich auf einen Stein neben einem Baum und beobachtete von dort die Menschen auf dem Gelände.

Geduld ist eine Tugend des Jägers, und von der besaß er ausreichend. Schon bald erregte eine größere Gruppe vor dem Säulenhaus seine Aufmerksamkeit. Der Mensch ist ein Herdentier, und vielleicht fand er Silvia in dieser Herde. Er stand auf und ging hinüber. Kaum war er dort, kam Bewegung in die Herde, und Winter wurde von einem Pulk junger Menschen die Treppe hinauf in den Säulengang und in einen nicht sehr großen Raum geschoben.

An der gegenüberliegenden Wand, unter einem Fenster, erspähte er einen freien Stuhl. Jede Person in dem kleinen Saal schien zu rauchen. Auch Winter steckte sich eine an und trug dazu bei, dass bald dichte Nikotinschwaden über den Köpfen waberten.

An der Stirnseite des Raumes befand sich eine kaum zwei

Meter tiefe Bühne, die von Holzbalken eingerahmt wurde. Ein Mann kletterte hinauf. Er klopfte zweimal leicht gegen das Mikrofon, bevor er zu sprechen begann.

Liebe Gäste, liebe Freunde!

Im Namen des studentischen Kreises in der Arbeitsgemeinschaft Burg Waldeck möchte ich Sie alle sehr herzlich begrüßen. Wir freuen uns, dass Sie den Weg hierher gefunden haben. Mit besonderer Freude begrüßen wir die Sänger und Musikanten, die unserer Einladung gefolgt sind. Darf ich Ihnen jetzt ganz freimütig erzählen, was wir, die wir dieses Fest geplant und vorbereitet haben, uns dabei gedacht haben, was wir von ihm erhoffen, und auch, welche Bedenken und Zweifel uns gekommen sind?

Winter sah sich wieder um. Jetzt, wo alle saßen und konzentriert dem Mann auf der Bühne zuhörten, hatte er einen besseren Überblick. Silvia konnte er nicht im Publikum erkennen. Um keine Aufmerksamkeit zu erregen, blieb er sitzen und ließ die Rede über sich ergehen.

Erstens haben wir uns gedacht: Es müsste mehr geschehen, um die vielfältigen Möglichkeiten, die uns dieses schöne Gelände bietet, gründlich zu nutzen.

Zweitens fanden wir, dass eine bestimmte Art von Musik, für die wir eine ganz besondere Vorliebe haben, in Deutschland längst noch nicht genug beachtet und gepflegt wird. Wir meinen das Chanson, den Bänkelsang, die unverkitschte Volksmusik. Wir haben uns gefragt, warum wir in unseren Breiten keinen Yves Montand oder Georges Brassens, keinen Pete Seeger und keine Joan Baez haben. Wir möchten gerne herausfinden, welche Möglichkeiten das Chanson bei uns hat oder haben könnte.

*

Ferdinand wachte erst um ein Uhr am Mittag auf. Er hatte lange wach gelegen, die Begegnung mit dem Mann, der vielleicht Winter und plötzlich wie vom Erdboden verschluckt war, hatte ihn noch lange beschäftigt.

Mit schmerzenden Gliedern setzte er sich auf. Rieke schlief noch. Ihr Atem war unruhig, manchmal schnappte sie laut nach Luft. Kurz war er versucht, sie zu wecken, doch dann kletterte er aus dem Wagen.

Als Erstes besorgte er sich auf dem Festivalgelände einen Kaffee. Aus der Ferne konnte er deutlich helle, fremd klingende Töne vernehmen. Wie von den Sirenen angelockt, folgte Ferdinand dieser Musik bis zum Säulenhaus, wo eine junge Frau auf einem Cembalo spielte. Nur ein paar wenige Zuhörer hatten den Weg hierher gefunden. Ferdinand lehnte sich an die Wand, hörte zu und vergaß für einen Moment, warum er hier war.

Er verließ das Haus und ließ sich an der Kaffeeausgabe seinen Becher auffüllen, lief zurück zum Wagen, wo Rieke inzwischen bei offener Tür auf dem Fahrersitz saß, eine Zigarette zwischen den Lippen. Sie nahm Ferdinand den Becher gierig aus der Hand und murmelte ein »Danke!«. Er berichtete ihr von seiner nächtlichen Begegnung.

»Dann auf!«, erwiderte Rieke, zu schläfrig, um überzeugend zu klingen.

Stumm liefen sie über das Festivalgelände, suchten die Toiletten auf, versorgten sich mit belegten Broten und einem weiteren Kaffee und ließen sich von der Menge zum Säulengang treiben. Drinnen sprach jemand in ein Mikrofon.

Dieses sind die beiden Motive. Die beiden Vorbilder, die wir in Deutschland – allerdings auf anderen Bereichen – fanden, sind: die Erlanger Theaterwochen, zu denen sich alljährlich die besten in- und ausländischen Studentenbühnen treffen, und die Jahrestagungen der Gruppe 47, auf denen Schriftsteller sich gegenseitig aus ihren neuen Arbeiten vorlesen. In ähnlicher Weise, wie dort Theater gespielt oder Texte gelesen und kritisiert werden, wollen wir hier miteinander singen und über das Gehörte sprechen. Weder Freddy Quinn noch Maria Callas weilen heute unter uns. Wir haben sie aus gutem Grund nicht eingeladen. Dieser Grund hat eine musikalische und eine soziologische Seite.

Ferdinand sah verwundert zur Seite, als Rieke sich erst gegen ihn lehnte und dann ihren Kopf an seine Schulter legte. Erstaunt nahm er wahr, wie sehr er den Geruch ihrer Haare genoss.

»Keine Sorge, ich tue Ihnen nichts«, zischelte sie ihm zu. »Ich brauche nur ein bisschen Halt.«

Ihr Gesang, den wir an seinem Ort zu würdigen wissen, scheint uns jedoch nicht recht in die Umgebung von Moritat und Bänkelgesang, von jiddischer und jugoslawischer Folklore, von Brecht-Chansons und Antibombensong zu passen. Das heißt, die reine Volksmusik und das reine Kabarett sprengen den Rahmen dieses Treffens noch nicht, der reine Schlager und der reine Kunstgesang, die Opernarie, würden ihn sprengen.

»Ich hole uns noch einen Kaffee«, erklärte Ferdinand, löste sich von Rieke, nahm ihr den Becher aus der Hand und machte sich davon.

*

Ein Stupser gegen ihren Arm riss Silvia aus einem unruhigen Traum. Sie konnte sich nur noch an viele Martins erinnern, die mit ihren Gitarren um sie herumtanzten und ihr jedes Mal, wenn sie nach einem greifen und ihn festhalten wollte, wie von Zauberhand entglitten.

»Aufwachen!« Mine kniete neben ihr. »Es ist schon halb vier.«

Silvia erkannte durch die Dachfenster des Borgward-Busses, dass die Sonne ein ganzes Stück gewandert war. Nach dem morgendlichen Ausflug ins Dorf waren sie so müde gewesen, dass sie sich im Bus noch einmal hingelegt hatten.

»Ob Martin schon da ist?«, murmelte sie, noch verwirrt über ihren Traum, der ihr kein gutes Gefühl gab. Auch Mine, die inzwischen vor dem Wagen auf sie wartete, hatte unruhig geschlafen. Die Begegnung mit Onkel Gerd ging ihr nicht aus dem Kopf. Sie griff in ihre Rocktasche. Onkel Gerds Zettel mit Ilses Adresse war noch da. Warum hatte er so lange nichts gesagt?

»Was ist denn da los?«, fragte Silvia mit Blick auf das Haus und die Menschenansammlung davor.

»Da gibt es gleich die Eröffnungsrede von Diethart Kerbs«, sagte eine Frau, die gerade an den beiden vorbeiging.

Eine von einem Mikrofon verstärkte Männerstimme war bis draußen zu hören. Mine spürte wieder die Übelkeit aufsteigen. Sie hielt sich mit beiden Händen den Bauch.

»Da könnt ihr nicht rein. Ist schon voll«, erklärte ein Mann mit Blick auf Mine. »Kommt mit!« Er führte sie um das Haus auf die Rückseite unter ein Fenster, wo die Stimme des Vortragenden deutlich zu hören war.

»Hier kriegt ihr alles mit und müsst nicht in den engen, verrauchten Raum«, sagte er und ging davon.

»Hier können wir aber weder Martin noch Matt sehen …«, wandte Silvia ein, doch ein Blick auf Mine verriet ihr, dass die erst einmal Ruhe und einen ruhigen Ort brauchte.

Dieses Publikum und diese Musik sollen hier einen Treffpunkt und eine Heimat finden. Wenn dieses erste Experiment gelingt, soll das Fest in jedem Jahr stattfinden.

Mine wandte sich ab. Der Brechreiz wurde stärker. Silvia

hatte auf der Wiese einen verwitterten Stuhl entdeckt, den sie nun unter das Fenster stellte. Auf Zehenspitzen konnte sie gerade so in den Raum schauen.

Wenn dieses Festival, das noch zuvörderst künstlerischen Zwecken dient, dennoch unter einer politischen Leitidee stehen sollte, so müsste es wohl die europäische Idee sein. Allerdings, wenn ich Europa sage, dann meine ich auch Europa; also Prag ebenso wie Straßburg, Warschau ebenso wie Brüssel. Dann sind nicht nur Bonn, Paris und Rom gemeint, sondern ebenso Stockholm, London, Budapest, Krakau und Athen. Wir werden uns, falls dieses Fest in kommenden Jahren eine Fortsetzung findet, sehr darum bemühen, auch Künstler aus der DDR und Ungarn und aus anderen osteuropäischen Ländern hierherzubekommen. Wir sind der Meinung, dass die Entfremdung zwischen uns und den Landsleuten und Nachbarn im Osten zu einer großen Gefahr werden kann, wenn wir nicht rechtzeitig jede Möglichkeit zu sachbedingten und privaten Kontakten wahrnehmen. Es wundert uns nicht, dass es die Ängstlichen, die Engstirnigen, die Dogmatiker und Reaktionäre auf beiden Seiten des Eisernen Vorhangs sind, die solche Kontakte beargwöhnen und zu verhindern suchen. Je weiter man voneinander entfernt, je besser man gegenseitig isoliert ist, desto unbedenklicher kann man sich hassen.

*

Rieke schreckte zurück, als Ferdinand mit den beiden Kaffeebechern plötzlich neben ihr stand.

»Sehr gewagt«, kommentierte er. Er hatte einen Teil der Rede noch mitbekommen. »Die Hand nach Osten auszustrecken. Damit macht man sich viele Feinde.« Rieke brummte Zustimmung und pustete in das heiße Getränk.

Wir glauben deshalb, dass wir in unserem Rahmen der Demokratisierung ganz Europas am besten dienen, wenn wir die Waldeck zu dem machen, was sie schon immer war: zu einem Ort der größtmöglichen Freiheit für die Andersdenkenden.

Ferdinand ließ den Blick über das Publikum schweifen, sinnierte darüber, dass er vielleicht doch zu streng von seinen Landsleuten dachte. Hier waren Menschen mit einer Utopie, zumindest einer Vision von einem gemeinsamen Europa.

Der Redner beendete seinen Vortrag mit einem »Étonnez nous!«, und Applaus brandete auf. Nur wenig später verließen die Ersten den Eingangsbereich und gingen zurück auf die Wiese, es folgten ihnen bald die Leute aus dem Saal.

»Da ist er!«, zischte Rieke, die Ferdinand jetzt plötzlich umarmte und ihn so heftig an sich zog, dass er den Rest seines Kaffees verschüttete. Sie drückte ihm einen Kuss auf die Lippen und ließ dann ebenso plötzlich wieder von ihm ab.

»Er hat in unsere Richtung geschaut«, erklärte sie sachlich, als hätte es den kleinen Zwischenfall nicht gegeben, dann küsste sie ihn noch einmal.

*

Geht es wieder besser?«, fragte Silvia ihre Freundin, als sie an der Vorderseite des Hauses angekommen waren.

Mine nickte, sie war sehr blass. Die Menschen, die bis eben noch den Saal im Innern und den Säulengang vollgestellt hatten, verteilten sich über das Gelände. Viele ließen sich vor der großen Bühne nieder.

»Lass uns noch mal über die Wiese gehen. Jetzt finden wir Matt bestimmt«, schlug Silvia vor und hoffte, dass dies Mine ablenken würde.

Plötzlich tauchte Lutz neben ihnen auf. Er lachte, freute sich, ging mit ihnen zur Wiese, wo sie das helle, blendende Licht der Mittagssonne umfing.

»Unten auf der kleinen Bühne gibt's gleich ein Konzert. Es ist schattig da.«

Ein lauter Ausruf ließ die beiden jungen Frauen zusammenzucken. »Mine, my Mine!«

Verwirrt schauten sie sich um und sahen einen Mann auf sich zustürmen, der die Arme in die Luft warf und sie im nächsten Moment auch schon um Mine schlang.

»Mine, my Mine!«, rief er immer wieder aus und hielt sie fest an sich gedrückt.

»Nicht so fest«, bat sie ihn flüsternd, »du erdrückst das Baby.« Silvia stand neben den beiden. Ob Martin auch so auf sie zugestürmt käme? Lutz beobachtete erstaunt die Begegnung. Seine Augen leuchteten.

Endlich ließ Matt von Mine ab, schaute sie verwundert an. »Sorry, this is so wonderful … Donald told me …«

Wieder übermannten ihn seine Gefühle, und er umarmte Mine erneut.

Dann endlich war es Zeit, sich gegenseitig vorzustellen.

Silvia war zurückhaltend, anders als Lutz. Der drückte Matt fest die Hand und fragte ihn: »Where are you from?«

Er erzählte, dass er aus New York komme und dass seine Eltern dort lebten, wollte dann wissen, ob Lutz von hier stamme.

Der lachte stolz und erklärte, dass es hier fast so gefährlich sei wie New York.

»Do you want to the … Bühne, to Fasia Jansen? A black singer from Germany«, erklärte er und fügte »With a …«, er suchte einen Moment nach einem Wort, »… strong voice.«

Er gab ihnen ein Zeichen, ihm zum Rand des Hangs zu folgen, von wo ein Weg abwärts führte.

Kaum hatten sie die letzte Stufe erreicht, beendete die

Sängerin ihr Lied. Silvia sah sich um, als sie am Rand der kleinen Bühne ein sich küssendes Paar erblickte. Als die beiden sich für einen Augenblick voneinander lösten, schrie sie auf. Im Applaus, der jetzt aufbrannte, konnte niemand ihren Schrei hören, nur Mine, die neben ihr stand.

»Was ist denn?«, fragte sie besorgt.

»Da vorne … ist Martin …« Dabei deutete sie zum rechten Rand der Bühne.

»Der … mit der blauen Jacke … und …«, sie atmete schwer, »der blonden Frau …«

Mine folgte ihrem Blick und sah, wie der junge Mann in der blauen Jacke sich über eine Frau beugte und sie lange und innig küsste.

*

Winter war froh, als er endlich den Raum verlassen konnte und nicht mehr länger diesem kommunistischen Hetzer zuhören musste. Er hatte sich schon einige Schritte von dem Säulenhaus entfernt, als eine Männerstimme zu singen begann.

Gestern Abend, plötzlich im Gewühl
Kam abhanden mir mein Nationalgefühl
Eben hatt ich's noch – auf einmal war es weg
Ach, wo war es nur? Lag es vielleicht im Dreck?
Oder hatte es ein Taschendieb geklaut?
Fiel's in den Kaffee und ist dort aufgetaut?
Ich vermisse, oh, mir wird ganz schwül
Ich vermisse so mein Nationalgefühl
Ich vermisse so mein Nationalgefühl

Winter ging schnell weiter, bis das Lied und sein Text endlich im Lärm der anderen Musikanten und des allgemeinen Trubels verklangen. Er fühlte sich durch den Sarkasmus persönlich verhöhnt.

Schließlich stand er am Rand des Hanges, der hinunter zu der Burgruine führte. Eine Frauenstimme klang zu ihm hinauf. Er entschloss sich, sich dort umzusehen.

Als Letztes möchte ich Ihnen eine wahre Geschichte singen. Ich beherrsche den Text noch nicht vollständig, weil ich ihn erst am Sonnabend bekommen habe. Aber er erscheint mir so wichtig, dass ich sie Ihnen heute doch gerne vortragen möchte.

Gitarrenklänge. Auf der kleinen Bühne vor der Felswand, die unter dem niedrigen Steindach etwas von einer Höhle hatte, standen die Musiker, vor ihnen, nahe am Publikum, als unterhalte sie sich mit den Zuschauern, die Sängerin. Winter blieb für einen Moment hinter der letzten Reihe der Zuhörer stehen.

Die Ballade vom Briefträger William L. Moore, der gegen die Rassentrennung demonstrierte, in Birmingham 1961 ermordet wurde.

Winter stellte sich auf die Zehenspitzen, um nach Silvia Ausschau zu halten. »Fasia Jansen«, sagte ein junger Kerl zu ihm, der das missverstanden hatte. Winter nickte und zog sich zurück, nachdem er sich vergewissert hatte, dass Silvia nicht unter den Zuhörern war, und setzte sich auf einen Baumstumpf.

Montag, ein Tag in Baltimore
Sprach er zu seiner Frau:
Ich will nicht länger Briefträger sein
Ich geh nach Südn auf Tour that's shure!
Black And White, Unite! Unite!
Schrieb er auf ein Schild
White and Black – die Schranken weg!
Und er ging ganz allein

Winter spürte, dass er müde war, dass eine große Erschöpfung über ihn kam.

Dienstag, ein Tag im Eisenbahnzug
Mittwoch, in Alabama ein Tag
Ging er auf der Chaussee
Weit war der Weg nach Birmingham
Taten die Füße ihm weh
Black And White, Unite! Unite!
Stand auf seinem Schild …

Er schloss seine Augen, gab sich ganz der Stimme der Frau hin, blendete die Geräusche um ihn herum völlig aus.

Sie sang nur für ihn. Die Worte direkt an ihn gewandt. Nur für ihn bestimmt.

Und er starb ganz allein
Und er bleibt nicht allein!

Der einsetzende Applaus riss Winter aus seinem Traum. Er öffnete die Augen. Und da stand Silvia. Nur wenige Meter von ihm entfernt, mit der Frau vom Vormittag und einem Schwarzen Menschen. Sie blickte zur Seite und schrie in dem allgemeinen Lärm kaum hörbar auf. Nach einem kurzen, aufgeregten Wortwechsel wandte Silvia sich um und lief den Weg, den sie gekommen war, wieder hoch zur Wiese. Die beiden anderen blieben konsterniert stehen, sahen sich an. Winter drängte sich mit abgewandtem Gesicht an ihnen vorbei.

*

Ferdinand sah immer wieder aus dem Augenwinkel zu Rieke, als rechne er mit einer weiteren Umarmung. Aber sie war ganz auf die vielen Menschen auf der Wiese konzentriert, wo Winter in der Menschenmenge verschwunden war.

»Wir werden ihn finden«, beschwichtigte Rieke.

»Was sollen wir machen? Wir können ihn doch nicht den ganzen Tag verfolgen«, warf Ferdinand ein.

Rieke sah ihn nur kurz an. »Was wollen Sie denn machen? Ihn verhaften? Ihn niederschlagen? Hier, vor allen Leuten? Mit welcher Begründung?« Sie blickte Ferdinand herausfordernd an. »Oder ist Ihnen das Schicksal der Aktentasche wichtiger?« Sie gab sich keine Mühe, ihren Sarkasmus zu verbergen.

Ferdinand suchte nach einer Entgegnung, doch da tauchte Silvia auf. Sie kam den Hang herauf, hielt kurz inne, um dann in Richtung des kleinen Waldstücks zu laufen, das man durchqueren musste, um auf das Festivalgelände zu gelangen. Nur wenig später tauchte Winter an gleicher Stelle auf und folgte ihr.

Ferdinand wollte schon hinterher, doch Rieke hielt ihn zurück. Eine junge Frau und ein Mann kamen nun ebenfalls auf die Wiese und liefen in die gleiche Richtung.

»Auf! Kommen Sie!« Jetzt war es Rieke, die loslief.

*

Lunas Warnungen vor Martins Schmeicheleien. Silvia hatte nicht auf sie hören wollen. Hatte sich der Hoffnung hingegeben, dass Martin anders war. Hatte er nicht damit gerechnet, dass sie hierherkommen würde, wie sie es auf der Ladefläche des kleinen Lastwagens besprochen hatten? Ob er sie gesehen hatte? Es war ihr egal.

In dem kleinen Waldstück erkannte sie einen Weg, der linker Hand talwärts führte. Ohne nachzudenken, folgte sie ihm. Sie wollte nicht innehalten, wollte weiter, irgendwohin, wo niemand sie sehen konnte, sie mit niemandem sprechen musste, wo sie allein mit ihrem Schmerz war.

Der Weg wurde immer schmaler, bis sie mit einem Mal vor einem steinernen Rundbogen stand. Hinter dem erkannte sie einen Turm und auf einer kleinen Anhöhe die steinernen Reste der Burg, die wie übergroße Zinnen einer Wehrmauer zwischen den Bäumen standen. Sie kletterte den Hang hinauf, ließ sich auf einem Felsbrocken nieder. Mit einem Mal war alle Kraft aus ihr gewichen. Zusammengesunken, die Ellenbogen auf den Oberschenkeln, die Hände vor dem Gesicht, saß sie da, als sie plötzlich von hinten gepackt wurde.

Eine große Hand legte sich über ihren Mund, so fest, dass es ihr unmöglich war zu schreien.

»Schön leise!«, zischte ihr eine Stimme ins Ohr. Dann war ein Knacken zu vernehmen, ein Ast, der brach. Die Hand drückte sich noch fester auf ihr Gesicht.

»Silvia, wo bist du?« Mine. Ganz nahe. »Silvia?«

Sie bekam kaum Luft, zappelte, versuchte, um sich zu treten.

»Sie muss hier doch sein!« Wieder Mine.

Dann ein erschreckter Ausruf. »Silvia!«

Im gleichen Moment erhielt sie einen heftigen Stoß in den Rücken, der sie vorwärtsstolpern ließ, bis kräftige Arme sie auffingen. Sie brauchte ein paar Sekunden, um wieder zu Atem zu kommen und zu erkennen, dass sie neben Matt und Mine stand, die einen Arm um sie gelegt hatte und sie an sich drückte. Ihnen gegenüber, neben dem Baum, stand Winter mit einer Schusswaffe in der Hand, die er auf sie richtete, von einem zum nächsten schwenkte.

Da tauchte Rieke mit einem Mann an ihrer Seite auf. Winter richtete seine Waffe jetzt auf die beiden. »Näher, los! Zu den anderen!«

»Was für eine Truppe«, höhnte er. »Ein Neger, eine Kommunistin, ein Schmierfink von der Presse und du …«, er richtete die Waffe auf Mine. »Hast du dich von dem da schwängern lassen? Rassenschande hat man das früher genannt.«

Rieke gab sich unbeeindruckt. »Die Zeiten sind zum Glück vorbei.«

»Auf die Knie!«, befahl Winter.

Niemand kam dem nach. Silvia starrte gebannt auf die Waffe. Aus dem Augenwinkel bekam sie mit, dass Mine mit einem Mal zu würgen begann, bis sie sich schließlich erbrach.

Winter wich angewidert zurück und wandte sich Silvia zu. »Wo ist die Aktentasche?«

Sie zögerte. »Weg.« Ihre Stimme klang brüchig.

»Weg?«, wiederholte er.

»Verloren.« Sie versuchte das Zittern zu verbergen.

Winter lachte.

»Was wollen Sie mit der Tasche?«

Er richtete seine Waffe auf Rieke.

»Glauben Sie, dass Sie ungeschehen machen können, was passiert ist?« Sie sah ihm in die Augen.

»Ungeschehen machen?«, schleuderte er ihr entgegen. Er lachte höhnisch. »Warum? Was habe ich, was haben wir Verwerfliches getan?« Er hatte Rieke den letzten Satz regelrecht ins Gesicht gespuckt. »Was wir getan haben, war richtig. Das war für Deutschland, für Ehre und Vaterland. Aber das versteht ihr nicht.« Er machte einen Schritt auf Silvia zu. »Du kannst mir die Tasche geben. Deinen Vater brauchst du nicht mehr zu schützen …«

Silvia blickte ihn unverwandt an. »Mein Vater … ist ein Verbrecher. Er wird vor Gericht kommen.« Sie wollte das ganz ruhig sagen, aber das Zittern in ihrer Stimme konnte sie noch immer nicht verbergen.

»So etwas sagt seine Tochter. Seine leibliche Tochter.« Winter sprach voller Verachtung. »Aber keine Sorge … er wird vor kein Gericht mehr treten. Er ist schon gerichtet.«

Es dauerte einige Sekunden, bis Silvia verstand. »Er ist … Sie haben …«

Erneut lachte Winter. »Ich habe … er war schwach, hatte Angst, keinen Mumm mehr. Nicht mehr der Mann, den ich im Krieg kennengelernt habe.«

»Haben Sie auch Frau Lachmann …?«, fragte Ferdinand.

Winter wandte sich ihm zu. »Ja, sie war so dumm, hinter deinem Vater herzuschnüffeln.« Er blickte kurz zu Silvia.

Ferdinand machte einen Schritt nach vorne. Winter richtete seine Pistole jetzt auf ihn. Er blieb stehen.

»Was glauben Sie denn, wo die Tasche ist?«, fragte er. »Hier, auf dem Gelände?« Er blickte in die Richtung des Festivalgeländes, wo Musikfetzen bis zu ihnen gelangten.

Winter klang nicht mehr ganz so sicher. »Ich habe die Kleine damit zu dem Gammler ins Auto steigen sehen. Sie ist irgendwo hier.«

»Inzwischen sind zwei Tage vergangen«, erwiderte Ferdinand. »Sie waren in München in meinem Zimmer, sie haben sich sicher über mich erkundigt und wissen, dass ich Journalist bin. Soll ich mir so eine Geschichte entgehen lassen?«

»Bluff!«, bellte Winter zurück. »Sie bluffen doch.«

»Am Montag wird es in der Zeitung stehen. Und dann?« Ferdinand wartete auf eine Erwiderung. Als die nicht kam, fuhr er fort. »Winter, Sie haben verloren. Wir wissen, dass Sie Frau Lachmann umgebracht haben. Dass Sie Fischer alias Tromnau, wie sie eben zugegeben haben, umgebracht haben. Keiner Ihrer alten Kameraden wird Sie beschützen können. Die haben genug zu tun, sich selbst aus der Schusslinie zu bringen. Ihre Zeit ist vorbei. Sie wissen doch, was gerade in Frankfurt passiert …«

Rieke sah, dass die Hand, in der Winter die Pistole hielt, leicht zitterte. Sie sah rüber zu Ferdinand, bewunderte ihn für seine Kaltblütigkeit, gleichzeitig fürchtete sie, dass Winter lieber ihn und wahrscheinlich sie alle umbringen würde, bevor er zugab, verloren zu haben.

»Stellen Sie sich, Winter, zeigen Sie Größe!«, forderte ihn Ferdinand auf.

»Damit ich den Rest meines Lebens in einer Zelle verbringe …«

»Denken Sie an Ihre Frau … Sie haben doch eine Frau?«

Bei dem Wort »Frau« zuckte Winter dermaßen zusammen, dass Rieke fürchtete, dass er jetzt tatsächlich von seiner Schusswaffe Gebrauch machen würde. Auch Silvia, Mine und Matt schienen das zu spüren. Die beiden Frauen rückten enger zusammen, der Soldat schob sich vor sie.

Winter war das nicht entgangen. »Was für Zeiten …«, kommentierte er den Versuch von Matt, sich schützend vor die Frauen zu stellen.

»Bist du …«, er deutete mit seiner Waffe auf Mine, »mit dem da …?«

Er sprach den Satz nicht zu Ende. Mine nickte, griff Matts Hand. Winter machte einen Schritt auf sie zu, trat in ein Loch, das von Blättern bedeckt war, während sich der Lärm eines Düsenjägers rasend schnell näherte. Silvia trat ebenfalls vor, das Flugzeug donnerte jetzt mit solch ohrenbetäubendem Lärm über sie hinweg, dass sie ihre Köpfe senkten. Als sie sie wieder hoben, lag Winter vor ihnen auf dem Boden, den Körper in Seitenlage, den Kopf verrenkt.

Matt reagierte als Erster, näherte sich vorsichtig dem leblosen Körper mit dem zerfetzten Schädel, wartete dennoch einen Moment, als fürchte er eine Finte.

Schließlich gab er den anderen ein Zeichen, dass keine Gefahr mehr für sie bestand. Langsam kamen sie näher, bis auf Mine, die sich abseits hielt. Rieke beugte sich über den Körper.

»Er hat sich in den Mund geschossen«, sagte sie.

»Absicht?«, fragte Ferdinand und deutete auf das Loch im Boden, in das Winter getreten war. »Wegen des Lärms haben wir den Schuss nicht gehört«, fügte er hinzu.

Matt ging zurück zu Mine, die neben einem Mauerstück vornübergebeugt lehnte und sich übergab.

»Ich habe befürchtet, dass er uns alle mit umbringt«, erklärte Rieke mit blassem Gesicht.

»Ich habe das auch für möglich gehalten«, sagte Ferdinand. Und nach einer kurzen Pause. »Wir müssen die Polizei rufen.«

Sie diskutierten das Für und Wider. Matt erklärte, dass er nicht mehr zur Air Force zurückgehen wolle, dass er mit Mine und ihrem Kind zusammenleben wolle.

Schließlich verließen sie bis auf Ferdinand die Burgruine, der bei dem Leichnam zurückblieb. Rieke sollte die Polizei informieren. Bis die vor Ort wäre, hatten sich Mine und Matt in Sicherheit gebracht, Rieke würde schauen, ob sie ihre Kontakte aus der Zeit, als sie Deserteure der französischen Armee versteckt hatte, aktivieren konnte.

Silvia bildete den Abschluss der kleinen Gruppe auf dem Weg zurück auf die Wiese. Sie fiel, ohne dass es ihr bewusst wurde, immer weiter zurück. Ihr Vater war tot, ermordet von einem Menschen, mit dem ihn die Verbrechen aus der Nazizeit verbanden. Und Martin …?

Leise Musik waberte zu ihr herüber, irgendwo aus dem Wald, zu leisem Gitarrenspiel begann eine männliche Stimme zu singen.

Come mothers and fathers throughout the land
And don't criticize what you can't understand
Your sons and your daughters are beyond your
command
Your old road is rapidly aging
Please get out of the new one if you can't lend your
hand
›Cause the times, they are a-changin‹
The line it is drawn, the curse it is cast
The slowest now will later be fast
As the present now will later be past
The order is rapidly fadin'
And the first one now will later be last
›Cause the times, they are a-changin‹

Übermorgen werde ich großjährig, dachte Silvia. Wie absurd, jetzt an meinen Geburtstag zu denken. Sie schüttelte leicht ihren Kopf.

Heute bin ich erwachsen geworden. Der Satz, den Rieke in der Kneipe in Frankfurt zu ihr sagte, fiel ihr wieder ein. »Willkommen in der Welt der Erwachsenen.«

Später im Jahr 1964

Seit sie wieder in München war, fühlte sich Silvia verfolgt. Sie war noch keine Stunde im Haus, hatte ihre Taschen im Flur abgestellt und war ziellos im Haus umhergelaufen, als zum ersten Mal das Telefon klingelte. Niemand hatte sich gemeldet. Nur der Atem eines Menschen war zu hören gewesen. Mal leiser, mal eine oder zwei Nuancen lauter, wie beabsichtigt. Das passierte mehrmals, bis sie das Klingeln ignorierte.

Auch die wenigen Male, die sie das Haus verlassen hatte, schien es ihr, dass jemand sie beobachtete. Ein Auto, das langsam an ihr vorüberfuhr, ein Fahrer, der sie anblickte, ohne dass sie ihn erkennen konnte.

Eine Woche nach ihrer Ankunft kam Luna, kampfbereit wie immer. Sie war es auch, die sich in den Keller wagte, dorthin, wo man ihren Vater gefunden hatte. Silvia hatte sich nicht getraut. Von dem Polizisten, der sie mehrfach befragt hatte, einem Mann mit grauem Anzug und einem Hut, den er auch während der Gespräche nicht abnahm, hatte sie erfahren, wo ihr Vater gefunden worden war. Am Strick. Frau Wolf aus der Praxis hatte die Polizei zwei Tage nach seiner Krankmeldung alarmiert.

Der Polizist hatte Silvia den Abschiedsbrief überreicht, sie dabei nicht aus den Augen gelassen.

»Warum schauen Sie mich so an?«, hatte sie den Mann, der etwa so alt wie ihr Vater war, gefragt.

Zur Antwort hatte er unmerklich mit dem Kopf geschüttelt.

Als sie ihm von den Anrufen erzählte, hatte er nur mit der Schulter gezuckt.

Silvia wollte weg.

Luna war dagegen. »Nicht aufgeben! Wir lassen uns nicht ins Bockshorn jagen!«, erklärte sie. Aber eine Idee, um wen es sich bei dem Anrufer handeln könnte, hatte sie nicht.

Das erfuhr sie erst später auf der Beerdigung.

*

Ferdinand hatte Silvia gewarnt, dass die Beerdigung ihres Vaters nach der Veröffentlichung seines Artikels alte Nazis anlocken würde. So war es auch gewesen. Etwa zehn Männer und eine Frau, die sie noch nie gesehen hatte und die sie feindselig betrachteten, hatten sich in der Nähe des Grabes eingefunden. Auf dem Weg dorthin hatten sie *Ich hatt' einen Kameraden* gesungen. Leise, und gerade deshalb hatte es so bedrohlich geklungen.

Luna wollte gleich auf sie losstürmen, Silvia konnte die Freundin davon abhalten.

»Bitte nicht!«, bat sie.

Das Grab lag am Rand des weitläufigen Geländes. Es war eine schnelle Prozedur, außer Silvia und Luna waren nur Fräulein Wolf aus der Praxis und ein paar Bekannte, vor allem Berufskollegen ihres Vaters, anwesend, die schnell wieder gingen, nachdem sie alle kurz vor das offene Grab getreten waren, Blumen und Sand hineingeworfen hatten. Nur Fräulein Wolf und zwei oder drei der Kollegen hatten Silvia kondoliert, die anderen hatten sie nicht einmal angeschaut.

Als alle gegangen waren und Luna sie alleine am Grab zurückgelassen hatte, stellte sich ein Mann neben sie. Dabei atmete er vernehmlich ein und aus. Erschrocken wandte Silvia sich ihm zu.

»Ihr Vater war mit Edgar Winter bekannt.« Keine Frage, eine Feststellung.

Der Mann rückte näher, sie fürchtete, dass er sie in das offene Grab stoßen wollte, und trat einen Schritt zurück.

»Edgar Winter war keiner, der sich umbringt.« Er machte einen Schritt vor, bückte sich und rammte die kleine Schaufel in den Erdhügel, nahm etwas von dem Sand und ließ ihn ins Grab rieseln.

Silvia wollte gehen, aber der Fremde packte sie am Arm, hielt sie fest.

»Was ist passiert?«

Sie schwieg, der Mann drückte noch fester zu. Silvia stöhnte auf.

»Edgar hat deinem Vater geholfen. Also …?«

»Ich weiß es nicht«, beteuerte Silvia, die es sehr anstrengte, nicht aufzuschreien vor Schmerz.

»Edgars Frau ist gestorben. Er hätte sich nichts angetan, ohne sich vorher von ihr zu verabschieden. Niemals. Ein letztes Mal: Was ist passiert?«

Plötzlich waren schnelle Schritte auf dem losen Untergrund zu hören. Silvia und der Unbekannte drehten sich um, im nächsten Moment erhielt der Mann einen Schlag gegen die Brust und riss sie mit sich zu Boden.

Noch benommen hörte sie, wie der Mann »Gib mir das sofort zurück!« zischte.

Silvia erhob sich, erkannte Luna, die eine Brieftasche in die Luft hielt, die der Mann offenbar beim Sturz verloren hatte. Er baute sich bedrohlich vor ihr auf.

Unbeeindruckt entnahm Luna der Brieftasche einen Personalausweis. »Franz Klinger«, las sie vor.

Klinger machte einen Schritt auf sie zu, wollte nach seinen

Papieren schnappen, aber sie war schneller, hielt nun einen anderen Ausweis in der Hand.

»Bundesnachrichtendienst«, sagte sie langsam und gedehnt.

»Das wird dir leidtun«, drohte Klinger. Er griff dabei unter seinen Mantel.

»He, was machen Sie da?!«

Ein Friedhofswärter blickte von einem anderen Grab zu ihnen herüber. Klinger zog seine Hand zurück.

»Franz Klinger«, zischte Luna ihm zu und schleuderte die Brieftasche in Fischers offenes Grab.

»Den«, sie hielt den Ausweis des Bundesnachrichtendienstes hoch, »behalte ich.«

*

Der Artikel von Ferdinand erschien gut eine Woche, nachdem er mit den anderen die Burg Waldeck verlassen hatte. Dr. Rudnik hatte Wort gehalten und den Kontakt zu dem Chefredakteur einer überregionalen Tageszeitung hergestellt, und er hatte den Artikel vorab gelesen und geprüft. Womöglich durch den schon mehr als ein halbes Jahr andauernden Prozess in Frankfurt ermüdet, verlor die Öffentlichkeit sehr bald das Interesse an der Geschichte. Interesse zeigten allerdings die Ermittlungsbehörden. Ob es Teil einer neuen Verleumdungskampagne gegen den Journalisten war oder tatsächliches Ermittlungsinteresse, konnte er nicht sagen. Ferdinand wurde mehrmals zu den Umständen des Todes nicht nur von Ulrich Fischer befragt, sondern auch zum Tod von Edgar Winter und dem Tod eines gewissen Karl Berger, der in der leerstehenden Wohnung unter der von Ruth Lachmann gefunden worden war, der KZ-Überlebenden, die der Ausgangspunkt für seine Nachforschungen und den Artikel war. Ferdinand sagte aus, dass er diesem Winter erstmals auf der Burg Waldeck begegnet war, wo er sich mit Silvia Fischer getroffen hatte, die ihm dort die Aktentasche ihres Vaters übergeben wollte. Dass es sich nach den Beschreibungen von Frau Lachmanns Nachbarn um den Mann handeln musste, der sich nach deren Tod um die Formalitäten im Haus und den Abtransport ihrer Habseligkeiten gekümmert habe. Für die Befragungen musste Ferdinand nach München reisen. Dort konnte er im Atelier von Moni in Schwabing wohnen.

Das Interesse der Polizei ließ bald nach, diejenigen, die Ferdinand einen Nestbeschmutzer schimpften, und das waren die harmlosesten Bezeichnungen, waren hartnäckiger. Auch Morddrohungen erhielt er. Aus diesem Grund verlängerte er seinen Aufenthalt in dem Atelier von Moni, das er in dieser Zeit kaum verließ.

Als er nach zwei Monaten Matt und Mine in ihrem Versteck im Taunus besuchte, vermittelte ihm Rieke ein Treffen mit dem Pfarrer Kurt Oeser.

Das Reportage-Porträt über den engagierten Kirchenmann fand weit mehr Widerhall als sein Artikel über den Zahnarzt Gernot Tromnau alias Ulrich Fischer, und Ferdinand bekam in den nächsten Wochen mehrere Anfragen verschiedener Zeitungen für weitere Porträts.

*

Mine und Matt wurden mit Riekes Hilfe in einem der Häuser untergebracht, die schon als Versteck für desertierte französische Soldaten und Fremdenlegionäre zur Zeit des Algerienkriegs genutzt worden waren. Da sie fürchteten, dass

Matt von den deutschen Behörden an die Vereinigten Staaten ausgeliefert werden würde, suchte sie nach Wegen, ihn und Mine nach Schweden zu bringen, wo seinerzeit schon Algerien-Deserteure sicheren Unterschlupf gefunden hatten. Da aber unklar war, ob die schwedische Regierung erneut so handeln würde, zog sich der Aufenthalt der beiden in dem einsam gelegenen kleinen Haus in einem Waldstück im Taunus länger als erwartet hin.

Mine schrieb bald nach ihrer Ankunft dort einen Brief an ihre Eltern, der über Rieke zu Ferdinand gelangte, den der, um den Aufenthaltsort der beiden nicht zu verraten, in einem kleinen bayerischen Ort in den Briefkasten warf. In dem Brief erklärte sie ihren Eltern die Gründe für ihre »Flucht«, erzählte von Matt und dem Kind, das sie von ihm erwartete, und dass sie nicht wie Ilse »vom Hof gejagt« werden wollte.

Nach drei Wochen meldete sie sich bei Ilse, die über Onkel Gerd von ihrem Schicksal wusste und sie nach Koblenz einlud. Zu dem Treffen kam auch Onkel Gerd, der sich sichtbar freute, seine Nichte zu sehen.

Renate schrieb ihrer Schwester einen Brief, indem sie sich über die Eltern und ihre Brüder beschwerte, die kein gutes Haar an Mine ließen, sie ein Flittchen nannten. Ständig werde sie ermahnt, nicht so wie ihre große Schwester zu werden. Von Gerd erfuhr Mine auch, dass sich Evi mit Rüdiger Behrendt verlobt und dass Clara das Kreisturnfest gewonnen und allen versprochen hatte, noch mindestens zweimal als Kreisturnmeisterin aufs Podest zu steigen.

Matt litt darunter, dass er seine Eltern und Schwestern weder sehen noch ihnen eine Nachricht zukommen lassen konnte. Immerhin sah er sich durch die Nachrichten bestätigt, dass ein Kriegseintritt der Vereinigten Staaten in Vietnam immer offensichtlicher wurde. Der Tonkin-Zwischenfall und die

Bombardierung Hanois am 4. August bestätigten ihn in seinem Entschluss, nicht mehr in den US-Streitkräften zu dienen und Menschen töten zu müssen, die ihm nichts getan hatten und die mehrere tausend Meilen entfernt lebten.

Die Zeit, die sie hatten, verbrachten sie im Garten, den Matt bestellte. Er spielte Gitarre, und gemeinsam hörten sie die Jazzplatten, die Rieke ihnen besorgt hatte.

Im September wurden sie Eltern eines Jungen, der zu Ehren des Blues-Gitarristen Robert Johnson dessen Namen bekam.

Im Oktober kam Rieke aus Schweden zurück, wohin sie zusammen mit Ferdinand gereist war, wo sie mit einem Regisseur einen Dokumentarfilm über das »neue« Leben der Deserteure aus dem Algerienkrieg in Schweden vorbereiteten. Auch ein Deserteur aus der Air Force der USA sollte darin zu Wort kommen, wenn der Auftritt für ihn keine Gefahr bedeutete.

*

Fasziniert ließ sich Silvia von Luna durch London führen. Es war erst zwei Stunden her, dass sie an der Victoria Station aus dem Zug gestiegen war. Luna hatte auf dem Bahnsteig gewartet und die Freundin gleich in ihr gemeinsames Atelier geführt, das Silvia vorerst auch als Unterkunft dienen sollte.

»Heute Abend«, verkündete Luna, »gehen wir auf ein Konzert.«

Sie machte eine Pause, ließ ihre Freundin einen Moment mit ihrem fragenden Blick allein. »Im Beat Club treten *The Kinks* auf.«

»Ich habe«, entgegnete Silvia, »heute ein Filmplakat gesehen.«

Nun war es an Luna, mit den Augen zu fragen.

Silvia lächelte. »James Bond. From Russia with Love.«

Luna erwiderte das Lächeln. »James Bond klingt gut. Sehr gut. Viel besser als Franz Klinger.«

Sie lachten.

»Klinger. Franz Klinger«, stellte sich Silvia der Freundin mit tiefer Stimme vor.

Waldeck ist ein Kriminalroman, der von Verbrechen und Aufbrüchen erzählt. Die handelnden Personen sind fiktiv, nicht jedoch die Personen der Zeitgeschichte sowie einige der Orte und Ereignisse, die im Roman Erwähnung finden.

Einer dieser Orte ist die titelgebende Burgruine Waldeck im Hunsrück im Baybachtal nahe des kleinen Ortes Dorweiler, die auf eine lange Geschichte in der Jugendbewegung in Deutschland zurückschauen kann. Die begann Anfang des 20. Jahrhunderts mit den Wandervögeln, die auf dem Gelände der Burg Waldeck Landwirtschaft betrieben, um unabhängig leben zu können. In den 1920er-Jahren zogen die »Nerother Wandervögel« durch die ganze Welt und finanzierten diese Reisen mit Gesängen, Theateraufführungen und Filmen, die in den 1920er- und 30er-Jahren in den Kinos liefen. Wegen der Weigerung, sich in die Hitlerjugend eingliedern zu lassen, wurden sie verfolgt. Einige gingen ins Exil, andere mussten ins Konzentrationslager. Der Bundesführer Robert Oelbermann starb im KZ Dachau.

Um sich vor dem Zugriff des NS-Staats zu schützen, wurde 1934 die Arbeitsgemeinschaft Burg Waldeck (ABW) ins Leben gerufen. Nach dem Zweiten Weltkrieg organisierte die ABW Konzerte und Tagungen zu Jugendthemen auf dem Burggelände. Von einem studentischen Arbeitskreis der ABW wurden die Burg-Waldeck-Festivals initiiert und organisiert.

Das erste dieser Festivals fand vom 15. bis zum 21. Mai 1964 statt, betitelt »Chansons Folklore International Junge Europäer singen«.

Es folgten bis 1968 vier weitere Festivals. Ein sechstes im Jahr 1969 firmierte als »Arbeitstreffen ›Waldeck 69 – Gegenkultur‹«. Kamen zum ersten Festival etwa 400 Besucher:innen, so erhöhte sich deren Zahl kontinuierlich auf etwa 5000 im Jahr 1969. Diese Zahlen sind zwar nicht zu vergleichen mit denen heutiger Musikveranstaltungen, dennoch waren die Waldeck-Festivals in zweierlei Hinsicht von enormer Bedeutung: zum einen für eine Vielzahl von Musiker:innen, deren Karriere hier ihren Anfang nahm, wie Franz Josef Degenhardt, Walter Hedemann, Reinhard Mey, Walter Moßmann, Schobert & Black, Christoph Stählin, Dieter Süverkrüp, Hannes Wader, Katja Ebstein, Hein & Oss, Peter Rohland sowie Hanns Dieter Hüsch, Fasia Jansen und einige mehr. Zum anderen bereiteten sie der sogenannten Liedermacher-Bewegung der 70er- und 80er-Jahre den Boden.

Alle namentlich erwähnten Musiker:innen, denen Mine und Silvia, Ferdinand und Rieke und auch Winter auf der Waldeck begegnen, sind auf dem ersten Festival 1964 aufgetreten. Um der Vielfalt dieser Stimmen im Roman, der nur an zwei Tagen des Festivals spielt, Raum zu geben, habe ich mir die Freiheit genommen, sie zum Teil an anderen Tagen und auf anderen Bühnen auftreten zu lassen, als sie dies tatsächlich taten.

Fiktion ist der Tod von Edgar Winter auf dem Festival.

Im Roman praktiziert Ulrich Fischer als Zahnarzt in München. Im Krieg hatte er, noch unter seinem richtigen Namen Gernot Tromnau, als Zahnarzt in Konzentrationslagern gearbeitet und sich an Selektionen, Zahngoldraub und der Tötung von Menschen beteiligt. Bemerkenswert ist weniger, dass Zahnärzte in Konzentrationslagern arbeiteten, als vielmehr ihre hohe Affinität zur Allgemeinen SS, der Ende 1939 9 % aller Zahnärzte angehörten. Mehr als 300 Zahnärzte engagierten sich nachweislich in der Waffen-SS, ca. 100 Zahnärzte waren als KZ-Zahnärzte tätig.

Von Dezember 1963 bis August 1965 fand in Frankfurt am Main der erste Auschwitz-Prozess statt. Erstmals standen nicht nationalsozialistische Politiker oder Militärs vor Gericht, sondern Angehörige der SS-Wachmannschaften. Der Prozess machte die Versuche, einen »Schlussstrich« unter die Verbrechen des Naziregimes zu setzen, zunichte, aber es dauerte noch bis 1979, dass mit der Ausstrahlung der US-amerikanischen TV-Serie »Holocaust – Die Geschichte der Familie Weiss« die Verbrechen der Nazis und vor allem das Leid der Juden ins öffentliche Bewusstsein drangen.

Die fiktive Figur des Edgar Winter war während des Krieges als Polizist in SS-Diensten in Osteuropa. Nachdem es ihm nach dem Krieg gelungen war, unterzutauchen und sich mit Gelegenheitsarbeiten über Wasser zu halten, kam er dank der Unterstützung eines ehemaligen Kameraden in der Organisation Gehlen, dem Vorläufer des BND (ab 1956), unter. Ein »Karriereweg«, der nicht wenigen Polizisten, die an der Ermordung der Bevölkerung in den von den Nazis besetzten Ländern beteiligt waren, gelang.

»Die Rote Hand« und der Kampf dieser französischen Geheimdienstorganisation gegen Unterstützer der algerischen Befreiungsbewegung auch in Deutschland war schon Thema meines Romans »Die Rote Hand« aus dem Jahr 2019 (Informationen dazu in dem Nachwort des Romans). Aber sie war nicht nur auf diesem »Schlachtfeld« aktiv, sondern auch für die Ermordung des kamerunischen Ex-Ministerpräsidenten und Exilpolitikers Felix Roland Moumié verantwortlich, der in einem Hotel in Genf einem Giftanschlag der »Roten Hand« zum Opfer fiel, so wie es Ferdinand Broich in seinem Traum erlebt.

Der Algerienkrieg, der offiziell 1962 mit dem Friedensabkommen von Évian beendet war, lappt nicht nur mit Ferdinand Broich, den wir bereits aus »Die Rote Hand« kennen, in diesen Roman hinein, sondern auch in Person von Rieke Brühl. Sie unterstützte die algerische Befreiungsbewegung aktiv als sogenannte Kofferträgerin und half auch beim Verstecken und bei der Unterbringung von Deserteuren. Kofferträger nannte man in Frankreich Personen, die während des Algerienkriegs die Aktivitäten der Nationalen Befreiungsfront FLN (Front de libération nationale) unterstützten. Ende der 1950er-Jahre entstanden auch in Deutschland Netzwerke zur Unterstützung der FLN. So wurde Fremdenlegionären, denen der »Rückführungsdienst für Fremdenlegionäre« bei der Flucht aus Algerien half, sowie französischen Soldaten, die sich der Einbeziehung entziehen wollten, die weitere Flucht nach Europa, u. a. in die skandinavischen Länder, sowie sichere Unterbringung und finanzielle Hilfe organisiert. Eine dieser Unterstützerinnen war die Frankfurter Soziologiestudentin Walmot Falkenberg. Zusammen mit Heiner Halberstadt gehörte sie zu den Mitbegründerinnen des Frankfurter Club Voltaire.

Rieke Bröhl war bei den im Text erwähnten Ostermärschen und der Anti-Atomtod-Bewegung aktiv, die sich 1958 in England gegründet hatte. In Deutschland riefen 1960 Hans-Konrad Tempel und Helga Stolle, eine Lehrerin und ein Lehrer in Hamburg, zu einem Ostermarsch zu dem Raketenübungsgelände Bergen-Hohne auf.

In der Ostermarsch-Bewegung engagiert war auch Kurt Oeser, über den Ferdinand Broich ein Porträt schreiben soll. Kurt Oeser, geboren 1928 in Mainz-Kostheim und gestorben 2007 in Mörfelden-Walldorf, wurde als »Umweltpfarrer« überregional bekannt. Er war einer der Mitbegründer der Bundesvereinigung gegen Fluglärm und engagierte sich als Vermittler bei den Auseinandersetzungen um die Startbahn West Anfang der 1980er-Jahre. 1961 war er einer der Mitunterzeichner des Aufrufs »Hiroshima mahnt!« und organisierte zusammen mit Manfred Geiss 1963 einen Gottesdienst während des Ostermarschs.

Silvia gerät bei der Flucht vor ihrem Vater im Münchner Hauptbahnhof auf Gleis 11, wo sie sich einer größeren Gruppe fremdländisch aussehender Menschen gegenübersieht. Unter diesem Gleis 11 gab es einen aus dem Zweiten Weltkrieg stammenden Luftschutzbunker, der 1960 zu einem Aufenthaltsraum umfunktioniert wurde und als Zwischenunterkunft für ausländische Arbeitskräfte, die für den deutschen Arbeitsmarkt angeworben wurden, diente.

Jürgen Heimbach

Nachweise

Folgende Liedtexte werden im Buch ausschnittweise zitiert:

Beatles, *She Loves You* (John Lennon und Paul McCartney)
Leslie Gore, *You Don't Own Me* (John Madara und David White)
Georges Brassens, *Embrasse-les tous* (Georges Brassens)
Franz Josef Degenhardt, *Diesmal werd ich nicht* (Franz Josef Degenhardt)
Peter Rohland, *Baj majn rebbe is gewesen* (Traditional)
Dieter Süverkrüp, *Ich vermisse Nationalgefühl* (Dieter Süverkrüp)
Fasia Jansen, *Ballade vom Briefträger William L. Moore* (Wolf Biermann)
Bob Dylan, *The Times They Are a-Changin'* (Bob Dylan)

Im Folgenden ist eine Auswahl der Filme und Internetseiten meiner Recherchen aufgelistet:

Werner O. Feißt, Hans Albert Lettow, Elmar Hügler, Horst Schäfer, Jürgen Lodemann, Rolf Hüffer, *Die kurze Nacht der langen Haare* (Film, SWR, 2004). (Anmerkung: Im Internet finden sich einige Fernsehbeiträge des SWR bzw. SWF über die Burg-Waldeck-Festivals der 1960er-Jahre.)

Marny Garcia Mommertz, »Eine von ihnen ist Fasia«, erschien am 21.02.2022 in *Zeit Online,* URL: https://www.zeit.de/kultur/2022-01/schwarzsein-deutschland-geschichte-nationalsozialismus-10nach8.

»Vergessene Biografien«, URL: https://www.vergessene-biografien.de/schwarze-menschen/fasia-jansen/.

Dominik Groß, *Zahnärzte als Täter – Zusammenfassung der ermittelten Ergebnisse,* Institut für Geschichte, Theorie & Ethik der Medizin, Aachen, URL: https://www.bzaek.de/fileadmin/PDFs/fp/14_Zusammenfassung_Taeter.pdf.

»Der Auschwitz-Prozess«, URL: http://www.auschwitz-prozess-frankfurt.de/index.php?id=5.

»Tonbandmitschnitte des Auschwitz-Prozesses (1963–1965)«, URL: https://www.auschwitz-prozess.de/. (Anmerkung: Das Fritz-Bauer-Institut stellt hier alle Befragungen und Zeugenaussagen zum Auschwitz-Prozess in chronologischer Reihenfolge zur Verfügung.)

Maren Adler, *60 Jahre Auschwitz-Prozess* (Dokumentation, ARD-Mediathek).

Jost Dülffer, Klaus-Dietmar Henke, Wolfgang Krieger, Rolf-Dieter Müller (Herausgeber), *Veröffentlichungen der Unabhängigen Historikerkommission zur Erforschung der Geschichte des Bundesnachrichtendienstes 1945–1968,* URL: http://www.uhk-bnd.de/?page_id=340.

Marc Tribelhorn, »Wie der französische Geheimdienst den afrikanischen Freiheitskämpfer Félix Moumié in Genf vergiftete«, erschien am 5.11.2018 in *NZZ,* URL: https://www.nzz.ch/schweiz/die-raetselhafte-ermordung-des-doktor-moumie-ld.1433817.

Çağdaş Yüksel, *Gleis 11,* URL: https://www.dw.com/de/gleis-11-kinofilm-cagdas-y%C3%BCksel-gastarbeiter-anwerbeabkommen/a-56534840. (Anmerkung: Dokumentarfilm, in dem der Regisseur Çağdaş Yüksel ehemalige Gastarbeiter:innen auf ihr Leben zurückblicken lässt.)

Im Folgenden habe ich eine Auswahl der Bücher, die mir bei der Recherche halfen, aufgelistet:

Hotte Schneider, *Die Waldeck: Lieder – Fahrten – Abenteuer.*

Die Geschichte der Burg Waldeck von 1911 bis heute, Verlag für Berlin-Brandenburg, Berlin 2005.
Michael Kleff, *Die Burg Waldeck Festivals 1964–1969: Chansons Folklore International,* Bear Family Records, Holste-Oldendorf 2008.
Holger Böning, *Der Traum von einer Sache – Aufstieg und Fall der Utopien im politischen Lied der Bundesrepublik und der DDR,* Edition Lumière, Bremen 2004.
Marina Achenbach, Bärbel Höhn, F. J. Degenhardt, Hannes Wader, *Fasia – Geliebte Rebellin,* Assoverlag, Oberhausen 2004.
Fritz Bauer Institut (Herausgeber), *Auschwitz-Prozess 4 Ks 2/63 Frankfurt am Main,* Snoeck Verlagsgesellschaft, Köln 2004. Erschienen anlässlich der gleichnamigen Ausstellung vom 27.3. bis 23.5.2004 im Haus Gallus in Frankfurt am Main.
Bernd Naumann, *Der Auschwitz-Prozess – Bericht über die Strafsache gegen Mulka u. a. vor dem Schwurgericht Frankfurt am Main 1963–1965,* CEP Europäische Verlagsanstalt, Hamburg 2013.
Katja Kohlhammer, Leinfeld-Echterdingen (Herausgeber), »Der Auschwitz-Prozess – NS-Massenmord vor Gericht«, in: *Damals. Das Magazin für Geschichte,* 2020, URL: https://www.wissenschaft.de/magazin/damals-aktuelles-heft/der-auschwitz-prozess-ns-massenmord-vor-gericht/.
Irmtrud Wojak, *Fritz Bauer und die Aufarbeitung der NS-Verbrechen nach 1945,* Hessische Landeszentrale für politische Bildung, Wiesbaden 2011.
Gerhard Sälter, *NS-Kontinuitäten im BND – Rekrutierung, Diskurse, Vernetzungen,* Band 15 der Veröffentlichungen der Unabhängigen Historikerkommission zur Erforschung der Geschichte des BND, Ch. Links Verlag, Berlin 2022.
Robert Winter, *Täter im Geheimen – Wilhelm Krichbaum*

zwischen NS-Feldpolizei und Organisation Gehlen, Militzke Verlag, Leipzig 2010.
Susanne Meinl, Bodo Hechelhammer, *Geheimobjekt Pullach – Von der NS-Mustersiedlung zur Zentrale des BND,* Ch. Links Verlag, Berlin 2014.
Claus Leggewie, *Kofferträger – Das Algerien-Projekt der Linken im Adenauer-Deutschland,* Rotbuch Verlag, Berlin 1984.
Claus Leggewie, *Reparationen – im Dreieck Frankreich, Algerien, Deutschland,* Donata Kinzelbach Verlag, Mainz 2022.
Mourad Kusserow, *Flaneur zwischen Orient und Okzident,* Donata Kinzelbach Verlag, Mainz 2002.
Cornelia Rühlig, Carmen Rebecca Hecht (Herausgeber), *Kurt Oeser – Gemeindepfarrer und erster ›Umweltpfarrer‹ Deutschlands. Ein Leben für soziale Gerechtigkeit, demokratische Selbstbestimmung und ökologische Verantwortung,* Westarp Verlagsservicegesellschaft, Hohenwarsleben 2008.

Dank

Damit aus einer Idee und einem weißen leeren Blatt ein Buch von zwei-, drei- oder vierhundert Seiten wird, bin ich auf die Hilfe und Unterstützung von Menschen und Institutionen angewiesen.

Besonders danken möchte ich Hotte Schneider, Autor des sehr lesenswerten Buchs *Die Waldeck: Lieder Fahrten Abenteuer*, aus dem ich viel über die Festivals in den 1960er-Jahren erzählt und über die Geschichte der Jugendbewegung in der ersten Hälfte des 20. Jahrhunderts gelernt habe. Er hat sich die Zeit genommen, mich persönlich über das Gelände der Burgruine Waldeck zu führen und meine Fragen zu beantworten.

Ganz herzlich danken möchte ich auch dem Musikjournalisten und Veranstalter Tom Schroeder, der mich freundlicherweise in seinem Haus empfangen hat, um mir über die Waldeck und seine Zeit dort zu erzählen. Mich hat es sehr traurig gestimmt, als ich im Dezember vergangenen Jahres von seinem Tod erfahren habe. Nun können wir nicht zusammen am sechzigsten Geburtstag des ersten Waldeck-Festivals dort zusammen feiern.

Tom Schroeder hat mich auch auf die umfangreiche Sammlung zu den Waldeck-Festivals im Deutschen Kabarettarchiv in Mainz hingewiesen, wo mir Matthias Thiel schnell und unbürokratisch Einsicht in das Archivmaterial gewährte. Hier möchte ich für seine Hilfe danken.

München ist mir trotz einiger Besuche eine recht unbekannte Stadt. Der Schriftsteller und Drehbuchautor Christof Weigold hat mir, obwohl wir uns bis dahin nicht kannten, meine Fragen sofort und kenntnisreich beantwortet und geholfen, meine Romanfiguren in der Stadt zu verorten. Vielen Dank dafür, lieber Christof.

Bezüglich der Suche nach Zeitungsartikeln, die im Mai 1964 zum Auschwitzprozess in Frankfurt a. M. erschienen sind, danke ich dem Fritz Bauer Institut und Johannes Beermann-Schön, der mir unkompliziert Zugang zu den archivierten Zeitungsartikeln gewährt hat.

Wie in meinen früheren historischen Romanen waren mir auch dieses Mal Fotografien ein wichtiges Medium, um eine Vorstellung von Orten und Atmosphären zu bekommen. Lange und nur mit mäßigem Erfolg habe ich nach Bildern gesucht, die das Leben und Treiben im Club Voltaire in Frankfurt a. M. in den 1960er-Jahren zeigen. Susanne Rohrbeck vom Verein Club Voltaire e. V. hat mich auf eine Sammlung im Historischen Museum Frankfurt hingewiesen, wo mir wiederum Angela Jannelli und vor Ort Hermann Roth kenntnisreich geholfen haben.

Für meinen Roman *Die Rote Hand* habe ich viel und lange zu ebendieser Unterorganisation des französischen Geheimdiensts recherchiert. Neu war mir aber, dass sie auch nach Ende des Krieges in Algerien noch aktiv war und zum Beispiel den kamerunischen Unabhängigkeitskämpfer und Politiker Félix-Roland Moumié in Genf ermordete. Darauf hingewiesen hat mich Werner Stauffacher. Vielen Dank dafür. Und ein Dank gebührt Fred Balz für die Kontakte, die er mir zur weiteren Recherche über die Waldeck Festivals vermittelt hat, u. a. auch zu Tom Schroeder.

Zum ersten Mal in Kontakt mit der Welt treten meine Romanmanuskripte mit den Erstlesern, deren Kritik und Anregungen mir sehr wichtig sind: Vielen Dank an Pepe Bernhard, der auch das Nachwort kritisch durcharbeitete, und an meine Frau Tanja Heimbach. Beide haben sich die Zeit genommen, nicht nur die Ursprungsfassung kritisch zu lesen, sondern auch die »Rekomposition«, wie Lucien Leitess, mein Verleger, die recht umfassende Umarbeitung nannte. Danken für ihre sehr konstruktive Kritik möchte ich weiter meinen anderen Erstlesern Frank Grevsmühl, Liane Diehl und Lotar Schüler. Letzterer gab mir im Gespräch einen wertvollen Hinweis zur stärkeren Verankerung des Ortes Burg Waldeck in der Geschichte.

Ein herzliches Dankeschön geht auch an Gitta und Thomas Keßler für ihre schon so lange währende Unterstützung.

»Waldeck« wäre ohne Susanne Gretter und ihr Lektorat ein anderes, vor allem ein schlechteres Buch geworden. Mit empathischer Vehemenz und klugen Einwänden hat sie mich vor so manchem Irrweg bewahrt. Ein Riesendankeschön dafür, liebe Susanne Gretter.

Zuletzt und vor allem möchte ich meiner Familie danken, Tizian Heimbach und Liane Diehl, und ganz besonders meiner Frau Tanja, die so sehr zum Gelingen meiner Bücher beiträgt.

Die Rote Hand

Der ehemalige Fremdenlegionär Streich verbringt seine Tage als Wachmann schäbiger Garagen. Was darin geschieht, interessiert ihn nicht. Als aber ein Waffenhändler, der die algerische Befreiungsfront beliefert, ermordet wird, kann er die Machenschaften nicht mehr ignorieren und stößt auf Vorgänge, die besser im Verborgenen geblieben wären.

Vorboten

Wieland Göth kehrt nach dem Ersten Weltkrieg in sein Heimatdorf zurück. In den schlammigen Straßen patrouillieren französische Soldaten, ein Mord an einem Separatisten sät Unruhe. In Hinterzimmern fordern nationale Kräfte die Freiheit des deutschen Volkes. Wieland gerät zwischen die Fronten und muss bald nicht nur sein eigenes Leben schützen.

»Im Stil Hemingways beschreibt der Autor schnörkellos und dennoch poetisch die Szenen, die Stadt, die Gewalt. Tief stechen Heimbachs Sätze, Wörter und Charaktere in das Herz des Lesers.« *Jury des Glauser-Preises*

»Ein feiner Beobachter und ein Fachmann des literarischen Kriminalromans.« *We Want Media*